여왕을 위한 진혼곡 II

정유나 장편소설

여왕을 위한 진혼곡

II

D&C
BOOKS

목차

제3곡

sequéntĭa
속송

. . . . . .

5부

álĕa jacta est
주사위는 던져졌다

álĕa jacta est
주사위는 던져졌다

투두둑, 투두두둑.

먹구름으로 뒤덮인 하늘에서 빗줄기가 쏟아져 내렸다.

유리창을 두드리는 시원한 빗소리와 뽀얗게 맺힌 김 사이로 흘러내리는 투명한 빗방울이 주의를 사로잡았다. 비 오는 날 특유의 고요가 온몸을 함빡 적시는 듯한 느낌.

아직 오월 중순밖에 되지 않았는데도 줄기차게 쏟아지는 빗줄기는 보는 사람들로 하여금 벌써 장마철에 접어든 것 같은 착각을 불러일으켰다. 어쩌면 그것은 이토록 비가 내리는데도 은근히 높은 기온 탓일지도 모른다.

시원스럽게 내리는 빗소리에 비해 제법 포근한 날씨였지만, 그중에서도 유독 따뜻한 공기가 감도는 장소가 있었다. 두 겹의 외벽으로 둘러싸인 궁에서도 가장 깊숙한 곳, 여왕이 거처하는 하늘궁의 침실이 바로 그곳이었다. 전날 주인이 암습을 당한 탓에 평소보다 배 이상 많은 기사들이 겹겹이 지키고 선 그곳은 활활 타오르는 벽난로의 열기로 후끈했다.

"좀 어떠하십니까, 전하?"

장작 타는 소리만이 들려오던 방 안에 나지막한 음성이 울려 퍼졌다.

여러 개를 겹쳐 괸 베개에 등을 기댄 채 떨어지는 빗방울을 바라보던 여인이 옆을 돌아보았다. 저를 향한 걱정 어린 눈빛을 확인한 그녀의 얼굴에 스르르 미소가 번졌다.

"괜찮아요, 유모. 이제는 아무렇지도 않은걸요."

"참이십니까? 어디 미령하신 곳이 있다면 솔직하게 말씀해 주십시오. 다른 일도 아니고 전하의 안위와 관계된 문제가 아닙니까."

"그야 물론이죠. 하지만 정말 괜찮아요. 오랜만에 푹 잠들어서 그런지 몸도 오히려 평소보다 더 가벼운 것 같은걸요."

"그러시다면 다행입니다. 주신의 가호가 함께하신 겁니다."

거듭되는 확언에 백작 부인은 그제야 안심한 듯 가슴을 쓸어내렸다.

밀라이아는 백작 부인을 향해 희미하게 미소 지은 뒤 다시금 창가로 고개를 돌렸다.

떨어지는 빗줄기를 바라보는 그 모습은 일견 한가해 보였지만, 그녀의 머릿속에서는 실상 갖가지 생각들이 복잡하게 뒤엉켜 돌아가고 있는 중이었다.

'아무래도 유모와 클로에는 당분간 곁에 두는 게 좋겠어. 설사 다른 끈이 닿아 있더라도 지금은 쉽게 손을 쓰지 못할 테니까. 그러니 두 사람은 일단 지켜보기로 하고, 문제는 그 쏠루안가 뭔가 하는 독초인데……. 범인은 아마도 피오르 공작이겠지?'

물론 그가 범인이라는 명확한 증거는 아직 없었지만, 밀라이아는 어쩐지 그럴 것 같다는 생각을 버릴 수가 없었다. 비 오는 날 정원에서 마주쳤던 그와의 대화가 계속해서 마음에 걸렸던 탓이다. 축축한 공기 때문에 멀리 퍼지지 않았을 것임에도 향이 참 좋다며 무엇이냐고 묻던 그 말이.

　'물증이 없으니 뭐라 따지고 들 수는 없겠지만, 아무리 생각해도 그날 나를 떠봤던 것이 분명해. 어쩌면 쏠루아 향과 장미 향을 구분할 수 있는지 없는지를 알아보려 했던 것일지도 모르지. 가만, 그렇다면……?'

　문득 드는 생각에 휙 고개를 돌리자, 곁으로 곧장 다가온 백작 부인이 물었다.

　"어찌 그러십니까, 전하?"

　"아, 실은 갑자기 궁금한 게 생겨서요. 내 방, 그러니까 침실이나 의상실 같은 곳에 접근 가능한 시녀가 몇이나 되죠?"

　"최소 스물입니다. 담당만 따져도 그 정도이니 실제로는 그 이상일 테지요."

　"그래요? 꽤 많군요. 흐음."

　밀라이아는 생각에 잠긴 얼굴로 백작 부인을 바라보았다.

　어차피 이번 일과는 무관할 것이 분명한 자. 기왕 자신의 사람으로 만들기로 결정했다면 이참에 확실한 신뢰를 보여주는 편이 나을 듯했다. 겸사겸사 정말 믿을 수 있는 사람인지 시험도 해 보고.

　"그러면 유모, 혹시 날 좀 도와줄 수 있겠어요? 범인에 대한 실마리를 잡은 것 같은데."

　"물론입니다. 신이 무얼 하면 되겠습니까?"

"최근 일주일에서 열흘 사이에 내 물건에 접촉했던 자들을 따로 추려 내 주겠어요? 그중에서도 향을 품을 수 있는 물품, 특히 드레스나 손수건, 혹은 향수 같은 것에 접근했던 자들을 우선적으로 골라 줬으면 해요."

"알겠습니다. 하면 신이 자리를 비우는 동안 전하의 시중은 어찌할까요?"

"그야 당연한 것 아닌가요? 클로에에게 부탁해야죠."

태연한 대답에, 백작 부인은 잠시 멈칫하다 이내 망설이는 얼굴로 말했다.

"하지만 전하, 제 딸은……."

"문제의 향초를 들여온 책임자라고요? 됐어요. 클로에가 그럴 사람이 아니라는 건 유모나 나나 모두 아는 사실이고, 게다가 향초의 교체는 내 승인하에 이루어진 일이었는걸요. 그러니 따지고 보면 부주의했던 내 잘못이 가장 크죠."

"하오나 전하, 그리하시면 원칙이 무너지게 됩니다. 딸아이에게 보여 주시는 신뢰는 감사하나 부디 재고하여 주십시오. 전하께 누가 될까 두렵습니다."

"정말 괜찮은데. 으음, 그럼 시중은 필요 없으니 일단 다녀와요. 근위 기사들이 저렇게 철통같이 지키고 있는데 설마 그 사이에 무슨 일이 있겠어요?"

조곤조곤한 답에도 백작 부인은 불안한 얼굴로 망설였다. 아무래도 그녀를 혼자 두고 가는 것이 영 마음에 걸리는 듯했다.

그때, 시기적절하게도 노크 소리가 들렸다.

잠시 후 안으로 들어선 시녀가 말했다.

"페르디난드 공작이 뵙기를 청합니다. 어찌할까요?"

'드디어 왔구나. 대체 언제 오려나 싶었는데.'

마침 잘됐다 싶었지만, 밀라이아는 아무것도 모르는 양 놀란 표정으로 물었다.

"공작이? 무슨 일로? 내 분명 당분간 알현은 전부 거절한다 했을 텐데."

"자세한 내용은 모르오나 무척 급한 일이라고, 반드시 당장 전하를 뵈어야 한다 하였습니다."

"그래? ……후우. 하는 수 없지. 들라 하게. 대신 예외는 이번 한 번만으로 해야 할 것이야. 왕제의 문안마저 거절하였는데 이래서야 되겠는가."

짐짓 엄하게 답한 밀라이아는 곧바로 백작 부인을 돌아보며 말했다.

"어쨌거나 마침 잘됐네요. 다녀와요."

"……알겠습니다."

마지못해 답한 백작 부인은 깊숙이 고개 숙여 인사를 건넨 뒤 시녀와 함께 밖으로 나갔다.

잠시 후 흑발의 남자가 성큼성큼 들어와 예를 갖췄다.

"여왕 전하를 뵙습니다."

"어서 와요, 공작. 그러잖아도 기다리던 참이었어요."

"그렇습니까? 송구합니다. 좀 더 일찍 오려고 했는데, 자꾸 여기저기서 붙들어서 말입니다."

"그랬겠죠. 이 일과 관련이 있건 없건 간에 상황이 궁금한 건 모두 매한가지일 테니."

냉소적으로 답하자, 공작은 픽 웃고는 좀 전에 백작 부인이 가져다 둔 의자에 앉으며 물었다.

"좀 어떠하십니까? 아직 안색이 썩 좋지 않으십니다만."

"괜찮아요. 어제 해독제도 마시고 잤걸요. 공작 덕분에 발견도 빨랐다 하고요."

"그렇습니까. 다행이군요. 그래도 당분간은 조심하십시오. 독이라는 건 본디 후유증이 상당한 법이니까요."

"고마워요. 명심하죠."

순순히 고개를 끄덕이는 그녀를 오묘한 표정으로 바라보던 공작이 말했다.

"이것 참, 오랜만에 정상적인 대화를 해서 그런가 기분이 영 이상하군요. 순간 예전의 여왕 전하와 마주한 줄 알았지 뭡니까."

"······뭐래, 좋게 얘기해 줘도 불만이야. 그럼 다시 평소처럼 돌아가 봐요?"

갑자기 기분이 확 가라앉는 느낌에, 밀라이아는 다소 신경질적으로 답했다. 그러잖아도 오래전부터 여왕을 좋아했다느니 어쩌느니 하던 길리안 대법관 때문에 기분이 복잡하던 차였는데, 이제는 공작마저 글로리아 운운하는 것이 왠지 좀 짜증스러웠다.

그런 심정을 알아차렸음인가? 평소였다면 분명 한두 번 더 신경을 건드렸을 공작은 의외로 별말 없이 빙긋 웃었다.

"팔팔하신 걸 보니 한결 안심이 되는군요. 확실히 어젯밤보다는 훨씬 좋아지신 것 같습니다."

"······."

"이제 와 하는 얘기지만, 축 늘어진 전하를 보고 신이 얼마나 놀란 줄 아십니까? 이대로 전하를 잃는 건 아닌가 싶어 가슴이 철렁

했단 말입니다.”

답지 않게 정상적인 말에 떨떠름한 표정을 지은 밀라이아가 말했다.

“……뭐야, 공작이야말로 오늘따라 왜 이렇게 말을 예쁘게 해요? 그거 왠지 고를 엄청 걱정해 준 것처럼 들리는데.”

“그야 당연하지 않습니까. 신에게 전하가 얼마나 중요한 사람인데요.”

진지하기 짝이 없는 답변에 갑자기 말문이 막혔다.

슬쩍 올라간 입매, 차분하게 가라앉은 잿빛 눈동자를 마주한 시선이 흠칫하고는 저도 모르게 살그머니 아래로 향했다.

말없이 이불만 만지작거리는 그녀를 보며 다시 한번 픽 웃은 공작이 말했다.

“전하께서는 어떠실지 모르나 신은 현 상태에 상당히 만족하는 중이라서요. 이런 시답잖은 일로 동맹을 잃고 싶지는 않답니다. 아직까지 제게는 전하가 필요하거든요.”

“……아하, 그래서 고가 중요하다?”

“뭘 또 그렇게 딱 잘라 묻고 그러십니까. 이를테면 그렇다는 거지요.”

어깨를 으쓱해 보인 공작은 시선을 피하던 것도 잊고 매섭게 노려보는 그녀를 향해 여전히 싱글거리는 얼굴로 말했다.

“그나저나 쏠루아라. 묘하군요. 위험 분산을 위해 향초의 형태로 제작한 것 같기는 한데, 아무리 그래도 그렇지 전하를 상대로 그리 흔한 수법을 쓰다니 말입니다. 범인이 누군지는 몰라도 생각보다 꽤나 대범한 자로군요. 혹은 급했거나요.”

“……둘 다겠죠. 그놈의 국혼인지 뭔지 때문에 꽤나 신경이 곤두

섰을 테니까요."

"하긴 그렇군요. 하면 이제 어찌하실 생각이십니까? 그동안 신이 보아 온 전하라면 절대로 그냥 넘어가실 것 같지는 않습니다만."

"당연한 소릴 하는군요. 울고 싶던 차에 뺨 때려 줬는데 가만히 있을 이유가 없잖아요? 감히 날 죽이려고 했다니 괘씸하기도 하고."

생글 웃는 얼굴로 답하자, 그녀를 물끄러미 바라보던 공작은 이내 한숨을 내쉬며 말했다.

"하아, 역시 그렇군요. 그럼 전하의 복안이 뭔지 여쭤봐도 되겠습니까? 그래야 신도 계획을 세울 수 있으니 말입니다."

"아직까지 이렇다 할 건 없어요. 지금부터 구체적으로 생각해 봐야죠. 아, 그래도 가장 먼저 해야 할 일만큼은 확실해요."

"그게 무엇입니까?"

"그야 당연하잖아요? 이 지긋지긋한 향부터 싹 갈아치울 거예요. 장미 향이 나는 거라면 뭐든지 다."

이를 아득 깨무는 밀라이아를 황당한 눈빛으로 바라보던 공작이 말했다.

"정말 어지간히도 싫으셨나 봅니다. 가장 먼저 하실 일이 그거라니 말입니다."

"네, 너무너무 싫어요. 장미 향이라면 이제 끔찍하다고요. 따지고 보면 쏠루안지 뭔지를 쓸 수 있었던 것도 다 저놈의 향 때문이잖아요?"

"흐음. 뭐, 그것도 그렇군요. 원하는 대로 하십시오. 마침 명분도 있겠다, 바꾸시려면 이번이 기회일 듯합니다."

"내 생각도 그래요."

밀라이아는 순순히 고개를 끄덕이는 공작을 바라보며 잠시 생각에 잠겼다.

'한번 모험을 해 볼까? 먼저 저자와의 관계를 정립하지 않으면 다음 수를 확신할 수가 없는데.'

좀 전에 그가 했던 말이 마음에 걸리기는 했지만, 다년간의 도박으로 다져진 감각은 지금이야말로 승부수를 걸어 볼 시기라고 말하고 있었다.

'그간 살펴본 바로는 제법 야심만만한 성품으로 보였단 말이지. 이러니저러니 해도 그동안 꽤 신뢰도 쌓았고. 그럼 한 번쯤 승부수를 걸어 봐도 될 것 같기는 한데…….'

고민을 거듭하던 밀라이아가 머리카락을 위로 훅 불었다.

'에라, 모르겠다. 까짓것 수틀리면 그냥 적당히 살다 돌아가면 되지 뭐. 어차피 나야 이 세계의 사람도 아닌데.'

어차피 목숨마저 위협받은 이상 이제 더는 물러날 곳도 없는 터. 불확실한 상황에서 계속 이런 식으로 아등바등하느니 차라리 어느 쪽이든 확실하게 결론을 짓는 편이 나을 듯했다.

"그리고 두 번째로 할 일 말인데요."

"말씀하십시오."

"기왕 이렇게 된 것, 솔직하게 얘기하겠어요. 앞으로 고가 할 일은 지금 물어볼 말에 대한 공작의 대답에 따라 확연하게 달라질 겁니다. 그러니 먼저 답해 봐요. 공작, 그대는."

크게 한번 숨을 들이쉰 밀라이아가 말했다.

"그대는 일인지하만인지상의 자리에 오를 생각이 있나요? 지금처럼 명목뿐인 재상이 아니라, 온전한 힘을 발휘할 수 있는 자리에

오르고픈 마음이 있느냐 말입니다."

"……."

공작은 잠시 침묵했다. 그게 무슨 소리냐느니 나는 이미 재상이라느니 하며 분명 한 번쯤은 모르는 척할 거라는 예상과는 다른, 꽤나 고무적인 반응이었다.

'생각했던 것보다 훨씬 괜찮은데? 그럼 한번 기대해 봐도 되려나?'

조마조마한 속마음을 감추며 바라보자, 그는 손가락으로 팔걸이를 톡톡 두드리다 물었다.

"좀 전에 신의 대답 여하에 따라 달라진다고 하셨지요? 하면 그렇다고 할 때랑 아니라고 할 때가 어떻게 달라지는지 여쭤봐도 되겠습니까?"

예상보다 진지한 물음에 입꼬리가 슬쩍 올라갔다.

"간단한 문제 아닌가요? 아니라고 할 경우, 그대는 그냥 지금처럼 두 공작 사이에서 줄다리기나 하면서 이익을 취하는 중립파의 수장으로 살겠죠. 나는 돌아갈 때까지 그저 힘없는 여왕으로 남을 테고요. 그리고 만일 그렇다고 한다면……."

"한다면?"

"둘 다 진정한 의미의 국왕과 재상이 되겠죠. 혹은 죽거나."

팔걸이를 두드리던 소리가 뚝 멎었다.

무감하게 받아치는 보랏빛 시선을 탐색하듯 샅샅이 살피던 공작이 이윽고 후우, 한숨을 내쉬었다.

딱딱하게 굳어 있던 얼굴에 씩 미소가 번졌다.

한 시간 뒤.

"하면 신은 이만 물러가 보겠습니다."

"그래요. 어제오늘 수고가 많았어요."

"아닙니다. 그럼."

밀라이아는 고개만 까딱하는 공작을 보며 빙긋 미소를 지었다.

나름대로 만족스러운 대화를 마쳐서인가, 평소였다면 눈살을 한 번쯤 찌푸렸을 무성의한 인사에도 진심으로 웃어 줄 수 있었다. 몸이 날아갈 듯 가벼운 기분.

'이제 가장 큰 문제는 해결한 건가?'

머리맡에 놓인 종이를 보자 저도 모르게 또다시 흐뭇한 미소가 지어졌다.

날개를 활짝 편 독수리와 달리는 잿빛 늑대의 문장이 각각 찍혀 있는 그것은 그들의 공동 목표를 적어 둔 문서였다. 기본적으로 의심이 많고 남을 잘 믿지 못하는 두 사람이 서로에게 묶일 수밖에 없도록 하는 최소한의 장치.

'물론 내가 이걸 꺼내 들 일은 없겠지만, 그래도 만일을 대비해서 나쁠 건 없겠지.'

한결 편안해진 기분으로 침대에서 몸을 일으킨 밀라이아는 공작이 나간 문 쪽을 힐끔 돌아본 뒤 다시 한번 종이를 확인했다.

좀 전까지만 해도 선명하게 적혀 있던 글자들이 어느새 전부 흐릿하게 바뀌어 있었다.

'세 가지 이상의 배합을 정확하게 맞춰야만 볼 수 있는 잉크라. 이 시대에도 이런 게 있어서 다행이군.'

뚫어져라 종이를 바라보던 그녀는 연회색 글자들이 모두 사라진 후에야 천천히 그것을 집어 들었다.

백지 위에 찍혀 있는 두 개의 인장을 보자 어쩐지 우스운 기분이 들었다.

밀라이아는 피식 터져 나오는 웃음을 거두며 벽으로 다가가 액자 뒤에 감춰진 금고를 열었다. 그러고는 오돌토돌한 밀랍을 한번 쓸어 본 후 눈에 띄지 않도록 깊숙이 집어넣었다.

'그럼 이제 뒤를 걱정할 필요 없이 나아가기만 하면 되는 건가.'

조용히 금고를 닫는데, 갑자기 노크 소리가 들려왔다.

밀라이아는 빠르게 액자를 원래의 자리로 돌려놓은 후 언제 그랬느냐는 듯 태연한 표정으로 뒤를 돌아보았다.

한 손에 종이 뭉치를 든 레티시아 백작 부인이 안으로 들어서고 있었다. 아무래도 공작과 담화를 나누는 사이 부탁했던 일을 모두 처리한 듯했다.

"다녀왔습니다, 전하."

"어서 와요, 유모. 그래, 부탁했던 일은 어찌 되었나요?"

"분부하신 대로 최근 일주일에서 열흘 사이에 물건에 접촉했던 자들을 모두 분류하여 격리시켜 두었습니다. 이건 향을 품을 수 있는 물품에 접근했던 자들의 명부입니다."

"벌써요? 쉽지 않은 작업이었을 텐데, 유모가 애 많이 썼겠네요. 정말 고마워요."

"아닙니다, 전하. 당연히 해야 할 일인 것을요."

가볍게 고개를 숙여 보인 백작 부인이 엄격한 표정으로 물었다.

"한데 어찌 그리 서 계시는지요? 왕궁의가 적어도 일주일은 정양하셔야 한다 하지 않았습니까. 하여 왕제 저하의 문안마저 거절하셔 놓고 이러시면 아니 됩니다. 어서 침대에 오르십시오."

"말도 안 돼, 설마 지금 나더러 침대에서 일주일을 보내란 얘기는 아니겠죠?"

"맞습니다. 그런 표정 짓지 마십시오. 열흘 뒤에 있을 제전만 아니었다면 적어도 보름은 정양하셔야 했을 겁니다."

"그, 그래도……."

애써 항변해 보려 했지만, 백작 부인은 단호한 음성으로 답했다.

"자꾸 그러시면 제전 후에도 쉬시라 아뢸 겁니다. 하니 이제 그만 침대에 오르십시오. 옥체도 옥체이거니와, 그리하셔야 대외적으로도 명분이 서지 않겠습니까."

"……알겠어요."

마지못해 답하자 백작 부인은 그럴 줄 알았다는 듯 희미하게 웃음 지었다. 그러고는 뚱한 표정으로 침대에 오르는 밀라이아에게 다가와 이불을 가지런히 정돈해 주며 물었다.

"그나저나 옥체는 좀 어떠신지요? 어쩔 수 없이 알현을 받아들이신 건 알지만, 혹 그 바람에 무리하신 건 아닌가 걱정됩니다."

"아니에요, 보다시피 멀쩡한걸요. 참, 이번 일이야 기본적으로 궁내부 소관이긴 하지만, 일단 행정부에서도 최대한 협조해 달라고 페르디난드 공작에게 말을 넣어 두었습니다. 혹 조력이 필요하거든 언제든지 얘기하도록 해요."

"그리하겠습니다. 감사합니다, 전하."

"그래요. 그럼 유모도 잠시 물러가 쉬도록 해요. 보아하니 어젯밤부터 한숨도 못 잔 것 같은데."

걱정스러운 얼굴로 말하자, 백작 부인은 황급히 손사래를 치며 답했다.

"아닙니다, 전하. 신은 괜찮습니다."

"아니긴 뭐가 아니에요. 어서 물러가 쉬어요. 내가 내 일에만 너무 신경을 쓰느라 유모를 미처 생각지 못했군요."

거듭되는 권유의 말에도 백작 부인은 단호하게 고개를 저었지만, 왕명이라는 말에 결국 어쩔 수 없다는 듯 자리에서 물러났다. 필요하면 언제든 부르라는 말과 함께.

'어젯밤의 일로 사람들의 이목이 집중된 이상 누구든 당분간 나를 어찌할 수는 없어. 그런 상황에서 군이 백작 부인을 혹사시킬 이유는 없지. 어차피 내 사람으로 만들어야 할 자라면 이런 식으로 조금씩 감화시키는 게 좋기도 하고.'

무심하게 가라앉은 눈빛이 백작 부인이 나간 쪽으로 향했다가 이내 손에 들린 종이 뭉치로 돌아왔다.

스물이 훌쩍 넘는 이름을 쭉 훑어 내리는 그녀의 눈동자에 스산한 냉기가 어렸다.

'어디 보자. 얘는 왕제파, 얘도 왕제파. 그리고 얘, 얘, 얘도. 얼씨구, 반이 훌쩍 넘네? 이래서야 대놓고 누가 범인인지 알려 주는 격이잖아?'

푹 한숨을 내쉰 밀라이아가 종이를 노려보았다.

'아무리 그래도 명색이 여왕인데, 대체 얼마나 얕잡아 봐야 그런 것조차 파악하지 못하고 있을 거라 생각하는 거지? 아니면 어차피 물증 같은 건 안 나올 테니 상관없다는 건가? 그것도 아니면, 설마 지난번처럼 유야무야 넘어갈 거라고 확신하고 있는 거야?'

생각을 거듭할수록 점점 더 어처구니가 없어졌다.

그러나 따지고 보면 그리 나쁜 것만은 아니었다. 어차피 시녀들

문제야 페르디난드 공작과 협력 관계가 되지 않았다면 정말로 몰랐을 정보이기도 했거니와, 그렇게 대놓고 끈을 대고 있는 덕분에 각 계파의 행보를 알기도 쉬웠으니까.

물론 그것 역시 하나의 생존방식일 테니 굳이 시녀들을 탓할 생각 같은 건 없었지만, 그래도 누군가의 수족이 계속해서 곁에 붙어 있는 것은 곤란했다. 그것도 자신의 일거수일투족을 감시하여 일일이 보고하는 자들이라면 더더욱.

때문에 페르디난드 공작과 처음으로 협력 관계를 구축했을 때, 또 레티시아 부인이 복귀했을 때 밀라이아는 그동안 여왕의 주위를 둘러싸고 있던 시녀들을 전부 교체할 것인지에 대해 잠깐 고민하다 생각을 접었다.

레티시아 백작 부인과 클로에를 얻음으로써 일단 급한 불은 끈 데다가, 갑작스러운 자신의 변화를 귀족들에게 알리는 것보다는 얌전히 있는 편이 유리할 거라고 판단했기 때문이었다. 당장 시녀들을 갈아치운다 하여 믿을 만한 사람이 새로 들어온다는 보장도 없었고.

하지만 이런 식으로 나온다면 얘기가 달랐다.

'아무래도 조만간 한번 물갈이를 해야겠는걸.'

속으로 결심을 다지며 명부를 갈무리한 밀라이아는 머릿속으로 조용히 시간을 가늠했다. 지금쯤이면 양 계파 모두 각기 연결된 자들로부터 연락을 받았을 테니, 아무래도 조만간 뭔가 움직임이 있을 듯했다.

'좋아, 그럼 어디 한번 기다려 볼까?'

살짝 구겨진 종이의 끄트머리를 바라보던 밀라이아의 입가에 의미심장한 미소가 걸렸다. 앞일이 정말 기대된다는 듯이.

"분부하신 차를 가져왔습니다."

"아, 고마워요. 일단 거기다 놔 줄래요?"

"네, 전하."

자분자분 대답한 클로에가 소리 없이 찻잔을 내려놓았다. 늘 어딘가 들떠 있는 것처럼 보이던 평소와는 달리 꼭 다문 입술하며 주변을 정리하는 손놀림이 무척이나 차분해 보였다. 얼굴을 보지 않았다면 다른 사람이라 착각했을 정도로.

본디 조용조용한 것을 선호하는 밀라이아에게 그 모습은 그리 나쁘게 느껴지지는 않았지만, 그럼에도 모르는 척 놔두기에는 어쩐지 신경이 쓰였다. 잔뜩 풀 죽어 있는 모습이 왠지 좀 안쓰럽기도 했고.

'뭐라고 얘기라도 좀 해 줄까? 그냥 놔두라고 백작 부인이 신신당부하긴 했지만, 그래도 저대로 두기에는 기분이 영 그렇단 말이지.'

목숨의 위협을 겪었던 날로부터 어느덧 엿새째.

아무리 그래도 잘못을 범한 딸을 전하의 곁에 붙여 둘 수는 없다는 백작 부인의 완강한 거부 때문에 밀라이아는 제법 긴 시간이 지난 후에야 간신히 클로에를 제 곁으로 불러들일 수 있었다. 자신이 칩거하는 동안 모든 궁내부원을 상대로 벌어진 조사에서 그녀가 이번 일과 관련이 있다는 증거는 아무것도 나오지 않았다는 명분을 들면서.

그럼에도 백작 부인은 여전히 망설이는 기색이었지만, 계속되는 밀라이아의 고집에 마지못해 말했다. 자비를 베풀어 주신 점에 대해 무척이나 감사하다고, 이번 기회에 따끔하게 야단을 쳐 다시는 이런 일이 없도록 잘 가르쳐 놓겠다고, 그러니 전하께서도 더는 봐주지 마시라고 했다.

하지만 클로에를 확실한 제 사람으로 끌어들이기 위해서는 그 마음을 얻는 것이 중요했다.

그렇다면 저리 본성을 억누르도록 두는 것은 그리 현명한 선택이 아니었다. 제 곁에 머무르는 것이 즐겁지 않게 된다면 아무래도 마음을 얻기가 좀 더 어려워질 테니까.

'그래, 그냥 달래 주자. 그까짓 주의 좀 준다고 그동안 안 고쳐지던 성격이 확 달라지겠어? 차라리 이참에 인심이나 쓰는 게 낫지.'

속으로 결심을 굳힌 밀라이아가 말했다.

"클로에?"

"네, 전하."

"혹 어디가 안 좋은 건가요? 오늘따라 영 기운이 없어 보이네요."

갑작스러운 질문에 잠시 멈칫하던 클로에가 허둥지둥 답했다.

"아, 아닙니다, 전하. 저는 괜찮습니다."

"괜찮기는요. 안색도 영 좋질 않은데. 정말 어디가 아픈 건가요? 아니면 혹시 고에게 섭섭해서 그러는 거예요? 그런 거라면 미안해요. 좀 더 빨리 풀어 줬어야 했는데."

부드러운 사과에 클로에는 서둘러 고개를 붕붕 저었다. 밀라이아가 이렇게 나올 것이라고는 생각지 못한 듯 무척 당황한 기색이었다.

"어, 어찌 전하께서 사과를 하시나요? 게다가 섭섭하다니, 제가 어떻게 감히 그런 생각을……. 아, 아닙니다, 전하. 정말 아니에요. 저는 그냥, 너무 죄송해서……."

"죄송하다고요?"

"네. 제가 그 향초를 권해 드리지만 않았어도 이런 일을 당하시지는 않았을 텐데……. 거기다 당장 내치셔도 할 말이 없을 텐데, 이렇게 다시 불러 주기까지 하셔서……. 흑, 죄송해요, 전하. 제가 너무 멍청했어요."

커다란 눈에 그렁그렁 습기가 차오르는가 싶더니, 채 말릴 틈도 없이 굵은 물줄기가 되어 뚝뚝 떨어졌다.

밀라이아는 서둘러 손수건을 꺼내 건네며 말했다.

"아니에요. 그게 왜 클로에의 탓이에요? 고는 괜찮으니 더 이상 자책하지 마요. 울지 말고."

"훌쩍, 그치만 어머니가 조금만 늦었어도 정말 큰일 날 뻔하셨다고……."

"안 늦었으면 된 거죠. 자, 날 봐요. 멀쩡하죠?"

"흑, 네에."

"그러니 이제 그만 울어요. 예쁜 얼굴이 보기 흉해졌잖아요."

품에서 손수건을 꺼내 건네자, 클로에는 잔뜩 젖은 얼굴로 울먹거리며 말했다.

"당장 내친다 하셔도 할 말이 없을 텐데, 이렇게 위로까지 해 주시고……. 전하께서는 어쩜 이리 마음씨까지도 고우세요? 이러시면 제가 정말, 정말로……."

"정말로?"

"흡, 아무것도 아니에요. 어쨌든 정말 감사해요, 전하. 앞으로는 더 열심히 목숨을 바쳐 모실게요. 그러니까 절 버리지 말아 주세요, 네에?"

"당연하죠. 고가 왜 그런 짓을 하겠어요?"

단호하게 답하는 그녀를 멍하니 올려다보던 클로에가 고개를 푹 숙이며 말했다.

"하지만 어머니가 궁에서는 늘 조심 또 조심하라고 했는데, 저는 늘 덤벙거리는 데다 얌전하지도 못한걸요. 거기다 들어온 지 얼마 되지도 않아 이렇게 불미스러운 일에 엮이기까지 하고……."

"에이, 또 그런다. 우리 그 일에 대해서는 더 이상 언급하지 않는 걸로 해요. 그리고 고는 클로에의 그런 모습이 좋은걸요. 보고 있으면 덩달아 기분이 좋아지는 것 같은 느낌이랄까요?"

"저, 정말요?"

"그럼요. 그러니까 그런 걱정은 하지 마요. 그리고 이건 우리끼리니까 하는 얘기지만……."

의도적으로 우리란 말을 강조한 것이 먹힌 듯, 클로에는 한층 밝아진 얼굴로 이어지는 밀라이아의 말에 귀를 기울였다.

"그냥 하는 말이 아니라, 고에게 유모는 진짜 어머니와도 같은 존재랍니다. 그렇다면 우리도 남이라고 할 수만은 없지 않겠어요?"

"핫, 그 말씀은……. 부, 부디 거두어 주세요, 전하. 감당하기 버겁습니다."

'성공이군.'

황급히 고개를 숙이는 바람에 자칫 놓칠 뻔하긴 했지만, 밀라이아는 찰나의 순간 클로에의 얼굴에 스치고 지나가는 감격을 보았다. 잠시 가라앉았던 눈물이 다시금 그렁그렁 차오르는 모습도.

그렇다면 남은 건 확실하게 쐐기를 박는 것뿐이었다.

"뭐 어때요, 우리끼리만 하는 얘긴데. 물론 밖으로 새 나가면 좀 곤란해질 소리기는 하겠지만, 어쨌든 내 마음은 그렇답니다."

"네에……. 감사합니다, 전하! 정말 감사합니다! 목숨을 다해 섬기겠습니다!"

"고마워요. 음, 그럼 이제 나 좀 그만 침실에서 내보내 주면 안 될까요? 갑갑해 죽을 것 같아."

"그건 안 돼요! 적어도 오늘까지는 푹 쉬셔야 한다고 왕궁의가 신신당부했단 말이에요."

"으, 한 번만 봐줘요. 어차피 하루 남았는데, 조금 일찍 나간다고 별반 달라질 건 없잖아요?"

"절대, 절대 안 돼요. 전하께서는 아직 정양하셔야 한다고요."

보기 드물게 강경한 클로에를 물끄러미 바라보던 밀라이아가 한숨을 푹 내쉬었다.

"알겠어요, 알겠어. 그럼 책이나 좀 더 볼게요."

"잘 생각하셨어요, 전하. 그럼 저는 나가 보겠습니다. 뭐 필요하신 것이 있으면 바로 부르세요!"

"자기 전에나 부를 테니까, 그때까진 클로에도 좀 쉬어요. 저녁은 생각 없으니 들이지 말고."

시무룩한 얼굴로 답하자, 클로에는 뭔가를 얘기하려다 말고 그냥 고개를 숙여 보였다.

소리 없이 방을 빠져나가는 그녀를 잠시 바라보던 밀라이아는 문이 닫히고 인기척이 완전히 사라지자마자 곧장 옆방으로 향했다. 창 하나 없는 침실에 일주일 가까이 갇혀 있어서 그런가, 이제는 갑갑하다 못해 숨마저 막힐 지경이었다.

'이게 뭐람? 수도는 오늘부터 축제라는데 나가서 구경해 보기는 커녕 좁은 방에 갇혀 있으니 원. 에휴, 여기서 창이라도 열고 있어 야지. 이러다가 독의 후유증이 아니라 갑갑증 때문에 죽겠다.'

잔뜩 찡그린 얼굴로 창을 열어젖힌 밀라이아는 신선한 공기를 가 득 들이마신 후에야 간신히 인상을 폈다.

그렇지만 조금 나아진 것 같은 느낌도 잠시, 일단 한번 바깥바람 을 쐬자 오히려 더 갑갑한 기분이 들었다. 어쩌면 철든 이래로 늘 바쁘게 살아왔었기에 한가로운 이 시간을 더 못 견디는 건지도 모 른다.

'잠깐만이라도 나갈 방법이 없을까? 저렇게 강경한 걸 보면 정상 적인 방법으로는 안 될 테고…… 맞다, 그게 있었지?'

문득 떠오르는 생각에 슬쩍 주위를 살핀 밀라이아는 창문을 닫은 뒤 벽 쪽으로 다가갔다.

문밖에 있을 사람들의 존재가 신경 쓰이기는 했지만, 잘 때까지 들어오지 말라 얘기해 두었으니 큰 소리가 나지 않는 이상 들킬 염 려는 없었다.

소리가 새어 나가지 않도록 조심조심 벽을 짚어 가다가, 왕세녀 가 되던 날 부왕께서 보여 주셨던 대로 유독 단면이 거칠게 느껴지 는 돌들을 찾아 꾹꾹 눌렀다.

그런 뒤 벽에 조각된 독수리의 부리를 움켜잡아 오른쪽으로 비틀 자—.

그그긍.

작은 울림소리와 함께 돌벽이 안으로 밀려들어갔다.

활짝 열린 독수리의 날개 사이로 끝을 알 수 없는 시커먼 공간이 모습을 드러냈다.

'좋았어. 그럼 어디 한번 탐방을 해 볼까?'

다시 한번 문밖의 기척을 꼼꼼하게 살핀 밀라이아는 제 차림을 한번 훑어보고는 씩 미소 지었다.

단색 리본으로 한데 묶은 머리카락과 화장기 없는 얼굴, 그리고 내내 침실에만 있느라 간단하게 차려입은 밋밋한 평상복.

이만하면 이대로 나간다 해서 정체를 들킬 염려는 없을 듯했다. 물론 그전에 돈으로 바꿀 만한 뭔가는 좀 챙겨 가야겠지만.

'어디 보자. 어차피 비상금 정도만 있으면 되고, 너무 귀한 걸 들고 가면 눈에 띌 테니까……. 이 정도면 되겠군.'

방 안을 두리번거리던 그녀는 자그마한 머리핀 하나를 챙긴 뒤 다시금 통로 입구에 섰다.

부왕의 이야기에 따르면, 이 공간은 왕궁의 지하로 연결되어 있으며 출구는 지난번에 방문했던 왕실 묘지에 있다고 했다. 그곳이라면 일반인의 출입이 통제되어 있는 덕에 늘 한적했으므로, 그녀의 생각으로는 이 비밀통로야말로 왕궁을 몰래 빠져나가기엔 최적의 장소였다. 실제로 역대 왕들이 암행을 나가기 위해 자주 사용했다고도 들었다.

'즉 지금 같은 상황에 딱 맞춤이란 말이지.'

조금 찔리기는 했지만, 밀라이아는 어차피 언젠가는 탐사했을 곳인데 미리 좀 하면 어떠냐고 애써 합리화하며 조심조심 통로 안으로 들어섰다. 그러고는 바닥에 놓인 부싯돌을 부딪쳐서 한쪽 벽에 걸려 있는 횃불에 불을 붙인 뒤, 그 옆에 자리한 돌을 눌러 문을 닫았다.

'일단 들키지는 않은 것 같네.'

혹시나 하는 마음에 한참을 가만히 서 있던 밀라이아는 조금 더 시간이 흐른 후에야 주홍색 횃불에 의지해 느릿느릿 걸음을 옮겼다. 환한 바깥과는 달리 안은 몹시 어두운 데다, 이미 탐사했던 다른 비밀통로들과는 달리 이곳은 어떤 구조로 이루어져 있는지 알지 못하는 탓에 빠르게 움직일 수도 없었다.

'어디 보자. 설마 출구까지 일직선으로 쭉 연결된 건가? 침입자 방지를 생각하면 이쯤에서 갈림길이 있어야 정상인데.'

통상적으로 비밀통로는 적에게 발각되었을 때를 대비하여 서로 연결되지 않는 독립된 공간으로 만들곤 했다. 또한 엉뚱한 출구를 연결해서 신경을 분산시키거나 갈림길을 만들어 시선을 교란시키기도 했다.

한데 지금 그녀가 있는 곳은 걸어도 걸어도 갈림길 하나 없이 하나의 통로로 쭉 연결된 것이 아닌가.

'이런 경우는 또 처음이네. 침실이랑 연결되어 있어서 그런가? 비상시에 빠르게 도망치라고? 그랬다가 역으로 침입해 오기라도 하면 어쩌려고 그랬지?'

의아한 기분으로 통로를 걷기를 한참, 저 멀리 돌문이 보였다.

반사적으로 발소리를 죽인 그녀는 돌벽에 귀를 대고 잠시 동정을 살폈다. 그러고는 아무도 없다는 확신이 든 후에야 조심스럽게 문을 열었다.

'오, 진짜잖아? 하긴 아바마마께서 내게 거짓말을 하실 이유는 없지.'

소리 없이 쾌재를 부른 밀라이아는 최대한 동작을 줄이며 조심조심 밖으로 빠져나왔다.

숨조차 죽이고 나와 살그머니 둘러본 곳은 몇 달 전 그녀가 선왕의 기일을 핑계 삼아 다녀갔던 바로 그곳이 분명했다. 본디 오는 도중에 왕제를 납치하려 계획했지만 예상외의 상황으로 취소되는 바람에 그저 조용히 방문만 하고 갔던 장소, 왕실 묘지.

하얗고 노란 꽃이 흐드러지게 피어 있던 곳에는 진녹색 옷을 차려입은 작은 나무들이 자태를 뽐내고, 바람 하나 불지 않는 잔디밭은 햇살을 받아 눈부시게 반짝이고 있었다. 아름답고 잔잔하고, 고요하기 짝이 없는 모습.

'일단 밖으로 나온 건 좋은데, 이제 여기를 어찌 빠져나간다?'

독수리 형상의 석비石碑 뒤에 몸을 숨긴 밀라이아는 지나치게 조용한 주위를 둘러보며 한숨을 푹 쉬었다. 아무도 없는 건 이미 확인했으니, 입구를 지키고 있는 경비병들의 시선만 잘 피하면 어찌어찌 빠져나갈 수 있을 것도 같았다. 아니면 담을 넘든가.

'에이, 모르겠다. 일단은 입구 쪽 동태나 한번 살펴보고, 정 안 되겠다 싶으면 담을…… 넘어야겠지?'

제 키의 한 배 반은 높았던 담벼락을 떠올리며 몸을 부르르 떤 그녀는 자세를 한껏 낮춘 채 조심조심 걸었다. 다행히 주위가 모두 잔디밭인 덕분에 소리가 새어 나갈 염려는 없었다.

제법 길게 느껴지는 시간이 흐른 뒤에야 간신히 정문이 보이는 거리에 도착한 그녀는 경비병의 동태를 살피다 눈썹을 찌푸렸다.

아무리 축제 기간이라 평소보다 더 한적하다 해도 그렇지, 저렇게 대놓고 졸면 어찌한단 말인가.

'하여간 기강이 해이하지 않은 곳이 없군. 후우. 당장은 내가 편안하니까 그냥 두겠는데, 다음에 또 걸리기만 해 봐. 한번 제대로 단속해 줄 테니.'

씁쓸한 입맛을 다시며 치맛자락을 단단히 움켜잡은 밀라이아는 혹시라도 경비병이 깰세라 까치발을 한 채 입구로 다가갔다. 그러고는 숨까지 멈춘 채 쪽문으로 조심조심 나온 뒤, 소리 없이 문을 밀어 닫았다.

"후우……."

몹시 긴장되긴 했지만, 어쨌거나 들키지 않고 무사히 빠져나오는 것은 성공이었다.

조심조심 묘지 근처에서 벗어난 밀라이아는 정문이 저만치 멀어졌을 때에야 비로소 팔짝팔짝 뛰며 기쁨을 표출했다. 조마조마하던 가슴이 그제야 탁 풀어지는 느낌.

'세상에, 이게 얼마 만의 외출이야?'

본래 세상에서는 왕국민들의 생활도 살필 겸, 세상을 알아야 한다는 명분하에 종종 암행을 나갔던 그녀였다. 그러다 이곳으로 넘어온 이후 내내 갇혀 사느라 얼마나 답답했는지 모른다.

'오늘은 실컷 즐기다 들어가야지. 언제 또 이렇게 나올 수 있을지 모르잖아?'

밀라이아는 잠시 주변을 살펴보며 속으로 중얼거렸다.

오랜만에 맛보는 완전한 자유가 무척이나 달콤하게 느껴졌다. 물론 지난번에 페르디난드 공작과 함께 외출한 적이 있다지만, 누군가가 따라다니는 것과 온전히 홀로 돌아다닐 수 있는 것은 기분이 다르지 않은가.

'어디부터 가 볼까? 역시 평민 지구가 낫겠지? 겸사겸사 사는 모습도 살필 겸 말이야.'

잔뜩 신난 얼굴로 결정을 내린 밀라이아는 곧바로 걸음을 옮겼다.

아무리 백 년 전의 세상이라고는 해도 수도의 구조가 완전히 바뀐 것은 아니었으므로, 평민 지구 정도야 충분히 홀로 찾아갈 수 있었다. 비록 시간은 조금 걸릴지 모르겠지만.

한 시간 뒤.

'뭐야. 저자가 왜 여기 있어?'

갈증을 해결할 겸 즙이 많은 과일 하나를 사서 깨물던 밀라이아는 문득 맞은편에서 걸어오는 남자를 보고 화들짝 놀라 얼굴을 가렸다.

무척 못생긴 얼굴, 그리고 천박해 보일 정도로 화려한 옷차림.

일단 한 번 마주친 사람이라면 결코 잊을 수 없는 그 모습은 분명 신체루스 백작의 것임이 분명했다. 페르디난드 공작의 위장용 신분인.

'일단 도망치자. 설마 그새 들키진 않았을 거야.'

심장이 터질 듯 빠르게 뛰는 것이 느껴졌지만, 밀라이아는 아무렇지도 않은 척 최대한 자연스럽게 뒤로 돌아 걸었다.

그리고 무사히 모퉁이를 돌아 옆 골목으로 꺾어진 순간—.

"어딜 그리 급하게 가십니까?"

등 뒤에서 음산한 목소리가 들렸다.

'아우, 어째 한 번을 못 넘기냐.'

갑자기 짜증이 확 밀려와, 밀라이아는 한숨을 푹 내쉬며 멈춰 섰다. 처음부터 마주치지 않았다면 모를까, 집요하기 그지없는 저자에게 의심을 산 이상 무사히 이 상황을 빠져나갈 방법은 없다고 봐야 했다.

'그래도 반항은 한번 해 봐야겠지? 이대로 순순히 끌려가긴 억울하잖아.'

입술을 삐죽이며 결의를 다진 그녀는 머뭇거리는 척 천천히 뒤를 돌아보았다.

"혹시 저를 부르신 건가요?"

"하, 지금 모르는 척하시겠다 이겁니까?"

"네? 그게 무슨 말씀이신지?"

눈을 동그랗게 뜬 채 반문하자, 그는 가증스럽다는 듯 그녀를 바라보며 말했다.

"발뺌하셔 봐야 소용없습니다. 보아하니 몰래 나오신 듯한데, 대관절 어떻게 궁을 빠져나오신 겁니까?"

"저기, 아까부터 무슨 말씀을 하시는 건지……. 아무래도 사람을 잘못 보신 것 같습니다."

"그러니까 지금 신이 착각을 했다고 주장하시는 겁니까?"

곧게 뻗은 눈썹이 꿈틀거렸다.

그렇지만 헛소리 작작하라며 당장에라도 끌고 갈 거라는 예상과는 달리, 공작은 단단하게 꼈던 팔짱을 풀고는 말했다.

"흠, 알겠습니다. 아무래도 제가 착각을 했나 보군요."

"뭐, 그럴 수도 있……."

"까짓것, 가서 직접 확인해 보면 되겠지요. 실례했습니다."

'뭐라고? 가서 뭘 해?'

밀라이아는 휙 돌아서는 공작을 보며 눈을 부릅떴다. 아직까지는 단순한 협박에 불과했지만, 여기서 모르는 척 그냥 보냈다가는 진짜로 궁으로 향할 가능성이 농후했다.

'이러다 레티시아 백작 부인이 알게 되기라도 한다면……? 아, 안 돼. 어쩌면 죽을 때까지 침실에 갇혀 있게 될지도 몰라.'

자꾸 그러면 제전 후에도 쉽게 할 거라던 말을 떠올린 밀라이아가 부르르 몸을 떨었다. 지난 엿새만으로도 충분히 죽을 맛이었는데, 정말 그렇게 되기라도 하는 날에는 갑갑증에 미쳐 버릴 것이 분명했다.

"저기요! 잠깐만요!"

다급하게 불러 보았지만, 공작은 아무것도 못 들었다는 양 계속해서 뚜벅뚜벅 걸음을 옮겼다. 당장에라도 궁으로 달려갈 것만 같은 기세.

밀라이아는 이를 악물며 땅을 박찼다. 아무리 아니꼽고 치사해도 일단은 저 발길부터 막아야 했다.

두 팔을 쫙 벌린 채 앞을 가로막는 그녀를 본 남자가 눈썹을 치켜세웠다.

"뭡니까."

"아하하, 농담 한번 했기로서니 뭘 또 그리 야박하게 굴고 그래요. 오랜만이에요, 페르디난드 공작. 그동안 잘 지냈어요?"

"페르디난드 공작이라니요? 사람 잘못 보신 것 같습니다만."

"아우, 그러지 말고요. 혹시 신체루스 백작이라고 안 불러서 그래요? 설마 농담 한번 한 걸 가지고 삐친 건 아닐 테고."

은근슬쩍 도발하자, 공작은 어이없다는 표정으로 그녀를 바라보다 한숨을 푹 쉬었다.

"하아. 됐습니다. 그보다 궁은 어떻게 빠져나오신 겁니까? 요즘은 이렇게 홀로 나오실 정도로 경비 태세가 엉망이지는 않을 텐데요."

"알면서 뭘 물어요? 당연히 비밀이죠."

"……하면 언제 돌아가실지라도 말씀해 주시지요. 설마 이것도 안 된다고 하지는 않으시겠지요?"

억눌린 음성으로 묻는 공작을 보며 짐짓 생각에 잠긴 척 고개를 한쪽으로 기울인 밀라이아가 답했다.

"음, 잘 시간이 되기 전에는 들어갈 거예요. 그때까지도 방에 없었다가는 난리가 날 테니까요."

"잘 시간은 무……! 후우, 알겠습니다. 하면 앞장서십시오."

"앞장서다니, 어딜요?"

"그럼 설마 신이 전하를 혼자 보내드릴 줄 알았습니까?"

이보다 더 멍청한 소리는 들어보지 못했다는 듯, 남자는 눈썹을 확 치켜세우며 고압적인 눈길로 그녀를 바라보았다.

그 모습을 보자 왠지 더 딴죽을 걸고 싶어졌지만, 밀라이아는 속마음을 애써 억누르며 다른 얘기를 꺼냈다. 그래 봐야 제 손해였으니까. 여기서 입씨름하는 사이에도 소중한 시간은 계속 흘러가고 있었다.

"……알았어요. 대신 내가 보고 싶은 곳으로만 다닐 거예요?"

"그러십시오. 단, 신이 옷을 좀 갈아입은 다음에요."

"옷을 갈아입어요? 왜요?"

"그야 이 모양으로 다니면 눈에 띌 것이 뻔하잖습니까. 혼자라면 모를까, 지금 같은 상황에서는 좋을 것 없지요."

"하아아…… . 알겠어요. 내가 어쩌다가 공, 아니, 백작에게 걸려 가지고."

땅이 꺼져라 한숨을 내쉰 밀라이아가 공작을 따라 걸음을 옮겼다.

골목을 빠져나와 광장에 들어서자 유독 붐비는 몇몇 장소가 눈에 들어왔다.

총 일주일 동안 열리는 축제의 첫날인 오늘, 이곳 광장은 온갖 잡다한 물건을 판매하는 사람들뿐만 아니라 소소한 놀이판을 벌여 놓은 장사꾼, 그리고 구경하는 자들 등으로 몹시 혼잡했다.

'기왕 이렇게 된 거, 알차게 놀다 가야지.'

홀로 다닐 때는 할 수 없었거나 선뜻 나서기 그랬던 것들도 공작과 함께하는 이상 도전해 볼 수 있을 것 같았다.

시무룩하던 좀 전과는 달리 신난 표정으로 걷는 그녀를 물끄러미 바라보던 공작이 피식 웃었다.

"그렇게 좋으십니까?"

"그야 당연하잖아요? 이번 주 내내 갇혀 있다 간신히 빠져나왔는데. 백 년 전에는 축제가 이런 식이었구나 생각하니까 신기하기도 하고…… 핫."

'아, 이런. 말실수했네.'

슬그머니 눈치를 보았지만, 공작은 별말 없이 고개를 끄덕였다.

"그 심정을 이해 못하는 건 아닙니다만, 그래도 경솔하셨습니다. 이런 중요한 시기에 홀로 나오시다니요."

"어차피 뭐…… . 음, 아니에요. 걱정 끼쳤다면 미안해요."

과거의 경험상 저를 알아보는 사람이 아무도 없는 이런 곳이 오히려 귀족들 사이보다 훨씬 안전하다는 것이 그녀의 지론이었지만, 이미 말실수를 한 번 한 마당에 그런 이야기까지 꺼낼 수는 없었다.

순순히 수긍하는 모습이 수상하게 보였던 듯, 공작은 그녀를 의심스러운 눈길로 한번 쳐다보고는 또 다른 골목길로 접어들었다.

그곳에는 화려한 마차가 한 대 서 있었다.

"잠시만 여기 계십시오. 혹시나 해서 드리는 말씀입니다만, 만일 도망가시거나 할 경우 곧장 궁으로 갈 겁니다."

"안 가요, 안 가. 알았으니까 어서 옷이나 갈아입고 와요."

짜증스러운 표정으로 손을 휘휘 젓자, 공작은 픽 웃고는 마차 안으로 들어갔다.

밀라이아는 잠시 하늘을 올려다보며 시간을 가늠했다. 해가 중천인 것으로 보아 아직 여유는 있었지만, 어렵사리 얻은 시간을 낭비하지 않으려면 계획을 잘 세워야 했다.

'어디 보자, 비밀통로 위치를 알려 줄 수는 없으니 적당한 곳에서 헤어진다 치면……. 뭐, 그래도 너덧 시간은 더 놀 수 있겠네.'

속으로 뭘 할지 고민하는데, 어느새 옷을 갈아입은 공작이 마차에서 내리는 것이 보였다. 눈에 띄지 않는 옷으로만 갈아입을 거라는 예상과는 달리 신체루스 백작의 변장을 아예 풀어 버린 상태로.

'뭐야, 누가 봐도 그냥 공작이잖아? 왜 저렇게 했지? 어차피 평민 지구라 알아볼 사람이 없다 이건가?'

"어찌 그러십니까?"

"아니에요. 어서 가요."

잠시 고민하던 밀라이아는 가볍게 고개를 저으며 답했다. 옷만 수수할 뿐 저 얼굴 그대로 다니는 게 과연 괜찮을까 싶기는 했지만, 그도 나름대로 생각이 있으니 그랬겠지 싶었다.

　골목을 빠져나와 광장에 막 들어서는데, 길가에 벌어진 좌판들을 유심히 살피던 공작이 말했다.

　"잠시만 저길 들르지요. 사야 할 것이 있습니다."

　"네? 이런 곳에서요?"

　"네. 만일을 대비해서 나쁠 건 없으니까요."

　딱 잘라 말한 공작은 그녀의 답변을 기다리지도 않고 먼저 뚜벅뚜벅 걸어 나갔다. 그러고는 여성용 소품을 파는 곳으로 다가가, 흥정하는 기색도 없이 곧장 셈을 치르고는 물건을 받아 그녀에게 내밀었다.

　"쓰십시오."

　"어…… 이걸요?"

　"네. 만일을 대비해서 나쁠 건 없으니까요."

　밀라이아는 공작이 내미는 물건을 잠시 내려다보았다.

　그것은 그저 수수한 여성용 모자였다. 챙이 그리 넓지는 않으나 얼굴을 가릴 수 있는 모자.

　"고마워요."

　마침 눈에 띄는 남자와 다니는 게 신경 쓰였겠다, 이 정도면 얼굴을 가리기 좋겠다 싶어 흔쾌히 받아 든 밀라이아는 곧바로 그것을 머리 위에 조심스레 얹었다. 그러고는 폭 넓은 끈을 턱 밑에 잘 묶은 뒤, 다시 광장으로 향했다.

　그렇게 광장을 돌아다니기를 반 시간여.

잔뜩 늘어놓은 조잡한 물건들도 구경하고 소소한 놀잇거리들도 들여다보며 이곳저곳을 기웃거리는데, 문득 옆 좌판에서 벌어지는 놀이가 눈에 들어왔다.

"어, 이거……."

"관심 있나, 아가씨? 그럼 일단 한번 해 보게! 별로 어렵지 않아!"

"음, 그럴까요?"

봉 잡았다는 표정으로 싱글벙글하는 중년 남자를 돌아본 밀라이아의 입가에 짙은 미소가 걸렸다.

"어디 보자, 다섯 개 중 하나에 걸면 되는 건가요?"

"응? 응, 그렇지! 여기 다섯 개의 컵 중에 구슬이 들어 있는 하나를 맞춰 주면 된다네!"

"그래요? 간단하네. 그럼 한번 해 보죠, 뭐. 공…… 음, 페르? 같이 할래요?"

"……네, 뭐."

잠시 멈칫하던 공작이 고개를 끄덕였다.

떨떠름한 기색이 묻어나는 얼굴을 보며 소리 없이 웃은 밀라이아가 사내에게 말했다.

"시작해요."

"흠흠. 그러지. 맞추면 세 배를 받고, 틀리면 잃는 걸세."

눈치를 살피던 사내가 빠르게 설명하며 컵을 섞었다. 휙휙 움직이는 손놀림은 놀라울 정도로 신속했지만, 그것을 지켜보는 두 사람의 눈빛은 한 치의 흔들림도 없었다.

"자, 되었네! 어디에다 걸겠나?"

"두 번째."

"두 번째."

거의 동시에 나온 대답에 슬쩍 얼굴을 굳힌 남자가 두 번째 컵을 들어 올렸다. 그 안에는 투박한 나무 구슬이 들어 있었다.

"……두 사람 모두 맞혔네. 어떻게, 한 판 더 할 텐가?"

"그러죠, 뭐. 이번엔 두 배 걸겠어요."

"그러게. 그럼 어디 볼까…… 으랏찻차! 차합!"

이상한 기합을 넣으며 컵을 섞는 남자를 떨떠름한 눈초리로 바라보던 공작이 낮게 속삭였다.

"페르, 라고요?"

"뭐, 아예 다른 건 아니잖아요? 그렇다고 다짜고짜 이름을…….."

"자, 다 됐네! 이번에는 쉽지 않을 거야!"

갑자기 대화를 자르고 들어오는 목소리에 멈칫한 밀라이아가 말했다.

"어…… 못 봤는데. 에이, 모르겠다. 가운데요."

"가장 오른쪽."

곧바로 이어진 공작의 말에 입맛을 다신 남자가 오른쪽 끝의 컵을 들어 올렸다.

"맞혔네. 허, 이것 참…….."

아쉬운 표정이 역력한 표정으로 남자가 내미는 동전을 받아 든 공작이 말했다.

"계속하시죠."

"어? 아아, 그럼세. 자, 그럼 또 가네…… 차합!"

이번에야말로 이기겠다는 듯 눈을 부릅뜬 남자가 미친 듯한 속도로 컵을 섞었다.

그 모습을 잠시 바라보던 공작이 허리를 굽혀 다시 속삭였다.

"하던 얘기는 마저 하셔야지요. 이름을, 다음엔 뭡니까?"

"아, 다짜고짜 이름을 부를 수도 없지 않느냐고요. 허락받지도 않았는데."

"호오, 언제부터 그리 예의를 따졌다고……."

"자, 되었네! 어디다 걸 텐가?"

또다시 불쑥 끼어드는 사내의 목소리에 미간을 찌푸린 공작이 말했다.

"두 번째."

"아가씨는?"

"가운데."

빙긋 웃으며 답하자 조금 피어나던 사내의 얼굴이 하얗게 변했다.

"다른 곳에 걸 생각은 없나? 바꿀 기회를 주지."

"없는데요?"

"……가운데가 맞네. 허, 두 사람 정체가 뭔가? 이거야 원, 수지가 안 맞아서……."

남자가 구시렁거리며 건네주는 동전을 낚아챈 밀라이아가 생글 웃었다.

"이 대 이네요. 그렇죠?"

"뭡니까, 지금 저와 승부를 가리자는 거였습니까?"

"어, 몰랐어요? 그야 당연하잖아요. 이런 게임을 하는데."

살살 약을 올리자, 공작은 시큰둥하던 지금까지와는 달리 눈을 날카롭게 빛내며 말했다.

"좋습니다. 계속하시지요. 이제부터는 봐드리지 않을 겁니다."

"누가 할 소리를."

그 말을 시발점으로 치열한 눈치 싸움이 시작되었다. 장장 스무 판에 가까운 게임을 하는 내내.

그리고 그 살벌한 전쟁의 패자敗者는―.

"그만, 그만! 너희와는 더 이상 못하니 당장 꺼져!"

바로 중년 남자였다.

"너네들 꾼이지? 당장 꺼져! 에이, 재수가 없으려니까! 퉷!"

버럭버럭 고함치는 남자를 퉁한 얼굴로 바라본 밀라이아가 말했다.

"재수 없다니, 아저씨야말로 너무하시네. 뭐, 알았어요. 개평주: 도박판에서 딴 사람이 그중 일부를 다른 사람들에게 주는 것이라도 좀 드리려고 했는데 그냥 꺼져 드려야겠다."

"뭐, 뭐라고? 이봐! 잠깐만!"

"그만 가요, 페르."

"……그럽시다."

가볍게 고개를 끄덕인 그가 휙 돌아섰다.

그 뒤를 따라 곧장 걸음을 옮기려던 밀라이아는 울상이 된 남자를 보고는 빙긋 웃으며 작은 주머니 하나를 던져 주었다.

"사기꾼이었으면 탈탈 털어 버리려고 했는데, 정직하게 하셔서 돌려 드리는 거예요. 덕분에 재미있었어요, 아저씨!"

"어? 어, 그래. 고맙네."

얼떨떨한 표정으로 주머니를 받아 드는 남자를 보며 다시 한번 생긋 웃어 보인 밀라이아는 그제야 공작에게로 다가가다 말고 멈칫했다.

"아차."

"……뭡니까. 설마 저자에게 있는 돈을 다 주기라도 하신 겁니까?"

"음, 네."

"뭐라고요?"

"라고 할 줄 알았어요, 설마? 나도 그 정도 머리는 있거든요?"

어이없다는 듯 답하자, 공작은 눈썹을 치켜세우며 물었다.

"그럼 뭡니까?"

"승부를 못 냈잖아요. 아깝다. 한 판만 더 했어도 십이 대 십일이었는데."

"……물론 제가 십이겠지요?"

"무슨 소리예요? 당연히 나죠."

기막혀 하는 그녀를 황당한 표정으로 바라보던 공작이 말했다.

"하고 싶은 말은 많지만 참겠습니다. 그냥 다른 걸로 승부를 내시지요."

"좋아요."

밀라이아는 아까부터 달콤한 냄새가 솔솔 풍겨 오던 좌판을 가리키며 말했다.

"저거 어때요?"

"하필 골라도 저런 걸…… 뭐, 좋습니다. 그리하시지요."

작게 중얼거린 공작이 마뜩잖은 얼굴로 승낙했다.

'흥, 이건 절대 못 이길걸?'

샐쭉하게 웃어 보인 밀라이아는 곧바로 몸을 돌려 좌판으로 다가갔다. 그 앞은 이미 눈을 부릅뜬 채 손을 놀리는 사람들로 가득 차 있었다.

"어서 와요! 두 사람인가?"

"네, 두 개 주세요."

웃으며 답하는 그녀에게 중년 여인은 곧바로 동그란 과자 두 개를 건네주었다.

아이사 열매 과즙을 굳혀 만든 이 과자는 맛이 굉장히 달콤한 덕분에 평민 아이들 사이에서 무척이나 인기가 많은 군것질거리였다. 뿐만 아니라, 위에 찍혀 있는 문양을 손상 없이 뜯어내기에 성공할 경우 같은 과자를 하나 더 주는 관행 때문에 도전 의식을 불사르게 하는 놀잇감이기도 했다.

'도전 의식. 그래, 그게 핵심이지.'

밀라이아는 어색한 기색이 역력한 공작을 보며 빙긋 웃었다. 사실 그녀는 소싯적에 이 과자를 한 개 값을 치르고 열 개까지 받아 본 적이 있는 능력자였다.

'어디 보자, 별 모양이네? 이쯤이야 쉽지.'

문양을 확인한 밀라이아는 공작에게 과자 하나를 건네준 뒤 손끝에 온 정신을 집중한 채 모서리를 잘라 내기 시작했다. 한때 많이 해 봤다고는 해도, 이 과자는 워낙 잘 부서지는 탓에 방심은 금물이었다.

톡, 톡, 뚜둑.

한참 동안 조심조심 손을 놀리고 있을 때, 옆에서 뭔가가 부러지는 소리가 들렸다.

잠시 후 짜증이 섞인 남자의 목소리가 귓가를 울렸다.

"여기 하나 더."

"흠. 잘 안 되나 봐요?"

약 올리듯 묻는 그녀를 돌아본 공작이 눈썹을 찡그리며 답했다.

"어차피 한쪽이 여기 찍힌 문양을 완전히 뜯어낼 때까지 아니었습니까?"

"뭐, 그거야 정하기 나름이죠. 힘들다면 그만둬도 돼요."

"……됐습니다. 제가 한 번 실수했다고 바로 포기할 사람으로 보이십니까?"

공작은 동그란 과자 모서리를 크게 부러뜨리며 받아쳤다. 좀 전에 비해 손놀림이 꽤나 거칠어진 것이, 아무래도 생각보다 잘되지 않자 조금 신경질이 난 듯했다.

"그보다 한 가지 짚고 넘어가야 할 점이 있습니다만."

거듭 말을 붙이는 남자 때문에 정신이 사나웠지만, 밀라이아는 계속해서 과자를 잘라 내며 물었다.

"뭔데요?"

"이거, 반칙 아닙니까? 보아하니 어째 많이 해 보신 것 같은데요."

"반칙은 무슨. 언제 그런 룰을 정하기라도 했어요?"

"꼭 룰을 정해야 아는 겁니까? 그런 건 기본……."

뚜둑.

신경이 분산된 탓일까. 과자가 큰 소리를 내며 부서졌다.

반으로 갈라져 버린 별을 허탈하게 바라보던 밀라이아가 중년 여자를 돌아보며 말했다.

"여기 하나 더."

"흠. 생각보다 숙련자는 아니셨군요. 별이 아주 예쁘게 반쪽이 된 걸 보니 말입니다."

"……시끄러워요. 그리고 정신 산란하니 말 시키지 마요."

톡 쏘아붙이자, 공작은 그제야 알겠다는 듯 고개를 끄덕이고는 과자로 시선을 돌렸다.

밀라이아는 좀 전보다 한결 자신 있는 손놀림으로 모서리를 잘라 나갔다. 손을 좀 풀어서 그런가 아까보다 훨씬 수월한 느낌이었다.

커다란 부분을 다 잘라 내고 별의 모서리를 살살 뜯어내고 있는데, 조용히 과자를 부러뜨리던 공작이 막 생각났다는 듯 말했다.

"참, 그거 아십니까?"

"뭐요?"

"글쎄, 좀 전에 근처에서 당신을 사모해 마지않는 어떤 법관을 봤지 뭡니까. 어쩌면 지금도 근방에 있을지 모르겠군요."

"뭐라고요?"

뚝.

반쯤 완성되어 가던 별이 또다시 보기 싫게 부러졌다.

하지만 밀라이아는 조각난 과자 따위에 눈길을 줄 겨를이 없었다. 그녀의 신경은 온통 공작이 보았다던 사람에게 쏠려 있었으니까.

"길리안 대법관이 근처에 있다고요? 그걸 왜 지금에야 말해요!"

"흠. 그가 그렇게 신경 쓰이십니까? 이렇게 놀라실 만큼?"

"지금 그게 중요해요? 들켰으면 어떡하려고!"

빽 소리를 지르려다 말고 간신히 삼킨 그녀가 작게 으르렁거렸다.

그러자 공작은 재미있다는 얼굴로 말했다.

"그럴 염려는 없을 겁니다. 모르는 자였거든요."

"뭐라고요? 하지만 좀 전에는……."

"저는 누구라고 특정한 적은 없는데요. 단지 법복 차림의 어떤 남자가 뚫어지게 쳐다보기에 그리 짐작했을 뿐이랍니다."

"아, 진짜……."

솟구쳐 오르는 화를 애써 삭이며 숨을 몰아쉬는데, 문득 손에 들려 있는 과자가 눈에 들어왔다.

처참하게 부서진 별을 망연자실하게 바라보던 밀라이아가 팩 신경질을 부렸다.

"일부러 그런 거죠! 날 방해하려고!"

"웬 억측이십니까? 전 그냥 눈에 띈 사실을 말씀드린 것뿐입니다만."

"와, 발뺌하면 누가 모를 줄 알아요? 안 될 것 같으니까 이제는 별 치사한 방법을…… 아, 됐으니까 더는 방해하지 마요. 이번에도 방해하면 진짜 가만 안 있을 거예요, 알았어요? 아주머니, 여기 한 개 더요!"

새 과자를 주문하며 매섭게 노려보자, 공작은 그것참 쌤통이라는 듯 빙글거리며 말했다.

"아니 뭐, 군이 재도전하실 것까지야. 힘들다면 그만두셔도 됩니다."

"아, 좀!"

순간 머리끝까지 짜증이 치밀어 올라서, 밀라이아는 저도 모르게 버럭 소리를 지르며 부러진 과자 조각을 공작의 입속에 처박았다.

제가 무슨 짓을 한 건지 깨달은 것은 조금 시간이 지난 뒤였다.

"앗."

"……."

"저기, 이건……."

"……."

"그러니까, 어, 고의는 아니었어요. 딱히 당신을 모욕하려고 그런 건……."

우물쭈물 사과를 하는데, 내내 침묵하던 공작이 입술 밖으로 튀어나온 과자를 한 손으로 뚝 잘라 내며 물었다.

"도대체 이렇게 단걸 무슨 맛으로 먹습니까?"

생각보다는 유한 반응이었다. 모욕받았다며 화를 내도 할 말이 없는 상황이었음에도.

찡그린 얼굴로 입안에 든 것을 삼키는 공작을 소리 없이 살핀 밀라이아가 답했다.

"그 단맛으로 먹는 거잖아요? 애들은 없어서 못 먹는 거라고요."

"아하, 그렇군요. 그렇다면……."

갑자기 눈앞으로 뭔가가 불쑥 다가왔다.

반사적으로 몸을 뒤로 뺀 밀라이아는 입술 바로 앞에서 멈춰 선 과자 조각을 보며 당혹스러운 표정으로 물었다.

"뭐예요? 갑자기."

"애들이 좋아하는 거라면서요."

"네, 그런데요? 그게 이거랑 무슨 상관…… 뭐야, 지금 나더러 애라고 하는 거예요?"

울컥하는 그녀에게 공작은 어깨를 으쓱해 보이며 답했다.

"글쎄요. 아직 성인식도 못 치르셨다면 애가 맞지 않습니까?"

"무슨 소리예요? 이래 봬도 곧 스무…… 흠흠, 어쨌든 애는 아니거든요?"

밀라이아는 서둘러 말을 수습하며 부러 짜증을 부렸다.

여왕의 몸에 들어온 이래로 그동안 한시도 긴장을 풀지 않고 잘 살아왔다 생각했는데, 이상하게도 오늘따라 자꾸만 실수를 하는 것 같았다.

'아, 진짜. 나 오늘 왜 이러지? 오랜만의 외출이라 너무 붕 떴나?'

어차피 그녀의 진짜 신분을 모르는 이상 고작 나이 정도 안다고 해서 달라질 게 있겠느냐마는—그리고 설령 진짜 신분을 알아차린다 한들 백 년 전 인물인 그가 현실의 제게 뭔가 영향을 끼칠 확률이 얼마나 되겠냐마는—, 그럼에도 어쩐지 신경이 쓰였다.

말없이 옷자락만 만지작거리는 그녀를 생각을 알 수 없는 눈빛으로 바라보던 공작이 말했다.

"그러시군요. 흠. 실례했습니다."

"알면 됐어요."

"하지만 뭐, 어쨌거나 단걸 좋아하시는 건 사실이 아닙니까. 어쩌실 겁니까? 드실 겁니까, 말 겁니까? 안 드실 거라면 버리고요."

"……이리 줘요."

떨떠름하게 답하자, 그럴 줄 알았다는 듯 씩 웃어 보인 공작이 과자 조각을 내밀었다.

뚱한 표정을 지은 밀라이아가 낚아채듯 과자를 받아 입안에 털어넣었다.

"맛있습니까?"

미묘한 자신의 기분과는 다르게, 사르르 녹아드는 과자의 맛은 무척이나 달콤했다. 톡 쏴 주려던 말 대신 순순히 수긍의 말을 내뱉어야 할 정도로.

"……네, 다네요."

"다행이군요."

언제 투닥거렸냐는 듯 부드럽게 답한 공작이 손에 들고 있던 과자를 내밀었다. 좀 전에 주었던 작은 조각이 아니라, 모서리를 조금 잘라 내긴 했으나 아직은 그 형태가 멀쩡한 과자를.

"응? 이건 왜 줘요?"

엉겁결에 그것을 받아 들며 묻자, 공작은 빙긋 웃으며 허리를 숙여 작게 속삭였다.

"이번 승부는 제가 진 것으로 하죠. 전하께서 이기셨습니다."

시끌벅적한 소음 사이로 나지막하게 들려오는 음성은 어쩐지 알 수 없는 온기를 머금고 있었다.

'뭐야, 갑자기 왜 저래?'

밀라이아는 돌아서서 과자 값을 치르는 공작을 의아하게 바라보았다. 좀 전까지만 해도 승부에 실컷 열을 올리던 남자가 갑자기 왜 저러는지 알 수가 없었다.

아무리 생각해 봐도 짐작되는 바가 없어 멍하니 눈만 깜빡이는데, 셈을 치른 공작이 돌아서다 말고 그녀를 돌아보았다.

"안 오십니까?"

"……가요."

한 박자 늦게 답한 밀라이아는 그제야 공작을 향해 걸음을 옮겼다. 이상한 건 이상한 거고, 일단은 남은 시간을 알차게 활용하는 게 더 중요했다.

"승부도 냈겠다, 이제 뭘 하시겠습니까?"

"글쎄요. 일단 중앙 쪽으로 가 볼까요? 지금은 좀 외곽으로 빠진 것 같은데."

손에 쥔 과자를 한 입 크기로 작게 부러뜨리며 답하자, 공작은 어렵지 않다는 듯 고개를 끄덕이고는 그녀의 걸음에 보조를 맞췄다.

조각낸 과자를 입안에 밀어 넣으며 뭔가 볼만한 게 없을까 주변을 살피던 밀라이아는 문득 드는 생각에 옆에서 묵묵히 걷는 남자를 올려다보았다.

'그러고 보면 이자는 왜 이곳 평민 지구에 있었던 거지? 설마 나처럼 겸사겸사 시찰을 나왔나?'

"그런데 말이에요. 공, 아니, 페르. 당신은 왜 여기 있었던 거죠?"

"갑자기 그건 무슨 말씀이십니까?"

"아니, 그렇잖아요. 아무리 신…… 그 모습으로 다닌다고 해도 여기까지는 올 일이 별로 없지 않아요? 설마 축제를 즐기러 나온 건가요?"

빤히 올려다보는 그녀를 향해 어깨를 으쓱해 보인 공작이 답했다.

"글쎄요, 아마도 전…… 흠, 앞으로 그냥 아가씨라고 부르겠습니다. 아마도 아가씨를 만날 운명이었던 게 아닐까요?"

"뭐라고요? 우운며엉? 하아, 됐어요. 얘기하기 싫으면 그만둬요."

기가 찬다는 얼굴로 답한 그녀는 마지막 남은 과자를 입에 넣은 뒤 손을 탁탁 털었다. 아이사 열매 특유의 달달한 맛이 여전히 입 안을 가득 맴돌고 있었지만, 기왕지사 여기서 마주쳤으니 이제는 좀 달콤하지 못한 얘기를 해야 할 듯했다.

"참, 그 일 말이에요. 범인 색출."

"말씀하십시오."

"어차피 당신이나 나나 진짜 범인은 못 잡는다는 거 알고 있잖아요? 그래서 말인데, 우리가 저들에게 자를 꼬리를 직접 골라 주는 건 어떨까요? 기왕이면 살이 토실하게 오른 놈으로."

"염두에 두신 자는 있습니까?"

조금 생각해 보기라도 할 줄 알았는데, 공작은 이미 예상했다는 듯 곧바로 말을 받았다.

'눈치가 빠르니까 이런 건 좋네.'

소리 없이 감탄한 밀라이아는 주위를 한번 둘러본 뒤 목소리를 낮춰 답했다.

"에라스 후작이요."

"적당하군요. 좋습니다. 그리하지요."

공작은 재깍 고개를 끄덕였다. 아무래도 그 역시 염두에 두었던 사람이었던 모양이었다.

그렇다면 굳이 뭘 더 첨언할 필요는 없을 것 같아서, 밀라이아는 뒤이어 하려던 말을 삼키며 그저 빙긋 미소 지었다.

광장을 한번 휙 둘러본 그녀는 사람들이 잔뜩 모여 서 있는 곳을 가리키며 말했다.

"그럼 이제 저쪽으로 가 볼까요?"

"어차피 제 의견은 듣지도 않으실 거잖습니까. 원하는 대로 하십시오."

'그럼 그렇지.'

밀라이아는 어깨를 으쓱이는 공작을 흘겨보았다. 웬일로 순순하게 군다 했더니 그저 잠깐의 변덕이었던 모양이었다.

"참, 그리고 조만간 나에 대해 소문이 하나 돌 거예요. 지난번에 장미 향 관련해서 얘기했던 거랑 일맥상통하는 거니까, 별로 신경 쓰지 않아도 돼요."

"알겠습니다."

그 말을 끝으로 입을 다문 공작은 목적지에 도착할 때까지 말없이 걸음만 옮겼다.

그 바람에 저 역시 같이 침묵하며 걸었던 밀라이아는 도착하자마자 동그랗게 모여 서 있는 군중들의 머리 틈으로 기웃거리며 안을 살폈다.

그곳에는 눈을 가린 채로 폭이 좁은 널빤지 위를 걷는 여자와, 그녀의 한쪽 손을 꼭 붙든 채 막대 옆에서 균형을 잡아 주는 남자가 있었다. 한 손에는 펜을 든 채 규칙적으로 숫자를 세고 있는 또 다른 남자도.

"잘한다!"

"그렇지, 조금만 더!"

환호하는 사람들 사이에서 큰 소리로 숫자를 세던 중년 남자가 껄껄 웃으며 말했다.

"오, 생각보다 빠르구먼! 삼 등일세!"

"와! 들었어요, 조나단? 삼 등이래요!"

천을 풀어내며 기뻐하는 여자를 멀뚱히 바라보던 밀라이아는 실망스러운 기분에 슬쩍 한숨을 내쉬었다. 보아하니 떨어지지 않고 빨리 도착하면 되는 것 같은데, 그런 것쯤이야 앉아서 식은 수프 마시기 아닌가.

'에이, 별것 아니잖아. 재미없게스리.'

갑자기 흥미가 확 식어 버리는 것이 느껴져, 밀라이아는 입술을 삐죽이며 돌아섰다. 눈 감고도 할 수 있는 저런 걸 구경하기에는 시간이 아까웠다.

"그만 가요, 페르."

오자마자 돌아가자는 말에 잠시 눈썹을 치켜세운 공작은 의외로 별말 없이 알았다고 답했다.

밀라이아는 슬쩍 옆으로 비켜 주는 그에게 감사를 표하며 걸음을 떼었다.

그때, 갑자기 팔이 확 끌어당겨지는 것이 느껴졌다.

"꺅! 뭐, 뭐예……."

"뭡니까. 우리에게 무슨 볼일이라도?"

엉겁결에 공작이 이끄는 대로 딸려간 밀라이아는 좀 전까지만 해도 그녀가 서 있던 방향에 위치한 남자를 눈을 동그랗게 뜬 채 바라보았다. 아무래도 그녀를 붙들려고 했던 듯, 배가 통통하게 나온 중년 남자는 한 팔을 앞으로 쭉 뻗은 상태였다.

"아니, 난 그저 저 아가씨에게 그냥 가지 말고 한번 도전해 보는 게 어떠냐고 물어보려 했을 뿐이네. 그러니 그렇게 노려보지 말게나."

까칠한 반응에 놀란 것인지, 남자의 목소리에서는 당혹스러운 기색이 묻어나고 있었다.

분위기를 보아 그녀에게 위해를 끼치려 한 건 아닌 듯했지만, 그럼에도 공작은 한껏 날이 선 표정이었다. 아무래도 그녀의 안위가 걸린 문제이니만큼 꽤나 예민해진 듯했다.

"그럼 그냥 물어보면 될 일이지, 왜 다짜고짜 잡아당기려고 했습니까?"

"그냥 가려고 하는 것 같아서 나도 모르게 마음이 급해졌네. 미안허이. 에잉, 그 청년 참……. 연인 한번 잘못 건드렸다가는 아주 골로 가겠네그려."

"연인이라니. 어우, 그런 거 아니에요, 아저씨."

밀라이아는 황급히 공작의 팔을 풀어내며 과장되게 손을 휘저었다. 자신을 보호해 주는 건 고마웠으나 여기서 굳이 더 시선을 끌 필요는 없었다.

거듭 아니라고 말하며 부끄러운 척 볼을 붉혀 보이자, 투덜거리던 남자는 그제야 얼굴을 조금 펴고는 말했다.

"아니긴 뭘. 척 봐도 보이는구먼. 연인 사이가 아니고서야 그렇게 챙길 리가 있나?"

"아뇨, 그건…… 에이, 그냥 아저씨 좋을 대로 생각하세요. 그보다 한번 도전해 보라고요?"

"그렇다네. 봄의 여신을 뽑을 때 저 게임 등수도 들어가잖나. 아가씨 정도 미모라면 분명 봄의 여신에 뽑힐 수 있을 거야."

"그래요? 그럼 한번 해 볼까……."

돌아가는 품새로 볼 때 봄의 여신이란 아마도 축제에서 여러 기준을 통과해 일등으로 뽑힌 처녀를 일컫는 말일 터.

그런 것에는 별로 관심이 없었지만, 밀라이아는 회가 동하는 양 눈을 반짝이며 사내의 말을 받아 주었다. 어차피 주목받은 것, 차라리 빨리 끝내고 이 자리를 벗어나는 게 나을 듯해서였다.

"잘 생각했네. 자자, 다들 좀 비켜 봐! 이 아가씨가 도전한다는군!"

"오, 새로운 도전자인가?"

"와우, 예쁜 아가씨구만! 꼭 일등 하라고!"

뒤를 돌아본 사람들이 웃으며 길을 터 주었다.

'적당히 해 주고 가야지.'

속으로 한숨을 삼키고서, 밀라이아는 천천히 중앙으로 걸어 나갔다.

못마땅한 기색의 공작 역시 묵묵히 뒤를 따랐다.

거친 천으로 눈을 가린 후 널빤지 위에 올라서자, 커다란 손이 제 손을 잡아오는 것이 느껴졌다. 펜대를 굴리는 문관의 것치고 굳은살이 많이 박인 그 손은 그저 형식적으로 잡아 주는 것이 아니라 힘이 꽉 들어간 것이, 생각보다 꽤나 단단하게 그녀를 받쳐 주고 있었다.

'호, 웬일이래? 대충 시늉만 할 줄 알았더니.'

어깨를 한번 으쓱한 밀라이아는 눈을 가리기 전에 보았던 널빤지의 폭을 떠올린 뒤 조심스럽게 발을 뗐다. 그러고는 몇 걸음 더 나아가다 중심을 잃은 양 휘청거리며 공작의 손을 꼭 붙들었다.

"오오오!"

"힘내라고, 아가씨!"

'이만하면 됐겠지?'

점점 커지는 응원 소리를 들으며 슬쩍 입꼬리를 들어 올린 밀라이아는 위태롭게 몇 발짝을 더 떼다 일부러 널빤지 밖으로 발을 헛디뎠다.

"꺅!"

"어어!"

"조심해!"

아래로 몸이 푹 꺼지는가 싶더니, 이내 단단한 무언가에 부딪히는 것이 느껴졌다. 힘이 꽉 들어간 팔이 제 허리를 강하게 휘감는 것도.

심장이 콩닥콩닥 뛰었다.

"괜찮으십니까?"

귓가에 와닿는 숨결에 솜털이 오스스 솟아올랐다.

갑자기 얼굴에 열이 확 오르는 것이 느껴져, 밀라이아는 황급히 고개를 끄덕이며 단단한 가슴을 슬쩍 밀었다.

"괜찮아요. 그보다 이것 좀……."

"오오, 뜨겁다!"

"대낮부터 찐하게 포옹이라니, 좋을 때구만!"

"기왕 안은 거 화끈하게 입이라도 맞춰라!"

"와하하, 그거 좋다!"

"키스해라! 키스해!"

한 손으로 공작을 밀어내면서 다른 한 손으로는 눈을 가린 천을 밑으로 끌어내리던 밀라이아는 갑자기 주변에서 터져 나오는 함성에 멈칫했다. 입맞춤이라니, 갑자기 이게 무슨 소리란 말인가.

"무, 무슨! 우린 그런……."

"우우, 기다리다 목 빠지겠다!"

"어서 입 맞춰라! 기왕이면 찐하게!"

"휘익!"

'어라, 이게 아닌데.'

생각보다 훨씬 거센 반응에 당혹스러워하고 있을 때, 조심스레 손목을 움켜쥔 공작이 낮게 속삭였다.

"일단 이 자리를 벗어나야겠습니다. 셋을 세면 뛰십시오."

"하, 하지만 어디로?"

"어떻게든 뚫어 봐야지요. 일단 신을 따라오십시오. 하나, 둘, 셋!"

타닥.

반사적으로 땅을 박찬 밀라이아는 공작이 이끄는 대로 다리를 움직였다.

때마침 사람들이 내준 공간으로 들어오던 남녀 한 쌍이 달려오는 그들을 보며 놀란 표정을 짓는 것이 보였다.

하지만 두 사람은 그저 입술을 꾹 다문 채 빠르게 사람들의 틈바

구니를 빠져나갔다.

"도망간다!"

"와하하! 필사적인데?"

"아직 풋풋하구만! 좋을 때다!"

"좋은 시간 보내라고!"

등 뒤에서 야유와 함께 왁자지껄한 웃음소리가 터져 나왔지만, 두 사람은 아무것도 들리지 않는 사람처럼 그저 무작정 앞으로 달렸다.

그러기를 한참.

모퉁이를 꺾어 인적이 드문 작은 골목길에 들어선 그들은 더 이상 웃음소리가 들리지 않는다는 것을 깨달은 후에야 비로소 멈춰 서서 숨을 골랐다. 입술 사이로 피리 소리와도 같은 숨소리가 색색 새어 나왔다.

"아, 진짜, 하아, 갑자기 왜 그런 쓸데없는 걸, 시켜서……."

"그러게 말입니다. 후우."

"입맞춤이라니, 하아, 무슨 그런 얼토당토않은……."

"그러니까요. 오죽하자면 도망치자고 말씀드렸겠습니까."

"……."

밀라이아는 정말 다행이라는 듯 긴 숨을 내뱉는 공작을 돌아 보며 눈을 가늘게 떴다. 물론 그녀 역시 그럴 마음은 눈곱만치도 없었지만, 그래도 저렇게 대놓고 안도하는 모습을 보자 왠지 기분이 나빴다. 어쩐지 여자로서의 자존심에 금이 가는 느낌이라고나 할까.

"어찌 그런 표정으로 보십니까?"

"……아무것도 아니에요."

"제가 보기엔 아무것도 아닌 게 아닌 것 같습니다만. 무슨 일이십니까? 혹시 신이 뭔가 잘못한 거라도 있습니까?"

"……."

또 놀리려는 건가 싶어 꼼꼼히 뜯어보았지만, 공작은 정말로 아무것도 모르는 듯한 눈치였다. 더 자존심 상하게시리.

"아가씨?"

"아무것도 아니라는데도요. 그보다 이제 어쩔 거예요? 꽤나 눈에 띈 것 같은데."

"그러게 왜 그러셨습니까? 그냥 평소대로 걸으셨으면 됐을 것을요."

"정말 몰라서 물어요? 거기서 내가 제대로 걸었으면 더 눈에 띄었을 거라고요."

밀라이아는 어이없어하는 표정으로 답했다.

균형을 유지한 채 일자로 걷는 정도야 귀족 영애라면 누구나 할 수 있는 일. 그러니 마음만 먹었다면 그깟 게임쯤 손쉽게 해냈겠지만, 만일 그랬다면 두 사람의 신분이 들통났을 확률이 높았다.

"그렇습니까? 흠. 전 또 아가씨께서 사심을 채우려고 그러시나 했지요."

"사심이요? 무슨 사심?"

"뭐, 이를테면 이런 것 말입니다."

빙긋 웃어 보인 공작이 갑자기 성큼성큼 다가와 허리를 숙였다.

밀라이아는 점점 가까워지는 남자를 보며 눈을 동그랗게 떴다.

"지금 뭐, 뭘 하려……."

숨결이 느껴질 정도로 가까워진 거리에 몸이 부르르 떨려 왔다.

확 밀쳐내려 하는 순간, 언제 그랬느냐는 듯 허리를 세운 공작이 삐뚤어진 모자를 바르게 고쳐 씌워 주며 말했다.

"그런 얼굴을 하고 있으면 더 놀리고 싶어지잖습니까. 아무래도 아가씨께서는 표정 감추는 법을 더 배우셔야겠습니다."

"……뭐가 어쩌고 어째요?"

뒤늦게 놀림당했다는 사실을 깨달은 밀라이아가 억눌린 음성으로 물었다. 더 놀리고 싶어진다니, 이 무슨 시건방진 소리란 말인가? 에스페라 공작조차 제게 대놓고 그런 말은 한 적이 없었는데!

이를 악무는 그녀를 보며 빙긋 웃은 공작이 고개를 숙여 작게 속삭였다.

"실은 전하께서 필요 이상으로 노출되는 것 같아 도망쳤을 뿐입니다. 그러니 너무 기분 나빠하지 마십시오."

"뭐라고요?"

'다 알고 있었잖아! 이 능구렁이 같은 작자가!'

절로 주먹이 꽉 쥐어졌다.

눈을 사납게 치켜뜨는 그녀를 슬쩍 외면한 공작이 골목 바깥을 살피는 척 고개를 돌린 채 말했다.

"흠. 당장 나가기는 그렇고, 일단 외곽이라도 한 바퀴 도시는 건 어떻습니까? 시간이 좀 지나면 사람들도 잊겠지요."

"시끄럽거든요? 아, 진짜……."

"그러지 말고 화 푸십시오. 어차피 신과 그럴 마음도 없으셨잖습니까."

"그야 당연한 거 아니에요? 내가 왜 공작이랑……."

"쉬잇, 누가 듣겠습니다. 하면 바깥쪽으로 가 보시는 겁니다?"

입술에 손가락을 가져다 댄 공작이 정중하게 반대쪽 손을 내밀었다.

잠시 그 손을 물끄러미 쳐다보던 밀라이아는 푹 한숨을 내쉬며 그 위에 제 손을 얹었다.

생각해 보면 자신이 공작을 좋아하는 것도 아닌데 그렇게까지 화낼 필요가 있나 싶었다. 물론 놀림당한 것 때문에 다소 짜증이 나긴 했지만.

"그래요. 갑시다, 가."

"현명한 판단이십니다."

씩 웃어 보인 공작이 골목의 반대쪽으로 몸을 돌렸다. 슬쩍 입꼬리를 비튼 밀라이아 역시 그를 따라 걸음을 옮겼다.

중심부를 벗어나 안쪽으로 계속 걷자 점점 길의 폭이 좁아지며 좌우에 작은 집들이 보이기 시작했다. 그녀가 늘 보아오던 풍경에 비하면 무척 낡고 허름했지만, 축제를 맞이하여 열심히 닦고 꾸민 덕분인지 집들의 외관은 생각보다는 깔끔했다.

밀라이아는 바람결에 나부끼는 빨래들을 잠시 바라보다 새삼스러운 눈으로 주위를 돌아보았다.

축제 기간이라 다소 적기는 해도 인기척이 느껴지는 집들, 골목골목을 뛰어다니는 허름한 옷차림의 아이들, 그리고 일에 지친 얼굴로 허리를 두드리는 여인네들.

그것은 저 밖 광장에서 보았던 것과는 또 다른 풍경이었다. 축제의 거리에서 느꼈던 것처럼 마냥 활기차고 밝은 것이 아니라, 어딘가 묵직하고 조금은 가라앉은 듯한 그런 광경.

그 때문일까? 의미를 알 수 없는 침묵이 두 사람 사이를 흘렀다.

약속이나 한 듯 입을 다문 두 사람은 말없이 걸음만 옮겼다. 서로 간격을 두고 살짝 떨어진 채로, 그저 묵묵히.

그러는 동안에도 골목을 메운 소리들은 계속해서 그들의 귓가를 두드렸다. 밀린 빨래를 하느라 힘들었다느니 올해는 유난히 덥고 비가 자주 내리는 것이 영 불길하다느니 하는 이야기들과 재수 없는 얘기는 작작하라는 타박들, 그리고 축제를 보고 싶다며 칭얼거리는 아이들의 음성을 비롯한 온갖 소음들이.

'비라······.'

속으로 한숨을 내쉰 밀라이아는 옆에서 조용히 걷고 있는 공작을 힐끔 돌아보았다. 그는 뭔가 단단히 생각에 잠긴 듯 깊게 가라앉은 눈으로 앞만을 주시하고 있었다.

"······."

잠시 고민하며 입술을 달싹거리던 밀라이아는 그냥 입을 다물었다. 왠지 지금은 상념을 방해하면 안 될 것 같았다. 사실 저 역시 별로 대화를 나누고 싶은 기분이 아니기도 했고.

한참을 말없이 걷는데, 길이 차츰 넓어지는가 싶더니 야트막한 언덕이 모습을 드러냈다. 늦은 오후의 마지막 햇살을 받아 빛나는 그곳은 초록빛 풀과 알록달록한 꽃들로 색색의 물결을 그려 내고 있었다.

사르르르.

불어오는 바람에 발목 높이까지 자란 풀들이 소리를 내며 춤을 추었다.

그 결에 날아든 꽃잎 한 장이 밀라이아의 옷에 붙었다. 하필이면 잘 보이지도 않는 어깨 뒤쪽으로.

팔을 뒤로 꺾어 더듬더듬 꽃잎을 찾으려는데, 불쑥 다가온 커다란 손이 하얀 이파리를 떼어 냈다. 공작이었다.

"……고마워요."

"별말씀을."

하얀 꽃잎을 손가락 사이에 끼운 남자가 싱긋 웃었다.

그 순간, 두 사람을 감싸고 있던 무거운 공기가 흩어지며 주위의 소리가 그들을 감쌌다. 다정스레 걷는 연인들의 속삭임, 좌판을 펼쳐 놓은 장사꾼들의 호객 소리, 그리고 그들이 늘어놓은 조잡한 장신구들이 저희끼리 부딪혀 내는 달각달각 소리까지도.

"수도에 이런 곳이 있는지는 미처 몰랐네요."

자연스럽게 말을 돌리자, 공작은 꼭대기를 흘낏 눈짓하며 답했다.

"하면 한번 올라가 보시겠습니까?"

"그럴까요? 저 위에는 뭐가 있나요?"

"그건 가 봐야 알 것 같습니다. 실은 신도 저 위까지 가 본 적은 없어서요."

"아, 그래요? 그럼 한번 가 보죠, 뭐."

가볍게 고개를 끄덕인 밀라이아는 찬찬히 주위를 둘러보며 언덕을 올랐다. 정상까지 가는 길이 따로 나 있거나 하지는 않았지만, 언덕이라고는 해도 그리 높지 않은 데다 경사가 별로 심하지 않아 꼭대기까지 오르는 데 그리 큰 힘이 들 것 같지는 않았다.

다정스레 걷는 연인들도 돌아보고 장사꾼들이 늘어놓은 좌판도 둘러보며 느긋하게 걷다 보니 어느새 평평한 땅이 그들을 반겼다. 더 올라가거나 할 곳이 없는 것으로 보아 이곳이 정상인 모양이었다.

"여기가 꼭대기인가 보네요."

"그렇군요. 딱히 특별한 건 없는 것 같습니다."

주위를 쓱 둘러본 공작이 말했다.

가만히 그 시선을 따르던 밀라이아 역시 말없이 수긍했다. 그녀가 보기에도 언덕 위에는 그저 몇 개의 벤치와 넓게 펼쳐진 빈 땅만이 있을 뿐 별다른 것이 없었으니까.

"그래도 기왕 여기까지 온 것, 잠시 쉬었다 가시겠습니까? 마침 저기 벤치도 있군요."

"좋아요. 그러잖아도 꽤 걸었다 싶었는데."

선선히 답한 그녀는 공작보다 한발 앞서 벤치로 향했다.

성큼성큼 걸어 금세 그녀를 따라잡은 공작이 품에서 손수건을 꺼내 벤치 위에 펼치고는 말했다.

"앉으십시오."

'웬일이래, 이런 것도 다 해 주고?'

놀랍다는 듯 바라보자, 공작은 눈썹을 치켜세우며 말했다.

"그냥 치울까요?"

"……아뇨, 고마워요."

반 박자 늦게 답한 밀라이아는 공작이 펼쳐 준 손수건 위에 조심스레 앉았다.

잠시 그 모습을 바라보던 공작 역시 그녀와 조금 간격을 둔 채 떨어져 앉았다.

사라라라.

불어오는 바람에 풀잎들이 작은 선율을 만들어 냈다.

마치 노래와도 같은 그 소리에 귀 기울이며, 밀라이아는 언덕 아래 펼쳐진 풍경을 바라보았다.

어느새 태양이 마지막 힘을 쏟아 내기 시작한 시간.

두 사람이 지나왔던 거리는 붉게 물들어 가는 햇살에 잠겨 또 다른 모습을 만들어 내고 있었다.

황적색 햇빛 아래 길게 드리워진 건물들의 음영과 바쁘게 오가는 사람들의 그림자, 바람결을 타고 희미하게 들려오는 음악 소리, 그리고 제 몸을 폭 감싼 따뜻한 공기.

어딘가 나른하면서도 평화로운 그 분위기에 취해서, 밀라이아는 저도 모르는 새 눈앞에 펼쳐진 풍경에 녹아들었다.

참으로 오랜만이었다. 이토록 안온한 기분에 잠겨 드는 것은.

"아까 그 말씀 말입니다."

"……네? 아, 미안해요. 뭐라고 했어요?"

갑자기 귓가를 파고드는 음성에 몽롱하게 되묻자, 공작은 조금 목소리를 키워 다시 말했다.

"아까 그 말씀 말입니다."

"음…… 어떤 말이요?"

"그러니까, 그 백…… 흠. 아닙니다. 신이 잠시 어리석은 소리를 할 뻔했군요."

"말해 봐요. 뭔데 그래요?"

느릿느릿 돌아보는 그녀를 향해 가볍게 고개를 저어 보인 공작이 말했다.

"별것 아니니 신경 쓰지 마십시오. 그보다 몸은 좀 어떠십니까? 본디 오늘까지 쉬셔야 한다 들었습니다만."

"음, 괜찮아요. 어차피 하루 차이인데요, 뭐."

밀라이아는 작게 한숨을 내쉬며 답했다. 평소였다면 왜 말을 하다 마느냐고 타박이라도 했을 테지만, 한참 동안 편안한 기분에 푹 빠져 있다 깨어나서 그런가 굳이 더 추궁하고 싶은 마음이 들지 않았다.

"그래도 모쪼록 건강에 유의하십시오. 일주일이라는 기간도 제전 때문에 어쩔 수 없이 최소로 잡은 것뿐, 실은 그 두 배는 더 쉬셔야 한다고 들었습니다."

"아, 그럴게요. 걱정해 줘서 고마워요."

순순히 답한 밀라이아는 잠을 털어내려는 사람처럼 고개를 두어 번 털었다.

'아, 이제 좀 괜찮은 거 같…… 잠깐, 방금 뭐라 그랬지? 설마 지금 나더러 건강 조심하라고 한 거야? 공작이?'

무심코 흘려보내던 대화를 그제야 되새긴 그녀가 놀란 눈으로 옆을 돌아보았다.

의심스러운 눈빛을 보며 어깨를 으쓱한 공작이 말했다.

"그런 눈으로 보지 마십시오. 그냥 순수하게 걱정해 드린 것뿐이니까요."

"공작이, 나를요? 왜요?"

"그야 전하와는 이제 한배를 탄 사이니까요. 전하께서 건강하셔야 신 역시 원하는 바를 얻지 않겠습니까?"

"그건 순수한 걱정이 아니지 않아요? 뭐, 어쨌든 좋아요. 그렇다고 해 두죠."

여전히 미심쩍은 표정으로 답하자, 공작은 씩 웃으며 말했다.

"감사합니다. 그건 그렇고 아까 그 에라스 후작 건 말입니다. 혹시나 해서 여쭙습니다만, 이참에 다른 기사단까지 싹 다 정리하겠다는 생각은 아니시겠지요?"

"응? 그야 당연하죠. 다른 것도 아니고 군권軍權이 걸린 일인데, 그렇게 한 번에 처리하려다 또 칼침 맞을 일 있어요?"

"그럼 한 가지만 더 여쭙겠습니다. 이번 일로 얻으시려는 궁극적인 목표는 무엇이신지요? 저쪽의 세력 약화입니까, 아니면……."

"새삼스럽게 뭘 물어요? 지난 추모제 때 하지 못했던 걸 마저 해야죠."

눈을 동그랗게 뜬 채 반문하는 그녀를 공작은 말없이 바라보다 이내 고개를 끄덕였다.

"역시 그렇군요. 알겠습니다. 그럼 문제는 근위 기사단인데, 단장은 누구로 세우실 생각이십니까?"

"그걸 아직 모르겠네요. 마음에 드는 사람은 하나도 없는데, 그렇다고 해서 아무나 앉힐 수도 없으니. 아, 아니지. 그래도 괜찮아 보이는 사람이 하나 있긴 했네요. 너무 젊어서 단장으로 세우기는 힘든 게 문제지만요."

비 오는 날 홀로 젖은 채 서 있던 금발의 기사를 떠올린 밀라이아가 입맛을 다셨다.

'아, 아깝다. 이런 환경에서조차 홀로 꼿꼿한 걸 보면 사람 하나는 확실한데. 반발이고 뭐고 그냥 확 세워 버려?'

잠깐 그를 근위 기사단장으로 세웠을 때와 아닐 때의 손익을 계산하며 고민에 빠져 있는데, 손가락으로 무릎을 톡톡 두드리던 공작이 말했다.

"정 그러시다면 추천할 사람이 한 명 있긴 합니다만."

"그래요? 그게 누군가요?"

"음, 아무래도 여기서 말씀드리기에는 얘기가 좀 길 것 같군요. 근시일 내에 찾아뵙고 말씀을 드려도 되겠습니까?"

"그렇게 해요."

밀라이아는 눈썹을 슬쩍 치켜세우며 답했다. 광장에서 얘기했을 때에는 분명 더 말하지 않아도 다 이해한 것처럼 보였는데, 이제 와 범위니 목표니 하면서 새삼 다시 확인하는 것이 뭔가 이상했다.

'정말 혹시나 해서 물어본 건가? 왠지 공작답지 않은데.'

"어찌 그러십니까?"

"솔직히 말해 봐요. 나한테 뭐 숨기는 거 있죠?"

"아뇨, 없습니다만."

"아닌 것 같은데. 여기 올라온 이후로 내내 공작답지 않은 소리만 하고 있잖아요. 뭐예요, 뭔데 그러는 거예요?"

집요하게 캐물어 보았지만, 공작은 오히려 그녀가 왜 이러는지가 궁금하다는 얼굴로 반문했다.

"정말 없습니다. 어차피 한배를 탄 사이인데 신이 전하께 뭔가를 숨길 이유가 어디 있겠습니까?"

"흠. 그야 그렇지만…… 그래도 왠지 수상한데."

"생사람 잡지 마십시오. 갑자기 왜 그러시는 겁니까? 마치 바람난 남편 추궁하는 아내처럼……. 헛, 설마?"

"설마 뭐요?"

눈썹을 확 들어 올리자, 공작은 대단히 난감하다는 얼굴로 답했다.

"설마 신에게 반하거나 하신 건 아니겠지요? 누누이 말씀드렸지만 그건 좀 곤란합니다. 신은 남첩이 될 생각은……."

"그건 내 쪽에서도 사양이니까 걱정 말라고 했을 텐데요. 웃겨, 정말. 애초에 누가 삼아 주기나 한댔나?"

밀라이아는 정색하는 남자의 말을 끊으며 퉁명스럽게 답했다. 좋은 말도 여러 번 들으면 지겨운 판에 벌써 저 소리만 몇 번째 듣는 건지 알 수가 없었다.

"그러시다면 다행이고요. 전 또 혹시나 하고 가슴이 철렁했지 뭡니까."

고개를 절레절레 저으며 하는 말에 슬그머니 화가 치밀어 올랐다.

그러나 이런 장소에서 옥신각신할 수는 없는 노릇이었으므로, 밀라이아는 화를 내는 대신 눈을 가늘게 뜨며 공작을 노려보았다.

"흥, 그러는 공작이야말로 수상한 거 아니에요? 잊을 만하면 한 번씩 그런 소리를 하는 이유가 뭔데요?"

"당연히 만일의 사태를 대비해서지요. 지금이야 상황이 좀 달라지긴 했다만, 전하께서도 이미 들어 알고 계시잖습니까? 한때는 신이 가장 유력한 국서 후보였다는 것을요."

"아하, 그래서다? 흐응, 과연 가장 유력했을까요?"

"그야 당연한 것 아닙니까? 다른 후보들에 비해 작위도 지위도 가문도, 하다못해 재산까지 모든 조건이 월등한데 말입니다."

당당하기 짝이 없는 대답에 말문이 턱 막혔다.

"……와, 본인 입으로 그렇게 본인 칭찬을 하고 싶어요? 됐어요. 더 이상 안 물을 테니까 이 얘기는 이제 그만해요."

"알겠습니다."

질린 얼굴로 손사래 치는 그녀를 보며 픽 웃은 공작이 동의했다.

밀라이아는 고개를 돌려 저물어 가는 저녁 해를 바라보았다.

별로 대화를 많이 한 것 같지도 않았는데, 어느새 태양이 지평선 아래로 조금씩 걸음을 내딛고 있었다. 온 세상을 노을빛으로 물들이면서.

문득 일과를 마치고 구름궁에 돌아와 창밖으로 바라보던 노을이 떠올랐다.

사실 그녀는 언제부턴가 저 붉은빛을 무척이나 싫어했었다. 하루의 휴식을 알리던 저 색채가 어느 순간 악몽의 시작을 알리는 것으로 바뀌었다는 사실을 깨달았던 그때부터.

'이렇게 편하게 노을을 본 게 얼마 만이지?'

문득 드는 생각에 픽 웃는데, 붉게 물든 거리를 바라보던 공작이 불쑥 말했다.

"이렇게 또 하루가 가는군요."

"그러게요."

시선을 앞에 고정한 채로 답하자, 그는 손가락으로 벤치를 톡톡 두드리며 물었다.

"그래서 어떠셨습니까, 오늘 하루는?"

"재밌었어요. 느낀 것도 좀 있고요."

"음? 어떤 것을 말입니까?"

"그냥, 이런저런 거요. 마음이 가벼워진 것도 같고, 근데 또 어깨는 오히려 더 무거워진 것도 같고……. 한마디로 설명하기엔 복잡하네요."

"그렇군요."

어딘가 가라앉은 음성으로 답한 공작이 별안간 자리에서 일어섰다.

"뭐, 뭐예요? 갑자기."

반사적으로 튀어나간 물음에 대한 답은 없었다. 대신 노을을 등져 짙은 음영이 드리운 얼굴이 천천히 다가왔을 뿐. 검게 물들어가는 붉은 햇살 아래 간신히 윤곽만 보이는 입술이 가만가만 움직이고 있었다.

"그만 일어나시지요. 왔던 거리를 생각하면 이제 슬슬 돌아가셔야 할 것 같습니다."

"아, 그러네요. 알겠어요. 그만 돌아가죠."

선선히 답하자, 공작은 슬쩍 옆으로 비켜서며 손을 내밀었다.

에스코트를 받아 일어서는 밀라이아에게 나지막한 속삭임이 들려왔다.

"다행입니다."

"응? 뭐가요?"

"전하께서 오셔서요. 이제야 좀 살 것 같습니다."

느릿하게 말을 뱉은 남자의 얼굴에 갑자기 환한 미소가 걸렸다.

저도 모르게 입술이 스르르 벌어졌다. 부드럽게 웃고 있는 그의 옆얼굴이 몹시 흐뭇해 보여서, 그리고 그 모습이 너무도 낯설어서.

'공작이 저렇게 웃을 줄도 아는 사람이었나?'

제가 본 것을 의심하며 천천히 눈을 깜빡이는 사이, 그토록 밝아 보였던 미소는 눈 녹듯 사라져 버렸다.

어느새 평소의 표정으로 돌아온 공작이 말했다.

"그럼 가 볼까요?"

"……그래요."

길게 늘어진 그림자가 파르르 흔들리다 조금씩 아래로 움직였다.

사박사박 풀을 밟는 두 사람의 머리 위로 검게 물들어 가는 노을이 붉은 커튼을 드리우고 있었다.

"좋은 아침이에요, 전하! 안녕히 주무셨어요? 오늘은 좀 어떠신가요?"

방글거리며 인사를 건넨 여자가 커튼을 쾌활하게 열어젖혔다.

밀라이아는 자꾸만 감기려는 눈꺼풀을 간신히 밀어올려 창밖의 풍경을 확인했다.

밤새도록 들려오는 소리 탓에 이미 짐작은 하고 있었지만, 커튼 밖으로 드러난 세상은 역시나 또다시 짙은 회색빛으로 물들어 있었다. 어제 그토록 맑았던 건 모두 거짓이라는 양.

토독토독.

굵은 빗방울이 제법 사납게 창을 두드리며 소리를 냈다.

규칙적인 울림을 담은 그 소리는 무척 시원하게 느껴졌으나, 한편으로는 그만큼 가슴을 답답하게 만들기도 했다. 이 계절에 비가 자주 내리는 건 결코 좋은 징조가 아니었으니까.

'제발 좀 그쳤으면 좋겠는데.'

쏟아지는 빗줄기를 바라보며 천천히 몸을 일으킨 밀라이아는 클로에가 침대 맡으로 다가온 후에야 이불을 걷고 아래로 내려섰다.

"좋은 아침이에요, 클로에. 고는 잘 잤답니다. 몸도 아주 가볍고요."

"다행이네요. 며칠 쉬신 게 효과가 있었나 봐요. 아웅, 아깝다. 이참에 좀 더 푹 쉬시는 것도 좋을 텐데."

"으으, 그런 말 하지 마요. 지난 일주일 동안 얼마나 답답했는지 모른다고요."

가볍게 손사래를 치자, 클로에는 컵에 물을 따라 건네며 빙긋 웃었다. 아무래도 어제 그녀가 밖에서 실컷 놀고 왔다는 사실은 전혀 눈치채지 못한 듯했다.

'다행이네. 혹 빨랫감 같은 것에서 뭔가 찾아내면 어쩌나 했는데.'

그녀가 모른다면 레티시아 백작 부인 역시 모를 터. 그렇다면 어제의 일은 페르디난드 공작과 자신을 제외하고는 아무도 알지 못한다고 봐도 될 듯했다.

그제야 한시름 놓은 밀라이아는 클로에가 건네는 물을 두어 모금 마신 뒤 컵을 내려놓으며 물었다.

"그럼 이제 일과를 시작해 볼까요? 오늘 일정이 어떻게 되는지 좀 알려 주겠어요?"

"앗, 네! 그러니까 오늘의 일정은……. 길리안 대법관이 오전 중으로 방문할 예정입니다. 그 후 왕궁의의 검진을 받으셔야 하고요, 오후에는 정기 알현과 디자이너들과의 접견 시간이 잡혀 있습니다. 그리고 저녁에는 왕제 저하와의 만찬 일정이……. 어, 첫날부터 너무 무리하시는 거 아닌가요, 전하?"

"괜찮아요. 며칠 푹 쉰 데다가 별로 어려운 일정도 아닌데요, 뭐."

빙긋 웃으며 답하자 클로에는 말도 안 된다는 듯 입을 벙긋거리다 말했다.

"그런데요, 전하, 디자이너들은 왜 부르시는 건가요? 듣기로는 옷을 전부 새로 만드신다는 소문이 있던데……. 앗, 그리고 보니 향수도 바꾸셨다면서요?"

"네."

"어떤 향인가요? 장미 향은 본래 쓰시던 거니 아닐 테고, 데이지인가요? 아니면 라벤더? 그것도 아니면, 혹시 프리지어인가요? 아웅, 너무 궁금해요."

폭포수처럼 말을 쏟아내는 그녀를 보며 느릿하게 눈을 깜빡인 밀라이아가 답했다.

"이따가 써 보면 안다고 대답하려 그랬는데, 그러다가는 클로에가 숨넘어가겠네요. 셋 다 아니에요. 재스민 향이랍니다."

"어머나, 그렇군요! 재스민 향이라니, 전하랑 너무 잘 어울릴 것 같아요. 으, 안 되겠다. 어서 시향 해 보려면 빨리빨리 준비시켜 드려야겠어요. 무엇부터 하시겠어요? 아침부터 드실래요? 아니면 목욕부터?"

흥분한 목소리로 말을 쏟아내는 그녀를 보자 픽 웃음이 새어 나왔다.

어제는 눈치도 좀 보고 영 어려워하더니, 하룻밤 새 원래대로 돌아온 것을 보면 제가 했던 수고가 헛되지는 않았던 듯했다. 아니면 그냥 천성이 그렇거나.

'이 정도면 백작 부인이나 클로에는 그리 걱정 안 해도 되겠군. 페르디난드 공작도 내 편으로 끌어들였고 근위 기사단도 조만간 정리할 테니…… 남은 건 집안 단속뿐인가?'

문득 뇌리 속에 한 남자의 얼굴이 떠올랐다. 관찰하듯 저를 훑어 보던 싸늘한 눈빛도.

입꼬리가 사납게 비틀리는 것이 느껴져, 밀라이아는 서둘러 표정을 수습하며 말했다.

"아침은 됐어요. 이따 길리안 대법관을 접견할 때 간단하게 쿠키

나 먹죠, 뭐. 목욕부터 하러 가요."

"앗, 네에. 목욕물은 이미 데워 두었으니 바로 이동하시면 됩니다. 한데 정말 식사를 거르셔도 괜찮으시겠어요? 자리에서 일어나신 지 얼마 되지도 않으셨는데……."

"일주일 푹 쉬었으면 됐어요. 그리고 어차피 늦게 일어난 터라, 점심때까지 시간이 얼마 남지도 않았는걸요."

"우웅, 그건 그렇지만…… 알겠습니다. 그럼 단장만 시켜 드릴게요."

"고마워요."

생긋 웃어 보인 밀라이아는 클로에를 따라 옆방으로 자리를 옮겼다.

따뜻한 물에 목욕을 마친 뒤 슈미즈 차림으로 화장대 앞에 앉자, 클로에는 대기하고 있던 시녀들을 불러 옷을 가져오라 일렀다. 그러고는 커다란 수건으로 젖은 머리카락을 감싸 부드럽게 두드려 주며 연신 말을 늘어놓았다.

"우와, 이 머릿결 좀 봐……. 피부도 매끈매끈하시고. 정말 아름다우세요, 전하. 일주일을 푹 쉬신 보람이 있는걸요?"

"그래요? 그럼 좀 곤란한데."

"네? 어째서요?"

"아직은 좀 초췌해 보여야 하니까요."

옆방에 들릴세라 작은 소리로 속삭이자, 클로에는 그제야 알았다는 듯 나지막하게 답했다.

"아, 그러네요. 걱정 마세요, 전하. 제가 알아서 꾸며 드리겠습니다."

"고마워요."

부드럽게 답한 밀라이아는 눈을 감은 채 클로에의 손길에 몸을 맡겼다. 어제 한나절 가까이 놀다 와서 그런가, 평소보다 늦게 일어났음에도 아직 피곤했다.

비몽사몽한 상태로 멍하니 앉아 있는데, 어느새 단장을 마친 듯 손을 멈춘 클로에가 말했다.

"자아, 다 됐습니다! 옷은 어떤 걸로 하시겠어요? 일단 이 정도로 골라오긴 했는데……. 음, 역시 진청색이 낫겠지요?"

"네, 그게 좋겠네요."

간신히 눈을 뜬 밀라이아는 시녀들이 보여 주는 색색의 옷 중 어두운 진청색 드레스를 확인하고는 고개를 끄덕였다. 저 정도면 충분히 피부색을 창백하게 보이도록 할 수 있을 듯했다.

조심조심 옷을 꿰어 주는 손길에 맞춰 기계적으로 몸을 움직이고 있을 때, 노크 소리가 들리고 잠시 후 시녀 하나가 조심스럽게 안으로 들어와 말했다.

"여왕 전하, 길리안 대법관이 도착했습니다."

"소알현실로 안내하도록. 곧 가겠다고 이르고."

"네, 전하."

공손하게 허리를 숙인 시녀가 다시금 밖으로 나가자, 클로에는 서둘러 드레스 자락을 정리해 주고는 빠른 속도로 리본을 꺼내 머리카락을 한데 모아 묶었다. 그런 후 그토록 고대하던 향수를 꺼내 귀 뒤며 손목에 조금씩 뿌려 주었다.

"향이 정말 좋아요, 전하. 은은하게 퍼지는 것도 그렇고 전체적인 분위기도 그렇고, 전하랑 딱 맞춤인 것 같아요. 너무 잘 어울려요."

"그런가요?"

"네. 이전에 쓰시던 향수도 괜찮았지만 저는 이게 더 나은 것 같아요. 역시 전하께서는 안목이 뛰어나세요! 어쩜 이리 무엇 하나

빠지는 게 없으세요? 미모도 그렇고 센스도 그렇고, 정말이지 최고세…… 아, 지금 이럴 때가 아니지."

흥분한 목소리로 이것저것 떠들던 클로에가 갑자기 움찔하며 말끝을 흐렸다. 제 어미의 경고를 떠올리기라도 한 듯 바쁘게 손을 놀린 그녀는 매무시를 이곳저곳 가다듬어 준 후에야 뿌듯한 얼굴로 다시금 입을 열었다.

"자아, 다 됐습니다! 어떠신가요?"

"어디 보자……. 좋네요. 수고했어요, 클로에."

부드러운 말에 클로에는 살며시 눈을 굴려 뒤에 서 있는 시녀들을 한번 살펴보고는 말했다.

"병석에서 막 일어난 터라 조금 창백해 보이시기는 하지만, 그래도 정말 아름다우세요, 전하. 분명 레노아 영윤도 반할 거예요."

"응? 레노아 영윤? 길리안 대법관이 아니고요?"

"……뭐, 그분도요."

순간 거울 속으로 보이는 표정에 웃음을 터트릴 뻔한 밀라이아는 서둘러 그것을 삼키며 대신 부드럽게 미소 지었다.

싫은 음식을 억지로 삼키려는 아이처럼 불퉁한 표정을 보건대 클로에는 그가 마음에 안 드는 것이 분명했다. 하긴 중립파 소속인 그녀가 길리안가의 사람을 좋아한다면 그게 더 이상했다.

"고마워요. 그럼 다녀올게요."

"네에, 전하. 무리하지는 마세요. 힘드시거든 언제든 부르시고요."

"그럴게요."

밀라이아는 언제 뾰로통했느냐는 듯 밝게 답하는 영애에게 다시 한번 미소를 지어 준 뒤 후련한 기분으로 방을 나섰다. 늘 주위를 맴돌던 장미 향에서 벗어나서 그런가, 코끝을 은은하게 감도는 재스민 향이 무척이나 상쾌했다.

접견실에 들어서자 자리에 앉아 있던 하늘색 머리카락의 청년이 서둘러 일어나 정중하게 예를 갖췄다. 들어오기 전 물기를 모두 닦아 낸 듯 그는 조금 젖은 머리카락을 제외하고는 말끔한 모습이었다.

"창공의 드높음을 경배하라. 루시어스 라 길리안이 여왕 전하를 뵙습니다."

"오랜만이네요, 길리안 대법관."

살며시 미소 지으며 인사를 건네자 청년은 무척 걱정스러운 표정으로 물었다.

"네, 전하. 그보다 옥체는 좀 어떠십니까? 안색이 썩 좋지 않으신 것 같은데, 혹 무리하시는 건 아닌지요?"

"괜찮아요. 왕궁의의 말로는 며칠만 더 조심하면 된다더군요. 일단 앉아요. 담소는 우선 차부터 내온 뒤 시작하지요."

"감사합니다."

고개를 숙이는 청년을 향해 빙긋 웃어 보인 밀라이아는 따라 들어왔던 시녀에게 차를 내오라 말한 뒤 상석에 앉았다.

가만히 옷자락을 정리하는데, 문득 청년의 옆자리에 놓여 있는 커다란 꾸러미와 꽃다발이 눈에 들어왔다.

'이번에도 꽃인가?'

슬쩍 눈길을 주는 순간, 꽃다발을 집어 든 청년이 그녀에게 정중하게 내밀었다. 보랏빛 리본으로 예쁘게 묶여 있는 그것은 퍼붓는 비를 온전히 피하지는 못한 듯 군데군데 물방울이 맺혀 있었다.

"쾌차하신 것을 축하드리는 의미로 준비해 보았습니다."

"정말 고마워요. 길리안 대법관. 아름다운 꽃다발이네요."

부드럽게 미소 지은 밀라이아는 그가 내민 꽃다발을 받아 품에 안으며 말했다. 노란색, 흰색, 그리고 보라색 재스민 꽃이 한데 묶여 몹시 풍성해 보이는 그것은 전문가의 정성 어린 손길이 들어간 듯 대단히 아름다웠다.

"한데 전부 재스민이네요?"

"네. 전하께서 좋아하신다고 해서 준비해 봤습니다."

"어머, 기억해 준 건가요?"

"물론입니다. 전하께서 해 주신 말씀이라면 뭐든 기억하고 있습니다."

그저 가벼운 물음이었을 뿐인데, 되돌아온 것은 전혀 예상치 못했던 답변이었다.

문득 가슴속에 뭔가가 얹힌 듯한 기분이 들었지만, 밀라이아는 애써 그런 기색을 감추며 웃는 낯으로 꽃다발을 내려놓았다.

"……그것참 가슴 벅찬 얘기네요. 고마워요, 길리안 대법관."

"아닙니다. 전하를 위해서라면 이 정도쯤은 얼마든지 할 수 있습니다."

당연하다는 듯 답하는 청년의 얼굴은 무척이나 진지하게 보였다. 마치 정말로 그녀를 마음에 품은 것처럼 보일 정도로.

쿵쿵.

심장이 또다시 제 존재를 알리며 빠르게 뛰기 시작했다.

'아, 또…….'

눈앞의 남자를 볼 때면 늘 일어나는 현상에, 밀라이아는 두근거리는 가슴을 모르는 척 무시하며 그저 부드럽게 미소를 지었다. 그것은 글로리아의 감정이지 제 것이 아니었으니까.

하지만 청년은 그 미소의 의미를 다르게 해석한 듯, 좀 전보다 한결 밝아진 목소리로 말했다.

"그리고 이것은 해독하는 데 좋다는 차와 원기회복에 좋다는 음식입니다. 물론 왕궁의들이 알아서 잘 챙겨 올리겠지만, 그래도 혹시나 하는 마음에 가져와 봤습니다. 보잘것없는 것들이나 작은 정성이라 여기시고 받아 주십시오."

"아…… 고마워요. 잘 먹을게요. 차도 잘 마시고요."

어쩐지 가라앉은 기분으로 그가 내미는 꾸러미를 받아 드는데, 때마침 노크 소리가 들리고 안으로 들어온 시녀가 두 사람 앞에 찻잔과 찻주전자, 쿠키 접시, 그리고 머핀과 스콘 바구니를 내려놓았다.

'에이, 모르겠다. 이제 와 그런 생각을 해 봐야 뭘 하겠어? 그렇다고 해서 국서 후보 건을 없던 일로 하자고 무를 수 있는 것도 아닌데.'

상념을 털어내며 찻잔을 집어 든 밀라이아는 은은하게 피어오르는 라벤더 향을 한껏 음미하며 슬쩍 미소 지었다. 그동안 어딜 가든 자신을 따라다니는 장미 향 때문에 지긋지긋했는데, 그 일 이후로는 주변에서 장미는커녕 그 비슷한 향마저도 맡을 수 없다는 사실이 몹시 마음에 들었다.

흡족한 기분으로 한 모금 마신 찻잔을 내려놓은 그녀는 머핀을 하나 집어 작은 접시에 담으면서 말했다.

"오늘따라 다과가 풍성하네요. 길리안 대법관도 어서 들어요."

"정말 그렇군요. 간단한 식사라고 해도 믿을 수 있겠습니다."

"그렇죠? 아마 고가 아침을 걸러서 그런가 봐요."

무심한 답변에 눈썹을 치켜세운 청년이 물었다.

"아침을 거르셨다니요? 어째서입니까? 혹 아직도 옥체가 불편하신 건……."

"아뇨. 부끄러운 얘기지만, 실은 좀 늦게 일어났거든요."

"하면 설마 신 때문에 못 드신 겁니까?"

놀란 얼굴로 반문한 남자가 서둘러 말을 이었다.

"하면 이런 것들을 드실 게 아니라 지금이라도 제대로 된 식사를 하시는 편이 낫지 않겠습니까? 병석에서 막 일어나셨는데 체력을 관리하셔야지요."

"괜찮아요. 그러기에는 시간이 너무 늦었는걸요. 입맛도 별로 없고요."

"하나 전하."

"걱정해 줘서 고맙지만, 정말 괜찮아요."

부드럽게 말을 잘라 낸 밀라이아는 포크를 움직여 작게 자른 머핀을 입으로 가져갔다. 그러고는 소리 나지 않게 씹어 삼킨 뒤, 여전히 뭔가 할 말이 있어 보이는 남자를 향해 이야기했다.

"그보다 뭔가 재미있는 얘기를 해 주겠어요? 일주일 내내 방에 갇혀서 몹시 무료했었거든요."

"……아, 하면 책이라도 읽어 드릴까요? 본디 전하께 드리려고 가져온 것이긴 합니다만……."

"어머, 그런가요? 그야 물론 고마…… 운 말이지만, 지금은 뭔가 다른 이야기를 청하고 싶어요. 이를테면 음, 요즘 돌아가는 정세라든가……."

별생각 없이 승낙하려던 밀라이아는 황급히 말끝을 흐리며 되는 대로 질문을 던졌다. 그의 옆에 얌전히 놓여 있는 책의 제목을 그제야 확인한 탓이었다.

'저것만은 막아야 돼. 『사랑의 행복』이라니, 절대 안 되고말고.'

이전의 경험을 반추해 봤을 때 저 책은 무조건 펼쳐 들지 못하게 해야 함이 분명했다. 자작시 낭독의 추억을 되새기는 것은 결단코 사양이었으니까.

아무렇게나 둘러친 말에 청년이 의아한 듯 그녀를 쳐다보았다. 옅은 분홍색 눈동자가 조금 가늘어져 있었다.

"요즘 정세…… 말씀이십니까?"

"네. 요 며칠 자리에 누워만 있었더니 아는 게 하나도 없어서요. 자세하게 설명할 필요까진 없으니, 대강이라도 얘기해 주면 고맙겠어요."

"그렇군요. 으음, 그러시다면……."

손가락으로 턱을 쓰다듬던 남자가 이내 고개를 들었다. 할 얘기가 떠오른 모양이었다.

"신이 알기로 이번 사건 외에 별다른 일은 없습니다. 하나 여러 모로 심상치 않은 분위기라고 말씀드려야 할 것 같군요."

"심상치 않은 분위기라. 어느 정도로 말인가요?"

고개를 갸웃하는 그녀를 잠시 말없이 바라보던 청년이 답했다.

"전하께서 목숨의 위협을 받으신 게 올해 들어서만 벌써 두 번째 잖습니까? 관대하게 넘어가 주었더니 또 이런 불미스러운 일이 터졌다고 모두 대단히 분노하고 있습니다. 이런 말씀을 드리기는 조심스럽지만, 사실 범인의 정체야 만인이 아는 사실이 아닙니까. 그저 물증이 없을 뿐이지요."

"……범인에 대해 밝혀진 것은 아직 아무것도 없습니다. 억측은 그만둬요."

부러 인상을 찌푸리며 답했지만, 청년은 아무렇지도 않은 듯 태연한 표정으로 형식적인 사과를 건넸다.

"송구합니다, 전하. 하지만 이번 일로 계파의 귀족 모두가 벼르고 있다는 사실만은 알아 두십시오. 지난번에는 페르디난드 공작 때문에 어쩔 수 없이 넘어갔으나 이번에는 다를 것이라는 점도요."

"어쩔 수 없이 넘어가다뇨?"

"기억나지 않으십니까? 전하께서 그런 일을 당하셨는데도 흔적을 찾을 수 없다는 이유로 사건을 종결시키셨잖습니까."

"……아, 네. 그랬죠."

밀라이아는 그제야 생각났다는 듯 민망한 미소를 지으며 말을 얼버무렸다. 아무래도 제가 이쪽으로 온전히 넘어오기 전 있었던 일인 모양이었다.

"하여 이리 말씀드리는 것입니다. 비록 이번에 전하를 구하는 데 지대한 공헌을 했다고는 하나, 그는 기본적으로 중립파의 수장이 아닙니까. 전적으로 전하를 지지하는 저희와는 아무래도 입장이 다르지요."

"……그야 그렇죠."

'대체 누가 누구를 지지한다는 건지, 원.'

속으로 작게 중얼거리며 빤히 바라보자, 그는 내심 찔렸던 듯 슬쩍 눈길을 피하며 말했다.

"흠흠, 어쨌든 대강의 사정은 그렇습니다만 아직 안정을 취하셔야 할 전하께 길게 드릴 말씀은 아닌 것 같군요. 그보다 혹시 대신관을 초청해 볼 생각은 없으십니까? 아무리 발견이 빨랐다고는 해도 어쨌거나 한 번 중독되셨던 것이 아닙니까. 혹시 모를 후유증을 생각해도 그렇고, 한 번쯤은 치유를 받아 보시는 것도 좋을 듯합니다만."

'대신관이라. 소원의 돌 문제도 생각하면 분명 솔깃한 제안이긴 한데, 정말 불러도 괜찮으려나? 이 시기의 왕실과 신전은 사이가 나쁘지 않았다고 에스페라 공작에게 듣긴 했지만, 만일 그게 아니었다면 곤란해지는 건 나잖아.'

거기다 겉으로는 저를 무척 아끼는 척하는 길리안 공작조차 거론하지 않은 제안을 어째서 그가 꺼내는 건지도 알 수 없었다. 정확한 의도를 모르는 상황에서 그가 소개해 준다는 대신관을 과연 믿을 수 있는지도. 물론 전자의 경우 그가 여왕을 마음에 품고 있다 했으니 그러나 보다 생각할 수도 있겠으나, 후자의 경우는 여전히 의문스러웠다.

밀라이아는 애써 침착한 표정을 유지하며 태연하게 물었다.

"대신관이라. 그들이 그리 쉽게 움직이는 사람은 아니지 않나요?"

"보통은 그렇습니다만, 신이 운 좋게도 그중 한 분과 연이 있어서요. 정중하게 요청드린다면 아마도 외면하지는 않으실 겁니다. 물론 다소 시간은 걸리겠지만요."

'연이 있단 말이지? 그럼 일단 만나 보기는 할까? 얼굴을 봐야 어떤 사람인지 파악이라도 할 거 아냐.'

속으로 생각을 정리한 밀라이아가 말했다.

"어머, 그런가요? 그 정도로 친분이 있다니 대단하네요. 대신관과 연을 맺기는 쉽지 않다고 들었는데."

"아뇨, 으음."

무엇을 떠올린 것인지, 청년은 눈썹을 슬쩍 찌푸리며 말했다.

"보통 사람들의 생각과는 좀 다른 분이신지라, 생각했던 것보다
는 훨씬 수월하게 연을 맺을 수 있었습니다. 전하께서도 한번 만나
보시면 금세 이해하실 겁니다."

"그런가요?"

어떤 성격이기에 그러나 싶어 고개를 갸웃하는데, 갑자기 똑똑하
고 노크 소리가 들려왔다.

밀라이아는 의아한 얼굴로 문가를 돌아보았다. 다과는 이미 들여
왔으니 통상적인 용건은 아닐 텐데, 공식적인 알현 시간에 어쩐 일
인가 싶었다. 문이 열리고 안으로 들어서는 사람을 확인한 후에는
더욱 그랬다.

"클로에? 무슨 일이에요?"

"송구합니다, 전하. 왕궁의에게 검진을 받으실 시간이 되었기에,
결례를 무릅쓰고 들어왔습니다."

"아, 벌써 시간이 그렇게 되었나요?"

워낙 몸 상태가 멀쩡했던 탓에 잠시 잊고 있었다.

슬쩍 옆을 돌아보자, 클로에 쪽을 물끄러미 바라보던 청년이 한
발 앞서 말했다.

"이만 물러감을 허락해 주시겠습니까?"

"아…… 그래요."

천천히 고개를 끄덕이자 청년은 빙긋 웃어 보인 뒤 그대로 자리
에서 일어났다. 그러고는 가져온 책을 공손하게 내밀며 말했다.

"받아 주십시오. 전하를 향한 제 마음입니다."

"……고마워요. 잘 간직할게요."

'설마 이것도 글로리아의 취향이야?'

별로 그러고 싶은 마음은 없었지만, 밀라이아는 말없이 책을 받아 옆에 내려놓았다. 『사랑의 행복』이라니. 자작시만큼이나 끔찍할 것 같았다.

"감사합니다. 참, 잠시 얘기가 끊겼는데, 대신관은 어찌할까요? 초청할까요?"

"음, 네. 그렇게 해 주면 고맙겠어요."

"네, 전하. 하면 신은 물러가겠습니다. 부디 신의 작은 선물들이 전하의 쾌차에 조금이나마 도움이 되기를 바랍니다."

조곤조곤 이야기하는 청년을 향해 가볍게 고개를 끄덕이다가, 밀라이아는 문득 떠오르는 생각에 빠르게 말했다.

"참, 길리안 공작에게 고가 한번 보잔다고 전해 주겠어요? 시일은 아무 때나 상관없으나 되도록 정무 회의에 복귀하기 전이면 좋겠다고도요."

"아, 네. 그리하겠습니다."

"고마워요. 그럼 다음에 또 보지요."

"네, 전하. 조만간 다시 찾아뵙겠습니다. 가장 높이 나는 분께 창공의 무궁함이 함께하시기를."

정중하게 예를 갖춘 청년이 돌아섰다.

멀어지는 하늘색 그림자를 잠시 바라보던 밀라이아는 옆에 놓아두었던 재스민 꽃다발을 끌어안은 채 자리에서 일어났다.

황급히 다가온 클로에가 꽃다발을 받아 들었다. 한눈에 출처를 알아챈 듯 입이 삐죽 튀어나온 얼굴이었다.

"……이거, 어디에다 장식할까요?"

"집무실에요."

"또요? 지난번에 받으신 것도 아직 남아 있는데, 하필이면 왜 또 거기……."

"클로에."

단호하게 부르자 클로에는 시무룩한 얼굴로 고개를 숙여 보이고는 한 발 뒤로 물러섰다.

그 모습을 보자 절로 한숨이 새어 나왔지만, 밀라이아는 무어라 설명해 주는 대신 그대로 몸을 돌려 걸음을 옮겼다. 어쨌거나 아직 그녀에게는 저 꽃다발이 필요했다.

'나도 마냥 좋아서 잘 보이는 곳에 간직하는 건 아니다, 뭐. 어쨌든 이번에는 일이 잘 좀 풀렸으면 좋겠다.'

타박타박 걸어가는 밀라이아의 그림자가 복도에 길게 늘어졌다. 걸음걸음 남는 은은한 재스민 향과 함께.

몇 시간 뒤.

"여왕 전하를 뵙습니다."

"어서 와요, 페르디난드 공작. 오랜만에 보는군요."

"흠. 네. 실로 오랜만에 뵙는 것 같습니다."

눈썹을 잠시 꿈틀거리던 남자는 이내 한쪽 입꼬리를 끌어올리며 답했다. 아무래도 그녀가 주위를 의식하고 있다는 사실을 눈치챈 듯했다.

"편하게 앉아요. 그동안 쌓인 정무를 처리하려면 제법 시간이 걸릴 것 같은데."

"감사합니다. 하나 그리 오랜 시간이 걸리지는 않을 겁니다. 당분간은 꼭 필요한 내용들만 올릴 생각이라서요. 전하께서는 우선 회복하는 데만 신경 쓰십시오."

"……고마워요."

떨떠름한 어조로 답하자, 공작은 픽 웃고는 그녀의 맞은편에 앉았다. 그러고는 방 안의 시녀들이 모두 나가기를 기다렸다 말했다.

"오랜만이라고요?"

"……뭐, 사람에 따라서는 반나절이 오랜만일 수도 있지 않겠어요?"

"애틋한 관계라면 그렇겠지요. 물론 전하께서 신과 그런 사이라고 하신다면야 더는 드릴 말씀이 없습니다만."

"흥, 누가…… 아, 됐으니까 그냥 본론이나 말해요. 오늘 정리해야 할 일이 뭐였죠?"

어깨를 으쓱해 보인 남자가 답했다.

"일단은 사후 처리, 그리고 길리안 공작과 관련된 얘기 아니겠습니까? 나머지는 뭐, 차차 얘기해도 될 것 같고요."

"좋아요. 그럼 일단 사후 처리 얘기부터 하죠."

"그러겠습니다."

가볍게 답한 공작이 시녀가 놓고 간 찻잔을 들어 올리며 이야기했다.

"사실 이번 일만으로 모든 것이 다 해결되는 건 아닙니다. 알고 계시지요?"

"그걸 몰랐다면 지금 내가 여기 있지도 않았겠죠."

"그럼 됐습니다. 일단 어느 선에서 자를지는 정해 주셨으니, 최대한 많이 엮도록 해 보겠습니다. 아마도 그럭저럭 만족스러운 결과를 얻으실 수 있을 겁니다. 길리안 공작도 한손 보태기로 했거든요."

"네? 길리안 공작이요?"

밀라이아는 눈을 동그랗게 떴다. 물론 이번 건은 여왕파의 입장에서도 이득이니 어찌 보면 길리안 공작의 참여 역시 당연한 일이었지만, 그럼에도 그 의심 많은 자가 순순히 참여했다는 것이 영신기했다.

"사실 그자는 처음에만 좀 힘든 상대처럼 보이지, 알고 보면 그럭저럭 속일 수 있는 자라서요. 보고 싶은 것만 보는 유형인지라."

"오호, 그래요?"

"네. 그러니 전하께서도 그 부분을 한번 잘 공략해 보십시오. 아, 기왕이면 혈연인 점도 강조하시고요. 생각보다 수월하게 넘어올 겁니다."

"그렇군요. 고마워요."

생긋 웃어 보이자, 공작은 찻잔을 내려놓으며 말했다.

"그리고 궁내부와 근위 기사단 문제 말입니다만, 어느 범위까지 생각하고 계시는지요? 본디 왕실의 소관이니만큼, 전하께서 처분을 정하시는 것이 옳을 듯합니다."

한쪽으로 고개를 기울인 밀라이아가 답했다.

"어디까지랄 게 있나요? 어차피 건드릴 수 있는 부분도 그리 안많은데. 지난번에 파악한 유착 관계가 맞는지 한 번 더 조사하고, 개중 심한 자들 위주로 물갈이나 좀 해야지요. 아, 그전에 뭐 한 가지만 물어봐도 될까요?"

"하문하십시오."

"지난번에 근위 기사단장으로 추천할 만한 사람이 하나 있다고 했잖아요? 그게 누군지 듣고 싶어요."

"아, 그 얘기 말씀이시군요."

고개를 끄덕인 공작이 물었다.

"혹 앤트워스 후작을 아십니까?"

'그야 물론이지. 역시 그자를 추천할 생각이었군.'

이미 에스페라 공작을 통해 들은 바 있었지만, 밀라이아는 가만히 고개를 저었다. 아무리 그라도 동시대의 사람만큼 앤트워스 후작에 대해 잘 알지는 못할 테니까.

'한데 에스페라 공작은 대체 이 많은 걸 어떻게 안 거지? 제국에는 우리나라에 대한 기록이 많나?'

"그러시군요. 하면 처음부터 말씀을 드려야겠습니다."

손가락으로 팔걸이를 톡톡 두드린 남자가 차분하게 설명했다.

"앤트워스 후작은 선왕 전하 시절 근위 기사단장을 역임했던 자로 골수 왕당파라 할 수 있습니다. 왕가에 대한 충성심도 높고 단장으로서의 능력도 출중한 축에 속합니다만……. 한 가지 문제가 있어 오 년 전 실각했습니다. 현재는 영지에서 조용히 살고 있는 것으로 압니다."

"한 가지 문제? 그게 뭔가요?"

"적이 대단히 많습니다. 광적으로 왕실에 충성하는 데다 심각한 원리원칙주의자거든요."

"아…… 그래요?"

밀라이아는 제 앞에 놓인 찻잔을 들어 올리며 곰곰 생각에 잠겼다.

'극심한 원리원칙주의자라. 그건 처음 듣는 얘기네. 괜찮으려나? 같은 계파에게조차 보호받지 못하고 쫓겨날 정도면 융통성이라고는 하나 없는 인물이란 뜻인데.'

"하면 그런 사람을 추천하는 이유는 뭐죠?"

한 모금 마신 찻잔을 도로 내려놓으며 묻자, 공작은 정말 몰라서 묻는 거냐는 눈초리로 말했다.

"말씀드렸잖습니까. 광적으로 왕실에 충성하는 자라고요. 현시점에서 전하께 가장 필요한 인재라고 생각됩니다만."

"그건 나도 알아요. 내 말은, 그자를 추천했을 때 공작에게 돌아가는 이익은 뭐냐는 거예요."

무덤덤한 얼굴로 답한 밀라이아는 편안하게 등받이에 몸을 기댔다.

전 근위 기사단장이라는 훌륭한 명분도 있겠다, 다소 잡음이 일더라도 앤트워스 후작을 데려오는 것이 좋겠다는 생각이 그가 말을 꺼낸 순간부터 들었지만, 그런 중요한 일을 굳이 이 자리에서 결정할 필요는 없었다. 알아볼 것은 다 알아본 뒤에 해도 늦지 않았으니까.

"그야 당연히 전하의 안전이지요. 전하께서 무사하셔야 신도 진정한 재상이 되든 말든 할 것 아닙니까."

"흐음. 그것뿐이에요?"

"하면 뭐가 더 필요합니까?"

밀라이아는 어깨를 으쓱하는 공작을 잠시 바라보다 고개를 끄덕였다. 저 말의 진실 여부야 어차피 차후 돌아가는 일을 살피다 보면 나올 일이었다.

"뭐, 좋아요. 숙고하죠."

"그리하십시오."

"그래요. 하면 그건 됐고, 남은 건 평기사들이랑 궁내분데……. 혹 낙향한 왕당파 귀족 중 수도로 불러올릴 만한 사람들이 있나요? 기왕 비게 될 자리, 누군가로 채워야 한다면 그쪽으로 하고 싶어서요."

무심하게 묻는 그녀를 빤히 바라보던 공작이 답했다.

"글쎄요. 근위 기사단 쪽은 별로 아는 것이 없고, 궁내부야 신보다는 레티시아 백작 부인이 더 잘 알 것 같습니다만."

"하긴 그렇군요. 그럼 해고 규모는 유모와 상의해서 정하겠어요. 너무 그쪽만 잘라 내면 속 보이니까, 이쪽에서도 지나치게 두드러진 자들은 몇 정도 정리하는 걸로 하죠. 어차피 길리안 공작도 제 입으로 궁에 사람을 심었다고는 말 못 할 테니 상관없겠죠? 페르디난드 공작, 그대도 그렇고."

생긋 웃어 보이자, 남자는 기가 찬다는 듯한 얼굴로 헛웃음을 지었다.

"이것 참, 아무래도 신이 독수리 새끼를 키웠나 봅니다."

"흠? 간도 크군요. 감히 국왕더러 독수리 새끼라니."

물론 제 진짜 정체를 알고 한 소리는 아니겠지만, 하필이면 국왕의 상징인 독수리에 빗대 하는 말에 순간 가슴이 뜨끔했다. 실제로 왕세녀인 자신은 종종 새끼 독수리에 비유되기도 했으니까.

찔리는 내심을 감추려 부러 강한 어조로 말하자, 공작은 그녀의 비난을 못 들은 척 무시하며 다른 말을 꺼냈다.

"하면 그 일은 알아서 처리하시고, 신에게는 추후 통보만 해 주십시오. 아, 아니군요. 길리안 공작의 협조도 구해야 할 테니 사전에 알려 주시면 감사하겠습니다."

"알겠어요."

고개를 까딱한 밀라이아는 한결 편해진 기분으로 찻잔을 입가에 가져가 댔다. 이만하면 미리 목표했던 바는 거의 이룬 듯했다.

'이번 일로 얻어 낼 수 있는 건 대충 다 챙긴 거 같고, 남은 건 잠시 추이를 지켜보는 것뿐인가? 아, 국혼 문제도 있구나.'

얼굴을 찌푸리며 찻잔을 내려놓으려던 밀라이아는 불쑥 내밀어지는 받침 접시에 놀라 숨을 훅 들이쉬었다.

그 언젠가의 기억처럼, 은으로 세공된 찻잔은 마치 원래 그녀가 그곳에 놓으려고 했던 양 받침 접시 위에 얌전히 놓여 있었다.

"뭐, 뭐예요? 공작이 이걸 어떻게 알아요?"

의구심에 가득 찬 목소리가 흘러나왔다. 분명 그 앞에서는 한 번도 보여 준 기억이 없는데, 뭔가에 집중하고 있을 때면 아무렇게나 잔을 내려놓는 제 오랜 습관을 공작이 어찌 알고 있단 말인가.

"……내려놓는 각도만 봐도 알 수 있는 것 아닙니까? 자칫 차가 쏟아질 수 있겠다 싶어 그리한 것뿐입니다만."

"흠, 그래요……?"

미묘하게 늦게 흘러나온 답변은 분명 그럴 수도 있겠다 싶은 내용이었지만, 그럼에도 영 좀 미심쩍었다.

묘하게 찝찝한 기분에 눈을 깜빡이는데, 문득 따가운 시선이 느껴졌다.

깊게 가라앉은 잿빛 눈동자가 제게 머물러 있었다. 무언가 알 수 없는 색채를 담은 채로. 그것은 언젠가 보았던 에스페라 공작의 눈빛과 몹시 닮아 있었다.

'신기하네. 백 년이란 시간을 사이에 둔 사람들이 이렇게 닮을 수가 있다니. 정말 둘이 피가 섞이기라도 한 건가?'

돌아가면 에스페라가의 가계도부터 한번 연구해 봐야겠다 생각하던 그녀는 문득 드는 의문에 저도 모르게 눈썹을 찡그렸다.

'만약 그렇다 치면, 대체 가계도가 어떻게 되는 거야? 저 공작의 핏줄이 에스페라가에 시집이라도 간 건가?'

"무슨 생각을 그리하십니까?"

불쑥 물어오는 목소리에 멈칫한 밀라이아가 답했다.

"그냥, 공작이랑 닮은 사람이 잠깐 생각나서요."

"그렇습니까? 누군지는 몰라도 신과 닮았다면 꽤 괜찮은 사람이겠군요."

"괜찮은 사람은 무슨? 쪼잔한 데다가 잔소리까지 많은 사람이겠죠."

어이없다는 표정으로 맞받아 치자, 헛웃음을 흘린 공작이 물었다.

"허, 지금 대놓고 신을 공격하시는 겁니까?"

"아뇨? 공작이랑 닮았다는 사람 얘긴데요?"

"그 말이 그 말이잖습니까."

"뭐, 좋을 대로 생각해요."

보란 듯 어깨를 으쓱해 보이자, 공작은 무어라 말하려다 말고 한숨을 푹 내쉬었다.

"하아. 됐습니다. 하면 근위 기사단장의 임명은 언제쯤 하실 작정이십니까?"

"글쎄요, 일단 궁내부와 기사단을 좀 정리하고 난 다음에 해야 하지 않을까요?"

대수롭잖은 듯한 대답에 고개를 끄덕인 남자가 말했다.

"하긴 그게 깔끔하겠군요. 알겠습니다. 그럼 그건 됐고……. 혹 앤트워스 후작을 불러들이실 생각이라면 벌써부터 티를 내서는 안 됩니다. 일을 망치실 생각이 아니라면 말이지요."

"알아요, 알아. 잔소리는. 절대 안 그럴 테니까 걱정 마요."

질린 얼굴로 답하자, 공작은 어깨를 으쓱하며 말했다.

"참, 그리고 이번에 길리안 공작과 한 가지 합의를 했습니다. 그러니 다음에 그를 만나실 때 신의 강요에 의해 어쩔 수 없었던 척 연기하십시오. 아마 더 따지지 않고 넘어갈 겁니다."

"합의요? 무슨 합의를 했는데요?"

"전하께 선택할 시간을 넉넉하게 드리자 했습니다. 중간 과정은 좀 힘들었지만…… 적어도 일 년 정도는 별말 없을 겁니다."

"그래요?"

시큰둥하게 되물은 밀라이아가 등받이에 등을 기댔다. 어차피 그 정도는 가능할 거라 생각했기에 별로 감흥이 없었던 탓이었다. 혹 기간이 그보다 더 길었다면 모를까.

하지만 그 반응의 의미를 다르게 해석한 듯, 공작은 고개를 한쪽으로 기울이며 물었다.

"어째 반응이 영 별로 없으십니다? 원치 않는 결혼을 일 년이나 피하게 되셨으니 안도하실 줄 알았는데요."

"흠? 내가 결혼을 원치 않는다고 누가 그래요?"

금시초문이라는 듯 되묻는 그녀를 물끄러미 바라보던 남자가 물었다. 어쩐지 좀 전과는 사뭇 다르게 느껴지는 어조였다.

"그럼 설마 하실 생각이었습니까?"

"뭐, 못할 건 또 뭔가요? 조건과 마음이 맞으면 하는 거지."

어깨를 으쓱하며 답하자, 공작은 입술을 굳게 다문 채 그녀를 빤히 바라보았다. 곧게 뻗은 눈썹이 무언가 마음에 들지 않는다는 듯 슬쩍 찌푸려져 있었다.

그 모습에 움찔한 밀라이아는 공작이 더 뭐라 하기 전에 슬쩍 화제를 돌렸다. 어차피 말만 그러했을 뿐 실제로 국혼을 치를 생각 따위는 눈곱만큼도 없었으므로, 여기서 더 깊게 파고들어 봐야 좋을 건 없었다.

"어쨌든 알겠어요. 덕분에 일 년 동안은 좀 편안하게 지낼 수 있겠군요. 애써 줘서 고마워요."

"……."

"공작?"

의아한 표정으로 불러 보았지만, 답변이 돌아올 시간이 지났음에도 그는 아무런 말이 없었다. 뭔가 생각에 잠긴 표정으로 팔걸이만을 톡톡 두드리고 있었을 뿐.

"페르디난드 공작? 듣고 있어요?"

"……네."

거듭 부른 후에야 느릿하게 답을 한 공작은 찻잔을 들어 반쯤 남은 찻물을 단숨에 들이켰다. 모두 식어 버려 몹시 씁쓸할 것이 분명한 그것을.

'뭐야, 그냥 당황했던 거였나? 어쨌든 쌤통이다. 어디 한번 쓴맛을 보라지.'

예상치 못했던 반응에 긴장했던 마음을 그제야 풀어낸 그녀는 초위에서 데우고 있던 찻주전자를 들어 텅 빈 잔에 차를 따라 주었다. 좀 전의 것과는 달리 따스한 온기를 머금은 새 차를.

멍하니 그 모습을 바라보던 공작이 헛웃음을 지었다.

"진즉 말씀해 주시지 그랬습니까?"

"어머, 쓴 걸 좋아하는 거 아니었어요? 굳이 식은 차를 마시기에 난 또 그런 취향인 줄 알았죠."

"하아. 신이 졌습니다. 정말이지 한 번도 져 주질 않으시는군요."

바람 빠지는 소리를 내며 몸을 축 늘어뜨린 그가 말했다.

밀라이아는 생글거리는 얼굴로 새로 따라 낸 차를 입가로 가져갔다.

그때, 소파 위에 늘어진 채 뭔가를 곰곰이 생각하던 공작이 문득 떠오른 것처럼 물었다.

"그러고 보니 제전 준비는 잘되어 가십니까? 혹 뭔가 문제가 있는 것은 아닌지요?"

"아뇨, 없는데요. 왜요?"

"갑자기 디자이너들을 소환하셨다는 이야기를 들어서요. 처음으로 맞이하시는 큰 행사인지라, 혹 준비하시다가 뭔가 문제가 생긴 건 아닌가 싶어서 말입니다."

"아하, 난 또 뭐라고. 그건 제전과는 상관없는 일이니 신경 쓰지 않아도 돼요."

웃음기 어린 목소리에 공작의 눈이 가늘게 뜨였다.

"뭘 꾸미고 계신 겁니까?"

"뜬금없이 무슨 소리예요?"

"방금 의미심장하게 웃으셨잖습니까. 이번엔 또 무슨 사고를 치시려고……."

"이런, 디자이너들을 접견할 시간이네. 미안하지만 먼저 일어나겠어요. 제전 때 봐요."

"잠······."

"오늘 수고했어요, 공작."

무어라 말하려는 남자를 무시하며 자리에서 일어난 밀라이아는 그가 붙들기 전에 서둘러 알현실을 빠져나왔다. 오랜만에 한 방 먹여서인가, 기분이 날아갈 듯 상쾌했다.

나붓이 복도를 걷는데, 얼마 전까지만 해도 형식적으로 대충 예를 갖추던 이들이 깊숙하게 허리를 숙이는 모습이 보였다. 아무래도 조만간 대대적인 인사이동이 있을 거란 사실을 직감한 듯했다.

'흥, 그래 봤자 이미 늦었어. 이번 기회에 적어도 삼분의 일 정도는 잘라 낼 테니까 말이지.'

줄줄이 예를 갖추는 이들을 일별한 그녀가 드레스룸의 문을 열었다.

또각또각 소리와 함께 안으로 들어가며, 밀라이아는 황황히 고개 숙이는 이들을 향해 웃는 낯으로 말했다.

"모두 반갑네. 그럼 이제 고의 복장에 대해 심도 있는 토론을 한 번 해 보세나."

다음 날.

길리안 공작은 적어도 옷이 완성된 후에야 모습을 드러낼 거라는 예상과는 달리 알현 가능 시간이 되자마자 곧바로 그녀를 찾아왔다. 빠른 시일 내에 보자 했던 말이 궁금증을 자극한 듯했다.

"창공의 드높음을 경배하라. 여왕 전하를 뵙습니다."

"어서 와요, 길리안 공작."

"몸은 좀 어떠하십니까? 안색이 썩 좋지 않으십니다만."

"괜찮아요. 걱정해 줘서 고맙군요."

"별말씀을."

고개를 까딱해 보인 남자가 집무실 안을 슬쩍 훑어보며 말했다.

"어쨌든 이리 일어나신 모습을 보니 한결 안심이 되는군요. 옥체가 상하신 건 아닐까 걱정이 이만저만이 아니었는데 다행입니다."

"그렇군요. 신경 써 주어 고마워요."

"아닙니다. 선왕비 전하께서도 아니 계시는데 마땅히 신이 신경을 써 드려야지요. 게다가 전하께서는 내년이면 국혼을 치러야 할 몸이 아니십니까."

'얼씨구?'

밀라이아는 저를 위해 주는 척 국혼을 다시 한번 상기시키는 남자를 보며 속으로 고소를 삼켰다. 책상 한구석에 얌전히 놓여 있는 꽃다발 두 개를 발견한 뒤 눈을 번뜩이는 모습을 보고는 한 번 더.

'역시 여기다 가져다 두길 잘했지.'

클로에의 반발을 무릅쓰고서, 또 스스로도 그리 내키지 않음에도 굳이 이곳에 꽃다발들을 가져다 둔 건 지금 같은 상황을 노렸기 때문이었다. 그녀가 길리안 대법관에게 관심이 있다는 것을 은연중에 보여 주기 위한 일종의 눈속임.

"음? 어찌 그러나요?"

"아닙니다. 그보다 신을 찾으셨다고 들었습니다만."

고개를 갸웃하며 묻자 공작은 아무렇지 않게 답하고는 탁자 건너 맞은편에 앉았다. 마치 그녀의 승낙이 떨어지기라도 한 듯 몹시 당당한 태도였다.

그 모습이 영 아니꼬웠지만, 밀라이아는 아무것도 모르는 양 그저 부드러운 목소리로 말했다.

"실은 한 가지 의논할 것이 있어 보자 하였습니다. 대공자의 일도 있고요."

"그 일이라면 이미 편지를 드렸을 텐데요. 혹 받지 못하셨습니까?"

"아뇨. 받긴 했지만, 음……."

머뭇거리는 밀라이아를 물끄러미 바라보던 공작이 말했다.

"크라우스 때문에 걱정하시나 본데, 그러실 필요는 없습니다. 전하께서 마음에 드시는 사람을 뽑으셔야지요."

"아…… 그런가요?"

"네. 루시어스가 더 마음에 드신다면 그걸로 되었습니다. 물론 그 아이를 가볍게 여기지 않으신다는 전제하에 말입니다. 신이야 전하를 최우선으로 생각한다지만, 아무래도 형제가 관련된 일이다 보니 주위에서 썩 호의적인 반응을 보이진 않더군요."

'호오, 그러니까 제 아들이 국서 후보이기만 하면 둘 중 누군지는 상관없단 소리지? 그렇다면 대공자에게는 근 시일 내에 그간의 무례에 대한 화답을 해 줄 수 있겠군.'

생각만 해도 속이 시원했다.

밀라이아는 새어 나오려는 웃음을 수줍은 미소로 포장하며 곧바로 고개를 끄덕였다.

"그야 물론이죠. 공작 앞에서 말하기는 좀 부끄러운 얘기지만, 사실 고는 루시어…… 아니, 길리안 대법관이 대공자보다 다정해서 좋아요. 대공자는 뭐랄까, 대하기가 좀 무서웠거든요."

부러 실수인 척 길리안 대법관의 이름을 부르자, 남자의 입가에 희미한 웃음이 스치고 지나가는 것이 보였다.

"그러셨습니까."

"네. 고는 배려심 많은 남자를 좋아한답니다."

밀라이아는 나긋나긋하게 답하며 두 개의 꽃다발을 슬쩍 곁눈질했다. 그러고는 그제야 발견했다는 양 꽃이 참 예쁘다 말하는 공작을 향해 쑥스러운 얼굴로 답했다.

"정말 예쁘지요? 실은 둘 다 길리안 대법관이 고에게 준 것이랍니다. 각각 첫 번째 만남과 병석에서 일어난 것을 기념한다는 의미에서요."

"아, 그렇습니까?"

"네. 정말 다정하지 않나요? 의미 있는 날마다 이리 아름다운 꽃다발을 주는 남자라니 말이에요. 게다가 고가 재스민을 좋아한다는 걸 알고서는 재스민으로만 된 꽃다발을 선물해 준 것 있죠."

들뜬 표정으로 늘어놓는 말을 묵묵히 듣던 공작이 툭 던지듯 말했다.

"그런 거라면 레노아 영윤이 더 낫지 않습니까? 워낙 여인들에게 인기가 많은 인사이니 말입니다."

'아, 정말.'

속으로 한숨을 삼킨 밀라이아는 대수롭지 않다는 듯 가볍게 핀잔했다.

"이런. 공작은 여심을 너무 모르는군요. 자고로 여자란 누구나 바람둥이보다는 자신만을 바라는 남자에게 끌리게 되어 있답니다.

결혼 상대라면 특히 말이에요."

"그렇습니까? 흠. 하면 페르디난드 공작의 요구는 왜 받아들이셨는지요?"

"아, 그건…… 그러지 않으면 이번 일에서 손 떼겠다고 해서요. 미안해요, 고는……."

"이번 일이요? 그게 뭡니까?"

'일단 화제는 무사히 돌렸군.'

속으로 빙긋 웃은 밀라이아가 우물쭈물하는 목소리로 답했다.

"향초 사건이요. 실은 공작을 보자 한 것도 그 일 때문이랍니다."

"그게 페르디난드 공작의 요구와 무슨 상관……. 흠, 아닙니다. 일단 계속하시지요. 하시고 싶은 말씀이 뭡니까?"

"이번 일, 어찌 처리할 생각인가요? 정무 회의에서 본격적으로 다뤄지기 전에 먼저 공작의 의견을 듣고 싶어요."

그 말이 떨어지는 순간, 깊게 가라앉은 눈동자가 의구심을 담은 채 그녀를 응시했다. 네가 어째서 그런 것을 궁금해하느냐는 듯 번뜩이는 눈빛.

'쯧. 오만불손한 거 봐라. 하여간 아직도 기강을 잡아야 할 사람들 투성이라니까?'

속으로 중얼거린 밀라이아는 일부러 손끝을 바들거리며 살그머니 눈길을 피했다. 마치 그의 시선을 감당하지 못하고 몹시 두려워하는 것처럼.

그럼에도 경계를 풀지 않고 그 모습을 유심히 바라보던 길리안 공작은 시간이 상당히 흐른 뒤에야 조금 누그러진 목소리로 답했다.

"의견이랄 게 있겠습니까? 반드시 범인을 잡아 치죄해야지요. 그

배후도 모조리 말입니다."

'거의 다 넘어왔군.'

속으로 회심의 미소를 지은 밀라이아가 기어들어 가는 목소리로
답했다.

"……역시 그렇군요."

"혹 말리려는 생각이시라면 그만두십시오. 전하의 체면을 생각
하여 한 번은 넘어갔으나, 더 이상의 관용은 있을 수 없음입니다.
이제 와 말씀드려 무엇하겠습니까마는, 한 번의 용서로 말미암아
작금의 사태가 초래된 것이 아니라 어찌 장담할 수 있겠습니까?"

그러니 이번에는 자중해라, 라는 표정으로 엄포를 놓는 공작을
물끄러미 바라보던 밀라이아가 천천히 고개를 끄덕였다.

"알겠습니다. 그리하지요."

"잘 생각하셨습니다. 진작 그러셨어야…… 음? 진정이십니까?
말리지 않으시겠다고요?"

"네."

"어째서요? 그동안은 왕제 저하가 조금이라도 다칠 만한 일이라
면 어떤 것이든 용납지 않으셨잖습니까. 비록 사이가 먼 척 행동하
시긴 했지만 말입니다."

차분하게 되묻는 어조는 꽤나 담담했지만, 붉은 눈동자는 짙은
의심의 빛을 담은 채 그녀를 응시하고 있었다.

'조심하자. 절대로 속이려는 게 들키면 안 돼.'

속으로 다시 한번 되뇐 밀라이아는 일부러 눈에 띄도록 크게 심
호흡을 하고는 말했다.

"이번 일을 겪고 나니, 그동안 뭔가를 단단히 착각하고 있었다는

생각이 들더군요. 왕제에 대한 정과 정치는 다른 것이었는데, 혈육의 정에 치우쳐 정작 중요한 것은 간과했다는 걸 깨달았다고나 할까요? 네, 그래요. 이번 일로 고는 왕제를 위한다고 해서 그의 잘못된 지지자들마저 껴안아 줄 수는 없다는 사실을 알게 되었답니다."

"그렇습니까?"

"네. 좀 전에 공작도 말했잖아요? 왕제의 얼굴을 보아 관용을 베풀었는데, 고에게 돌아온 건 결국 이런 것뿐이었다는 사실을 말이에요."

"그야 그렇습니다만."

갑작스러운 그녀의 태도 변화가 영 의심스러운 듯, 공작은 어딘가 석연치 않은 표정으로 턱을 만지작거렸다.

그 모습을 힐끔 쳐다본 밀라이아는 한숨 섞인 어조로 말했다. 아무래도 이쯤에서 한번 강수를 던져야 할 것 같았다.

"……저는 말이에요. 살고 싶습니다, 외숙."

갑자기 던져진 호칭에 잠시 멈칫한 남자가 답했다.

"사적인 호칭으로 부르실 자리는 아닌 것 같습니다만. 일단 계속해 보십시오."

"솔직히 말씀드릴게요. 외숙께서 보시기엔 한심하겠지만, 저는 정치 같은 건 어렵기만 하고 전혀 흥미가 가질 않아요. 버겁기도 하고요. 잘 아시잖아요?"

은근슬쩍 친근한 어조로 말투를 바꾼 그녀가 호소하듯 말했다.

일단 계속해 보라는 듯 팔짱을 낀 남자가 물었다.

"그래서요?"

"그래서…… 저를 왕위에 올려 주신 외숙께는 죄송하지만, 실은 얼마 전까지만 해도 이런 생각을 했었어요. 본디 내 몫도 아니었고 힘들기만 한 자리, 왕제가 성인이 되면 물려주고 훌훌 벗어나자고요.”

“그게 무슨 바보 같은……. 후, 아닙니다. 일단 듣지요. 계속하십시오.”

'좋아, 이대로 조금만 더.'

속으로 중얼거린 밀라이아는 뭔가를 다짐한 양 단호한 목소리로 말했다.

“사실 지난번 일을 그리 덮었던 것 또한 그리하면 그들이 제 진심을 조금은 믿어 주지 않을까라는 마음에서였어요. 한데 그것이 이런 식으로 돌아올 줄은……. 이깟 왕위가 뭐라고 죄 없는 사람까지 죽이려 들다니.”

“흠. 그래서요?”

“그래서…… 이제는 저도 살기 위해 뭔가 행동을 취해야겠다고 생각했어요. 그렇잖아요? 지금까지의 일로 미루어 본다면, 설령 왕제에게 양위를 한다 해도 곱게 넘어가 주진 않을 테죠. 왕권의 안정을 운운하며 죽이려 든다면 모를까요.”

못마땅한 표정으로 팔짱을 낀 공작이 말했다.

“맞는 말씀입니다만, 전하께서 그런 결심을 하셨다는 건 믿기가 어렵군요. 고작 배다른 동생 하나 보호하자고 이 외숙조차 속이려 들었던 분이시니 말입니다.”

'블러핑주: 자신의 패가 상대방보다 좋지 않을 때, 상대를 기권하게 할 목적으로 거짓으로 강한 베팅이나 레이스를 하는 것 쳐 봤자 안 통하니 패부터 다 까 보라 이거지? 역시 쉽지 않네.'

이제는 숫제 다리까지 꼬는 남자를 힐끔 쳐다본 밀라이아가 속으로 깊은 한숨을 내쉬었다.

하지만 그녀는 그런 속내를 능숙하게 숨긴 채 간절한 어조로 말했다.

"외숙, 제발요. 저는 죽고 싶지 않아요. 그러니 저를 좀 도와주세요."

"도움이라. 어떻게 말입니까?"

"우선 왕제의 곁에서 불충한 자들을 떼어 내야겠어요. 다소 과격한 수단을 써서라도 말이에요."

"하, 전하께서요? 이 외숙조차 속이려 하셨을 정도로 동생을 끔찍하게 아끼는 전하께서 정녕 그리하실 수 있겠습니까? 신은 믿지 못하겠습니다."

"끔찍하게 아끼다뇨. 아니에요. 그야 물론 혈육의 정 같은 건 있죠. 배다른 동생이라고는 해도 세상에 단 하나 남은 동기同氣인데요. 하지만 저는 그 아이를 보고 있기가 괴로워요. 어떤 날은 저리 어리지만 않았다면 내가 이 무거운 짐을 질 일도 없었을 텐데 싶기도 하고, 또 어떤 날은 저 아이만 없었다면 지금처럼 하루하루 안위를 걱정하며 살지 않아도 되었을 텐데 싶기도 해서……. 하아, 참 나쁜 누나네요, 저란 사람은."

자책하듯 어깨를 늘어뜨린 밀라이아는 잠시 감정을 다스리는 양 침묵하다 말했다.

"죄송해요. 잠시 얘기가 샜군요. 어쨌든 결론은 그래요. 저는 살기 위해서, 또 왕제를 위해서라도 불충한 자들을 퇴출시켜야겠어요. 그러기 위해서 외숙의 도움이 필요하고요."

"흠. 어떻게 말입니까?"

'됐구나. 일단 한고비는 넘겼어.'

슬쩍 몸을 기울이는 공작을 힐끔 쳐다본 밀라이아가 속으로 빙긋 웃었다. 나름의 시험을 통과해서일까, 붉은 눈동자에 어린 의심의 빛이 한층 옅어져 있었다.

"우선 이번 사건의 범인을 명명백백하게 밝혀내 주시겠어요? 복잡한 정치 같은 건 잘 몰라서 도움이 될지 모르겠지만, 저도 가능한 한 최선을 다해서 도울게요."

"좋습니다. 그리고요?"

"그리고, 음……. 앤트워스 후작을 불러들일까 해요. 아무리 생각해도 지금 같은 상황에서 제 안전을 지켜 줄 사람은 그자밖에 떠오르지 않더군요. 물론 외숙을 제외하고 말이에요."

"뭐라고요? 앤트워스 후작?"

잠시 느긋하게 풀렸던 공작의 얼굴이 딱딱하게 굳었다.

밀라이아는 언제 옅어졌느냐는 듯 다시 의심으로 번뜩이는 눈빛을 의식하며 최대한 표정을 관리했다. 일단 한고비는 넘겼다지만, 앤트워스 후작이라는 관문이 남았으니 긴장의 끈을 바짝 조여야 했다.

"네. 지난번처럼 왕제 쪽으로 단장 자리가 넘어가는 것만큼은 막아야 하지 않겠어요?"

"전하의 마음을 이해 못하는 건 아니나, 앤트워스 후작은 선왕 전하께서 친히 파면하신 자입니다. 그런 자를 다시 불러들이시는 것은 그리 현명한 처사가 아닌 듯싶습니다만. 차라리 부단장 중 한 명을 단장으로 올리시는 게 낫지 않겠습니까?"

경계심이 잔뜩 묻어나는 목소리에, 밀라이아는 저도 안타깝다는 듯 한숨을 내쉬었다. 이럴 때를 대비해서 그녀는 이미 지난 며칠

동안 근위 기사들의 근무 평가서를 살핀 터였다.

"저도 그러려고 했지만, 안타깝게도 우리 쪽 부단장 중에 성적이 괜찮은 사람이 없더군요. 아니, 그 정도가 아니라 다른 둘에 비해 현저하게 밀려요."

"……그게 사실입니까?"

"네. 그러니 어쩌겠어요? 명분도 없이 우리 쪽 사람을 내세울 수는 없고, 그렇다고 해서 왕제 쪽에 다시 단장 자리를 넘겨줄 수도 없는 노릇이잖아요."

잠시 말을 끊은 밀라이아가 슬쩍 공작의 표정을 살폈다. 그는 여전히 못마땅한 얼굴이었지만, 붉은 눈동자에는 어느새 의심 대신 자파 부단장들에 대한 짜증이 조금씩 번져 가고 있었다.

"그래서 앤트워스 후작을 데려오겠단 말씀이십니까?"

"네. 왕제 쪽에 단장 자리를 넘겨주지 않을 방법은 오직 명망 있는 외부 인사를 데려와 임명하는 것뿐인데, 아무리 생각해 봐도 그런 사람은 앤트워스 후작밖에 없더군요. 외숙께서도 아시다시피 군부에는 피오르 공작의 연줄이 더 많잖아요?"

정곡을 찌르는 말에 공작은 마지못한 표정으로 답했다.

"……뭐, 그건 그렇지요."

"네. 그래서 말인데요, 일단 후작을 불러들이고 후일을 도모하는 건 어떨까요?"

조심스러운 질문에 눈썹을 치켜세운 남자가 물었다.

"후일을 도모한다 하심은?"

"우리 쪽에서 쓸 만한 인재를 양성할 때까지만 쓰자는 거지요. 기간은 음, 한 삼 년 정도?"

"그렇다면 좋습니다. 상황이 그렇다면 하는 수 없지요."

천천히 고개를 끄덕인 공작이 몸을 뒤로 젖혀 등받이에 기대며 말했다.

"하나 그자를 불러들이는 것은 미봉책밖에 되지 않습니다. 그건 알고 계시지요?"

"그런가요?"

"그야 당연하잖습니까. 근본적인 원인을 제거하지 않는 한 이런 일들은 앞으로도 계속해서 일어날 것입니다."

"네? 근본적인 원인이요?"

아무것도 모르는 사람처럼 눈을 깜빡이며 묻자, 공작은 한심하다는 듯한 표정으로 답했다.

"왕위 계승권의 분산 말입니다. 계승권 있는 왕족들을 수도에서 살지 못하도록 왕국법에서 괜히 규정한 것이 아니란 말씀이지요."

"그 얘기는 설마……. 아, 안 돼요! 왕제는……!"

허둥거리는 그녀를 향해 공작은 냉담한 목소리로 말했다.

"압니다. 저하를 건드리는 것만은 절대 안 된다는 말씀이겠지요. 하나 본디 아랫사람의 잘못은 곧 윗사람의 잘못인 법. 범인의 정체가 밝혀지면 저하 역시 책임을 면할 수는 없을 겁니다. 또 마땅히 그래야 하고요."

"하지만 그건……."

"그러나 전하께서 이토록 간절히 바라시는데 신하 된 자로서, 또 사적으로는 외숙인 자로서 어찌 마냥 원칙만을 고수할 수 있겠습니까. 바라시는 대로 저하에 대한 언급은 일절 하지 않겠습니다."

'좋아. 이제 거의 다 왔어.'

보랏빛 눈이 반짝였다.

밀라이아는 기대감에 두근거리는 마음을 애써 감추며 공손하게 답했다.

"고맙습니다, 외숙."

"대신, 다시는 이런 일이 발생하지 않도록 가장 확실하고도 안전한 장치를 마련하는 것이 어떠하신지요? 전하의 외숙이자 신하로서 드리는 진심 어린 충언입니다."

"장치요? 그게 뭔가요?"

"그야 당연하잖습니까. 부군 말입니다."

밀라이아는 슬그머니 올라가려는 입꼬리를 잡아 내리며 속으로 빙긋 미소 지었다.

'게임 끝이군.'

공작의 의심을 사지 않으면서 저 말이 나오게 하려고 얼마나 아등바등했는지 모른다. 자칫하다 조금씩 허물어지던 경계심이 회복되기라도 하는 날에는 훗날을 위해 세워 둔 계획을 모조리 수정해야 했으니까.

어디 그뿐인가? 멍청하고 한심스럽다고 생각한 여왕이 변했다는 것을 깨닫는 순간 그를 속이기는 지금보다 훨씬 난해해질 것이 분명했다.

"네? 부군이오?"

"그렇습니다. 생각해 보십시오. 명가名家 출신의 국서가 있어 전하를 보호한다면, 저들의 공세 또한 훨씬 줄어들지 않겠습니까? 전하께서 골치 아파하시는 일들도 나눌 수 있을 테고요."

"아……. 정말 그러네요."

밀라이아는 그제야 깨달았다는 듯 탄성을 내뱉으며 무의식중에 그런 양 재스민 꽃다발을 곁눈질했다.

발그레하니 얼굴을 붉히는 그녀를 물끄러미 응시하던 공작의 얼굴에 만족스러운 빛이 스치고 지나갔다. 그만하면 일단 되었다 여긴 모양이었다.

"하면 알아들으셨으리라 믿고, 사흘 뒤 정무 회의에서 뵙겠습니다. 오늘 하신 말씀, 번복하시는 일은 없으리라 믿습니다."

"아……. 그럼 도와주시는 건가요?"

"물론입니다. 선왕비 전하께서도 아니 계시는 마당에 신이 아니면 대체 누가 전하를 지켜드릴 수 있겠습니까? 신은 언제나 전하만의 충실한 신하입니다."

"아아, 감사해요, 외숙. 정말로 감사드려요."

"별말씀을."

비뚜름하게 입꼬리를 끌어올린 공작이 자리에서 일어났다.

예를 갖춘 그가 방을 완전히 빠져나갈 때까지 감격한 표정을 계속 유지하던 밀라이아는 문이 소리 없이 닫힌 후에야 깊은 한숨을 내쉬었다.

'일단 됐구나.'

직접적으로 이야기하지는 않았으나 두 사람 모두 왕제파를 몰아내기로 암묵적인 합의를 마친 터. 아직까지는 페르디난드 공작과의 진짜 관계를 숨겨야 하는 상황에서, 본 목적을 감추고 여왕파를 끌어들인다는 일차 목표를 이룬 것만으로도 대성공이었다.

'좋았어. 그럼 당분간은 왕제파를 쳐내는 데 주력하면 되겠군.'

여왕의 이름으로 살아가기로 결정한 지도 벌써 두 달째.

기반을 다지느라 그런 것이긴 했으나, 어쨌든 내내 제자리걸음만
하던 상황에서 이제야 간신히 제대로 된 한 걸음을 뗀 느낌이었다.

기분이 날아갈 듯 가벼웠다.

'잠시 눈이라도 좀 붙일까?'

아직 할 일이 좀 더 남아 있었지만, 지금은 일단 좀 쉬고 싶었다.

오른팔을 들어 이마 위에 얹고서, 밀라이아는 스르르 눈을 감았다.

재스민 꽃 한 송이가 툭 고개를 꺾으며 짙은 향을 뿜어냈다.

제3곡

sequéntĭa
속송

⋮

6부

volare cœpere
날기 시작하다

고귀하신 여왕 전하께.

보내 주신 편지는 잘 받아 보았습니다. 친필 서한이라니, 부드러운 한 획 한 획마다 전하의 향취가 느껴져 설레는 마음을 감출 수가 없었답니다.

옛말에 필체는 그 사람의 인격을 반영한다 하였는데, 이토록 물씬 배어 나오는 고아함을 볼 때 아무래도 그 말이 참이었던 듯합니다.

풍문으로 벌써 일선에 복귀하셨다는 말을 전해 들었습니다. 이미 많은 사람들이 염려의 말씀을 드렸을 거라 짐작됩니다만, 신 역시 한마디를 보태야겠습니다.

전하, 정녕 괜찮으신 것입니까? 불미스러운 일을 당하신 지 얼마 되지도 않았는데, 좀 더 정양하셔야 하는 것은 아닌지요? 혹 무리하시다 또다시 옥체 상하시는 것이 아닐까 걱정됩니다.

이런. 감사의 말씀을 드린다는 것이 그만, 고아하신 필체에 감탄한 나머지 너무 늦었군요.

서한의 내용은 잘 확인했습니다. 진심으로 감사드립니다. 지난 만남에서 말씀드린 대로, 앞으로 전하께 누가 되지 않도록 최선을 다하겠습니다.

비가 내리는군요. 모쪼록 건강에 유의하십시오. 오월 말이라고는 해도 날씨가 제법 쌀쌀하답니다.

그럼, 다시 뵙는 날을 고대하겠습니다.

존경과 염려를 담아,
레오나르 수 레노아.

'하여튼 번지르르한 말버릇은 알아줘야 한다니까.'

밀라이아는 피식 웃으며 작게 중얼거렸다. 그저 편지에 적어 둔 차 두 종류의 이름만 잘 확인했다 답하면 될 것을 이렇게 길게 늘려 쓰다니, 그것도 재주는 재주다 싶었다.

흡족한 표정으로 편지지를 곱게 접어 봉투에 잘 집어넣은 밀라이아는 그것을 서랍 속에 넣은 뒤 창가로 다가갔다. 며칠 내내 오락가락하던 비가 그치고 오랜만에 해가 환한 얼굴을 드러내서일까, 열린 창밖으로 보이는 바깥은 무척이나 밝았다.

눅눅하던 습기마저 언제 그랬느냐는 듯 말끔히 사라진 왕궁은 늦봄 특유의 따스하면서도 생명력 넘치는 공기로 가득 차 있었다.

흐리고 축축한 날씨에 짜증이 어려 있던 궁인들의 얼굴에도 밝은 웃음이 그득했다. 활기차면서도 평화로운 그런 느낌.

'아아, 진짜 좋다……'

행복한 기분으로 스르르 미소를 짓는데, 노크 소리가 들리고 곧

이어 안으로 들어온 시녀가 깊숙이 허리를 숙이며 말했다.

"전하, 마차가 준비되었습니다."

"아, 그래. 지금 가겠네."

마지막으로 창밖에 시선을 준 밀라이아는 이내 몸을 돌려 방을 빠져나갔다.

기다란 복도를 지나 하늘궁 밖으로 나서자 언젠가 그랬던 것처럼 입구에 대기하고 있는 두 대의 마차와 입술을 꼭 깨물고 있는 백금발의 소년이 보였다. 절도 있는 자세로 시립하고 있는 근위 기사들도.

"창공의 드높음을 경배하라. 여왕 전하를 뵙습니다!"

"땅 아래 모든 것에게 찬연한 광휘를. 모두 수고가 많습니다. 힘들겠지만 오늘 하루도 잘 부탁해요."

"넷, 전하!"

"그럼 출발합시다. 왕제도 조금 있다 봐요."

차분하게 말을 마친 뒤 마차에 오르려는데, 빠르게 다가온 왕제가 말했다.

"누님, 잠시 드릴 말씀이 있습니다."

"그래요? 급한 건가요?"

"음, 그보다는 조용히 말씀드리고 싶어서요. 누님과 함께 이동하면 안 되겠습니까?"

"나야 상관없지만, 근위 기사들의 양해를 구해야 할 것 같네요. 잠시만요."

밀라이아는 평소 같지 않게 공손한 자세로 답하는 소년을 지그시 바라보다 돌아섰다.

"부기사단장."

"네, 전하. 부르셨습니까?"

갑작스러운 호명에 서둘러 다가온 기사 하나가 예를 갖췄다.

밀라이아는 눈에 띄게 군기가 바짝 든 남자를 향해 곧장 물었다. 왕족의 경우 만일을 대비해 동일한 이동 수단을 쓸 수 없는 것이 원칙이었으므로, 왕제와 함께 이동하기 위해서는 근위 기사단의 양해를 구해야 했다.

"왕제와 한 마차로 이동할까 하는데 괜찮을까요? 아무래도 경의 동의가 필요할 것 같아서요."

"으음. 하면 한 마차로 이동하시되, 외부의 눈을 고려하여 다른 마차도 그대로 운행시키는 방안이 어떠신지요?"

"좋아요. 그렇게 하죠."

빙긋 웃으며 답한 밀라이아는 잘 부탁한다는 말을 남긴 뒤 두어 걸음 뒤에 서 있던 왕제에게 눈짓했다.

즉각 따라붙은 소년이 그녀를 마차에 오르도록 도와준 후 안으로 들어섰다.

"유모는 미안하지만 뒤의 마차를 타고 따라와 줘요."

"그리하겠습니다, 전하."

공손하게 답한 백작 부인이 마차의 문을 닫았다.

널찍하게 펼쳐진 가로수길을 따라 화려한 마차 행렬이 움직이기 시작했다.

"자, 이제 단둘이군요. 그래, 내게 하고 싶은 말이 뭔가요?"

예전에 그가 그랬던 것처럼 팔짱을 낀 채 오만하게 묻자, 왕제는 애꿎은 입술만 잘근잘근 깨물다 말했다.

"그, 음, 그러니까…… 그 일 말입니다. 정말 이대로 진행하실 생각입니까?"

"응? 그 일이라뇨? 그게 뭔데요?"

고개를 갸웃하는 그녀를 보며 이를 악문 왕제가 꾹꾹 눌러 참는 목소리로 말했다.

"모르는 척하지 마십시오. 암살 미수 사건 말입니다."

"아, 그거요. 그게 왜요? 뭔가 문제라도 있나요?"

"……듣자 하니 아예 특정인을 표적으로 맞춰 놓고 수사하는 것 같다 하던데, 그건 원칙 위반 아닙니까? 물론 참담한 일이 일어나 분노하신 건 알겠습니다만, 명확한 증거도 없는 상황에서 그러시는 건 아무리 봐도 이번 기회를 틈타 제 사람을……."

"증거가 없다고 누가 그래요?"

사납게 눈을 치켜뜨며 묻자 왕제는 놀란 표정으로 반문했다.

"하면 정말로 그들이 누님께 그런 짓을 했단 말씀이십니까?"

"그렇다고 하면 믿어 주긴 할 건가요?"

"그야 당연히……!"

"당연히 아니겠지요. 그럴 거였으면 처음부터 이렇게 내게 달려와 무작정 따지기부터 하진 않았을 테니까. 결국 왕제는 나보다는 그들을 더 믿은 거잖아요? 아니 그러한가요?"

"그, 그건……."

정곡을 찔린 듯, 소년은 뭐라 반박하지 못하고 한참 동안 입만 벙긋거렸다.

'정말 몰랐나 보군. 하긴 조사 결과로도 그랬지.'

만일 그가 이번 일에 가담했다면 또 모르겠지만, 분위기로 보아 그건 아닌 듯했다.

밀라이아는 싸늘한 눈초리로 그 모습을 바라보며 마지막으로 단단하게 쐐기를 박았다. 이번 기회에 왕제와 그의 계파 귀족들을 조금 떨어뜨려 놓아야겠다 싶었다.

"내가 이 말까진 하지 않으려고 했는데, 실은 그 일이 있기 얼마 전 피오르 공작이 뜬금없이 내게 그런 말을 했답니다. 쓰시는 향이 참 좋다고, 대체 무슨 향이냐고 말이에요."

"그게 무……."

"그게 무슨 뜻인지는 스스로 잘 생각해 봐요. 앞으로 왕제가 취해야 할 행동이 어떤 것인지도. 그럼 난 잠시 눈 좀 감고 있을 테니 도착하면 얘기해 줘요."

차갑게 말을 자른 밀라이아는 눈을 감은 채 조금 뒤 해야 할 일들을 마음속으로 정리했다.

답지 않은 요청 때문에 동승을 수락하기는 했지만, 지금 그녀에게 중요한 건 왕제의 오해를 풀어 주는 것보다 조금 뒤에 있을 의식을 무사히 치러내는 쪽이었다.

'다른 건 몰라도 이것만은 완벽하게 해내야 해. 오늘은 왕국민 모두에게 무척 중요한 날이니까.'

오늘 있을 제전은 한 해의 풍요를 기원하는 왕국의 전통 의식으로, 숲과 불모지가 많아 수확이 그렇게까지 풍성하지는 못한 루아 왕국에서는 건국일보다도 중요하게 생각하는 날이었다.

여름의 우기를 어떻게 넘기느냐, 또 일조량은 얼마나 되느냐에 따라 한 해의 수확이 달라지기에 의식은 우기가 시작되기 전인 늦봄에 국왕이 하늘에 직접 기원을 올리는 식으로 이루어졌다. 평소에는 외인의 출입이 금지된 성소, 즉 루아 왕국의 초대 국왕이 직접 기원을 올려 신의 응답을 받았다 전해지는 호수 한가운데의 작은 섬에서.

'그러니까 호숫가에 도착해서 간단한 축원을 남긴 다음 배를 타고 섬으로 이동, 그리고 홀로 제단에 올라 기도였지? 언젠가는 맡을 일이었지만, 이렇게 일찍 하게 될 줄은 몰랐네.'

행여 실수할까 꼼꼼하게 머릿속으로 과정을 정리한 밀라이아는 그 뒤로도 몇 번씩 확인하고 또 확인하며 끝없이 해야 할 일을 되새겼다.

그때, 목적지에 도착한 듯 부드럽게 굴러가던 바퀴가 서서히 멈춰 서는 것이 느껴졌다.

"……도착했습니다."

잔뜩 가라앉은 왕제의 목소리에 눈을 뜬 그녀는 아무 일도 없었다는 듯 대수롭잖은 말투로 답했다.

"내립시다."

"네. ……누님."

침울한 표정으로 답한 왕제가 마차의 문을 열었다.

풀 죽은 모습으로 내려서는 그를 흘낏 본 밀라이아가 천천히 땅에 발을 디뎠다.

'실수 없이 잘 끝내자. 나야 처음이라지만, 이곳에서는 이미 여왕이 삼 년 동안 했던 일이야. 이제 와 허둥지둥하는 모습을 보이면 곤란해.'

"창공의 드높음을 경배하라. 고귀하신 여왕 전하를 뵙습니다!"

"땅 아래 모든 것에게 찬연한 광휘를. 모두 일어나세요."

부드럽게 명령한 밀라이아가 황황히 일어나는 귀족들을 향했다.

"오늘은 생명의 아버지, 만물을 관장하시는 주신 비타Vita께 왕국의 무사안녕을 기원하는 중요한 날입니다. 우리의 정성이 주신께 닿을 수 있도록, 모두 경건한 마음으로 의식에 참여해 주기 바라요."

"네, 전하!"

"그럼 이제 이동하죠."

담담하게 말을 마친 밀라이아가 돌아섰다. 그 뒤를 따라 왕제와 다른 이들이 걸음을 옮겼다.

'숲의 쉼터'라고도 불리는 거대한 호숫가에는 이미 그들이 타고 이동할 수 있게끔 커다란 배가 준비되어 있었다.

바람이 잔잔할 때를 대비해 배의 옆구리에는 거대한 노가 일정 간격을 두고 길게 늘어서 있고, 높게 뻗은 마스트를 비롯한 곳곳에는 왕가의 상징인 독수리 문장이 조각되어 있었다. 의식용 배답게 여러 갈래로 얽힌 나무 형상, 즉 주신 비타의 상징 역시 존재했다. 물론 왕권과 신권은 별개였으므로, 그렇다고 해서 왕가의 의식에 신관이 따른다거나 하지는 않았지만.

치맛자락을 밟지 않도록 살짝 들어 올린 밀라이아는 왕제의 에스코트를 받으며 배로 이어진 계단을 올랐다. 그런 뒤 일제히 허리를 숙여 보이는 선원들에게 일어나라 명하며 티 나지 않게 주위를 둘러보았다.

'이 배는 여전히 크군.'

부왕을 따라 참석했던 때 탔던 것도 규모가 상당했는데, 백 년 전 이 시대에 사용되는 배 역시 생각보다 크기가 컸다. 그녀와 왕제, 세 명의 공작을 비롯한 주요 각료들, 그리고 시중을 들 궁내부 원들과 호위를 위한 근위 기사들이 모두 오르고도 티가 나지 않을 정도로.

'하긴, 원래 이 호수 자체가 끝이 보이지 않을 정도로 넓었지. 새벽에 보면 지평선이 보일 정도라니까 뭐.'

호수 저 너머를 흘끗 쳐다본 그녀는 갑판 한가운데 위치한 단상으로 향했다.

그때, 물의 움직임을 따라 잔잔하게 흔들리던 배가 갑자기 크게 출렁였다. 그 바람에 옆에서 걷던 소년이 순간 휘청하는 것이 보였다.

"헉, 저하!"

"저하!"

"괜찮아요, 왕제?"

황급히 어깨를 잡아채며 묻자, 소년은 조금 후에야 붉게 달아오른 얼굴로 더듬더듬 답했다.

"……괘, 괜찮습니다. 감사합니다, 누님."

'흐응, 이제야 다시 귀여운 조상님으로 돌아오려나 보네.'

소리 없이 웃은 밀라이아가 말했다.

"다행이네요. 그런데 우리 역할이 좀 바뀐 것 같지 않아요? 이런 대사는 원래 남자가 여자 허리를 확 낚아채면서 날려 줘야 제맛인데."

"……무, 뭐, 그런 게 어디 있습니까? 꼭 뭐, 여자만 휘청거리라는 법이 있습니까? 갑자기 배가 출렁이다 보면 누구나 그럴 수 있는 거지요!"

"농담이에요. 뭘 그리 흥분하고 그래요?"

어느새 마차 안에서 있었던 일은 모두 잊어버린 듯 목까지 벌겋게 물들인 채 핏대를 올리는 소년은 꽤나 귀여워 보였다.

밀라이아는 자꾸만 터져 나오려는 웃음을 애서 갈무리해 생글거리는 선에서 마무리했다. 여기서 소리 내어 웃었다가는 왕제가 진짜로 삐칠 것 같았다.

"아, 정말…… 후, 됐습니다. 그냥 말을 말지요."

신경질적으로 답한 소년은 그녀의 팔을 뿌리치고는 터벅터벅 걸어가 제자리에 앉았다.

웃음을 참느라 한발 늦은 밀라이아 역시 단을 올라 왕제보다 조금 더 높이 위치한 의자에 앉았다.

'시무룩해 있는 거보단 훨씬 보기 좋네. 만날 틱틱거려서 그렇지, 보면 볼수록 꽤 귀엽단 말이야.'

그것참 알 수 없는 일이라며 작게 중얼거리는데, 문득 두 단 아래에 자리한 흑발의 공작이 보였다.

평소에는 결코 볼 수 없었던 정수리가 내려다보이는 광경에 어쩐지 기분이 묘해졌다. 물론 예를 갖출 때 잠깐씩 보기야 했지만, 그것과 이건 또 다른 종류의 것이었으니까.

그때, 갑자기 공작이 그녀 쪽을 휙 돌아보았다.

"여왕 전하."

"네."

"아까부터 계속 바라보시는 것 같던데, 혹시 신에게 뭐 하실 말씀이라도 있으신지요?"

"아뇨, 없는데요."

아무렇지 않게 답하자 공작은 그럴 리 없다는 듯 눈매를 슬쩍 좁히며 물었다.

"하면 어찌 그러시는지요? 어찌나 정수리가 따갑던지, 하마터면 뚫어지는 줄 알았습니다."

"뭐 또 뚫어질 것까지야. 그냥 좀 신기해서 쳐다봤어요. 공작이 고보다 아랫사람이었다는 걸 처음 깨달았다고나 할까요?"

"그게 무슨 말씀이십니까? 신은 언제나 전하보다 아랫사람이었습니다만."

딱딱하게 떨어지는 대답에 입꼬리를 삐딱하게 들어 올린 밀라이아가 말했다.

"어머, 그랬던가요? 고는 또 그동안 하도 이거 해라 저거 해라 지시하기에 그 반대인 줄 알았지 뭐예요."

"그 무슨 무서운 말……."

"누님, 그건 말씀이 좀 과하신 것 같습니다."

불쑥 끼어드는 목소리에 밀라이아는 서둘러 입을 다물었다. 내용으로 보아 두 사람의 관계를 눈치챈 것 같지는 않았지만, 왕제 앞에서 지나치게 격의 없는 모습을 보여 줬던 것은 아닐까 하는 생각이 순간적으로 들었기 때문이다.

'조심해야지. 아직까지는 페르디난드 공작과의 관계가 알려져서는 안 돼.'

두 사람 사이의 협정은 어디까지나 비밀리에 이루어진 것. 그러니 다른 파벌에 알려지면 안 되는 것은 당연하거니와, 왕제도 아직은 몰라야 했다. 아무리 궁극적으로는 보호해야 한다 하더라도 어쨌거나 당장은 정치적 대립 관계에 있는 사이였으니까.

"그랬나요?"

"네, 그랬습니다. 자칫 남들이 오해하기라도 했다가는 큰일 날 이야기가 아닙니까. 그것도 요즘 같은 시기에 말입니다."

"하긴 그러네요. 페르디난드 공작, 놀라게 했다면 미안해요. 고의는 아니었답니다."

"아닙니다."

정중하게 답한 공작이 다시금 앞을 바라보았다. 그 역시 왕제 앞에서는 별로 말을 섞지 않는 편이 좋겠다고 판단한 듯했다.

또다시 이쪽으로 향하게 된 까만 정수리에 멍하니 시선을 주다가, 밀라이아는 문득 떠오른 생각에 옆을 돌아보았다. 좀 전에는 공작과의 관계가 들켰는지에만 신경 쓰느라 미처 깨닫지 못했는데, 생각해 보면 왕제의 참견에는 한 가지 함정이 숨겨져 있었다.

"어라, 날 생각해 준 거예요? 왕제가?"

"갑자기 무슨 말씀이십니까?"

"아니, 그렇잖아요. 내가 공작과 사이가 어색해지건 말건 그냥 지켜봤으면 되는 건데."

"……뭐, 딱히 그러려고 그런 것은 아닙니다만."

'아니긴. 정치적으로 봤을 땐 나랑 공작을 떨어뜨려 놓는 게 더 이득이었을 텐데. 흐응, 아까 그 일이 못내 마음에 걸리긴 했었나 보지?'

도움이 되기는커녕 해악만 끼치는 이들을 곁에서 떨어뜨리기 위해 부러 더 싸늘하게 얘기했던 것뿐인데, 그에게는 그것이 꽤나 심각한 일이었던 모양이었다. 아니면 신뢰하던 이가 정말로 제 누이를 죽이려 했다는 사실이 예상보다 더 충격적이었거나.

'그렇다고 저 아이의 지지 세력을 전부 잘라 버리면 나중에 힘들어질 테니까, 봐서 상태가 심각한 자들만 좀 쳐내야지. 이번 일로 무게 추가 너무 기울어지는 것도 곤란해.'

퉁명스럽게 답하는 왕제를 바라보며 속으로 생각을 정리한 밀라이아가 생긋 웃었다.

"그랬나요? 어쨌든 고마워요."

"……아닙니다."

마지못해 답하는 왕제를 따라 시선을 옮기자, 흔들리는 뱃전 너머로 희미하게 섬의 윤곽이 보였다. 워낙 큰 호수여서 그런지 생각보다 시간이 꽤 걸리는 듯했다.

쏟아져 내리는 황금빛 햇살과 아름답게 반짝이는 호수, 힘차게 젓는 노의 움직임과 규칙적으로 출렁이는 배, 그리고 두런두런 작게 나누는 사람들의 말소리.

숨 가쁘게 달려왔던 시간이 무색할 정도로 평화로운 그 분위기에 취해 앉아 있는데, 조심스럽게 그녀를 부르는 목소리가 들려왔다. 잠시 넋을 놓고 있던 사이 어느새 목적지에 도착한 듯했다.

"이제 내리셔야 합니다, 누님."

"아, 그래요. 그럼 왕제는 여기서 기다려 줘요. 다녀올 테니."

언젠가는 넘겨주어야 할 일이었지만, 당장 그를 데려가기에는 신경 써야 할 것이 너무 많았다.

아쉬운 표정으로 바라보는 소년을 뒤로한 밀라이아는 관례대로 근위 기사들만을 대동한 채 배에서 내렸다.

높아 보이는 봉우리 위로 제단이 희미하게 모습을 드러내고 있었다.

한 시간 뒤.

열심히 외워 간 대로 무사히 기도를 마친 밀라이아는 홀가분해진 마음으로 배에 돌아왔다.

이제 호수를 빠져나간 뒤 궁으로 돌아가 꼭대기에 왕실의 문장이 수놓인 깃발을 내걸기만 하면 오늘의 제전은 무사 완료. 그 후로는 밤새도록 열리는 연회에 참여하기만 하면 되었다.

'연회라니. 정무 회의 때 보는 것만 해도 짜증 나는데 밤새도록 그 얼굴들을 봐야 한단 말이야? 으으, 정말 싫다.'

뱃전에 기댄 채 시원한 바람을 맞으며 해방감을 만끽한 것도 잠시, 갑자기 든 생각에 기분이 팍 가라앉았다.

슬쩍 눈썹을 찡그리자, 옆에서 남은 일정을 다시 한번 짚어 주던 페르디난드 공작이 물었다.

"어찌 그러십니까? 뭔가 마음에 걸리는 점이라도 있으신지요?"

"아뇨. 그건 아니고……. 그냥 연회에 참석할 생각을 하니 답답해서요. 차라리 평민들 축제에 갔으면 뭔가 얻는 거라도 있지, 이게 뭐람."

투덜거리는 그녀를 뜨악한 표정으로 쳐다본 공작이 목소리를 낮춰 물었다.

"설마 또 몰래 나가시려는 건 아니겠지요?"

"……아니거든요? 내가 두 사람으로 분열할 수 있는 것도 아니고, 연회에 참석해야 하는데 어떻게 몰래 나가요?"

"그러시다면 다행입니다만……. 혹 몰래 나가실 계획이 있다면 차라리 제게 먼저 말씀을 해 주십시오. 지난번처럼 그리 홀로 나가시지 말고요."

"알겠어요."

뚱한 표정으로 대답하는데, 어느새 배가 선착장에 도착했다는 소리가 들려왔다.

밀라이아는 곧바로 사람들의 하례를 받으며 배에서 내렸다. 조금 뒤에 있을 일들을 생각하면 돌아가는 게 썩 내키지는 않았지만, 여왕의 몸을 입고 있는 이상 그 정도쯤은 어쩔 수 없이 감수해야 했다.

독수리 문장이 새겨진 마차를 타고 궁으로 돌아온 그녀는 관습대로 수백 개가 넘는 계단을 올라 하늘궁 지붕에 손수 깃발을 꽂은 후에야 간신히 한숨을 돌렸다. 하루 종일 신경 줄을 바짝 조이던 긴장이 사라져서일까, 마음 같아서는 연회고 뭐고 집어치우고 그냥 쉬고 싶었다.

그렇지만 달콤한 휴식의 시간도 잠시뿐, 축 늘어져 있던 그녀는 더 이상 지체하셔서는 안 된다는 종용에 어쩔 수 없이 연회장으로 무거운 발걸음을 떼었다. 설상가상으로 아직 완성되지 않은 새 옷 대신 여전히 여왕의 옛 옷차림인 탓에 기분조차 별로 좋지 않았다.

'정신 차려야지. 이제부터 시작인데.'

문 앞에서 마주친 왕제가 무슨 일이냐는 듯 눈썹을 치켜세웠다.

밀라이아는 그제야 떨떠름한 기분을 떨쳐 내며 형식적인 미소를 지었다. 보나 마나 작은 전쟁터일 것이 분명한 저곳에 들어가면서 이리 무방비해서야 곤란했다.

"들어가요."

"……네, 누님."

뭔가가 못마땅한 듯 입꼬리를 비튼 왕제가 그녀에게 손을 내밀었다.

"가장 높이 나는 분이자 가장 멀리 보는 분, 고귀하신 여왕 전하와 에드워드 왕제 저하 드십니다."

의전관이 소리 높여 이르자, 왕제는 그녀 쪽을 힐끔 쳐다보고는 천천히 걸음을 옮겼다.

밀라이아는 그의 에스코트를 받으며 연회장에 들어섰다.

문가에 서서 자파 귀족들과 잡담을 나누던 피오르 공작이 고개를 까딱하며 인사를 건넸다.

"오랜만에 뵙습니다, 여왕 전하. 그간 안녕하셨는지요?"

'시작부터 뭐 이렇담.'

속으로 한숨을 내쉰 밀라이아는 화사하게 웃는 낯으로 응수했다.

"오랜만이라기엔 좀 전에도 보지 않았나요, 우리? 어쨌든 본인은 잘 지냈답니다. 한데 공작은 안녕하지 못했나 봐요? 얼굴이 영 까칠해 보이는군요."

순간 남자의 눈매가 일그러지는 것이 보였다.

하지만 그는 언제 그랬느냐는 듯 이내 무표정한 얼굴로 말했다.

"요즘 일이 많아 조금 무리했나 봅니다. 염려해 주셔서 감사합니다."

"저런. 조심해야지요. 공작은 나라의 귀중한 동량이 아닙니까."

미소 짓는 그녀를 보며 떨떠름한 표정을 지은 공작이 답했다.

"그리 말씀해 주시니 감사합니다."

"어째 안 믿는 표정이네요. 하지만 정말이랍니다. 그동안 공작에게 배운 것이 한두 가지가 아닌걸요. 무척 고맙게 생각해요."

"그러십니까."

뼈 있는 말에도 남자는 별다른 반응 없이 고개만 까딱했다. 그러나 얼핏 마주쳤던 눈빛이 꽤나 살벌하던 것을 생각해 보면 상당히 화가 난 게 분명했다.

'아, 고소하다. 살다 보니 이런 날도 오는구나.'

새어 나오는 웃음을 감추지 않고 그대로 내보내며 생글거리자, 피오르 공작은 더는 상대하지 않겠다는 듯 왕제를 돌아보며 인사를 건넸다.

"왕제 저하도 오랜만입니다. 그간 안녕하셨습니까?"

"네. 덕분에요."

"저하께 긴히 드리고 싶은 말씀이 있습니다만, 신에게 잠시 시간을 내주실 수 있겠는지요?"

"그런가요? 흠. 누님, 잠시 자리를 비워도 되겠습니까?"

"그렇게 해요."

흔쾌히 고개를 끄덕이자, 왕제는 그녀를 향해 가볍게 묵례하고는 공작과 함께 그대로 자리를 떴다.

멀어지는 두 사람의 뒷모습을 잠시 바라보는데, 문득 저를 향한 따가운 눈길이 느껴졌다.

무심코 고개를 돌려 바라본 곳에는 한동안 잊고 있었던 한 남자가 서 있었다. 바로 길리안 대공자가.

그때, 문득 그의 시선이 옆으로 이동하는가 싶더니 얼굴이 사납게 일그러지는 것이 보였다.

그 눈길을 따라 고개를 돌리자 저만치서 제게로 다가오는 하늘색 머리카락의 청년이 보였다. 옅은 연둣빛 신관복을 입은 남자도.

'일이 점점 재밌어지네.'

문득 드는 생각에 슬쩍 입꼬리를 들어 올린 그녀는 대공자를 한 번 돌아보고는 어느새 세 발짝 앞으로 다가온 청년을 향해 보란 듯 웃어 보였다. 그동안 쌓인 것도 있겠다, 고작 이런 걸로 자극을 받는다면야 얼마든지 더 부채질해 줄 수 있었다.

"루시어스 라 길리안이 여왕 전하를 뵙습니다."

"생명의 축복이 함께하시기를. 주신 비타의 보잘것없는 가지 로체가 여왕 전하를 뵙습니다."

"반가워요, 길리안 대법관, 그리고 로체 신관."

'신관이 연회에는 무슨 일이지? 사이의 좋고 나쁨을 차치하고, 왕가의 행사에 관여하지 않는 건 불문율이 아니던가?'

의아함을 감추며 인사하는 그녀에게 중년의 신관은 가볍게 고개를 숙여 보이고는 말했다.

"이리 반겨 주시니 감사합니다, 여왕 전하. 하옵고 늦었지만 지난 일에 대한 심심한 애도를 표합니다."

"고맙군요."

밀라이아는 입꼬리만 살짝 올려 미소 지으며 답했다. 갑작스럽게 등장한 신관의 용건이 궁금하긴 했지만, 굳이 이쪽에서 먼저 그런 티를 낼 필요는 없었다.

"옥체는 좀 어떠십니까? 안색이 썩 좋지 않아 보이십니다만."

"괜찮아요. 제전을 치르느라 약간 피곤할 뿐이랍니다."

"그러시군요. 하긴 일어나자마자 그 큰 행사를 치르셨으니 힘드실 만도 하지요."

부드럽게 고개를 끄덕인 신관이 소매에서 작은 주머니를 꺼내 내밀었다.

"약소하나 원기 회복에 좋은 차를 조금 가져왔습니다. 보잘것없지만 정성을 보아 가납해 주십시오."

"고맙습니다. 잘 마시지요."

웃는 낯으로 고급스러운 주머니를 받아 든 밀라이아는 시녀를 찾는 척 자연스러운 태도로 대공자가 있던 쪽을 힐끔 돌아보았다.

하지만 그는 그새 자리를 이동한 것인지 보이지 않았다.

'뭐야, 간 건가? 하긴 나나 길리안 대법관과 드잡이하기에는 보

는 눈이 너무 많지.'

속으로 피식 웃은 밀라이아가 시선을 바로 하자, 한쪽 옆에 조용히 서 있던 청년이 말했다.

"전하, 실은 그 일과 관련해서 로체 신관이 드릴 말씀이 있다 합니다."

"그래요? 무슨 얘기인가요?"

"으음, 여기서 말씀드리기는 조금 그럴 것 같고……. 송구하나 잠시 따로 시간을 내줄 수 있으신지요?"

"흠. 그럼 따라와요. 길게는 어렵겠지만, 잠깐 정도는 시간을 할애할 수 있을 것 같군요."

부드럽게 말을 받은 밀라이아는 슬쩍 몸을 돌려 연회장 밖으로 향했다. 바로 근처에 그녀를 위한 전용 휴게실이 있으니 그곳을 이용하면 될 듯했다.

연회장에서 조금 떨어진 작은 방, 넓지는 않지만 안락한 공간에 들어선 그녀는 입구에 근위 기사들이 서는 것을 확인한 후에야 문을 닫았다. 그러고는 폭신한 소파에 앉아 차분한 음성으로 물었다.

"이제 용건을 들어 보죠. 그래, 무슨 일로 고를 보자 하였나요?"

형식적인 의문만을 담은 그 질문에 중년의 신관은 은은하게 미소 띤 얼굴로 답했다.

"실은 신전에서 도와드릴 일은 없을까 싶어 뵙기를 청하였습니다."

"도와준다고요?"

"그렇습니다. 전하께서도 아시겠지만, 신전의 의술이 꽤 쓸 만하답니다. 왕궁의들의 실력을 폄하하려는 것은 아니나, 신전에서 한 번 진찰을 받아 보시는 것은 어떨는지요?"

'뭐라고?'

신성력을 가진 대신관이라면 모를까, 그렇지 않은 일반 신관들에게 제 몸을 맡기라는 건 방금 저자가 스스로 내뱉은 것처럼 왕궁의들의 실력을 폄하하는 것과 다름없었다. 뿐만 아니라 은근슬쩍 신전을 왕실보다 우월한 위치에 놓으려는 시도이기도 했다.

대놓고 눈썹을 찌푸리자, 중년의 신관은 작게 헛기침을 하고는 다른 이야기를 꺼냈다.

"아니면 대신관 예하를 한번 만나 보시는 건 어떻습니까? 물론 그때로부터 시일도 한참 지난 데다 이미 회복하셨다는 것도 알고 있습니다만, 그래도 독이라는 건 그 후유증이 어찌 될지 모르는 거니까요."

"대신관…… 이요?"

'이건 또 무슨 소리야? 설마 길리안 대법관이 이미 대신관을 초청했다는 걸 모르는 건가?'

슬쩍 옆을 돌아보자, 신관 옆에 앉아 있던 청년이 미미하게 고개를 흔드는 것이 보였다. 사안이 사안이니만큼 당연히 신전 측에도 말했을 거라 생각했는데 아니었던 모양이었다.

'그렇다면 신전이 갑자기 이런 제안을 하는 이유는 뭐지? 역시 왕실보다 우위를 점하길 노리는 건가?'

"대신관이라. 매력적인 이야기로군요. 하나……."

밀라이아는 의도적으로 말끝을 흐리며 속으로 신전의 의도를 고민했다.

본디 대가 없는 호의란 없는 법. 아무리 자비를 표방한다지만, 기본적으로 정치와 떼려야 뗄 수 없는 신전이 아무 이유 없이 대신관을 보내 주겠다 할 리는 없었다. 그것도 청하지 않았는데 먼저 나서서 제안할 정도라면 더더욱.

'참 별것들이 다 업신여기는군.'

속으로 한숨을 내쉰 밀라이아가 흐렸던 말끝을 이었다.

"신관들의 시료는 받아들일 수 없습니다. 그리고 대신관 초빙 건 말인데, 배려는 고마우나 로체 신관의 말처럼 이미 시일도 많이 지났고 몸도 다 회복한 마당에 그리하는 것은 낭비라는 생각이 드는군요."

"어찌 그런 말씀을 하십니까? 전하께서는 이 왕국을 이끌어 나가시는 분이거늘, 어찌 그를 낭비라 부를 수 있겠는지요?"

'확실히 수상한데. 의도가 뭐지?'

뭔가 냄새가 났다. 예의상 한 말이었다면 이쯤에서 물러서야 정상인데, 재차 권유하는 것이 영 미심쩍다고나 할까. 아무래도 대신관을 불러다 주는 대가로 뭔가 바라는 것이 있는 게 틀림없었다.

'어디 한번 뭘 원하는지 들어나 볼까?'

그냥 거절하는 게 나을지 고민스럽기는 했지만, 그래도 일단 목적이 뭔지 알아 둘 필요는 있을 것 같았다.

'아냐. 그러다가 대놓고 난감한 부탁이라도 해 오면 곤란해. 체면상 난색을 표하기도 힘들고. 아무래도 일단은 그냥 돌려보내고 따로 알아보는 편이 낫겠어. 어차피 내게 바라는 게 있다면 조금 시간이 지난 뒤라 해서 거절하진 않겠지.'

문득 드는 생각에 마음을 고쳐먹은 밀라이아가 생긋 웃었다.

"그건 그러네요. 하나 대신관의 도움을 학수고대하고 있을 백성들의 간절한 바람을 만일의 후유증만을 이유로 깨 버리고 싶지는 않군요. 신전의 마음 씀씀이는 몹시 고마우나 그 뜻만 받겠습니다."

"······전하의 뜻이 그러시다면 어쩔 수 없지요. 만민을 생각하는 마음이 참으로 고우십니다."

"별말씀을."

"하나 사람의 일이란 모르는 법. 필요하시다면 언제든 연락 주십시오. 저희는 항시 전하를 도울 준비가 되어 있으니까요."

"그러죠."

집요하리만큼 파고드는 말에도 밀라이아는 빙긋 웃음을 지었다. 일이 이렇게 된 이상 길리안 대법관을 통해 대신관을 만나는 것도 신중을 기해야 할 것 같았다.

"참, 그리고 최근에 신전에서 구호 활동에 많은 노력을 기울인다는 소문을 들었습니다. 진심으로 감사를 표합니다."

"아닙니다, 전하. 주신의 아이들을 돌보는 일인데 마땅히 저희가 나서야지요."

"그렇다 한들 왕실의 일을 나눠 준 것에 대한 고마움이 사라지지는 않지요. 하여 내 사의謝意를 표할 겸 신전에 재물을 좀 희사할까 하는데, 받아 주겠어요?"

또다시 한발 들이려는 의도를 차단하며 미소 짓자, 로체 신관은 어설프게 마주 웃음 지었다.

"그리해 주신다면야 더 바랄 바가 없지요. 감사드립니다, 전하."

"잘됐군요. 하면 내 궁내부장과 재상에게 언질을 해 두지요."

"네, 전하. 깊으신 배려에 감사드립니다."

중년의 신관은 아쉬운 기색이 역력한 얼굴로 고개를 숙였다.

잠시 그 모습을 살핀 밀라이아는 부러 한 손으로 이마를 짚으며 말했다.

"길리안 대법관, 잠시만 고를 에스코트해 줄 수 있겠어요? 연회장에 바로 돌아가기에는 조금 피곤하군요."

"물론입니다, 전하."

"하면 저는 이만 물러가겠습니다. 생명의 축복이 함께하시기를."

간접적인 축객령을 눈치챈 듯, 로체 신관은 청년이 결연하게 답을 하자마자 예를 표하고는 휴게실을 빠져나갔다.

그가 사라진 쪽을 지그시 바라보던 청년이 말했다.

"고생하셨습니다."

"음? 뭐가요?"

"로체 신관의 압박을 막으신 것 말입니다. 본디 거절은 잘 못하시는 분인 줄 알았는데, 아무래도 신이 그간 전하를 제대로 알지 못했나 봅니다."

"아, 네, 뭐……."

저도 모르게 떨떠름한 답이 새어 나갔지만, 청년은 그걸 아는지 모르는지 계속해서 물었다.

"한데 정말 괜찮으신 것입니까? 어차피 얼굴도 비추셨으니, 피곤하시다면 슬슬 돌아가시는 게……."

"일부러 한 얘기인 거 알잖아요. 괜찮아요."

"……알겠습니다. 하면 대신관을 찾는 일은 어찌하시겠습니까? 어쩐지 저들에게 삿된 의도가 있는 것처럼 보입니다만, 위험을 감수하고서라도 진행할까요?"

'오, 생각보다 눈치가 빠른데?'

밀라이아는 놀란 마음을 감추며 내심 고민하고 있던 점을 물어오는 남자를 바라보았다.

'하긴, 그랬으니 절대적인 충성을 바치겠다며 거래를 제안한 거겠지.'

만일 제가 무엇을 원하는지 눈치채지 못했다면 처음부터 그런 조건을 걸지도 못했을 터였다. 대공자처럼 되지도 않는 지위나 내세웠겠지. 혹은 사랑이라든가.

"……그러잖아도 그것 때문에 고민을 좀 했습니다만, 일주일 정도만 답변을 보류해도 될까요? 보안 유지가 힘들다면 그만둬도 좋아요."

"그 정도도 해내지 못해서야 곤란하지요. 그럼 일단은 계속 진행하는 걸로 하겠습니다. 단, 행방을 파악하는 선까지만요."

"네. 고마워요."

부드럽게 답하자, 청년은 빙그레 미소를 지었다.

"아닙니다. 전하께 조금이나마 보답할 수 있어서 다행인 것을요."

"보답이라니요?"

"전하께서 국서 후보로 뽑아 주신 이후로 아버님께서 신에게 보이시는 관심이 늘었거든요. 진심으로 감사드립니다."

"아, 네."

어쩐지 찔리는 기분에 애매하게 웃어 보이자, 청년은 진지한 얼굴로 말했다.

"덕분에 일말의 희망을 얻었습니다. 최선을 다해서 반드시 본가의 정직한 충절을 바치겠습니다."

"……고마워요, 길리안 대법관. 말만 들어도 힘이 나네요."

대충 말을 얼버무리는데, 분홍빛 눈과 시선이 마주쳤다. 그 속에는 어느새 좀 전까지 보여 줬던 것 대신 다른 여러 가지 감정이 어려 있었다.

기쁨, 소리 없이 타오르는 열망, 그리고 조심스럽게 관찰하는 듯한 무엇.

왠지 모를 서늘함이 느껴져, 밀라이아는 애써 아무렇지 않은 척 자리에서 일어나며 말했다.

"슬슬 돌아가야겠습니다. 자리를 너무 오래 비워 둔 것 같네요."

"네, 전하. 신이 모시겠습니다."

즉각 답한 청년이 손을 내밀었다.

조심스러운 에스코트를 받으며 연회장으로 돌아오자 웬일인지 홀로 서 있던 레노아 영윤이 다가와 말했다.

"여기 계셨군요, 전하. 한참을 찾아다녔습니다."

"네. 잠시 일이 있어서요."

"그 일이라는 게 설마 데이트는 아니겠지요? 신을 내버려 두고 길리안 대법관과만 함께 계셨다면 상당히 슬플 것 같은데요."

밀라이아는 시무룩한 표정으로 말하는 영윤을 물끄러미 바라보았다.

티끌 한 점 없이 새하얀 예복과 가슴팍을 다 덮을 정도로 넓은 하늘색 크라바트, 그리고 제 눈동자 색과 맞춘 듯 오렌지색을 띠고 있는 보석 브로치.

자칫 촌스러워 보일 수 있는 그 차림은 화려하기 짝이 없는 벌꿀색 머리카락 때문에 그 빛을 발했다.

평소의 차분해 보이던 분위기마저 날려 버린, 페르디난드 공작식으로 표현하자면 '끼를 부리는' 남자는 정말이지 눈부시게 아름다웠다. 가는 곳마다 뭇사람들의 시선을 잡아끌 정도로.

'쯧쯧, 저러다가 또 끌려가서 한소리 듣지.'

픽 웃음이 나왔다. 제법 처량하게 얘기하고는 있지만, 오렌지빛이 감도는 금색 눈동자에는 질투라든가 우울함 대신 웃음기가 가득 담겨 있었으니까. 일말의 호기심도.

'뭘 흥미로워하는 거야, 지금?'

그 눈빛을 보자 또다시 실소가 터져 나와서, 밀라이아는 새어 나오려는 웃음을 삼키며 일부러 새침한 목소리로 답했다.

"아니에요, 그런 거. 그리고 내버려 두다니, 그런다고 영윤이 내버려질 사람이기는 한가요?"

"헛, 그리 말씀하시면 아무리 신이라 해도 상처받습니다. 그러잖아도 요즘 들어 여성분들이 멀어지고 있어 슬픈 참인데, 이제는 전하마저 외면하시깁니까?"

과장된 어조로 답하는 남자를 보자 슬쩍 입꼬리가 올라갔다.

고개를 한쪽으로 기울인 그녀가 말했다.

"그래요? 그거 참 이상한 얘기네요. 고는 분명히 좀 전까지만 해도 영애들 사이에 파묻혀 있는 영윤을 본 것 같은데 말이죠."

"설마 그럴 리가 있겠습니까? 전하께서 신을 그리 콕 집어 국서 후보로 뽑으셨는데요. 오해십니다."

"흐응, 그래요?"

샐쭉하게 웃어 보이자, 영윤은 정말 그렇다는 듯 고개를 끄덕여 보이고는 말했다.

"네. 그러니 전하께서 책임져 주셔야겠습니다."

"책임이라니, 지금 무슨 망발을……!"

"걱정 마십시오, 길리안 대법관. 설마하니 제가 전하께 말도 안 되는 청을 드리겠는지요?"

불쑥 끼어드는 루시어스의 말을 부드럽게 끊어 낸 레노아 영윤이 눈꼬리를 접으며 환하게 웃었다. 특유의 화려한 외모와 어우러져 무척 아름답게 보이는 그런 웃음을.

"이⋯⋯."

"잠깐만요, 길리안 대법관. 일단 들어나 보지요. 그래, 고더러 어떻게 책임을 지라는 얘기인가요?"

웃음기 어린 물음에 레노아 영윤은 사뭇 진지한 표정으로 답했다.

"신과 춤이라도 한 곡 추어 주시는 건 어떠신지요?"

"그건 좀 곤란해요. 아직 파트너인 왕제와도 추지 않았는걸요."

밀라이아는 역시 미리 대비해 두길 잘했다고 생각하며 단호하게 거절했다.

국서 후보를 놓고 줄타기를 하고 있는 지금, 다른 곳도 아니고 왕궁에서 열리는 공식 연회에서 둘 중 한 사람을 첫 춤의 상대로 삼을 경우 선택받지 못한 계파 쪽에서 뒷말이 나올 것이 분명했다. 그래서 그녀는 일부러 왕제를 파트너로 데려와 춤 한 번 추지 않고 있었다주: 연회의 첫 춤은 반드시 파트너와 함께 추어야 하며, 그러지 않을 경우 그날은 춤 신청을 받지 않는 것이 예법.

하지만 다소 냉정하다시피 한 거절에도 영윤은 그럴 줄 알았다는 듯 빙긋 웃으며 말했다.

"하하, 역시 안 되는군요. 하면 저희 두 사람과 더불어 카드게임이라도 하는 것은 어떠하십니까? 파트너를 내버려 두는 게 마음에 걸리신다면, 신이 왕제 저하도 모셔 오겠습니다."

"네? 카드게임이요?"

무심코 되물은 밀라이아가 샐쭉한 음성으로 말했다.

"뭐야, 지난번에 이겼다고 그러는 거예요, 지금?"

"아닙니다. 설마 그럴 리가요."

'아니긴 뭐가 아냐. 표정 보니까 맞구만. 우와, 한 번 져 줬다고 이 작자가 아주 날 벗겨 먹으려고 드네?'

속으로 헛웃음을 삼킨 그녀는 일부러 삐친 듯한 표정으로 물었다.

"흥, 그래요? 그럼 이번에는 내기 없이 해도 되나요?"

"아니, 그건 좀……. 전하께서도 내기가 없으면 심심하다고 하셨잖습니까."

"그럼 내기에서 원하는 걸 얻어 가겠다는 거네요, 뭐."

입술을 삐죽거리며 답하자, 영윤은 하하 웃고는 말했다.

"그냥 재미지요, 뭐. 길리안 대법관께서는 어떠십니까? 지는 사람이 이기는 사람에게 소원 하나를 들어주는 겁니다. 아니면 간단하게 재물 같은 걸 걸어도 좋고요."

"……좋소. 그럽시다."

"전하께서는요? 하실 거지요?"

'이번에는 안 봐줄 테다.'

속으로 다짐한 밀라이아가 빙긋 웃었다. 지난번에야 순진한 여왕을 가장하느라 그랬다지만, 저쪽에서 먼저 이렇게 나온 이상 이번에는 온전한 실력을 보여 줄 생각이었다.

"알겠어요, 알겠어. 하지만 고는 초보니까 연습 게임부터 좀 해 보고 싶은데. 괜찮겠지요?"

"그야 물론입니다."

"좋아요. 그럼 저쪽으로 갈까요? 마침 테이블도 하나 비어 있네요."

"네, 전하. 가시지요, 길리안 대법관."

꾸벅 고개를 숙여 보인 영윤이 슬쩍 옆으로 비켜섰다.

밀라이아는 두 사람을 양옆에 대동한 채 연회장을 가로질렀다.

호기심과 적의에 가득 찬 시선들이 따라오는 것이 느껴졌지만, 그녀는 제게 쏟아지는 갖가지 감정들을 모르는 척 태연하게 걸음을 옮겼다. 그쯤이야 어렸을 적부터 수없이 받아 본 거라 아무렇지도 않았다.

"참, 왕제 저하는 어찌하시겠습니까? 모셔 오라 이를까요?"

"아뇨, 왕실의 재산을 탕진하는 건 고 하나로 충분해요."

방긋 웃으며 답을 건네는데, 문득 자파 귀족들에게 둘러싸여 인사를 받고 있는 페르디난드 공작과 눈이 마주쳤다.

그녀를 뒤따르는 두 남자를 확인한 잿빛 눈동자가 가늘게 뜨이는가 싶더니, 이내 흥미롭다는 듯 둥글게 휘었다.

'와, 자기는 강 건너 불구경이라 이거지?'

"그리 말씀하시니 신이 아주 나쁜 사람이 된 것 같잖습니까. 하긴 저하께서는 이런 게임을 배우기엔 아직 연치가 어리시군요."

"아무래도 그렇죠. 그리고, 몰랐어요? 카드게임의 '카'조차 모르던 고를 타락시킨 사람이 영윤이라는 거?"

못 본 척 공작을 무시한 밀라이아가 웃음기 어린 타박을 건넸다.

보란 듯 한 손을 가슴 위에 가져다 댄 영윤이 말했다.

"그거야 전하께서 신에게 카드게임을 가르쳐 달라 먼저 제안하신 거잖습니까. 신은 억울합니다."

"알겠어요, 알겠어. 다 고의 탓이에요. 아, 도착했네요. 일단 앉죠."

카드게임을 위한 테이블들이 비치되어 있는 공간에 도착한 그녀는 자리를 한번 둘러본 뒤 상석에 앉았다. 휘장을 내려 사람들의 시선을 차단한 레노아 영윤과 길리안 대법관이 각각 좌우에 자리를 잡았다.

"그나저나 함께 놀이할 사람 말인데, 아네스 영윤은 어떨까요? 듣자 하니 그도 꽤나 카드게임을 좋아하는 것 같던데요."

"네? 아네스 영윤…… 말씀이십니까?"

갑작스러운 제안에 우측에 앉은 청년이 멈칫하며 되물었다. 그래도 명색이 제 형과 붙어 다니는 사람인데 설마 사정을 모를 리는 없을 테고, 어째서 그녀가 그를 찾는지 가늠할 수가 없어 조심하는 듯했다.

"그래요."

그녀가 살짝 눈짓하자, 오가는 대화를 말없이 경청하던 레노아 영윤이 카드를 우아한 손놀림으로 섞었다. 두툼한 종이가 내는 촤라락 소리가 꽤나 경쾌했다.

"왜…… 무슨 연유로 그를 찾으시는지요?"

"음? 방금 얘기했잖아요? 카드게임을 꽤 좋아하는 것 같다고."

삐딱한 대답을 들은 청년은 잠시 후 낮은 목소리로 말했다.

"……아네스 백작에게 근시일 내로 찾아뵈라 이르겠습니다. 부디 용서를."

"용서라니, 무슨 얘긴지 모르겠네요. 어쨌든 그가 끼는 건 싫다는 거죠? 그럼 그냥 우리끼리 해요."

'이참에 하나는 떨쳐 낼 수 있겠군.'

그것참 속 시원하다고 생각하며 미소를 베어 무는데, 생글거리는 그녀를 향해 눈꼬리를 휘어 보인 레노아 영윤이 말했다.

"하면 일단 연습 게임부터 몇 번 하겠습니다. 한 다섯 판 정도면 될까요?"

"좋아요."

"네, 그럼 카드를 돌리겠습니다."

능숙한 손놀림으로 카드를 한 번 더 섞은 영윤이 두 사람 앞에 각각 네 장씩을 내려놓았다.

밀라이아는 복잡한 표정으로 패를 확인하는 루시어스를 흘끗 쳐다본 뒤, 부러 서투른 솜씨를 가장하여 카드를 조심스럽게 집어 들었다. 일전에 두 사람 앞에서 초보인 척 행동했던 적이 있으니, 일단은 살살 시작해 볼 요량이었다.

"연습 게임이니까 간단한 소원 한 가지를 들어주는 걸로 하면 되겠지요?"

"어휴, 그놈의 소원. 알겠어요. 대신 거절권도 있는 거예요?"

"물론입니다."

씩 웃은 레노아 영윤이 두 사람에게 각각 칩을 나눠 주고는 제 몫의 카드를 집어 들며 물었다.

"참, 신이 아까 그 말씀을 드렸던가요?"

"어떤 얘기요?"

"오늘따라 눈부시게 아름다우시다는 말씀이요. 아까 저쪽에서 걸어오시는 전하를 보는데, 정말이지 심장이 멎는 줄 알았지 뭡니까."

"……됐거든요? 어서 배팅이나 해요."

밀라이아는 반대쪽에서 느껴지는 시선을 모르는 척 외면하며 답했다.

'아, 진짜. 관심도 없으면서 그런 소리 좀 하지 말란 말이야. 날 보는 눈빛만 봐도 마음이 없다는 걸 알겠는데 무슨.'

장난스럽게 한숨을 내쉰 영윤이 말했다.

"하아. 역시 차가우십니다. 일단 두 개만 걸죠."

"받겠어요. 길리안 대법관은?"

"받겠습니다. 그리고 영윤의 얘기에는 신 역시 동의합니다. 원래도 그러셨지만, 오늘은 특히 더 아름다우십니다."

"아…… 고마워요."

밀라이아는 어색하게 감사를 표하며 카드 한 장을 더 받아 앞에 내려놓았다.

왠지 억울한 기분으로 배팅을 하고 카드를 받는 사이, 어느새 승부가 갈렸다. 승자는 레노아 영윤이었다.

"신의 승리로군요."

"그러네요. 아깝다. 한 장만 더 들어왔으면 됐는데."

"본래 카드게임이라는 게 다 그런 거지요. 흠, 그럼 이제 소원을 말씀드려도 될까요?"

"그래요, 약속은 약속이니까. 원하는 게 뭔가요?"

빙긋 웃은 영윤이 답했다.

"전하와의 단독 데이트권을 원합니다. 지금처럼 셋이 만나는 게 아니라요."

"어, 그건……."

'또 뭘 알려 달라 하려고?'

속으로 픽 웃은 밀라이아가 고개를 끄덕였다.

"그러죠, 뭐. 일시는 차차 조정하도록 해요."

"감사합니다, 전하."

싱글거리며 웃는 영윤을 물끄러미 바라보던 청년이 조금 가라앉은 음성으로 말했다.

"패 안 돌립니까?"

"아, 죄송합니다. 제가 기쁜 마음에 너무 시간을 끌었군요."

고개를 까딱하며 사과를 표한 영윤이 카드를 한데 모아 섞었다. 원하는 바를 달성한 그는 꽤나 여유로워 보였지만, 반대편에 앉은 청년은 불편한 심기를 분출하려는 양 의욕을 활활 불살랐다.

목적을 이뤄 느긋해진 영윤과 그냥 즐기자는 마음가짐을 가진 밀라이아를 상대로 그건 꽤나 직격으로 먹혀서, 그 후로 루시어스는 내리 두 판을 이겨 영윤과 같은 단독 데이트권과 만찬 참여권을 따냈다. 그리고 곧바로 이어진 게임에서 세 번째 승리마저 거두었다.

"길리안 대법관, 너무 인정사정없이 달리는 것 아니에요? 더는 뭔가 들어주기도 힘든데."

투정 부리듯 말하는 그녀를 돌아본 청년이 슬쩍 고개를 숙여 보이며 답했다.

"송구합니다, 전하. 그래도 마지막으로 한 가지만 더 들어주시면 아니 되겠습니까?"

"후우, 알겠어요. 원하는 게 뭔가요?"

"그게……."

"뭔데 그래요? 괜찮으니까 일단 말해 봐요."

대체 뭘 요구하려고 저러나 싶어 불안한 마음으로 재촉했지만, 그는 한참 더 망설인 후에야 조심스럽게 말했다.

"송구하나 전하의 소지품을 하나만 주실 수 있겠습니까? 아주 사소한 것이라도 괜찮습니다. 그저, 음…… 소중히 간직하고 싶어서요."

"아, 그래요? 소지품이라면, 어…….."

밀라이아는 저도 모르게 말을 흐리며 주위를 둘러보았다.

그러나 평소에 쓰던 장소가 아닌 이런 곳에 마땅한 물건이 있을 리가 없었다. 사적인 공간이라 모두 휘장 밖에 서 있을 뿐 누구 하나 따라 들어오지 않은 마당에 뭔가를 가져오라 시킬 수도 없는 노릇이었고.

'어쩌지? 그냥 거절해야 하나?'

물론 시키려면 시킬 수야 있겠지만, 그럴 경우 그녀의 행동을 예의주시하고 있을 다른 귀족들에게 좋은 구설거리가 될 것이 분명했다.

어찌할까 잠시 고민하는데, 흥미로운 눈초리로 두 사람을 바라보던 레노아 영윤이 말했다.

"전하, 혹 마땅한 것이 없어 그러시는 거라면 지금 하고 계신 머리끈을 하사하는 것은 어떠하신지요?"

"네? 머리끈이요?"

"네. 마침 머리를 장식한 끈이 여럿이니 하나쯤 푸셔도 괜찮지 않을까 싶어 드리는 말씀입니다. 아마도 길리안 대법관은 손수건이나 장갑 같은 걸 더 바랄 것 같지만, 그건 신도 좀 질투 날 것 같거든요."

그리 말하며 슬쩍 윙크하는 남자는 상당히 매력적이었다. 제법 사적인 것을 요구한 청년 때문에 은근히 부담스럽던 분위기를 가볍게 바꿔 버리는 그 화술은 더더욱.

덕분에 한결 부담이 덜해진 밀라이아는 빙글거리는 영윤을 향해 마주 웃으며 말했다.

"아, 그러면 되겠네요. 고마워요, 레노아 영윤."

"별말씀을요."

"어디 보자……. 이걸 풀면 되려나?"

머리를 장식한 리본을 손으로 더듬어 본 밀라이아가 그중 하나를 풀었다. 다행히 잘못 고르지는 않은 듯 머리 모양이 크게 흐트러지거나 하는 느낌은 들지 않았다.

"받아요, 길리안 대법관. 이거면 되겠지요?"

끄트머리에 독수리 문장이 수놓인 푸른색 머리끈을 받아 든 남자가 깊숙이 고개를 숙였다.

"물론입니다. 감사합니다, 전하. 소중히 간직하겠습니다."

"아니 뭐, 그럴 것까지야……."

지나치게 정중한 청년을 보며 작게 중얼거린 밀라이아가 카드 뭉치로 시선을 내렸다.

그때, 문득 휘장 밖에서 두런거리는 말소리가 들려왔다.

무어라 대화를 주고받는 두 개의 음성 중 하나는 무척이나 익숙한 것이었다.

'뭐야, 저 남자가 여긴 또 웬일이지? 그새 무슨 일이라도 생겼나?'

카드로 테이블을 톡톡 두드린 밀라이아는 자리에서 일어나 휘장을 걷었다.

그곳에는 늘 입던 검은 옷 대신 밝은 회색 연회복을 빈틈없이 갖춰 입은 남자가 남성용 지팡이까지 든 채로 서 있었다.

그래 봐야 그럴싸한 장식 하나 없는 건 매한가지였지만, 화려하기 짝이 없는 옷들의 향연 속에서도 유독 눈에 띄는 그 모습은 오만하게 내리뜬 눈과 어우러져 진짜 '귀족'처럼 보였다.

"페르디난드 공작? 무슨 일이에요?"

"아, 전하. 그러잖아도 뵙기를 청하려던 참이었는데 마침 잘되었 군요. 잠시 들어가도 되겠습니까?"

"그거야 상관없지만, 무슨 일인데요? 혹 독대가 필요한 일인가요?"

"아닙니다. 그저 몇 가지 드릴 말씀이 있어서요."

"그래요? 들어와요, 그럼."

순순히 비켜 주자, 성큼성큼 안으로 들어선 공작은 두 남자에게 가볍게 눈인사를 건넨 뒤 그녀의 맞은편 자리에 앉았다. 그러고는 지팡이를 테이블 옆에 잘 세워 둔 후, 한쪽에 쌓여 있는 남은 칩 더 미에 손을 뻗으며 말했다.

"신도 좀 끼워 주시지요. 마침 자리도 남는군요."

"뭐, 안 될 건 없지만…… 보아하니 그렇게 급한 용건은 아니었 나 봐요? 여기까지 찾아왔기에 시급한 건가 했더니."

혹시 핑계 김에 구경 온 거면 가만 안 두겠다 생각하며 까칠하게 묻자, 공작은 가볍게 어깨를 으쓱해 보이고는 말했다.

"글쎄요, 그거야 생각하기 나름 아니겠습니까. 아, 두 사람은 어 떤가? 본 공本公이 껴도 괜찮겠나?"

"아아, 그럼요. 물론입니다."

"……그리하시지요."

"고맙군."

당연히 그럴 줄 알았다는 듯, 공작은 웃으며 반기는 레노아 영윤 과 떨떠름하게 승낙하는 길리안 대법관을 향해 오만하게 답하고는 그녀를 돌아보았다.

"아, 기본 배팅은 말씀해 주지 않으셔도 됩니다. 듣자 하니 소원 들어주기 내기를 하신다면서요?"

"……뭐야. 그건 또 어디에서 들었어요?"

"그야 연회장에 전하와 이 두 사람만 있었던 것은 아니니까요. 그나저나 카드는 안 돌릴 건가?"

대수롭잖게 답한 공작의 이어지는 물음에 슬쩍 눈썹을 치켜세운 루시어스가 천천히 카드를 섞어 나눠 주었다.

밀라이아는 제 몫의 패를 펼쳐 드는 공작을 보며 고개를 슬쩍 기울였다. 분명 뭔가 바라는 바가 있는 것 같은데, 그게 무엇인지 짐작할 수가 없어 답답했다.

"참, 오는 길에 들었습니다만, 몇몇 영윤들의 불만이 이만저만이 아닌 것 같더군요. 여기 있는 두 청년에게는 미안한 소리이나 아무래도 전하께서 그들을 다독거려 주셔야 하지 않겠는지요?"

"불만이요? 왜죠?"

"그야 당연하잖습니까? 전하께 청혼서를 넣었으니 다른 영애들을 만날 수는 없고—아, 물론 아닌 사람도 있는 것 같긴 합니다만 어쨌든 말입니다—막상 전하께서는 자신들에게 일말의 관심도 없어 보이니 답답한 거겠지요."

"아하, 그래요? 그럼 계속 그대로 둬야겠네요."

입꼬리를 비트는 그녀에게 공작은 그럴 줄 알았다는 듯 피식 웃어 보이며 답했다.

"어련하시겠습니까. 알아서 하십시오. 단, 사소한 감정에 치우쳐 본분을 망각하시지 않는 선에서만요. 어디 보자. 다섯 개 걸지요. 전하께선 어찌하시렵니까? 그대들은?"

"포기하겠습니다."

"저도요."

"흠. 그럼 고도 포기하겠어요."

두 사람을 따라 카드를 내려놓자, 어느새 탁자 위에 깔린 칩을 한데 그러모은 공작이 말했다.

"그럼 이번 판은 신의 승리로군요."

"그러네요. 바라는 게 뭔가요?"

"뭐, 급할 거 없잖습니까? 차차 말씀드리겠습니다."

"그래요. 그럼."

대체 뭘 말하려고 저러나 싶기는 했지만, 밀라이아는 일단 선선히 고개를 끄덕였다. 두 사람에게 딱히 요구할 만한 소원도 없고 해서 그동안 적당히 하고 있었는데, 이제는 공작이 무슨 얘기를 하려나 궁금해서라도 계속 져 줘야 할 것 같았다.

그런 마음은 마찬가지였던 건지 아니면 더는 얻어 내야 할 소원이 없던 탓이었는지, 연패를 거듭하는 세 사람을 상대로 공작은 수월하게 삼 승을 따냈다. 그러고는 그제야 무덤덤한 얼굴로 카드를 내려놓으며 말했다.

"전하께서 실력 발휘를 안 하시니 영 재미가 없군요. 그냥 소원이나 말씀드리는 편이 낫겠습니다."

'아오, 정말. 약점 하나 잡았다 이거지?'

축제에서의 행적을 은근히 상기시키는 말에 몰래 입술을 삐죽거린 밀라이아가 물었다.

"……좋아요. 원하는 게 뭔가요?"

"지난번에 논의했던 수도 정비 사업 말입니다. 재고해 주십시오."

"뭐라고요? 안 돼요, 그건."

눈썹을 확 찡그리자, 공작은 담담한 목소리로 첨언했다.

"하나 전하의 안案대로 할 경우에는 예산이 지나치게 많이 듭니다. 이번 한 번만 넘어가 주시면 안 되겠습니까?"

"안 돼요, 안 돼. 절대로 안 돼요. 내가 얼마나 고생해서 채택시킨 건데."

"흠."

탐색하는 듯한 눈빛으로 그녀를 바라보던 공작이 말했다.

"좋습니다. 그 건은 넘어가지요."

"……뭐야. 웬일로 순순해요?"

"보아하니 정말로 안 받아 주실 것 같아서요. 왜요, 더 우겨 드릴까요?"

"됐거든요?"

고개를 확 돌리자, 공작은 카드로 테이블을 톡톡 두드리며 말했다.

"대신 세금 감면 건은 조금만 더 조정해 주셨으면 합니다."

"뭐라고요? 세금?"

무시하려던 것도 잊고 옆을 확 돌아본 밀라이아가 답했다.

"안 돼요, 그것도. 지금 왕국민들 상황이 어떤지 잘 알잖아요?"

진정하라는 듯 두 손을 들어 보인 공작이 말했다.

"무작정 그러지 마시고요. 이미 보셔서 아시겠지만, 귀족 평의회에서도 꽤 많이 양보한 사안입니다. 전하께서도 조금만 더 물러서 주시지요."

"안 돼요, 안 돼. 이만큼 봐줬으면 됐지, 여기서 뭘 더 양보해 달란 말이에요? 그건 고로서도 최대한 절충한 내용이었다고요."

"직할령 수입도 그렇고, 아직 여유가 넘치시는 거 다 압니다. 그러니 기왕 하시는 것 조금만 더 인심 쓰시지요. 저희가 사적으로 유용하겠다는 것도 아니고, 전부 왕국민을 위해 하는 일이 아닙니까."

"아, 진짜. 꼭 이럴 때만 왕국민 운운하더라. 아니, 그리고 누가 사적인 놀이에 공무를 들이밀라 했어요?"

인상을 찌푸리는 그녀를 보며 씩 웃음 지은 공작이 말했다.

"이만하면 간단한 소원이지 뭘 그러십니까. 첫 번째는 양보해 드렸으니 이번 것은 허락하신 걸로 알겠습니다. 감사합니다, 전하."

"하아아아…… 알겠어요. 대신 귀족 평의회에서도 일 할 정도 더 부담하도록 해요. 못할 거면 없던 일로 하고요."

"좋습니다. 조금 빠듯할 것 같지만 받아들이지요."

망설임 없이 동의한 공작이 카드를 한데 모아 섞었다.

어쩐지 말이 없어진 두 청년을 한 번씩 돌아본 그는 무표정한 얼굴로 밀라이아에게 카드 더미를 건네주며 말했다.

"그럼 이제 마지막 소원이 남았군요. 바로 말씀드려도 되겠습니까?"

"아, 진짜……. 일단 얘기해 봐요."

"시녀를 불러 머리를 다시 정돈하시는 게 좋겠습니다. 굳이 흐트러진 모습을 만인에게 보여 주실 필요는 없잖습니까?"

조곤조곤 건네는 목소리는 어쩐지 싸늘한 느낌이었다.

전혀 예상치 못한 얘기에 침묵하자, 공작은 한쪽 입꼬리를 슬쩍 들어 올려 보이고는 그대로 자리에서 일어났다.

"그럼 소원은 들어주시는 걸로 알고, 신은 이만 물러가 보겠습니다."

"……그래요."

"감사합니다. 그럼."

고개를 까딱한 남자가 성큼성큼 걸어 나갔다.

펄럭이는 휘장을 멍하니 바라보던 밀라이아는 조금 시간이 흐른 뒤에야 리본을 풀어 낸 부분을 더듬거리며 물었다.

"레노아 영윤, 내 머리가 그렇게 이상해요?"

"……아니오. 괜찮습니다."

"그래요? 뭐지, 그럼?"

고개를 갸웃한 그녀는 짧게 한숨을 내쉬며 말했다.

"어쨌든 시녀는 한번 불러야겠네요. 그리고 게임은……. 미안하지만 그만해도 될까요? 갑자기 흥미가 확 떨어져서요."

"그리하십시오. 실은 신도 조금 그렇습니다. 길리안 대법관께서는 어떠신지요?"

"……마찬가집니다. 하면 자리를 정리하겠습니다, 전하."

선선히 동의하는 두 사람을 향해 희미하게 미소 지은 밀라이아가 말했다.

"그래요. 그럼 이만 자리를 접죠. 먼저들 나가 봐요. 아, 가는 길에 레티시아 백작 영애를 찾아서 이리로 오라 전해 주면 고맙겠어요."

"네, 전하."

관자놀이를 꾹꾹 누르는 그녀를 걱정스러운 눈초리로 바라본 레노아 영윤이 이내 고개를 숙였다. 뭔가를 말할 듯 입을 벙긋거리던 루시어스 역시 그 뒤를 따라 천천히 예를 갖추고는 돌아섰다.

멀어지는 두 사람의 뒷모습을 잠시 응시하다가, 밀라이아는 천천히 고개를 돌려 탁자 위를 바라보았다.

초록빛 천 위에 빨갛고 검은 숫자와 문양, 그리고 그림이 그려진 카드들이 흐트러져 있었다. 그 옆에는 탑을 이루고 있는 색색의 동그란 칩도, 두 개의 주사위와 그것을 넣고 흔들 작은 컵도 있었다.

'옛날 생각나네. 내가 한때는 밤놀이의 제왕이었는데 말이지. 음, 따지고 보면 옛날도 아닌가? 이제 고작 두 달 남짓 지났을 뿐이니까.'

후계권을 공고히 하기 위한 방법 중 하나는 저를 지지하는 세력을 모으는 것.

그를 위해 성년이 되기 전부터 숱하게 나갔던 사교계의 각종 모임들을 잠시 떠올린 밀라이아는 천천히 손을 뻗어 흐트러진 카드들을 한데 모았다.

적당히 쓸 만한 사람들을 끌어당기는 데 있어서 카드게임은 꽤 괜찮은 수단이었다. 도박이란 사람의 숨겨진 본성을 드러내게 하는 데 있어서 꽤나 효율적인 수단이었으니까. 게다가 그 당시의 에스페라 공작, 즉 제 스승의 아버지가 되는 선대 공작이 워낙 그런 놀이를 좋아하던 인사이기에 어쩔 수 없었다.

'그래, 그 바람에 쓸데없는 실력만 부쩍 늘어났지.'

게임하는 머리를 보면 국가를 어떻게 운영할지도 알 수 있다며 되지도 않는 소리를 늘어놓던 선대 공작을 떠올린 밀라이아가 피식 웃었다. 결국 그에 이어 현 가주까지 제 품으로 끌어들였으니 별로 불만은 없었지만, 당시만 해도 그녀는 뭐 이런 것까지 해야 하느냐며 남몰래 한숨을 푹푹 쉬곤 했었다.

'그러고 보니 한동안 카드점을 안 쳐 봤네. 간만에 한번 해 볼까?'

문득 떠오르는 생각에, 밀라이아는 가지런히 정리한 카드들을 내려놓는 대신 빠르게 섞었다.

능숙하기 짝이 없는 그 손놀림은 레노아 영윤의 것과 거의 흡사했다. 혹은 그보다 더 낫거나.

'어디 보자…….'

쉰네 장의 카드를 주르르 펼친 그녀는 손가락을 톡톡 두드리며 고민하다 그중 한 장을 뽑아 뒤집었다.

그것은―.

"부르셨다고 들었습니다, 전하. 무슨 일이신가요?"

갑자기 들려오는 목소리에 반사적으로 카드를 도로 뒤집은 밀라이아가 뒤를 돌아보며 어색하게 웃었다.

"아, 클로에. 왔어요?"

"네에."

말꼬리를 길게 늘이는 클로에는 급히 달려온 듯 두 볼이 발그레하게 달아올라 있었다.

"갑자기 불러서 미안해요. 실은 머리가 약간 흐트러진 것 같아서요. 정돈 좀 해 줄래요?"

"으음, 별로 그런 것 같지는 않은데……. 어쨌든 알겠습니다. 잠시만 기다려 주세요!"

의아한 표정으로 그녀를 잠시 바라보던 클로에는 이내 고개를 끄덕이고는 곁으로 다가왔다.

밀라이아는 정수리 위를 빠르게 오가는 손길을 느끼며 따로 떨어져 있는 한 장의 카드를 흘끗 바라보았다. 비록 뒤집어져 있어 그 안이 보이지는 않았지만, 그녀의 눈에는 아직 좀 전에 보았던 그림의 잔상이 선했다.

'조커라. 불안한 실패, 혹은 새로운 시작이란 말이지?'

"다 됐습니다! 이곳은 제가 정리할 테니, 전하께서는 먼저 연회장으로 돌아가셔요."

"……아, 고마워요."

자리에서 일어난 밀라이아가 밖으로 나가려다 말고 뒤를 돌아보았다.

'한 장의 카드, 상반된 두 개의 의미. 그렇다면 정답은 무엇?'

뒤집힌 카드를 바라보는 보랏빛 시선이 날카롭게 빛났다.

길게 늘어진 휘장이 파르르 흔들리다 이내 시야를 덮었다.

제전 당일에는 날씨가 좋아 다행이다 싶었는데, 다음 날이 되자 또다시 비가 주룩주룩 내렸다.

밀라이아는 잿빛으로 물든 창밖을 원망스럽게 쳐다보다 손에 들린 종이로 다시 시선을 내렸다. 쏟아지는 비는 비고, 지금은 우선 당면한 과제부터 처리해야 했다.

"그래서 유모, 최종 명단은 이게 다인가요?"

"네, 전하. 지난번에 드렸던 것에서 크게 변한 건 없고, 단지 추가로 더해진 이름들만 조금 있습니다."

"그렇군요. 음."

밀라이아는 머리카락을 뱅뱅 돌리며 명단을 다시 한번 살펴보았다. 그 안에 적힌 이름은 두엇을 제외하고는 모두 왕제파와 연결된 시녀들의 것이었다.

"좋아요. 그럼 이제 부탁했던 궁내부원 전체 명단을 좀 보여 주겠어요?"

"네, 전하. 여기 있습니다."

기다렸다는 듯 내미는 서류는 제법 두툼했다.

각 계파와의 관계를 생각하며 빠르게 명단을 훑어 내린 밀라이아는 깃펜을 들어 미리 점찍어 두었던 이름 옆에 빨간색으로 표시를 했다.

얼핏 보아도 삼 할은 넘어 보이는 수를 골라낸 그녀는 백작 부인에게 서류를 도로 넘겨주며 말했다.

"지금 표시한 이들을 모두 해고할까 하는데, 유모의 생각은 어떤가요?"

"현명하신 판단이라고 생각합니다."

난데없는 이야기에도 백작 부인은 흔들림 한 점 없이 차분하게 답했다. 마치 그녀가 이리 행동할 것을 미리 알고 있었던 사람인 것처럼.

"그래요? 너무 많지는 않나요?"

"괜찮습니다. 그러잖아도 잉여 인력이 너무 많아 곤란하던 참이었습니다."

"그렇군요."

하긴 여왕의 즉위 이후 급증한 궁내부원의 수를 생각하면 그럴만도 했다. 정확하게는 모르겠지만, 아마도 각자의 끄나풀을 밀어 넣기 위한 귀족들의 압박 때문이었으리라.

'그럼 마음 놓고 칼을 휘둘러도 되겠군.'

부담감이 확 덜어지는 기분에 빙긋 미소 지은 밀라이아가 말했다.

"하면 이들에 대한 해고 명분을 찾아 줬으면 해요. 아, 그전에 혹 지금 골라낸 이름 중에서 구제해 줬으면 하는 자가 있나요?”

“없습니다.”

“그럼 됐군요. 명분을 만드는 건 언제까지 가능할까요?”

“당장에라도 가능합니다. 전하께서 결심하실 날을 대비하여 하나씩 준비해 두고 있었거든요.”

차분하게 답을 마친 백작 부인의 얼굴에 환한 미소가 피어났다. 마치 성장한 아이를 바라보는 부모의 그것과도 같은, 대견함과 자랑스러움이 담긴 그런 웃음이.

어쩐지 좀 찔리는 기분이 들어서, 밀라이아는 백작 부인에게서 슬쩍 시선을 떼며 말했다.

“그랬군요. 고마워요, 유모. 덕분에 한 가지는 수월하게 해결할 수 있게 되었네요.”

“아닙니다. 당연히 해야 할 일을 했을 뿐인 것을요.”

“그 정도가 당연히 해야 할 일이면 다른 사람들은 전부 근무태만이게요? 다시 얘기하지만 정말 고마워요, 유모. 유모가 있어 든든하네요.”

“……감사합니다, 전하.”

반 박자 늦게 나오는 대답에, 그제야 내렸던 시선을 들어 올린 밀라이아가 말했다.

“아, 그리고 가능하다면 길리안 공작과 연이 닿은 아이 중 하나를 전속 시녀로 삼아 줄까 해요. 한데 그러자니 클로에가 신경을 많이 써야 할 것 같더군요. 유모는 어떻게 생각해요? 가능할까요?”

“전하께서 필요하시다면 그리하셔야지요. 딸아이는 신이 최선을 다해 가르치겠습니다. 부족한 부분은 당분간 신이 채울 터이니 걱정 마십시오."

"아아, 그렇게까지 급한 건 아니에요. 그래도 최대한 빨리 처리하는 게 좋을 테니, 부탁 좀 할게요."

"부탁이라니요, 당치도 않은 말씀이십니다. 마땅히 해야 할 일인데요."

"또또, 또 그런다. 그러지 말라니까요. 꼭 그렇게 우리 사이를 군신 관계로만 규정지어야겠어요?"

입술을 삐죽이며 타박하자 백작 부인은 죄송하다 말하며 고개를 숙여 보였다.

끝끝내 예를 차리는 그 모습은 일견 딱딱해 보였지만, 밀라이아는 이미 그녀의 얼굴에 스치고 지나간 미소를 보고 난 뒤였다.

'좋아. 이쪽도 잘되어 가고 있군.'

속으로 웃은 그녀는 여전히 야속하다는 양 삐친 목소리로 말했다.

"앞으로는 진짜 그러지 마요. 유모가 그럴 때마다 내가 얼마나 섭섭한 줄 알아요?"

"송구합니다, 전하."

"뭐, 됐어요. 어쨌든 그럼 궁내부 일은 이렇게 해결하기로 하죠. 덕분에 빨리 처리할 수 있게 되었네요. 고마워요, 유모."

빙긋 웃는 그녀를 향해 희미하게 미소를 지어 보인 백작 부인이 말했다.

"아닙니다. 혹 더 시키실 일이 있으십니까?"

"아뇨. 없어요."

"그렇군요. 하면 신은 이만 물러가겠습니다. 쉬십시오."

깊숙이 고개를 숙여 보인 백작 부인은 서류를 잘 말아 소매 속에 넣은 뒤 방을 나섰다.

　그녀의 그림자가 온전히 사라진 후에야 몸을 축 늘어뜨린 밀라이아는 소파 등받이에 고개를 기댄 채 스르르 눈을 감았다.

　'아아, 피곤하다. 일단 좀 쉬어야지.'

　어차피 오늘 남은 일정은 연회 참석과 그를 위해 준비하는 것뿐. 당장 필요한 사안들은 얼추 끝냈으니 적어도 한 시간 정도는 쉬어도 될 것 같았다.

　하지만 달콤한 휴식도 고작 십여 분 남짓. 편안한 자세로 늘어져 있던 그녀의 귀에 불현듯 노크 소리가 들려왔다.

　잠시 후 안으로 들어선 사람은 클로에였다.

　"휴식을 방해해서 송구합니다, 전하. 하지만 이제 슬슬 준비하셔야 할 시간이어서요."

　"어라, 벌써 그렇게 되었나요? 아직 시간이 남은 줄 알았는데."

　고개를 갸웃하며 묻자 볼을 살짝 붉힌 클로에가 말했다.

　"그게, 실은 그냥 쉬시는 것보다는 마사지라도 받으면서 피로를 푸시는 게 나을 것 같아서……. 송구합니다, 전하."

　"아, 확실히 그게 낫겠네요. 생각해 줘서 고마워요, 클로에."

　부드럽게 답한 밀라이아는 이내 표정이 화사하게 피어나는 클로에를 보며 빙긋 웃었다. 들려오는 평을 보면 밖에서는 그러지 않는 것 같은데, 자신 앞에서는 정말이지 감정 기복을 확실하게 드러낸다 싶었다.

　"그럼 지금 가면 될까요?"

　"앗, 네에! 전부 준비시켜 두었으니 바로 가시면 됩니다!"

　"그래요. 그럼 바로 일어나죠."

자리에서 일어나자, 클로에는 방글거리는 얼굴로 곧장 한 걸음 뒤에 따라붙었다. 무엇이 그리 즐거운지 멀지 않은 거리를 이동하는 동안에도 계속해서 종알종알 수다를 떨면서.

"비가 엄청 오네요. 이제 좀 그치나 했더니 말이에요."

"그러게요. 오늘따라 유독 더 많이 오는 것 같군요."

"그러니까요. 글쎄, 아주 잠깐 나갔다 왔는데도 옷이 이만큼 젖은 거 있죠."

젖은 옷자락을 보여 주며 가볍게 투덜거린 클로에가 모퉁이 끝에 위치한 방문을 열었다. 어느새 그리 준비시켜 놓은 것인지, 따뜻한 물이 담긴 욕조뿐만 아니라 온갖 미용 도구들이 밀라이아를 기다리고 있었다.

"우선 목욕부터 하신 뒤 마사지를 받으시면 됩니다. 피로가 싹 풀리실 거예요."

"아아, 그래요. 고마워요."

가볍게 고개를 끄덕인 밀라이아가 손을 들어 올렸다.

대기하고 있던 시녀들이 다가와 조심스레 옷을 벗긴 뒤 머리를 묶은 끈들을 하나씩 풀어 내었다.

밀라이아는 조심스러운 시녀들의 부축을 받으며 욕조에 몸을 담갔다.

따뜻한 물이 전신을 감싸자 긴장이 풀리며 몸이 편안하게 늘어졌다. 쌓였던 피로가 단번에 녹아내리는 듯한 느낌.

"어째 살이 더 빠지신 것 같아요, 전하. 요즘 너무 안 드신 거 아니에요?"

"그래요? 이상하다. 나름대로 잘 챙겨 먹는다고 했는데."

"설마 일부러 빼시는 건 아니죠? 그러고 보니 며칠 전에도 아침은 안 드시겠다고 하셨잖아요."

"아니에요, 그런 거. 그날은 정말로 입맛이 없었는걸요."

가볍게 고개를 젓자, 클로에는 꽃향기가 나는 거품 비누를 시녀에게 건네며 말했다.

"그러시다면 다행이고요. 아무래도 어머니한테 얘기해서 전하의 식단을 한번 확인하라 해야겠네요. 아, 잠시만 눈을 감아 주시겠어요?"

"그래요."

뽀얀 거품을 가득 묻힌 시녀가 젖은 머리카락에 손을 댔다. 두피부터 해서 머리카락 구석구석을 감기는 손길이 꽤나 부드러웠다.

"조금만 더 감고 계세요. 거의 다 됐습니다. 어디 불편한 곳은 없으신가요?"

"네."

더운물을 퍼 올린 시녀가 머리카락을 깨끗하게 헹궈 냈다.

스펀지에 거품을 묻힌 또 다른 시녀가 조심스러운 손길로 온몸 구석구석을 닦아 내었다.

그러는 동안 날카로운 눈길로 시녀들을 감독하던 클로에는 깨끗한 물로 몸을 씻어 낸 밀라이아가 커다란 수건으로 전신을 감싼 후에야 표정을 풀며 말했다.

"마사지사를 안으로 들이도록. 너희들은 모두 물러가고."

"네, 영애."

'오, 생각보다 제법 태가 나는데?'

놀랍다는 표정으로 바라보자 클로에는 민망하다는 듯 헤헤 웃고는 말했다.

"그렇게 보지 마세요, 전하. 저도 안 어울리는 거 알아요."

"아니, 잘 어울려요. 그냥 좀 놀랐을 뿐이에요."

"앗, 정말요? 저 정말 괜찮았어요? 사실 어머니가 이렇게 안 하면 얕보인다고 해서 열심히 연습했거든요."

"네. 아주 멋있었어요."

"아싸!"

주먹을 불끈 쥐는 클로에를 보며 쿡쿡 웃는데, 노크 소리가 들리고 자그마한 여자 하나가 안으로 들어섰다.

"창공의 드높음을 경배하라. 여왕 전하를 뵙습니다."

"어서 오게."

마사지사가 읽을 수 있도록 느릿느릿 입술을 움직여 인사를 건넨 밀라이아는 클로에가 더운물을 부어 따뜻하게 덥혀 놓은 돌침대 위에 몸을 뉘었다.

몸을 감싼 수건을 풀어내자, 소리 없이 다가온 마사지사가 다시 한번 고개를 숙여 보인 뒤 오일을 손에 곱게 펴 발랐다.

마사지사가 어깨의 뭉친 근육을 꼼꼼하게 푸는 것을 유심히 바라보던 클로에가 물었다.

"시원하신가요?"

"네. 시원…… 으음, 하네요."

"어디 불편하신 곳이 있으시면 바로 말씀해 주세요. 제가 바로 전하겠습니다."

"그럴게요."

아픈 듯도 하고 시원한 듯도 한 느낌에 몸을 맡긴 밀라이아가 답했다.

잔뜩 긴장했던 근육이 조금씩 이완되고 있어서일까, 몸이 나른하게 풀어지는 것이 느껴졌다.

"참, 오늘은 어떤 옷으로 준비해 드릴까요? 디자이너들에게서 연락이 없는 걸로 보아 아무래도 기존의 것으로 하셔야 할 것 같은데요."

"으음, 디자인은 어차피 거기서 거기니까 되었고, 왕제와 색만 적당히 맞춰 줘요."

"알겠습니다. 한데 오늘도 왕제 저하와 함께하시는 건가요? 레노아 영윤이나 길리안 대법관이 아니라요?"

"네. 클로에도 알잖아요, 둘 중 하나를 고르면 안 된다는 거."

밀라이아는 입모양이 마사지사에게 읽히지 않도록 고개를 슬쩍 반대쪽으로 돌리며 답했다. 귀가 먼 데다 오래전부터 여왕에게 속했던 사람이니만큼 말을 옮길 확률은 적겠지만, 혹시라도 다른 곳에 정보가 흘러나갈 가능성은 최대한 차단하는 편이 좋았다.

"그야 그렇지만……. 우웅. 그럼 연회 뒤에도 여전히 시끌시끌하겠네요."

"음? 시끌시끌하다니요?"

"실은 요즘 국혼 얘기로 사교계가 들썩들썩하고 있거든요. 레노아 영윤이 첫 번째로 뽑혔다는 사실에 놀라워하기도 하고, 아네스 영윤과 지스 영윤은 아예 버림받은 건가 하는 얘기도 돌고요. 물론 가장 뜨거운 화제는 그거예요. 대공자를 밀어내고 길리안 대법관이 두 번째 후보로 뽑힌 것."

"……그래요?"

떨떠름한 어조로 묻자 클로에는 어딘가 들뜬 목소리로 답했다.

"네. 그래서 말인데요, 전하. 저한테만 슬쩍 알려 주시면 안 될까요? 둘 중 누구인가요? 역시 레노아 영윤인가요? 아니면 상상하기도 싫지만 길리안 대법관?"

"질문이 너무 편파적인 거 아니에요?"

"그야 팔은 안으로 굽는 법이니까요. 아웅, 그러지 마시고 알려주세요오. 네? 네? 설마 후자는 아니죠?"

"글쎄요. 국혼이란 게……."

어느새 어깨부터 시작해서 아래로 내려간 손이 부드럽게 팔을 주무르기 시작했다.

뻐근한 손목이며 팔 근육을 꾹꾹 눌러오는 손길에 으음, 하고 신음을 뱉은 밀라이아가 잠시 끊겼던 이야기를 마저 이었다.

"……고의 결정만으로 치를 수 있는 건 아니니까요."

"그럼 설마…… 아, 안돼요! 정치적인 이유를 빼더라도 그는 안돼요. 어머니한테 다 들었단 말이에요. 공작도 그렇고 대공자도 그렇고, 그 가문 사람들은 전부 무례하다면서요! 그것도 엄청나게!"

흥분한 클로에가 빽 소리를 질렀다. 마사지사를 제외하고 모두 내보냈기에 망정이지, 자칫하면 큰 분란이 일어날 뻔한 발언이었다. 물론 듣는 귀가 있었다면 애초에 이런 민감한 대화를 하지도 않았겠지만.

"그러지 마시고 레노아 영윤을 택하세요, 전하. 비록 바람둥이는 해도 그쪽은 최소한 전하를 무시하지는 않을 거 아니에요? 거기다가……."

"거기다가?"

"무척 아름다운 남자이기도 하고요. 헤헷. 분명 전하와 잘 어울리는 한 쌍일 거예요."

"뭐예요, 그게."

이 와중에도 그런 얘기인가 싶어서 피식 웃은 밀라이아는 최대한 부드러운 어조로 클로에에게 주의를 주었다.

"어쨌든 그 얘기는 이제 그만해요. 민감한 사안이니 더 조심해야 지요."

"앗, 네에……. 죄송합니다, 전하."

시무룩한 목소리로 사과한 클로에는 잠시 침묵하다 문득 생각났 다는 듯 말했다.

"참, 그거 들으셨어요? 글쎄, 페르디난드 공작 각하에게 연인이 생겼다지 뭐예요?"

"뭐라고요? 누구에게 연인이 생겨요?"

저도 모르게 몸을 벌떡 일으킨 밀라이아가 황당한 표정으로 되물 었다.

그러나 클로에는 아무것도 눈치채지 못한 듯 흥분한 목소리로 답 했다.

"페르디난드 공작 각하요! 워낙 꽁꽁 숨기는 탓에 상대가 누군지 는 아무도 모르는데, 수도에서 종종 데이트도 한다나 봐요. 목격한 사람만 해도 벌써 여럿이래요."

"허."

저도 모르게 헛웃음을 흘린 밀라이아는 왜 그러시냐는 마사지사 의 물음을 듣고서야 간신히 마음을 가라앉히며 고개를 저었다. 그 러고는 그녀가 입술을 읽을 수 있도록 느릿느릿 괜찮다 답한 뒤 침 대에 도로 몸을 뉘었다.

"놀라셨구나. 하긴 저도 그랬답니다. 여자한테는 관심 하나도 없는 분인 줄 알았는데 말이에요."

"……그러게요."

다시금 시작되는 마사지에 몸을 맡긴 밀라이아가 신음을 뱉으며 축 늘어졌다.

하지만 편안하게 늘어진 몸과는 달리 그녀의 머릿속은 온갖 생각으로 뒤죽박죽 엉망이 되어 가는 중이었다.

"목격자의 얘기에 따르면 대단히 품위 있고 아름다운 분이었대요. 물론 자세히 보지는 못했지만 전반적인 분위기가 그랬다나요? 그래서 그런지 공작 각하가 엄청 애지중지한다고 그러더라고요. 공개하지 않는 것도 그것 때문이래요. 너무 사랑해서 남들에게 보여 주기 싫은 거죠."

"……그렇군요."

어쩐지 기분이 나빴다.

'뭐야, 그 작자. 그런 내색은 한 번도 안 하더니. 그럼 남첩은 싫다느니 어쩌느니 했던 것도 다 그것 때문이었나?'

왠지 뒤통수를 맞은 듯한 기분에 슬쩍 입술을 깨무는데, 종알거리는 목소리가 들려왔다.

"네. 그래서 요즘 사교계가 들썩들썩하답니다. 덕분에 길리안 공작도 신난 것 같더라고요."

"왜죠?"

"가장 강력한 후보가 사라졌으니까요. 그나마 지금은 좀 나아진 거지, 공작 각하가 한창 국서 후보로 거론될 때는 전하와 독대하는 것조차 경계했다고 하더라고요. 정말 안하무인이지 않나요? 아무리 사사롭게는 숙질 지간이라지만…… 윽. 죄송합니다, 전하. 이제 진짜로 얘기 안 할게요."

시무룩한 목소리가 들리는가 싶더니, 뒤이어 찰싹하고 살이 마찰하는 소리가 들렸다. 아무래도 손바닥으로 제 뺨이나 입술을 친 모양이었다.

'공작에게 여자라……. 아, 됐다. 어차피 나랑 상관있는 것도 아니고, 동맹 관계에만 문제없으면 되지 뭐.'

밀라이아는 복잡한 머릿속을 애써 털어 버리며 말했다.

"괜찮아요. 그보다 그 소식들은 대체 어디서 들은 건가요? 시녀들이 그런 얘기를 해 줬을 것 같지는 않은데."

"아, 그거요? 실은 비번일 때 어머니를 따라 텔린가의 살롱에 나갔거든요. 전하의 전속 시녀라고 하니까 모두들 관심이 대단하던걸요?"

"그랬군요. 그래서, 으윽, 살롱은 어땠나요? 재미있었어요?"

종아리를 꾹꾹 누르는 손길에 비명 같은 신음을 뱉은 밀라이아가 물었다. 요 며칠 외출이니 연회니 하면서 혹사해서 그런가, 오늘따라 유독 아프게 느껴지는 것 같았다.

"뭐, 그럭저럭요. 그러고 보니 전하께서도 이제 슬슬 살롱을 여셔야 하는 거 아닌가요? 정무도 많으시고 하니 정기적으로는 어렵더라도, 가끔씩 여시는 건 좋을 것 같은데요."

'살롱이라. 그거 괜찮은 방법이군.'

아닌 게 아니라, 그것은 협소하기 그지없는 그녀의 행동반경을 조금이나마 늘릴 수 있는 좋은 방법이었다. 고작해야 여성들의 일일 뿐이라며 그리 주목하지 않을 귀족들을 생각하면 더더욱.

"그러네요. 그동안은 바빠서 못했다지만, 조만간 짬을 내서 한번 열어 봐야겠어요. 좋은 의견 고마워요, 클로에."

"정말요? 전하께 도움이 되었다니 기뻐요."

"그래요. 그럼 이제 슬슬 마무리하라고 전해 주겠어요? 이렇게 쉬는 것도 좋지만, 연회 준비할 시간이 다 된 것 같은데."

"앗, 그러네요. 알겠습니다!"

밀라이아는 서둘러 다가온 클로에가 마사지사에게 이것저것 지시를 내리는 것을 들으며 눈을 살며시 감았다.

남은 연회는 오늘과 내일 이틀뿐. 내일이 지난 후에는 본격적으로 일을 시작해 볼 생각이었다.

'그러니 지금은 일단 체력이나 열심히 보충해 두는 걸로. 무대의 막이 오를 시간이 얼마 남지 않았으니까 말이야.'

이틀 뒤.

'아주 좋아.'

밀라이아는 거울 속에 비친 제 모습을 보며 흡족한 미소를 지었다.

그 안에 담긴 여인의 얼굴은 평소와 그리 다를 바 없었지만, 목 아래부터 보이는 모습은 전혀 달랐다.

착 감기는 옷감의 부드러움, 그리고 코끝을 감도는 재스민 향의 은은함에 자꾸만 만족스러운 웃음이 나왔다.

'훨씬 마음에 드네. 그래, 진작 이랬어야지.'

마지막으로 다시 한번 매무시를 점검한 그녀는 가벼운 발걸음으로 집무실을 나섰다.

복도로 나오자 대기하고 있던 클로에의 눈에 감격이 깃드는 것이 보였다. 시중을 드는 내내 감탄을 늘어놓았으면서도 여전히 저러는 것을 보면 확실히 그간 그녀의 옷차림이 심각하긴 했던 모양이었다.

"정말 아름다우세요, 전하! 이제 가시는 거예요?"

"네. 좀 더 일찍 나왔어야 했는데 그만 늦었네요."

"앗, 그러셨구나. 그럼 잘 다녀오세요! 조심하시고요."

"그럴게요. 클로에도 즐거운 오후 보내요."

빙긋 웃는 얼굴로 인사를 건넨 그녀는 부지런히 걸음을 옮긴 끝에 회의실 앞에 도착했다.

문가에 서 있던 의전관이 큰 목소리로 여왕의 입장을 알렸다.

그러나 회의실에 있는 자들은 모두 제 할 말을 늘어놓기에 바빠 아무도 그녀를 돌아보지 않았다. 오직 한 사람을 제외하고는.

"엘자스 영지에 비가 과하게 내려 파종조차 못하고 있다 합니다. 하여 올 수확에 대한 세금 감면을 요청한다는 전갈이 왔습니다."

"그건 불가합니다. 이제 겨우 오월 말인데 어찌 벌써부터 감면을 바란단 말입니까? 그거야 수확철에 정해도 될 일이 아니냔 말입니다."

"아네스 백작, 아무리 서로가 지향하는 점이 다르다 하나 너무 대놓고 이중 잣대인 것 아닌가? 분명 지난번 지스 영지에서 비슷한 일이 있었을 때는 당장 지원을 해 줘야 한다느니 세금을 반 이상 감해 줘야 한다느니 하면서 잘만 떠들었던 것 같은데."

"이중 잣대라니요? 그러는 피오르 공작 각하야말로 너무 대놓고 이중 잣대이신 것 아닙니까? 지스 영지 건에 사사건건 토를 달아 결국 아무 조치도 취하지 못하게 한 분이 바로 각하셨습니다만?"

"뭐라? 이중 잣대?"

노성을 지르며 일어나는 피오르 공작을 시작으로 여기저기서 삿대질과 함께 고함이 들려오기 시작했다.

'여전히 개판이군.'

소란스럽기 짝이 없는 공간을 둘러보며 실소를 머금은 밀라이아는 다시금 입을 열려는 의전관을 저지한 뒤 조용히 상석으로 향했다. 그러고는 천천히 걸어 높다란 단상 위에 자리한 뒤, 비로소 집요하게 저를 따라오던 시선 쪽으로 고개를 돌렸다.

'뭐지, 저 눈빛은?'

늘 차갑게 가라앉아 있던 잿빛 눈동자에 무언가 알 수 없는 색채가 일렁이고 있었다.

놀라움 같기도 하고 감탄 같기도 한 그 눈빛을, 밀라이아는 잠깐 마주하다 스르르 입꼬리를 들어 올렸다. 평소 무심하기 그지없는 저 남자가 저런 반응을 보일 정도라면 다른 이들이 발견했을 때의 반향은 말할 필요도 없었다.

"이게 다 그쪽에서 툭하면 시비를 걸어 그런 거잖나! 아니, 그 정도면 말도 안 하지. 최소한 거치적거리며 훼방은 놓지 말아야 할 것 아닌가?"

"훼방이라니요? 말씀이 과하십니다, 피오르 공작 각하."

"과하다고? 그럼 하는 일마다 사사건건 시비를 걸어 아무런 조치도 취하지 못하게 하는 것이 훼방이 아니면 무엇이란 말인가?"

"조급하신 마음은 알겠으나, 아무리 급해도 그런 식으로 사실을 왜곡하지는 마십시오. 본 백은 그저 신중을 기하려 했을 뿐이지, 공작 각하의 안건을 고의적으로 방해하려 한 적은 없습니다."

침착하게 피오르 공작의 말을 맞받아친 아네스 백작이 말했다.

"거듭되는 불미스러운 일로 하급 귀족들이 불안에 떨고 있습니다. 민심은 말할 필요도 없고요. 그런 상황에서 사기 독려차 세금을 감면해 주자는 말이 무에 그리 큰 문제란 말입니까? 그러다 불만이 터지기라도 한다면 책임은 누가 질 거고요?"

"하, 언제부터 그대들이 민심에 그리 신경을 썼다고 그러나? 누가 보면 대단한 현신賢臣들인 줄 알겠군. 보시오, 페르디난드 공작, 그대는 어찌 생각…… 흠? 무엇을 그리 보고 있소?"

코웃음 치며 옆을 돌아보던 피오르 공작이 의아한 표정을 지었다.

갈색 눈길이 잿빛 시선이 닿아 있는 곳으로 향했다. 그를 따라 다른 이들의 눈길도 천천히 이동했다.

삽시간에 침묵이 흘렀다.

'넘어왔군.'

밀라이아는 부들거리는 손가락으로 저를 가리키는 피오르 공작을 무심하게 바라보았다.

저자의 성정이라면 분명 그녀가 파 놓은 함정에 넘어올 터. 벌써부터 잠시 후에 대한 기대로 가슴이 두근거렸다.

"저, 저……."

"어찌 그러나요, 피오르 공작?"

절로 웃음이 나왔다.

그것이 도화선이 된 듯, 더듬거리던 남자의 입에서 비명 같은 목소리가 터져 나왔다. 침묵하던 다른 자들 역시 마찬가지였다.

"전하! 복장이 어찌 그러십니까!"

"이게 왜요?"

태연한 목소리로 묻자, 남자는 한층 더 커다래진 음성으로 외쳤다.

"그 딱 달라붙는 옷은 뭡니까! 체통을 생각하십시오!"

"이 옷이 어때서요? 색이 과한 것도 아니고, 어디가 심하게 노출된 것도 아닌데요."

밀라이아는 아무것도 모르겠다는 듯한 얼굴로 차림을 훑어보는 시늉을 했다.

그녀가 지금 입고 있는 옷은 디자이너들이 밤을 새우며 노력한 끝에 오늘 아침 간신히 완성되어 도착한 정복으로, 기존에 입었던 것들과는 그 디자인이 완전히 달랐다. 비록 노출 하나 없이 온몸을 꽁꽁 감싸고 있었지만, 잘록해진 허리와 그 아래로 풍성하게 펼쳐진 치마는 누가 봐도 여성의 복식임을 확연하게 드러내고 있었으니까.

'어서 한번 지적해 봐. 평소에 하던 것처럼 아주 안하무인으로.'

"어쩌하냐요? 정녕 몰라서 물으시는 겁니까? 예법상 국왕의 정복은……."

"고는 국왕인 동시에 여성입니다. 국혼 얘기도 나온 마당에 곰곰 생각해 보니, 그동안 너무 여성으로서의 자신은 팽개쳐 두고 국왕의 임무에만 집착한 것 같더군요. 하여 다소간 수선을 해 보았습니다만, 그게 그리 문제가 되는 건가요?"

"당연한 것 아닙니까? 전하께서는 여성이기 전에 일국의 국왕이십니다!"

"맞습니다! 국혼에 정신이 팔려 국왕으로서의 위엄을 망각하지 마십시오!"

"체통을 지키십시오! 이게 무슨 천박한 행동이십니까!"

고함치는 왕제파 귀족들을 응시하던 밀라이아가 눈썹을 확 찡그렸다.

그때, 왼편에 앉아 있던 길리안 공작과 시선이 마주쳤다. 싸늘한 빛을 머금은 적안이 꿰뚫듯 날카롭게 그녀를 담고 있었다.

'자, 그럼 협상의 결과가 어떻게 나오는지 한번 지켜볼까.'

보일 듯 말 듯하게 고개를 끄덕여 보인 그녀가 사납게 일갈했다.

"전부 그 입 닥치시오."

싸한 침묵이 깔렸다.

귀를 의심하듯 어안이 벙벙한 표정을 짓는 사람들을 향해 서늘한 목소리가 재차 떨어졌다.

"보자 보자 하니 점점 가관이군. 방금 뭐라고들 하였소? 천박하다? 체통을 생각하라?"

"저, 전하, 그것은……."

"피오르 공작, 아직 여余. 나의 말이 끝나지 않았소. 감히 윤언을 자르고 들어오는 것은 대관절 어느 나라의 예법이오? 정녕 국왕모독죄로 기소되고 싶은 거요?"

"……송구합니다, 전하. 결례를 용서하십시오."

싸늘한 반응에 멈칫한 피오르 공작이 서둘러 사죄를 표했다.

밀라이아는 고개를 조아리는 남자를 매서운 눈초리로 노려보며 말했다.

"여는 불미스러운 일로 어쩔 수 없이 이 자리에 올라야 했던 삼년 전, 처음으로 정무 회의에 참석하며 한 가지 생각을 했소. 나는 아무것도 모르는 어린아이에 불과하다, 그러니 나보다 훨씬 국정에 대해 잘 아는 신하들을 믿고 따르자, 라고 말이오."

무시당하는 여왕을 보며 내내 궁금했었다. 본디 왕위 계승자로 키워진 것도 아니고 역사상 최초의 여왕이라 힘든 것은 알겠지만, 아무리 그래도 국왕인데 어떻게 저렇게까지 푸대접을 받을 수 있는지에 대해서.

처음에는 그저 약하고 권력욕도 없는 인물이라 그랬나 보다 생각했는데, 길리안 공작을 속여 넘기기 위한 방법을 궁리하다 문득 깨달았다. 그녀는 아무래도 자신이 없었던 것이 아닐까, 라고.

밀라이아가 살던 세상으로부터 백 년이나 이전인 시대. 유독 여성의 권리가 발달한 제국의 영향으로 여권이 조금씩 신장되기 시작했다지만, 그래도 그녀가 살던 때에 비하면 한참이나 미약하던 시절.

사회에서 활동하는 여성은 소수고 대부분은 아버지와 남편에 의존해서 살아야 하는 세상에서 살던 글로리아가, 그저 평범한 공주로서 자라온 제게 불쑥 내밀어진 왕관을 보았을 때 과연 어떤 생각이 들었을까.

무서웠을 것이다. 제대로 해 나갈 자신이 없었을 게다. 왕관의 무게를 어느 정도 알고 있기에 더욱 그랬을 터. 가능하기만 하면 어린 에드워드 왕제에게 왕관을 넘겨주고 자신은 그저 평범한 삶을 살고 싶었을 것이다.

그러나 간절한 바람은 묵살되고, 결국 옥좌는 그녀에게 주어지고 말았다.

하여 그녀는 그나마 국정을 잘 알 것 같은 귀족들에게 의지하고자 했을 것이다. 그것이 제 목을 죄어들 올가미인 줄도 모르고. 그랬기에 뒤늦게 현실을 깨닫고 발버둥 치다 그 지경이 된 거겠지.

"한데 요즘 들어 자꾸만 그 믿음이 흔들리고 있소. 하나같이 유능한 인재들이라 믿었는데, 어쩐지 점점 그게 사실이 아닐지도 모른다는 의심이 든단 말이오."

"갑자기 그게 무슨 말씀이신지요?"

잠잠해진 피오르 공작을 대신하여 길리안 공작이 물었다.

밀라이아는 일단 계속해 보라는 듯 빤히 응시하는 적안을 마주하며 또박또박 말했다.

"그대들은 모두 잊은 것 같지만, 여가 죽을 뻔했던 것이 불과 두 달 전이오. 범인이 자결하는 바람에 배후는 결국 캐내지 못하였지. 게다가 그 일이 있고 얼마 되지 않아 또다시 왕궁에 독이 들어오는 일이 발생했소. 그런데도 그대들은 여전히 범인을 잡을 생각을 하기는커녕 이리 사소한 사안으로 싸움박질이나 하고 있군."

잠시 숨을 들이쉰 밀라이아가 계속해서 말했다.

"알다시피 금일은 중독 사건이 있고 나서 여가 처음으로 참석하는 정무 회의 날이오. 한데 이러고 있는 그대들을 보며 여가 과연 무슨 생각을 했을 것 같소?"

"……."

"참으로 잘들 하는 짓이오. 국왕이 들어서는데 예를 올리기는커녕 생무시에, 공식적인 정무 복귀를 축하하지는 못할망정 복장을 가지고 생트집이라니. 이것이 여가 그대들에게 보여 주었던 믿음에 대한 보답이오? 시장 바닥만도 못한 이 작태가?"

"송구합니다, 전하."

거듭되는 질책 어린 말에 슬쩍 눈을 빛낸 길리안 공작이 그제야 비로소 허리를 숙여 사죄했다.

"……사죄는 일단 받아들이겠소."

짐짓 엄한 표정으로 답한 밀라이아는 긴장 섞인 침묵을 음미하며 좌중을 둘러보았다.

의자에 편안하게 등을 기댄 채 그녀를 바라보는 길리안 공작과 그를 위시한 여왕파 귀족들, 당장에라도 덤벼들 것처럼 이를 가는 피오르 공작과 왕제파 귀족들, 그리고 책상을 톡톡 두드리는 페르디난드 공작과 그를 따르는 중립파의 무리.

찬찬히 주위를 훑던 시선이 좀 전에 악을 쓰던 왕제파 귀족들 앞에서 멈춰 섰다.

어차피 여왕파가 숙이고 들어온 이상, 이제 최악의 사태는 면한 것이나 다름없었다. 잠시 사태의 추이를 지켜보다 거들고 나서기라도 한다면 더 그럴 테고.

"귀족들을 무시하는 처사라 하였소? 아니오. 정말 그랬다면 여태껏 스스로를 낮추며 그대들에게 존대를 쓰지도 않았을 터. 여는 국왕의 위엄까지 일부 버리며 신뢰를 보였으나, 그대들은 믿음에 부응하기는커녕 실망만으로 보답하였소. 뿐만 아니라 고작 옷 하나로 천박 운운하며 심히 모욕하기까지 했지. 한데도 여가 계속 그대들을 믿어야 하오? 아니, 미안하지만 더는 그럴 수 없을 것 같소."

"여왕 전하, 송구하오나 그 말씀의 의미를 여쭈어도 되겠습니까?"

내내 침묵하던 페르디난드 공작이 물었다. 주위를 의식한 듯 딱딱하게 얼굴을 굳힌 채였지만, 깊게 가라앉은 잿빛 눈동자에는 은은한 웃음기가 떠올라 있었다.

"간단하잖소? 더는 그대들을 믿지 못하겠으니, 이제부터는 여가 직접 이 일을 지휘하겠단 소리요."

"직접…… 이라니요?"

"설마 직접이란 말의 의미도 모르오? 이번 사안에 대한 모든 결정은 여가 손수 내리겠단 뜻이오."

대수롭지 않다는 듯 뱉은 말에 자리에서 벌떡 일어난 왕제파 귀족 하나가 말했다.

"하오나 전하, 그것은 행정부에서 처결할 일일뿐 왕실의 소관이 아닙니다! 아무리 여왕 전하시더라도 왕국법을 위반하실 수는 없습니다!"

"알고 있소. 하나 지금은 특수한 상황이 아니오? 그 정도 융통성은 충분히 발휘할 수 있다고 보는데."

"원칙이 무너지면 자꾸만 예외가 발생하는 법입니다. 만인의 귀감이 되어야 할 전하께서 먼저 그를 무너뜨리셔서야 되겠습니까?"

"원칙의 붕괴라. 흠. 길리안 공작은 어찌 생각하오? 정말로 여의 발언에 문제가 있소?"

슬쩍 공을 넘기자, 길리안 공작은 마치 기다리고 있었던 사람처럼 즉각 답했다.

"아니요. 충분히 하실 수 있는 말씀이라 생각합니다."

"뭐라? 이보시오, 길리안 공작!"

자리에서 벌떡 일어난 피오르 공작이 고함을 질렀다.

쌓였던 울분을 한꺼번에 터트리기라도 하듯 그 외침은 꽤나 컸지만, 길리안 공작은 눈썹 하나 까딱하지 않았다. 외려 당연하다는 듯 말을 덧붙이기까지 했다.

"다른 일도 아니고 감히 여왕 전하를 시해하려 했던 사건이 아닙니까. 자애로우신 전하께서 그러지 말라 명하셨기에 어쩔 수 없었던 것뿐이지, 실상은 잡무를 전부 미뤄 두고 범인 색출에 총력을 기울였어야 하는 일이 아니냔 말씀입니다.”

“누가 범인을 색출하지 말자 했소? 단지 그 방법이 잘못되었다는 것이 아니오!”

“피오르 공작, 본 공은 지금 전하께 말씀을 드리고 있소이다. 굳이 첨언을 하고 싶다면 정식으로 발언권을 얻어 주길 바라오.”

싸늘하게 일갈한 길리안 공작이 다시금 밀라이아를 돌아보며 말했다.

“대관절 왕국법의 존재 의의가 무엇입니까. 왕실을 수호하고 또 이 나라를 보전하기 위함이 아닌지요? 한데 자잘한 조항을 들어 왕실을 억압하려 하다니, 하, 송구하나 지나가는 개조차 웃을 소리가 아닙니까.”

“길리안 공작, 말이 지나치질 않소! 그것이 어찌 자잘한 조항이란 말이오!”

“두 달 전 비슷한 일이 있었을 때에도 신은 당장 범인을 색출하여야 한다 주장했고, 지금도 그 생각에는 변함이 없습니다. 이는 그 무엇보다도 이 나라, 그리고 그 주인이신 전하의 안위가 중요하다 믿기 때문입니다. 하니 무엇이든 전하의 뜻대로 하십시오. 신은 그런 작은 것에 얽매여 정작 중요한 것을 놓치고 싶지는 않습니다.”

진지한 표정으로 듣던 밀라이아의 입가에 희미한 미소가 걸렸다. 이 말을 듣기 위해 그동안 힘들여 두 공작을 끌어들이려 애썼던 것이었다.

“그렇군. 고맙소.”

"이 무슨 억지스러운……!"

"아아, 피오르 공작의 의견은 충분히 잘 알아들었소. 어쨌거나 아니 된다는 것 아니오."

"어쨌거나가 아닙니다! 이는 왕국법에 따라 당연히……!"

"미안한데 피오르 공작, 지금은 페르디난드 공작의 견해를 들어 보고 싶소. 어차피 다수결로 결정될 일, 찬반이 갈렸으니 이쪽 의견도 물어봐야 할 것 아니오."

단호하게 말을 자른 밀라이아가 페르디난드 공작을 돌아보았다.

그 눈길을 따라 좌중의 시선이 이동하자, 느긋하게 손깍지를 낀 채 그녀가 하는 행동을 지켜보던 남자가 갑작스러운 사람들의 주목에 놀랐다는 양 과장된 목소리로 물었다.

"네? 신 말씀이십니까?"

"그렇소. 보다시피 이런 상황인지라."

밀라이아는 손바닥이 위로 가도록 펼치며 어깨를 으쓱해 보였다. 그가 굳이 희극적으로 행동하고 싶다면야 자신도 얼마든지 동참해 줄 수 있었다. 물론 사심이 조금 들어가긴 했지만, 이 한 편의 연극을 위해 정복까지 뜯어고쳤는데 고작 그쯤 못해 주겠는가.

슬쩍 입꼬리를 들어 올린 페르디난드 공작이 말했다.

"하아. 이것 참 어려운 문제로군요. 감히 전하를 시해하려 했던 것을 생각하면 수단과 방법을 가리지 않고 범인을 잡아야 함이 마땅하나, 왕국법을 준수하는 것 역시 무척이나 중요한 일이니 말입니다."

"그래서 어쩌겠단 말이오?"

어디 한번 계속해 보라는 듯한 표정으로 추임새를 넣자 공작은 무덤덤한 얼굴로 계속해서 말을 이어 나갔다.

"법이란 본디 나라의 근간이 되는 것. 따라서 이를 흔드는 일은 지양해야 함이 옳습니다."

"그렇지! 역시 페르디난드 공만은 무엇이 중요한지 아는 ……."

"하나 원칙을 생각하여 내렸던 지난 결정의 결과를 고려한다면, 과연 법의 준수만을 부르짖는 것이 진정 옳은 것인가 의문이 드는 것도 사실입니다. 하여 신은 이번만큼은 전하의 손을 들어 드릴까 합니다. 뜻대로 하십시오."

"……."

갑작스러운 반전에 말문이 막힌 피오르 공작이 입을 벙긋거렸다.

자리에서 일어난 페르디난드 공작이 그녀를 향해 깊숙이 허리를 숙였다. 더는 반박하지 못하도록 쐐기를 박는 정중한 예였다.

'좋았어.'

저도 모르게 흡족한 미소가 지어지려 했지만, 밀라이아는 애써 당연한 답을 들었다는 양 무심한 표정으로 말했다.

"좋소. 그럼 다수결에 의해 이 건에 대한 권한은 모두 여에게 이양된 것으로 알겠소."

"네, 전하."

"하면 본격적인 범인 색출 작업에 들어가기에 앞서 세 가지 사항을 우선 명하겠소."

"하명하십시오."

깊숙이 고개를 숙이는 페르디난드 공작을 잠시 바라본 밀라이아가 선언했다.

"첫째, 이 시간부로 이번 사건에 연루된 모든 궁내부원의 퇴궁을 명한다. 둘째, 이 시간부로 이번 사건에 연루된 모든 근위 기사의 작위를 환수하고 해임한다. 셋째, 신임 근위 기사단장으로 앤트워스 후작을 명한다. 이상이오."

"뭐라고요? 방금 앤트워스 후작이라 하셨습니까?"

"아아, 생각해 보니 이건 굳이 이 자리에서 말할 필요도 없는 사안이었군. 본디 궁내부와 근위 기사단에 대한 모든 권한은 왕국법에 따라 여에게 정당하게 부여된 것이니 말이오."

밀라이아는 붉으락푸르락하는 피오르 공작을 똑바로 바라보며 삐뚜름하게 미소 지었다. 그의 논리를 그대로 가져와 맞받아쳤으니, 모르긴 몰라도 열이 상당히 올랐을 터였다.

"어찌 그러오? 여의 말에서 뭔가 틀린 점이라도?"

"전하! 앤트워스 후작이라니요! 그는 선왕 전하 시절 탄핵을 받아 낙향한 인사가 아닙니까! 어찌 그런 자를 복직시키실 수 있단 말입니까!"

"흠. 몇 번째 얘기하는 건지 모르겠으나, 근위 기사단에 대한 모든 권한은 왕국법에 따라 여에게 정당하게 부여된 것이오. 하나 공작이 정 그리 주장한다면 내 어디 한번 의견을 취합해 보리다. 길리안 공작, 페르디난드 공작, 그대들의 의견은 어떠하오?"

어깨를 으쓱하며 묻자, 두 공작은 슬쩍 시선을 교환하고는 나란히 고개를 숙이며 답했다.

"그 일은 어디까지나 왕실의 소관이니만큼, 신들이 관여할 바는 아니라고 생각됩니다."

"길리안 공작의 말이 옳습니다."

"그렇다고 하는데. 더 할 말이 있소?"

"이익!"

주먹을 꽉 움켜쥔 피오르 공작이 두 공작을 노려보았다. 그제야 완전히 당했다는 사실을 깨달은 듯 눈마저 벌겋게 충혈된 상태였다.

이를 득득 가는 왕제파 귀족들을 쓱 둘러본 밀라이아가 태연한 얼굴로 선언했다.

"그럼 됐군. 다수결에 의해 부여받은 여의 권한에 의거, 이번 일의 조사를 근위 기사단과 행정부에 각각 맡길 것을 천명하는 바요."

고개를 든 페르디난드 공작이 물었다.

"두 군데 모두에 말씀이십니까?"

"그렇소. 하면 적어도 둘 중 하나는 답을 가져오겠지. 그러니 페르디난드 공작, 무슨 수를 써서든 범인을 본인 앞에 데려오도록 하시오. 내 행정부의 능력을 한번 두고 보겠소."

"최선을 다하겠습니다."

"좋소. 그럼 이 일은 이렇게 마무리 짓도록 하고, 또 다른 안건이 남았소?"

책상 위를 들춰본 공작이 고개를 저었다.

"아닙니다."

"하면 오늘 회의는 여기서 마치도록 합시다. 부디 다음 회의에서는 좋은 결과가 있길 바라오."

밀라이아는 집요하게 따라오는 시선들을 모르는 척 외면하며 자리에서 일어났다. 풍성하게 부풀린 치맛자락이 땅에 끌리며 내는 사락사락 소리가 무척이나 경쾌했다.

'아아, 속 시원하다. 여왕도 이걸 보고 있으려나?'

입가에 짙은 미소가 걸렸다.

'가자마자 궁내부부터 싹 정리해야지. 근위 기사단은 그다음에 하고. 생각만 해도 신나네.'

군기가 바짝 든 의전관이 서둘러 문을 열었다.

잔뜩 신난 얼굴로 회의장을 나선 그녀는 문에서 몇 발짝 떨어진 곳에 서 있는 남자를 보고는 멈칫했다.

짜증스러운 얼굴로 벽에 기대어 서 있는 남자는 바로 길리안 대 공자였다.

'저자가 여긴 또 왜 왔지?'

좀 전까지만 해도 좋았던 기분이 싹 가라앉는 것이 느껴져, 밀라 이아는 입가에 띤 미소를 말끔히 지운 채 무표정한 얼굴로 걸음을 떼었다.

인기척을 느낀 듯 돌아본 남자가 말없이 그녀를 위아래로 훑어보 았다.

일순간, 그의 얼굴에 비뚜름한 웃음이 걸리는 것이 보였다. 붉은 눈동자에 기묘한 빛이 스치고 지나가는 것도.

"오랜만에 뵙습니다, 여왕 전하."

"네, 그러네요."

"그새 차림새가 많이 달라지셨군요. 진즉 이렇게 입고 다니시지 그랬습니까."

"그러게요. 그럼 여는 바빠서 이만."

무심하게 답한 그녀가 다시 걸음을 뗐다.

그때, 슬쩍 옆으로 움직여 길을 가로막은 남자가 말했다.

"우리, 할 얘기가 꽤 많지 않습니까? 여기서 이러지 말고 잠시 시간 좀 내주시죠."

"미안하지만 지금은 좀 바빠서요. 여와 얘길 하고 싶거든 정식으로 알현 요청을 하도록 해요. 이런 식으로 앞을 가로막지 말고. 지금 본인이 무슨 무례를 저지르고 있는지는 알고 있는 건가요? 대단히 불쾌하군요."

"계속 거부해 놓고 이제 와 무슨 소립니까! 정말 이런 식으로 나오실 겁니까?"

버럭 고함을 지른 남자가 이를 드러내며 다가왔다.

그때, 옆에서 작은 금속성이 들림과 동시에 은빛의 무언가가 번뜩이며 앞으로 쏘아져나갔다. 어느새 근위 기사 하나가 검을 뽑아든 채 남자의 목을 겨누고 있었다.

"물러서십시오. 더 다가오는 즉시 베겠습니다."

"뭐, 뭐야, 이거? 지금 감히 누구에게 검을 들이대는 거야? 당장 치우지 못해?"

"전하께 위협을 가하려 한 행위는 누구도 용납할 수 없습니다. 즉시 뒤로 물러서십시오."

밀라이아는 한 치의 흔들림도 없이 검을 겨누고 있는 금발의 기사를 이채 어린 눈빛으로 바라보았다.

그제야 눈치를 살피며 주저하던 근위 기사들이 하나둘 검을 뽑아들며 대공자를 둘러싸기 시작했다.

'그러고 보니 저자를 잊고 있었네. 윈터 경이라고 했었지?'

삼삼오오 회의장을 빠져나오던 귀족들이 수군거리는 소리가 들려왔다. 뚜벅거리며 그녀 쪽으로 다가오는 발소리도.

"무슨 일이십니까, 전하?"

"아, 길리안 공작."

반색하며 돌아본 밀라이아가 대공자를 눈짓하며 보란 듯 난처한 표정을 지었다.

"대공자가 갑자기 소리를 지르며 바짝 다가오는 바람에 그만 이렇게 되어 버렸네요. 경들, 검을 거두도록 해요."

"명을 받듭니다!"

절도 있게 답한 기사들이 검을 도로 검집에 꽂았다.

그쯤 했으면 기가 좀 죽을 법도 하건만, 대공자는 여전히 기세등등한 얼굴로 옷을 탁탁 털었다. 여왕의 앞이라는 건 전혀 염두에 없는 듯 대단히 안하무인인 태도였다.

한 발짝 떨어진 곳에 서서 가만히 관망하는 페르디난드 공작과 피오르 공작, 그리고 흥미진진하게 바라보는 사람들을 힐끗 돌아본 길리안 공작이 제 아들을 노려보다 천천히 고개를 숙였다. 모르긴 몰라도 대단히 화가 난 것 같았다.

"심려를 끼쳐 드려 송구합니다, 전하."

"어머, 아니에요. 공작이 사과할 일은 아니죠. 다만 앞으로는 이런 일이 없었으면 좋겠군요."

"물론입니다. 크라우스, 물러서라."

"하지만 아버님!"

"닥쳐라! 누구 맘대로 궁에 발을 들인 것이냐! 내 분명 집 밖으로 한 발짝도 떼지 말라고 했을 텐데!"

매서운 일갈에 흠칫한 대공자가 이를 악물며 두 걸음 옆으로 물러섰다.

밀라이아는 사납게 저를 노려보는 남자를 무시하며 걸음을 옮겼다. 비록 뒤를 돌아볼 수는 없었지만, 제 등 뒤에 꽂히는 무수한 시선들이 느껴졌다. 아마도 그 안에는 세 공작의 것도 있을 터였다.

'어쨌든 잘됐네. 모두가 보는 앞에서 망신을 당했으니 앞으로는 아들 단속을 단단히 하겠지. 쑥덕거리는 사람들이야 더 늘 테지만, 그거야 뭐 어차피 알고 있던 거고.'

한 걸음 한 걸음 내딛는 발걸음이 한결 가볍게 느껴졌다.

부드럽게 파도치는 옅은 라벤더색 물결 뒤로 색색의 시선이 길게 달라붙었다. 무게를 더한 갖가지 감정도.

"아주 건강하십니다. 후계자를 생산하시는 일 역시 아무 문제없을 거고요. 심박 수가 평균보다 다소 느리신 듯은 합니다만, 혹 거기서 더 떨어진다면 모를까 그 정도는 괜찮습니다. 염려치 마십시오."

"그렇군요."

"네, 전하. 그래도 독이란 것이 어떤 후유증을 남겼는지는 알 수 없는 법이니, 어딘가 이상하다 싶으시면 지체 없이 부르십시오. 즉시 달려오겠습니다."

진찰을 모두 마친 수석 왕궁의가 벙긋 웃는 얼굴로 말했다. 그 뒤에 시립하고 있던 다른 이들도 모두 한결 안심한 표정이었다.

'다행히 영혼이 바뀐 건 눈치채지 못했나 보군.'

밀라이아는 싱글벙글 웃는 왕궁의를 보며 속으로 안도의 한숨을 쉬었다.

새 옷을 입고 정무 회의에 참석했던 날로부터 어느덧 일주일. 그동안 왕궁의들은 주의하라 했던 기간이 이미 지났음에도 왕국의 안녕 운운하며 매일 아침 찾아와 그녀의 상태를 확인했다.

중독에서 깨어난 여왕의 생산 능력을 궁금해하는 그 배후들의 속셈을 모르는 바는 아니었지만, 밀라이아는 영혼이 바뀐 몸이기에 지속적으로 살펴볼 경우 뭔가 이상한 점이 발견되는 것은 아닐까 싶어 왕궁의들의 방문을 저어했다.

그러나 명분도 없이 언제까지고 진찰을 거부할 수도 없는 노릇.

하여 밀라이아는 어쩔 수 없이 그들의 방문을 허용했고, 모두가 주목하던 그 결과가 드디어 나온 모양이었다. 바로 지금.

"……좋군. 하면 이제 아무런 지장이 없는 건가?"

"네, 전하. 염려하지 않으셔도 됩니다."

"알겠네. 그동안 모두 수고가 많았군. 내 그간의 노고에 대한 보답으로 작은 선물을 하나 준비했으니, 가는 길에 궁내부에 들러 받아 가도록 하게."

"감사합니다, 전하."

기쁜 얼굴로 예를 갖춘 왕궁의들이 물러나자, 한쪽 구석에 비켜서 있던 레티시아 백작 부인이 다가와 말했다.

"잘 회복하셨다니 다행입니다. 신께서 전하를 돌보신 게지요."

"……그러게요."

'정말 그랬다면 지금 내가 이 자리에 있지는 않았겠지.'

말로만 신의 사랑을 받고 태어난 아이라느니 어쩌느니 했을 뿐 실속 하나 없던 본래의 삶과, 나름대로 최선을 다했음에도 이 꼴이 난 여왕.

절로 냉소적인 비아냥거림이 입술 밖으로 튀어나올 뻔했지만, 밀라이아는 그저 부드럽게 긍정하고는 물었다.

"참, 혹시 왕궁에 사람을 들여보내겠다는 왕당파 출신 가문이 있을까요? 일차 청소 작업도 끝났겠다, 조금 정도는 뽑아도 될 것 같은데."

"그러잖아도 의사를 타진해 보는 중입니다. 세 곳 정도는 될 것 같습니다."

"세 곳이요? 너무 적은데……. 다른 가문들은요? 아직 연락이 다 안 된 건가요?"

무심코 던진 물음에 멈칫한 백작 부인이 이내 작아진 목소리로 답했다.

"아닙니다. 나머지 가문들은 전부…… 거부를 표했습니다."

"거부, 라고요?"

황당함과 민망함, 그리고 분노가 뒤죽박죽 섞여 들었다.

애초에 힘없고 무지한 여왕에게 실망해 낙향을 결심했다던 인사들이니만큼 그럴 수도 있겠다 예상하고는 있었지만, 단순히 생각만 해 본 것과 이렇게 직접 당하는 것은 느낌이 전혀 달랐다. 엄밀하게 따지면 제가 당하는 일은 아니었음에도 이렇게 울컥할 정도로.

'뭐, 됐어. 어차피 내가 그들의 입장이었어도 그랬을 테니까. 무엇 하나 보여 준 것 없이 그저 왕실이라는 이유만으로 충성하기를 기대하는 게 더 우습지.'

잠시나마 실망했던 마음을 다잡으며 짧게 한숨을 내쉰 밀라이아가 말했다.

"알겠어요. 그럼 이번에는 그 셋과 더불어 자파 출신 전속 시녀

하나만 더 뽑도록 합시다. 그러잖아도 위태위태한 상황에서 굳이 변수를 더 늘릴 필요는 없으니까요."

"알겠습니다."

걱정스러운 얼굴로 바라보던 백작 부인이 즉각 답했다. 아무래도 진짜 여왕의 성격을 잘 알고 있는 만큼 혹 그녀가 이 일로 심하게 상처받은 것은 아닐까 염려했던 모양이었다.

"아, 그리고 혹시 앤트워스가에서 온 연락은 없나요? 슬슬 도착할 때가 된 것 같은데."

"아직은 없습니다만, 오는 즉시 가져오겠습니다."

"그렇군요. 알겠어요. 그럼 이제 남은 일정은 뭐죠? 국서 후보들을 만나는 거였던가요?"

"그렇습니다."

"그래요. 그럼 두 사람이 오거들랑 유리온실로 안내하도록 해요. 오늘 같은 날은 온실에서 차를 마시는 것도 꽤나 운치 있을 것 같군요."

'그따위 걸 한다고 좋아하기에는 문제투성이인 날씨 같지만.'

속으로 중얼거린 밀라이아가 옆을 돌아보았다.

흘낏 쳐다본 창밖에는 요 며칠 징그럽게 내리던 비가 여전히 쏟아지고 있었다. 폭우라고 일컬을 정도는 아니지만 그래도 상당하다고는 말할 수 있는 정도로.

'이러다 정말 전염병이 도는 건 아니겠지? 페르디난드 공작이 분명 지난번에 이 상태에서 기온이 더 올라가면 좋지 않다고 했는데.'

창밖을 바라보며 머리카락을 뱅글뱅글 돌리던 밀라이아가 눈썹을 찡그렸다. 많은 사람들의 목숨이 걸린 일이라서 그런가 상당히 걱정이 되었다.

속으로 작게 중얼거리며 이것저것을 고민하던 그녀는 준비가 다 끝났다는 백작 부인의 말을 듣고서야 복도로 나섰다.

먹구름 때문에 짙은 잿빛으로 물든 그곳에는 막 교대한 듯 머리카락에 물기가 남은 채로 경계를 서는 기사들이 있었다. 잡담을 나누거나 제 위치를 이탈하지도 않고서, 일정 간격을 유지하고 서서 고요하게.

'군기가 아주 바짝 들었군. 흐응. 역시 대규모 해고 사태가 주효했던 건가?'

근무 평가서를 토대로 최종 명단을 확정하여 대대적으로 작위 환수 및 직위 해제를 명한 것이 이틀 전. 아직 이 일이 마무리되었다는 보장이 없으니 알아서 몸조심을 하고들 있는 모양이었다.

일제히 예를 갖추는 기사들의 얼굴을 하나하나 뜯어보며 걸음을 옮기는데, 조심스레 다가온 시녀 하나가 백작 부인에게 무언가를 속삭였다.

가만히 그 말을 들은 백작 부인은 잠시 후 알았다는 듯 고개를 끄덕이고는 밀라이아에게 다가와 말했다.

"왕제 저하께서 온실에 계신다고 합니다. 어찌할까요?"

"그래요? 흠."

잠시 고민하던 밀라이아는 이내 어깨를 으쓱하며 답했다.

"뭐, 별로 상관은 없겠죠. 여차하면 초대해도 되고."

마지막으로 본 지도 어느새 일주일이 넘었으니, 이참에 얼굴을 한번 마주하는 것도 나쁘지 않을 듯했다.

궁 밖으로 나서자 짙은 먹구름에 가려진 하늘이 보였다. 폭포수처럼 쏟아지는 빗줄기도.

작게 숨을 들이쉰 그녀는 잿빛 세상 속으로 한 걸음 발을 디뎠다.

축축하게 젖은 공기가 온몸을 적시고, 활짝 펼쳐진 우산이 잿빛 하늘 아래 연분홍 그늘을 드리웠다.

돌바닥 위를 걷는 찰박찰박 발소리와 나뭇잎 위로 후두두 떨어지는 빗소리가 귓가를 쉴 새 없이 두드렸다.

얼굴을 스치고 지나가는 서늘한 기운에 입꼬리가 절로 스르르 올라갔다.

'정말이지, 누군가를 만나기에 딱 좋은 날씨잖아? 이런 종류의 데이트를 하기에는 더 말이지.'

비뚤한 미소를 지으며 온실로 향하는데, 문득 저만치에 시커먼 무언가가 옹기종기 모여 있는 모습이 보였다.

어찌 보면 사람 같기도 하고 또 어찌 보면 사물 같기도 한 모양새에 저도 모르게 걸음이 멈추었다. 저게 무엇이든 우선 확인부터 해야 할 것 같았다.

"무슨 일이십니까, 전하?"

"저기 저거, 뭐죠?"

"저거라 하심은……. 헛."

그녀가 가리킨 곳을 돌아본 기사가 흠칫했다. 누가 보더라도 수상쩍게 느껴질 정도였다.

움찔거리는 기사를 빤히 바라보던 밀라이아의 눈이 가늘게 뜨였다.

"대답은 됐어요. 여가 직접 확인해 보죠."

"벼, 별것 아닙니다. 전하께서 신경 쓰실 필요는……."

"별것인지 아닌지는 가서 보면 알겠죠. 따라와요."

쌀쌀맞게 말을 자른 밀라이아가 성큼성큼 걸음을 옮겼다.

당황한 듯한 기사의 목소리가 뒤에서 들려왔지만, 그녀의 시선은 오직 조금씩 커다랗게 보이는 검은 물체에 꽂혀 있었다.

"……하. 그대들이 왜 여기서 이러고 있지?"

"전하! 부디 신들에게 한 번만 기회를 주십시오!"

가까이 다가가서 확인한 그림자의 정체는 바로 이틀 전 파직 통보를 받았던 근위 기사들이었다.

밀라이아는 잔뜩 잠긴 목소리로 읍소하는 기사들을 차갑게 내려다보았다. 작위를 환수당한 탓에 어깨끈이며 휘장 하나조차 달지 못한 밋밋한 제복 차림으로, 그들은 한 사람도 빠짐없이 흙탕물이 흐르는 돌바닥 위에 무릎을 꿇고 있었다.

싸늘한 침묵이 흘렀다.

사납게 눈썹을 찡그린 밀라이아도, 어쩔 줄 몰라 하며 그녀의 눈치만을 살피는 수행 기사들도, 그리고 흠뻑 젖은 몸으로 고개를 숙이고 있는 전前 근위 기사들도, 모두가 숨조차 멈춰 버린 듯 아무런 소리도 내지 않았다. 오직 후두두 떨어지는 빗소리만이 세상을 감싸고 있었을 뿐.

영원히 계속될 것 같던 그 고요를 깨 버린 사람은 밀라이아였다.

"부기사단장."

"네, 전하."

"어째서 내 궁에 출입 권한이 없는 자들이 있는 거죠? 설마 단체로 방문 허가를 받았다느니 하는 소리를 하진 않을 테고."

"……송구합니다, 전하. 당장 내보내겠습니다."

사색이 된 얼굴로 허리를 숙이는 기사를 차갑게 노려본 밀라이아가 말했다.

"다시는 이런 일이 없도록 해요. 심히 불쾌하군요."

"네, 전하. 하해와 같은 은혜에 감사드립니다."

"전하! 부디 한 번만 더 기회를……!"

"끌어내라."

안도의 한숨을 내쉰 부단장이 황급히 지시했지만, 다른 기사들은 주춤주춤 그들에게 다가갔을 뿐 선뜻 잡아 일으키지 못했다. 그래도 한때 동료였다고, 꼴에 어쭙잖은 연민이라도 남은 모양이었다.

싸늘하게 식은 눈으로 그 모습을 바라보던 밀라이아의 입꼬리가 사납게 비틀렸다. 현실적인 이유 때문에 어쩔 수 없이 남겨 두었다고는 하나, 뭐가 선이고 뭐가 후인지도 모르는 꼴들이 정말이지 하나도 마음에 들지 않았다.

"뭣들 하는 거야! 당장 끌어내라니까!"

"하지만 부단장님……."

"됐어요. 기왕 이렇게 된 거 얘기나 한번 들어 보죠. 거기 그쪽, 방금 뭐라고 했지?"

버럭 화를 내는 부단장을 저지하며 묻자, 흠뻑 젖은 전 근위 기사들이 번쩍 고개를 들어 올렸다. 드디어 동아줄을 잡았다는 듯 모두 희망으로 가득 찬 눈빛이었다.

"전하, 부디 자비를 베푸시어 신들을 용서하여 주십시오. 앞으로는 전하만을 위해 충성을 바치겠나이다."

"말이 이상하군. 모름지기 왕국의 신민이라면 누구나 여를 위해 충성을 바쳐야 할진대, 전직 근위 기사의 입에서 나온 것치고는 참으로 오묘한 발언이 아닌가."

"그, 그런 의미가 아닌 줄은 전하께서도 아시지 않습니까. 부디 하해와 같은 마음으로 한 번만 더 기회를 주십시오. 다시는 이런 일로 심려를 끼쳐 드리는 일이 없도록 하겠습니다."

"하해와 같은 마음으로 한 번만 더 기회를 달라……."

느릿느릿, 그들의 대표로 보이는 자가 하는 말을 그대로 따라 읊은 밀라이아가 피식 웃었다.

"웃기지도 않는군."

"……."

"여가 어째서 그대들에게 또다시 기회를 주어야 하지? 지난번에 여는 분명히 모두에게 충고했다. 근위 기사란 모름지기 모시는 왕족의 안위에 따라 그 운명이 결정되는 법이라고. 그러니 누군가가 보호를 약속했다 하더라도 다시 한번 생각해 보는 것이 좋을 것이라고. 아니 그러한가?"

"……그렇습니다."

"한데도 그 충고를 무시한 건 그대들이 아닌가. 그대들은 평소 직무를 성실히 수행하지 않았고, 왕족의 안위를 제대로 보호하지도 못했으며, 하다못해 국왕을 최우선 순위로 섬기지도 않았다. 그러고도 본인들에게 근위 기사의 자격이 있다고 생각하는가? 부끄러운 줄 알도록."

싸늘한 조소가 입가에 맺혔다.

"더 이상의 기회는 없다. 대신 지금 조용히 나간다면 내 마지막 자비를 베풀어 옛 동료의 손에 내침을 당하는 것만은 면하게 해 주지. 어찌하겠는가? 제 발로 나갈 텐가, 아니면 끌려 나갈 텐가?"

"전하, 부디 마지막으로 한 번만 더 기회를……."

"하아, 정말이지 말이 안 통하는군."

고개를 절레절레 저은 밀라이아가 천천히 다리를 굽혀 그 앞에 쪼그리고 앉았다.

주위에서 헛바람 삼키는 소리와 함께 무어라 외치는 소리가 들려 왔지만, 밀라이아는 그 모든 소음을 무시한 채 앞에 있는 자와 시선을 마주했다. 그러고는 간절하게 바라보는 남자를 향해 한 자 한 자를 또박또박 내뱉었다. 뒤에 선 사람들에게까지 들릴 정도로, 목소리를 키워서 아주 또렷하게.

"그러게 줄을 잘 서지 그랬나. 작위, 명예, 녹봉, 하다못해 지금 입고 있는 그 제복까지, 그대들이 누렸던 모든 것들이 누구에게서 나온 건지 똑똑히 인지했더라면 오늘 같은 일은 없었을 것을."

"저, 전하……."

"참으로 어리석구나. 두 주인을 섬기는 개를 누군들 거두려 할까? 더욱이 원주인이 눈에 불을 켜고 제 개를 앗아 간 자를 찾고 있음에야."

"……."

그제야 사색이 된 얼굴로 침묵하는 남자에게 삐딱하게 웃어 보인 밀라이아는 천천히 몸을 일으켜 이러지도 저러지도 못하고 서 있던 수행 기사들을 돌아보았다. 작정하고 던진 말이 꽤나 주효했던 듯, 그들은 하나같이 복잡한 표정을 짓고 있었다.

"경들."

"넷, 전하!"

좀 전과는 달리 빠릿빠릿한 대답에 피식 웃음이 나왔다.

하지만 밀라이아는 빠르게 표정을 수습하며 싸늘한 목소리로 말했다.

"솔직히 말해 실망했습니다. 동료 간의 정리가 왕명보다 중요한지는 몰랐네요. 무엇이 우선인지 구분할 기회는 충분히 줬다고 생각했는데, 그저 내 착각이었던 건가요?"

"아닙니다, 전하!"

"즉시 내보내겠습니다!"

즉각 답한 기사들이 서둘러 옛 동료들을 잡아 일으켰다. 반항할 거라 생각한 건지 아니면 충성심을 보여 주기 위한 것인지 꽤나 거친 손속이었지만, 전 근위 기사들은 이미 의욕을 잃은 듯 힘없이 그들이 이끄는 대로 끌려 나갔다.

'정신머리가 제대로 박혀 있다면 이제는 감히 내통할 생각을 못 하겠지. 일부 튀어 오르는 것들이야 솎아 내면 그만이고. 하, 속 시원하다. 이제야 좀 살맛 나네.'

마음 같아서는 깔깔 소리 내어 웃고 싶었으나, 아쉽게도 그럴 수는 없었다. 저들을 찍어누르는 건 여기까지가 딱 적당했으니까.

내리는 비만큼이나 시원한 기분으로 온실에 들어서자 문가에 서 있던 시종들이 서둘러 예를 갖췄다. 그중 맨 앞에 서 있는 자의 얼굴은 분명 낯익은 것이었지만, 그 안에 어려 있는 표정은 일전에 보았던 것과는 완전히 달랐다. 시건방지던 눈빛은 사라지고 오직 공손함만이 남았다고나 할까.

"오랜만에 보는군, 룬더 시종장. 다시 만나게 되어 반갑네. 자네도 그런지는 모르겠지만."

마지막 말에 강세를 두어 말하자 시종장은 눈에 띄게 움찔하며 고개를 숙였다.

"송구합니다, 전하. 그때는…….."

"누님이 아니십니까. 그러잖아도 시녀들이 왔다 갔다 하기에 의
아해하던 참입니다. 여기까진 웬일이신지요?"

뒤에서 들려오는 미성에, 시종장을 무시하며 곧장 돌아선 밀라이
아가 빙긋 미소를 지었다.

"오랜만입니다, 왕제. 그동안 잘 지냈나요?"

"그냥 그렇지요. 한데 어찌 이런 날씨에 돌아다니시는 겁니까?
큰일을 치른 지 얼마 되지도 않으신 분이."

"벌써 보름은 된 일인데요, 뭐. 왕궁의들도 모두 괜찮다고 했고
요. 그런데 혹시 지금 나를 걱정해 준 건가요? 기뻐라. 왕제가 이
렇게 날 생각해 주는지는 미처 몰랐네요."

감동받은 척 일부러 두 손을 모아 가슴께에 갖다 대자, 소년은
못 볼 것을 봤다는 표정으로 왈칵 짜증을 부렸다.

"뭡니까, 그 반응은? 대체 저를 뭐로 보고……. 아니, 사람이 그
런 일을 당했는데 걱정하지 않는 게 더 이상한 거 아닙니까? 네?"

"음, 그건 그러네. 미안해요, 왕제. 내가 실수했어요."

순순한 사과의 말에도 왕제는 필요 없다는 듯 고개를 팩 돌렸다.
그러나 머리카락 사이로 보이는 귀는 분명 붉게 물들어 있었다.

"……뭐, 됐습니다. 그건 그렇고, 이곳에는 웬일이시냐니까요?
옷은 또 왜 그 모양이고요?"

"옷이 왜…… 아, 이거요?"

밀라이아는 왕제가 가리키는 치맛자락을 슬쩍 내려다보고는 빙
긋 웃었다.

처음에는 그 또한 바뀐 디자인을 가지고 뭐라 하는 줄 알았는데,

그의 시선이 닿은 곳은 달라붙는 상체나 허리 부분이 아니라 온통 흙투성이가 된 치맛자락이었다. 빗속에서 쪼그려 앉았던 탓에 온통 얼룩져 버린.

"오다가 일이 좀 있었거든요. 그리고 온실에 온 건 여기에서 국서 후보들과 티타임을 가지기로 했기 때문이랍니다. 왕제도 함께 하겠어요?"

"국서 후보들……. 하."

못마땅한 얼굴로 인상을 찌푸린 소년은 당장 돌아갈 것이라는 예상과 달리 순순히 고개를 끄덕였다.

"그러죠, 뭐. 명색이 동생인데 자형 후보라는 자들을 한번 보기는 해야 하지 않겠습니까?"

"어, 정말요?"

"네. 왜요, 돌아가겠다고 하지 않아 실망하셨습니까?"

삐딱하게 반문한 왕제는 그녀의 답을 듣지도 않고 그대로 온실 안으로 걸어 들어갔다.

밀라이아는 어깨를 으쓱하며 소년의 뒤를 따라 걸음을 옮겼다. 원주인의 감정이 남아서일까, 툴툴거리기만 하는 저 소년이 영 밉지가 않았다. 오히려 귀엽다면 몰라도.

쌀쌀한 바깥과는 달리 습기와 훈기로 가득 찬 공간을 헤치며 걸어가자 저만치에 하얀 테이블보를 씌운 원탁과 새하얀 의자 세 개가 보였다.

누가 봐도 불청객이 된 상황이었지만, 소년은 일말의 망설임도 없이 걸어가 그중 한 의자에 털썩 앉았다. 그러고는 삐딱한 자세로 팔짱을 끼며 말했다.

"한데 누님도 참 대단하십니다. 지난번에는 열렬하게 구애해 오던 자를 차 버리고 그 동생을 택하시어 주위를 시끄럽게 하시더니, 이제는 그자와 더불어 다른 후보까지 동시에 불러들이기까지 하시다니요. 여왕이 아니셨다면 진즉 구설에 오를 행동이라는 건 알고 계십니까?"

"글쎄요. 내가 여왕이 아니었으면 처음부터 그럴 이유도 없지 않았을까요?"

"그렇다면 다행이고요."

간단한 대답 속에서 복잡한 이해관계가 얽혀 있다는 사실을 간파한 듯, 왕제는 천천히 고개를 끄덕였다. 그러고는 새 의자를 들고 나타나는 시종과 차 세트를 가져오는 시녀, 그리고 그보다 조금 뒤쪽에서 나란히 걸어오는 두 남자 쪽을 향해 시선을 돌렸다. 여전히 건방지게 낀 팔짱이나 삐딱한 자세를 유지한 상태로.

"창공의 드높음을 경배하라. 루시어스 라 길리안이 고귀하신 여왕 전하와 왕제 저하께 인사 올립니다."

"레오나르 수 레노아가 창공의 제왕과 그 옆에서 나는 분께 인사 올립니다."

"어서들 와요. 마침 왕제도 온실에 들렀기에 함께 차나 한잔하자 붙들었답니다. 괜찮겠지요?"

"물론입니다."

"영광입니다."

나란히 답한 두 남자는 다시 한번 고개를 숙여 보인 뒤 그녀의 양옆에 각각 자리하고 앉았다. 본디 예법대로라면 왕제가 그녀의 우측이었어야 하나 그가 굳이 밀라이아의 맞은편을 고집하는 바람에 그리된 것이었다.

"비가 제법 오던데, 두 사람 모두 오느라 고생하지는 않았나요?"

"전하를 뵈러 오는데 고생이라니요. 그럴 리가 있겠습니까? 그보다 지난번 형님의 무례에 대해 사죄드립니다. 아버님도 단단히 주의를 주겠다며, 다시는 이런 일이 없을 것이라 전해 드리라 하였습니다."

"그렇군요. 신경 써 줘서 고마워요."

빙긋 웃은 밀라이아는 찻잔에 차를 각각 따라 두 사람에게 건넸다.

조심스럽게 찻잔을 받아 쥐는 루시어스를 흘낏 본 레노아 영윤이 제 몫의 찻잔을 받아들며 말했다.

"감사합니다, 전하. 향이 참 좋군요. 그리고 날씨는, 신에게는 오히려 반갑게 느껴졌답니다. 전하를 처음 뵈었던 날이 생각나서요."

"아, 그러고 보니 그날도 비가 왔었죠. 도서관에 들렀다 왔다면서 기름종이에 싼 책을 잔뜩 들고 왔었죠, 아마?"

취향을 알기 위해 그랬다던 말을 떠올리며 의미심장한 미소를 짓자, 영윤은 난감한 표정으로 마주 웃으며 답했다.

"뭘 또 그런 것까지 기억하고 그러십니까. 그래도 덕분에 꽤나 유익한 시간 아니었는지요?"

"뭐, 그건 그랬죠."

새침하게 답한 밀라이아는 말없이 목만 축이는 왕제에게 쿠키 접시를 살짝 밀어 주며 빙긋 웃었다.

"많이 들어요, 왕제."

"……누님께서도요."

부루퉁하게 답하는 소년은 꽤나 귀여웠다. 절로 미소가 새어 나올 정도로.

웃는 얼굴로 소년을 바라보는 그녀에게 레노아 영윤이 말했다.

"사이가 좋아 보이시는군요. 역시 소문과 진실은 다른가 봅니다."

"뭐, 이러니저러니 해도 하나뿐인 혈육이니까요. 아니 그런가요, 에드워드?"

"어, 네, 그렇지요."

대수롭잖게 툭 던져진 질문에 놀란 소년이 더듬더듬 답했다. 그녀가 그리 답할 거라고는 미처 생각지 못한 듯, 좀 전까지만 해도 불만스러운 빛이 가득하던 눈이 동그랗게 뜨여 있었다.

하지만 레노아 영윤은 마치 그 모습을 보지 못했다는 양 매끄럽게 말을 받아넘겼다.

"그러시군요. 신은 외동인지라 동기간의 정을 알 수 없어 아쉽습니다. 길리안 대법관께서는…… 아, 아닙니다. 그보다 전하, 실은 아까부터 드리고 싶은 말씀이 있습니다만."

'이런.'

문득 일전에 대강의 사정을 들었던 것이 떠올라, 밀라이아는 속으로 혀를 차며 우측을 돌아보았다. 아니나 다를까, 보일 듯 말 듯 미미하게 찌푸려진 얼굴이 눈에 들어왔다. 가라앉은 눈빛도.

그러나 아무리 기분이 나쁘다 한들 그 역시 귀족가의 일원이었으므로, 대놓고 모욕한 것도 아닌 고작 이런 일로 감정을 드러내지는 않았다. 그저 불쾌감을 약간 담은 얼굴로 침묵하고 있었을 뿐.

'뭐야, 설마 고의인가? 아니면 그저 예의를 차리려다 벌어진 실례?'

어찌 보면 도발 같기도 하고 어찌 보면 실수 같기도 한 말에 조금 혼란스러워졌지만, 밀라이아는 우선 영윤을 돌아보며 물었다.

"하고 싶은 얘기요? 그게 뭔가요?"

"그 옷이오. 소문이 자자하기에 몹시 궁금했었는데, 이리 직접 뵙게 되니 마치 개안開眼이라도 한 기분이지 뭡니까. 정말 잘 어울리십니다."

"아…… 그런가요?"

갑작스러운 화제 전환에 조금 당황한 밀라이아가 말끝을 길게 늘이며 되물었다.

정말 그렇다는 듯 고개를 끄덕인 영윤이 감탄하는 눈초리로 말했다.

"그렇습니다. 본디 아리따운 분인 것은 알고 있었지만, 그리 차려입고 계시니 정말 아름다우십니다. 감히 전하께 패션에는 관심 없으신 것 같다 했던 과거의 저를 한 대 패 줘야 할 정도로요."

'이 바람둥이가 진짜.'

피식 웃음이 나왔다. 예의상 하는 이야기라는 걸 알면서도 이리 웃음이 나오는 것을 보면 확실히 그가 베테랑이긴 한 모양이었다. 별로 쓸모없는 분야에서 뛰어나서 그렇지.

"고마워요. 빈말이라도 기분은 좋네요."

"빈말이라니요? 거짓 하나 없는 진심입니다. 아니, 어째서 그동안 이런 미모를 드러내지 않으셨습니까? 아니지. 오히려 다행이라고 해야 하려나요? 덕분에 전하의 매력을 알아차린 자들이 별로 없었으니 말입니다."

"흥, 고작 할 줄 아는 것이 외모 칭찬밖에 없습니까? 전하께서는 이런 옷을 입지 않으셔도 충분히 아름다우신 분입니다. 물론 그 내면이 말입니다."

갑자기 불쑥 끼어드는 목소리에 밀라이아는 당황한 표정으로 오른편을 돌아보았다. 언제 차갑게 침묵을 지키며 앉아 있었느냐는 듯 청년은 얼굴마저 대놓고 찌푸린 채였다.

"하면 길리안 대법관께서는 전하의 외모는 마음에 들지 않는다는 말씀이신지요?"

"무슨 소립니까? 전하께서는……!"

"자, 잠깐만요, 길리안 대법관!"

웬만하면 참으려고 했는데, 더는 들어 줄 수가 없었다. 웃음을 참는 듯 입꼬리를 씰룩이는 영윤과 대놓고 눈썹을 찡그리는 왕제를 마주하고 있노라니 더더욱.

무엇보다, 이러다가 자칫 자작시 사건과 같은 일이 또 벌어질까 두려웠다.

"어찌 그러십니까, 전하?"

"그, 러니까…… 아, 그렇지. 지난번에 부탁했던 일 말이에요, 어떻게 되었는지 갑자기 궁금해서요."

급한 김에 아무거나 떠오르는 대로 묻자, 잠시 침묵하던 그는 이내 무표정한 얼굴로 답했다.

"그 일이라면 아직 별다른 진전은 없는 상태입니다. 생각보다 시일이 오래 걸려 송구합니다."

"아, 아니에요. 이리 신경 써 주는 것만으로도 충분히 고마운걸요."

무사히 화제를 돌렸다는 생각에 안도한 그녀가 생긋 웃었다.

"아닙니다. 전하께 조금이라도 도움이 된다면 영광이지요. 최대한 빠른 시일 내에 처리하도록 하겠습니다."

"고마워요."

웃는 낯으로 말을 마친 밀라이아가 접시 위로 손을 뻗었다. 갑자기 신경을 써서 그런가 이상하게 달달한 것이 당겼다.

잠시 따스한 공기를 만끽하며 달콤한 쿠키 하나를 베어 무는데, 조금 남아 있던 차를 마저 마신 소년이 찻잔을 내려놓고는 말했다.

"먼저 일어나 보겠습니다, 누님."

"아니, 왜요? 좀 더 있질 않고요."

"아닙니다. 오붓한 시간을 보내시는데 언제까지고 껴 있을 수는 없지요. 대신 잠시만 따로 시간을 내주시겠습니까? 그리 오래 걸리지는 않을 겁니다."

"응? 그래요, 그럼. 길리안 대법관, 레노아 영윤, 잠깐 실례할게요."

가볍게 양해를 구한 밀라이아가 자리에서 일어났다.

'무슨 얘기를 하려고 그러는 거지?'

의아한 마음으로 뒤를 따르는데, 성큼성큼 걷던 소년이 불현듯 멈춰 섰다. 입구에 대기하고 선 시종들로부터도, 그리고 저쪽 탁자에 앉아 있는 두 남자들로부터도 충분히 떨어져 있는 거리였다.

"누님."

"얘기해요."

"그래서 진짜 후보는 누굽니까? 말만 번지르르한 바람둥이입니까, 아니면 침착하게 미친놈입니까? 눈속임용이 아니라면 누님의 안목을 한번 의심해 봐야 할 것 같아서요."

"……."

속을 훅 후벼 파는 소리에 말문이 막혔다.

대답 없는 그녀를 보며 알 만하다는 듯 씩 웃은 왕제가 말했다.

"아아, 됐습니다. 표정을 보니 알 것 같군요. 기운 내십시오, 누님. 언젠가 괜찮아질 날이 오겠지요."

"......."

"여기서 마주쳤으니 굳이 만찬까지 함께할 필요는 없겠지요? 그럼 먼저 가 보겠습니다. 다음에 뵙지요."

깔끔하게 제 할 말만을 마친 소년이 돌아섰다.

이미 원하는 것은 다 얻었으니 상관없다는 그 태도에 실소가 터져 나왔다.

'제자리를 위협할 만한 인사로는 안 보인다 이거지? 그래도 보는 눈은 있으니 다행이라고 해야 하나?'

다른 사람, 이를테면 페르디난드 공작 같은 자가 저런 소리를 했다면 화가 나거나 무척 얄미웠을 텐데, 아직 덜 자란 소년이라서 그런가 이상하게도 밉기보다는 기특하다는 생각이 더 컸다. 이러니저러니 해도 피가 섞인 사이라 그런 것일지도 모른다.

'아무튼 잘 키워 봐야지. 조상님을 키워야 한다니 기분이 좀 이상하긴 하지만.'

저만치 멀어진 소년의 뒷모습을 보며 피식 웃은 밀라이아가 돌아섰다.

아무리 왕제의 말이 맞다 해도 아직은 그들이 필요했다. 적어도 여왕으로서 온전히 자리를 잡을 때까지는.

제3곡

sequéntĭa
속송

· · · · · · ·

7부

prétĭum sumendum
대가로 치러야 하는 것

prétium sumendum
대가로 치러야 하는 것

창공의 제왕이자 무리를 선도하는 자, 가장 높이 나는 분이자 찬연한 광휘의 대리자이신 여왕 전하께.

근 오 년 만에 인사를 드리는군요. 그간 강녕하셨는지요?

죄인의 몸으로 감히 전하께 개인적인 서한을 올리는 무례를 용서하십시오. 하나 지엄하신 왕명을 받잡고도 감히 전언만으로 답을 드릴 수는 없기에 하릴없이 펜을 듭니다.

미신微臣을 귀히 여겨 주시는 전하께는 참으로 감사드리오나, 소신은 선왕 전하께서 친히 내치신 죄인이옵니다. 그런 신을 근위 기사단장으로 재임명하시겠다니요. 일개 기사로 부르셔도 언감생심일진대, 죄인의 몸으로 그런 중책을 감히 맡을 수는 없음입니다.

하오니 전하, 엎드려 바라옵건대 부디 왕명을 거두어 주십시오. 이 일로 자칫 총명이 흐려지셨다는 구설에 오르실까 두렵습니다.

지극히 높은 분께 경배를 드리며,

라스피토 세 앤트워스.

'이제 한 번인가. 하아. 이 짓을 두 번 더 해야 하다니.'

밀라이아는 눈처럼 새하얀 편지지를 들여다보며 슬쩍 눈썹을 찌푸렸다. 페르디난드 공작에게 미리 경고를 듣고서도 설마설마했는데, 이제야 후작의 악명이 조금이나마 실감이 되는 기분이었다.

정무 회의에서 앤트워스 후작의 근위 기사단장 재임명을 언급했던 날, 저녁때가 다 되어 가는 시간에 회의록을 들고 찾아온 페르디난드 공작은 그녀에게 한 가지 충고를 했다. 아무리 왕명이라고는 해도 지독한 원리원칙주의자이니만큼 분명 세 번의 사양을 하고서야 수락할 것이 틀림없다고, 그러니 첫 거절 편지가 왔을 때 너무 당황하지 마시라고.

그때는 알았다고 답하면서도 설마하니 그런 관습을 다 지키는 사람이 어디 있겠느냐고 생각했는데, 지금 이렇게 도착한 서한을 보니 아무래도 그 말이 사실이었던 모양이었다.

'아무래도 세 번째에는 꼼수를 좀 써야겠군. 그래도 영지를 정리하고 올라오려면 앞으로 한 달은 걸릴 테니 말이지.'

속으로 생각을 정리한 밀라이아는 새하얀 편지지를 잘 챙겨 둔 뒤 하늘궁을 나섰다. 열흘이 넘도록 실내에만 갇혀 있었던 탓에 따사로운 햇살이 너무도 그리웠다.

정문을 통과하자 오랜만에 모습을 드러낸 황금빛 태양이 눈에 들어왔다. 축축한 잿빛에 내내 젖어 있던 잎사귀들이 초록빛 새 옷을 뽐내며 한껏 피어나는 것도, 통통하게 물 오른 가지들이 따스한 유월의 햇살을 향해 두 팔을 벌리는 모습도.

파란 얼굴을 드러낸 하늘 위로 하얀 구름이 말갛게 미소를 짓고, 땅에서는 보송보송한 공기에 감싸인 사람들이 저마다 웃음을 매단 채 바삐 돌아다니고 있었다. 어쩐지 무얼 해도 다 이루어질 것만 같은 그런 날씨.

'아, 좋다. 이제야 진짜 초여름 같네.'

밀라이아는 얼굴 가득 미소를 지으며 정원으로 향했다.

높다란 가로수가 늘어선 중앙로를 지나 독수리의 날개 부분으로 들어서자 허리 높이로 반듯하게 다듬어진 미로 길이 나타났다. 바닥 군데군데에 채 치우지 못한 잔가지가 남아 있는 것으로 보아 아마 그간 하지 못했던 가지치기를 오전 내내 몰아서 한 모양이었다.

양산을 든 시녀조차 물린 채 온몸으로 햇빛을 받으며 행복한 기분을 만끽하고 있는데, 문득 저쪽에서 한 남자가 걸어오는 것이 보였다.

늘 입고 다니던 잿빛 옷 대신 밝은 회색 예복을 차려입은 남자는 바로 페르디난드 공작이었다.

"여왕 전하를 뵙습니다. 그러잖아도 뵈러 가던 참이었는데 마침 잘되었군요."

"……왜요, 뭔가 또 급한 소식이라도 있나요?"

평소보다 훨씬 밝아 보이는 남자를 물끄러미 바라보던 밀라이아가 뚱한 목소리로 물었다. 그가 앞에 서는 순간 왠지 모르게 불쾌한 기분이 가슴속을 스치고 지나간 탓이었다.

"음, 급하다면 급하다고 할 수 있겠군요."

"그래요? 무슨 일인데요?"

"실은 한 가지 부탁드리고 싶은 것이 있어 찾아왔습니다."

"부탁이라고요? 공작이, 내게?"

가늘게 눈을 뜨자, 그는 어깨를 으쓱해 보이며 답했다.

"네. 겸사겸사 보고 드릴 것도 있고요. 그러니 신에게 잠시만 시간을 내주실 수 있겠습니까?"

"그거야 상관없지만, 많이 급한 일인가요? 오랜만에 정원에 나온 터라 산책을 좀 더 하고 싶은데."

"아아, 그 정도로 급한 것은 아닙니다. 하면 사람을 뒤로 물리고 여기서 보고를 들으시는 건 어떠하신지요?"

"좋은 생각이네요. 유모?"

즉각 고개를 숙여 보인 백작 부인이 답했다.

"전부 열다섯 발짝 뒤로 물리겠습니다."

"고마워요. 아, 그리고 근위 기사들에게 주위에 엿듣는 자가 있는지 경계하라고 전해 주면 고맙겠어요."

"네, 전하."

다시 한번 고개를 숙여 보인 백작 부인이 뒤로 물러났다.

시녀와 기사들이 멀찍이 물러서는 모습을 확인한 밀라이아가 물었다.

"이제 됐나요?"

"충분합니다."

"그래요. 그럼 일단 좀 걷죠."

"네, 전하."

슬쩍 옆으로 비켜선 공작이 그녀의 손을 받쳐들며 말했다.

"그러고 보니 날씨가 정말 좋군요. 제전 이후로 오랜만에 보는 맑은 날씨인 것 같습니다."

"그러게요. 비 때문에 정말 지긋지긋했는데."

"부디 이 날씨가 쭉 유지되었으면 좋겠군요. 계속해서 비가 내리는 게 아무래도 영 불안해서 말입니다."

"불안하다니요? 혹 전염병을 말하는 건가요?"

살짝 목소리를 낮추어 묻자 공작은 무겁게 고개를 끄덕였다.

"그렇습니다. 일전에도 한번 말씀드렸지만 모두 전염병이라면 치를 떠는지라, 자칫 그런 일이 벌어진다면 민심이 대단히 혼란스러워질 겁니다."

"그건 곤란하죠. 하면 지금부터라도 대책을 세워 놓는 게 어떨까요?"

"네. 반발이 좀 있더라도 한번 전체적으로 점검해 봐야 할 것 같습니다. 마냥 지켜보기에는 상황이 영 여의치가 않군요."

"그렇게 해요. 승인이 필요하다면 얘기하고요."

"감사합니다."

가라앉은 목소리로 답한 남자가 문득 생각났다는 듯 말했다.

"참, 그러고 보니 신전에서 구호 활동 지원 건으로 신을 찾아왔습니다만. 전하의 승인을 받았다 하던데 사실입니까?"

"이런. 미리 얘기해 놓는다 하고 깜빡했네요. 그래서 어떻게 했나요?"

"적당히 핑계를 대고 일단 돌려보냈습니다. 하면 지원 규모는 어느 정도로 할까요?"

"가능한 한 넉넉하게 챙겨 줘요. 혹 전염병이 돌거나 할 경우 좋은 명분이 될 수 있을 테니까요."

"알겠습니다. 그런데…… 흠."

생각에 잠긴 표정으로 말끝을 흐린 공작이 잠시 침묵하다 물었다.

"하면 지원은 어디에서 하는 겁니까? 국고입니까, 아니면 왕실 사유 재산에서입니까?"

"둘 다 하죠. 어차피 궁내부에도 얘기해 둘 생각이었으니까요."

"그렇습니까? 하면 우선 백작 부인을 좀 만나 봐야겠군요."

그제야 좀 인상을 편 남자는 슬쩍 뒤를 돌아보고는 말했다.

"그건 그렇고, 듣자 하니 근위 기사들을 궁 밖으로 끌어내셨다면서요?"

"정확하게는 전 근위 기사들이었죠. 당시에는 허가도 없이 궁에 침입한 간 큰 자들이었을 뿐이고요."

"그렇다면 끌어내신 건 맞는다는 말씀이군요."

"네. 왜요, 무슨 문제라도 있나요?"

고개를 갸웃하며 묻자 공작은 웃음기 어린 목소리로 답했다.

"아닙니다. 하면 거기서 하셨다던 그 감동적인 연설도 진실입니까?"

"'그 감동적인 연설'이 뭘 얘기하는 건지는 모르겠지만, 가볍게 한 소리 한 건 사실이에요. 그런데 그게 왜요?"

눈을 치켜뜨는 그녀를 보며 어깨를 으쓱한 공작이 말했다.

"그냥 좀 놀라워서요. 그래도 요 몇 달 겪어 보면서 어떤 분이신지 대강 파악했다고 생각했는데, 설마하니 그런 면모가 있으실 줄은 꿈에도 몰랐거든요."

"흐응, 그래요?"

밀라이아는 가볍게 코웃음을 치며 옆에 멈춰 선 남자를 바라보았다.

그는 다소 오만해 보이던 평소와는 어딘가 다른 눈빛으로 그녀를 바라보고 있었다.

"네. 그 옷도 그렇고 이번 일도 그렇고, 요즘 보여 주시는 행보는 정말이지 놀라운 일투성이로군요. 뭔가 새로운 기분입니다."

"그런가요?"

"네. 부디 이번 정무 회의에서도 그런 면모를 발휘해 주셨으면 좋겠군요."

"이번 정무 회의라면…… 드디어 범인 색출이 끝난 건가요?"

눈을 반짝이는 그녀를 보며 씩 웃은 공작이 답했다.

"그렇습니다. 다음 회의 때 명단이 공개될 것입니다."

"몇 명이나 되나요?"

"주범을 포함, 총 열세 명입니다. 찾아내느라 조금 힘들었습니다. 길리안 공작의 공헌도 컸고요."

비록 한참 뒤로 물렸다고는 해도 주위를 온전히 의식하지 않을 수는 없는 듯 공작의 말투는 상당히 조심스러웠다.

슬쩍 뒤를 돌아본 밀라이아가 고개를 끄덕였다.

"그렇군요. 알겠어요. 하면 길리안 공작에게는 내가 따로 사의謝儀를 표할 테니, 왕제는 공작이 맡아 주겠어요? 적당한 반응이 나오도록 말이에요."

"물론입니다."

"고마워요. 이제야 좀 앞이 보이기 시작하는군요. 수고가 많았어요, 공작."

"아닙니다. 여기, 관련 내용을 정리해 두었으니 확인해 보시면 될 겁니다."

"고마워요."

그가 넘겨주는 종이를 받아 든 밀라이아는 내용이 보이지 않도록 돌돌 말아 한 손에 쥐었다. 이만하면 산책을 마칠 때까지는 들고 다니기 나쁘지 않겠다 싶었다.

멈췄던 걸음을 다시 떼려는데, 가볍게 혀를 찬 남자가 불현듯 품에서 손수건을 꺼내 들고는 말했다.

"이리 주십시오. 묶어 드리겠습니다."

"음?"

"불편하시지 않습니까. 이런 곳에서 뵐 줄 알았으면 봉인해서 가져올 걸 그랬군요."

"……뭐야, 왜 갑자기 친절해요?"

떨떠름한 물음에 어깨를 으쓱한 남자가 답했다.

"딱히 친절한 행동은 아닌 것 같습니다만. 이 정도는 누구나 하는 거잖습니까?"

"수상한데. 원래 그런 사람 아니잖아요? 혹시 나한테 뭐 바라는 거라도 있어요? 그러고 보니 아까 부탁할 게 있어서 찾아왔다고 했었죠?"

가늘게 눈을 뜨며 얘기하자, 그는 다시 한번 혀를 차며 그녀에게서 슬쩍 종이를 빼앗았다. 그러고는 손수건을 길게 접어 종이가 펼쳐지지 않도록 단단하게 리본을 묶은 뒤, 그녀에게 다시 돌려주며 말했다.

"이거 참, 전하께서 평소에 신을 어찌 보셨는지 알 것 같군요. 단순한 호의마저도 이리 매도하시니 말입니다."

"흥, 당장 열흘 전만 생각해 봐도 알 수 있을 텐데요. 재밌자고 하는 게임 자리에서 소원을 빌미로 온갖 요구를 해 댄 사람이 어디 사는 누구더라?"

"뭐 그런 걸 아직도 기억하고 그러십니까. 사람이 살다 보면 이럴 수도 있고 저럴 수도 있는 거지요. 그보다 옷이 정말 잘 어울리십니다. 아름다우시군요."

"어라, 정말 수상하네. 뭐예요, 대체 무슨 얘기를 하려고 이렇게 입바른 소리를 하는 거예요?"

어서 답하라는 의미를 담아 노려보는데, 문득 저를 향한 잿빛 눈동자와 시선이 마주쳤다.

깊게 가라앉은 눈이 저를 빤히 바라보고 있었다. 좀 전에 보았던 것과는 또 다른 색채를 담은 채로.

진지함? 장난스러움? 혹은 부드러움?

아니, 그 무엇도 아니었다. 그 안에 담긴 것은.

'뭐지, 저건?'

알 듯 말 듯한 그 색의 의미를 읽기 위해 눈을 가늘게 뜨는 순간, 자연스럽게 시선을 거둔 공작이 한숨을 쉬고는 말했다.

"역시 순순히 넘어가 주시질 않는군요. 맞습니다. 실은 전하께 한 가지 부탁드릴 것이 있습니다."

"그럼 그렇지. 뭔데요? 대체 얼마나 어려운 부탁이기에 이렇게 공을 들여요?"

헛웃음을 지으며 묻자 공작은 무어라 답하는 대신 태연하게 말을 돌렸다.

"일단 좀 걸으시지요. 잠깐 마음의 준비를 하겠습니다."

"얼마나 대단한 부탁을 하려고 마음의 준비까지……. 뭐, 알겠어요. 그럼 좀 걷죠."

황당한 표정으로 답한 밀라이아는 잠시 멈췄던 걸음을 떼어 정원의 안쪽으로 들어섰다.

오른쪽, 왼쪽, 잠시 직진, 그리고 또다시 왼쪽.

모퉁이를 이리 저리 꺾어 가며 미로 길을 걷자 저만치에 조성된 작은 휴게 공간이 보였다.

정원의 오른쪽과 왼쪽, 독수리의 양 날개 중앙에 만들어 둔 이 작은 공간은 조용하면서도 꽤나 특이한 아름다움을 간직하고 있어 하늘궁을 찾는 이들에게 상당히 인기가 많은 장소였다. 물론 지금이야 여왕의 행차 때문에 텅 비어 있었지만.

초록빛 잎사귀로 뒤덮인 아치형 문을 지나 안으로 들어서자 허리 높이의 관목들이 그리는 원 가운데 우뚝 솟은 거대한 나무가 두 사람을 맞이했다. 그 아래는 앉아서 쉴 수 있도록 마련해 둔 자그마한 벤치가 있었다.

'저쯤이면 되려나.'

공작을 힐끗 쳐다본 밀라이아는 타박타박 그쪽으로 걸어가 벤치에 앉았다. 그들이 있는 자리에서 아치형 문까지는 얼핏 보아도 서른 걸음은 되어 보이는 거리. 이만하면 조용하게 얘기하기에는 제격이다 싶었다.

"이제는 좀 마음의 준비가 되었나요?"

손바닥으로 벤치를 탁탁 두드리며 묻자, 공작은 가볍게 한숨을 쉬고는 옆자리에 앉았다.

밀라이아는 망설이는 기색이 역력한 그를 보며 고개를 갸웃했다. 대체 무슨 얘기기에 늘 거침없던 저 남자가 저러는 건가 싶었다.

"공작?"

"잠시만요. 아주 잠깐이면 됩니다."

"뭐, 그래요. 그럼."

어깨를 으쓱한 그녀는 벤치에 편안하게 앉아 하늘을 올려다보았다.

비구름으로 내내 짙게 물들어 있던 그것은 언제 그랬느냐는 듯 푸르게 갠 얼굴로 웃고 있었다.

둥실둥실 떠다니는 하얀 구름이 무척이나 평화로웠다.

'날씨 진짜 좋다. 늘 이랬으면 좋겠네.'

온몸을 감싸는 포근한 공기도 산들산들 불어오는 바람도, 그늘을 드리운 나무와 초록빛 풀밭 위로 내리쬐는 황금빛 햇살도 모두가 지나치게 아름다워서 곧 부서질 것만 같은 그런 오후.

코끝을 스치고 지나가는 싱그러운 풀냄새에 빙긋 웃음 짓는데, 갑자기 옆에서 무거운 울림을 담은 목소리가 들려왔다.

"실은 말입니다."

"얘기해요."

"음, 그러니까……."

"그러니까?"

답지 않게 계속 머뭇거리는 모습에 눈꼬리를 치켜뜨며 묻자, 공작은 침을 한번 꿀꺽 삼키고는 결연한 목소리로 물었다.

"신의 연인이 되어 주실 수 있겠습니까?"

"……."

잠시 침묵이 흘렀다.

"방금 뭐라고 했어요? 잘못 들은 것 같은데."

밀라이아는 한 손으로 귀를 문지르며 되물었다. 아무래도 평화로운 분위기에 함빡 취해 있던 탓에 뭔가를 잘못 들은 것 같았다.

"신의 연인이 되어 주실 수 없겠느냐 여쭈었습니다."

"······뭐라고요?"

절로 입이 딱 벌어졌다.

"그, 그, 그게 무슨 말도 안 되는 소리예요?"

새된 비명 소리가 입 밖으로 튀어나갔다. 난데없이 연인이라니, 이자가 미친 것 아닌가 싶었다.

"진정하십시오. 들리겠습니다."

"내가 지금 진정······!"

울컥하며 반문하던 밀라이아는 공작이 저 멀리 입구를 지키고 서 있는 기사들을 눈짓으로 가리키고서야 비로소 조금 가라앉은 음성으로 말을 이었다.

"······하게 생겼어요? 연인이라니, 그게 무슨 독수리 풀 뜯어먹는 소리예요?"

"계속 그래 주십사 하는 게 아닙니다. 하루, 딱 하루만 연인이 되어 주십시오."

"뭐라고요? 그건 또 무슨 소리예요?"

"설명 드리기엔 복잡한 사정이 좀 있어서요. 그냥 한 번만 그러마 해 주시면 아니 되겠습니까?"

"······그 사정이라는 게 뭔지는 모르겠지만, 아무리 그래도 그게 말이나 된다고 생각해요? 지금이 어떤 상황인데."

어처구니없어 하는 그녀를 보며 황급히 손사래를 친 공작이 말했다.

"아아, 그 점은 걱정 마십시오. 전하의 정체가 드러날 일은 없으니까요."

"그게 가능······ 아니지, 지금 그게 중요한 게 아니잖아. 갑자기 웬 연인? 만나는 여자 있다면서요. 진짜 연인은 어디다 두고 나한테 그런 제안을 하는 거예요? 설마 대타라도 뛰어 달라, 뭐 그런 건가?"

폭포수처럼 쏟아지는 말에 입만 벙긋거리던 공작이 억울하다는 표정으로 말했다.

"그게 전하잖습니까."

"……뭐라고요?"

"신의 연인이라는 여자 말입니다. 그게 전하라고요."

너무 황당해서일까. 갑자기 얼굴이 확 달아올랐다.

"그건 또 무슨 말도 안 되는……!"

"일단 설명부터 들어 주시면 안 되겠습니까? 이래서야 계속 얘기가 빙빙 돌 것 같습니다만."

한숨 섞인 요청에 밀라이아는 크게 심호흡을 하고는 답했다.

"그럼 한번 해 봐요."

"감사합니다."

무덤덤하게 고개를 꾸벅해 보인 공작이 목소리를 낮추어 얘기했다.

"실은 말입니다……."

공작의 말은 이랬다.

사실 그는 몇 년 전부터 공작가의 젊은 후계자, 그리고 가주로서 가신들에게 결혼하라는 압박을 받던 참이었다.

하지만 결혼에 별 뜻이 없어 애써 고사하고 있었는데, 때마침 미혼의 여왕이 즉위하면서 가장 유력한 국서 후보로 손꼽히게 되었다고 했다.

그러나 왕실과 엮이기 싫은 마음을 차치하고라도, 진취적인 여성을 좋아하는 그에게 소심하기 짝이 없는 여왕은 전혀 마음에 드는 배우자감이 아니었다.

그럼에도 그가 굳이 거부하지 않았던 건 그를 방패 삼아 결혼 압박에서 피하기 위함이었다.

하지만 밀라이아가 여왕의 몸에 들어오게 되면서 지지부진하던 국혼 얘기는 급물살을 타기 시작했고, 그 바람에 그는 급히 노선을 선회해야 할 필요성을 느꼈다. 자칫하다가는 원치도 않는 결혼을 하게 될지도 모르는 마당이었으니까.

결국 어찌할까 고민하던 그는 마음에 둔 여인이 있는 척하기로 결정했다.

그렇지만 아무 여자나 끌어들였다가는 발목을 잡히기 십상이라 어찌하면 무사히 이 사태를 넘길 수 있을까 고뇌하던 어느 날, 수도조차 제대로 구경해 보지 못했다고 투덜거리는 그녀를 보자 문득 머릿속에 방법이 하나 떠올랐다고.

"그럼 그렇지. 어쩐지 이상하게 안 하던 짓을 하더라니. 그럼 그때 갑자기 수도 구경을 시켜 주겠다느니 했던 게 다 그것 때문이었구만?"

밀라이아는 팔짱을 더욱 단단하게 끼며 코웃음을 쳤다. 어쩐지 되지도 않는 친절을 베푼다 했더니, 역시나 다른 꿍꿍이가 있어 그랬던 거였구나 싶었다.

"꼭 그것 때문만은 아니었습니다만, 그런 의도가 컸다는 걸 부정할 순 없겠군요. 어쨌든 덕분에 암암리에 소문이 돌게 되어 조금 편해진 참이었는데, 갑자기 이상하게 일이 꼬였지 뭡니까."

"꼬여요? 어떻게?"

"사실 이건 전하께도 일말의 책임이 있습니다. 그 왜, 얼마 전의 축제 사건 있잖습니까."

"그게 왜…… 어, 설마?"

신체루스 백작의 변장을 풀고 그냥 맨얼굴로 다녔던 그날의 공작을 떠올린 밀라이아가 황당한 표정으로 물었다.

"뭐야. 그럼 아까 그 말이 그런 뜻이었어요? 내가 공작의 연인이라는 게?"

"네. 그렇다고 말씀드렸잖습니까."

"아니, 난 당연히 진짜가 따로 있는 줄 알았죠. 사교계에 관련 얘기가 파다하다고 들었거든요. 뭐야, 그럼 달랑 두 번 돌아다닌 걸로 그렇게 소문이 퍼졌단 말이에요?"

"그러게 말입니다. 후우."

깊은 한숨을 내쉰 공작이 계속해서 얘기를 이어 나갔다.

"어쨌든 신은 원하는 바를 이루었으니 그만하면 성공적이라고 생각했습니다. 그때까지만 해도 말이죠."

예상보다 파장이 훨씬 커지기는 했지만 어쨌거나 축제 사건으로 인해 국서 후보에서는 온전히 빠지게 되었으므로, 그는 그것만으로도 충분히 성공적이라 생각했다고 한다. 남은 것은 이대로 연인이 있는 척 시간을 끌다가 적당한 시기에 헤어진 양 연기하는 것뿐이었으니까.

하지만 페르디난드가의 가신들은 예상보다 훨씬 이 일을 중차대하게 생각한 모양이었다.

은근히 소문이 돌 때만 해도 별말 없던 그들은 축제 이후 하루가 멀다 하고 찾아와 차기 공작 부인을 정식으로 소개해 달라 청하기 시작했다.

그러나 공작은 당연히 연인을 보여 줄 수 없었고—너무 사랑해서 공개하지 않는다는 소문은 아무래도 여기서 만들어진 듯했다—가신들은 그를 의심하기 시작했다. 크게는 연인의 존재 여부부터, 작게는 과연 공작의 연인이 공작 부인으로 적합한 여자인가라는 것까지도.

급기야는 혹 창녀에게 빠진 것은 아닌가 하는 이야기까지 나왔다고 했다.

"뭐라고요? 창녀?"

"……그렇습니다."

"허 참, 공작도 어지간히 신뢰가 없나 봐요? 가신들이 그렇게까지 생각하는 걸 보면 말이에요. 아니면 혹시 전적이 있으신가?"

떨떠름한 음성 반 비웃음 반으로 이야기하자, 공작은 황급히 손사래를 치며 답했다.

"아닙니다. 단지 결혼에 관해서는 그동안 이리저리 빠져나갔기 때문에, 이번에도 그저 핑계가 아닌가 하고 강하게 나오는 것 같습니다."

"핑계 맞잖아요, 뭐. 제대로 봤네. 어쨌든 그래서요?"

삐딱한 물음에도 공작은 무덤덤한 얼굴로 말을 이었다. 평소였다면 분명 뭐라 받아쳤을 텐데 그러지 못하는 것으로 보아 확실히 그녀가 필요하긴 한 모양이었다.

"때문에 한 번쯤은 대역을 세워야 할 것 같습니다만, 말씀드렸다시피 아무나 데리고 갈 수가 없어서요. 전하께 부탁을 드리고 싶습니다."

"흐음. 하지만 말이 안 되잖아요. 주위 상황은 차치하고라도, 여왕이랑 엮이기 싫어서 이런 일까지 꾸몄다면서 어떻게 날 데리고 간단 말이에요?"

"만일 허락하신다면 가면무도회를 열 생각입니다. 사정이 있어 얼굴은 보여 주기 힘들지만 일단 소개는 시켜주겠다, 정도가 되겠죠."

"가면무도회라……."

머리카락을 뱅뱅 돌리며 잠시 고민하던 밀라이아가 말했다.

"한데 얼굴을 가리면 의혹은 여전히 남는 거 아니에요? 누군지 밝힐 수 없는 게 영 찜찜하다느니 어쩌느니 할 것 같은데. 게다가 그거 한 번으로 해결이 되겠어요? 사람이 있다는 걸 알면 더 결혼하라고 덤벼드는 것 아니에요?"

"그 생각도 안 해 본 건 아닙니다만, 정국이 안정될 때까지는 조용히 만나겠다고 할 요량입니다. 일단 에라스 후작 일을 터트리고 나면 당분간은 정신없지 않겠습니까? 정 안 되면 국혼 후에 하겠다고 핑계를 대도 되고요."

"뭐, 그것도 방법은 방법이네요. 국서 후보로 거론되던 자가 여왕보다 먼저 결혼하는 건 썩 좋은 그림이 못 될 테니까요."

툭 던지는 말에도 공작은 순순히 동의했다.

"그렇지요. 그리고 일단 전하를 한번 뵙고 나면 공작 부인으로서의 자질 운운은 못 할 겁니다. 왕실 예법을 훌륭하게 구사하는 완벽한 귀족 여성으로 보이실 테니까요."

"이야, 왠지 오늘 평생 받을 아첨을 다 받는 것 같네요."

피식거리는 그녀를 보며 정색한 공작이 말했다.

"아첨이라니요, 진심입니다."

"됐거든요? 아부 같은 거 필요 없으니 대가나 말해 봐요. 아, 그전에 이것부터 확실히 짚고 넘어가죠. 그러니까 현재 만나는 여인은 정말로 없단 얘긴 거죠? 마음에 둔 사람도?"

"이미 여러 번 말씀드렸잖습니까. 그게 전하라고요."

맑게 갠 날씨 탓일까? 요 며칠 묘하게 불쾌하던 기분이 사르르 풀어지는 것이 느껴졌다.

밀라이아는 슬며시 웃음 띤 얼굴로 말했다.

"참나, 그러니까 왜 그렇게 일을 꼬았대. 어쨌든 좋아요. 내가 그 일을 해 주면 공작은 내게 뭘 해 줄 건데요? 자고로 가는 게 있으면 오는 게 있어야 하는 법 아니겠어요?"

"하아, 우리 사이에 너무 야박하신 것 아닙니까?"

"뭐요? 우리 사이이이? 대체 언제부터 공작과 내가 그런 단어로 묶이는 사이였죠?"

"그야 동맹을 맺기로 하셨을 때부터지요."

짐짓 진지한 표정을 짓는 그를 보며 어깨를 으쓱한 밀라이아가 말했다.

"그럼 이번 일과 '우리'의 공동 목표 간의 상관관계를 설명해 봐요. 납득이 간다면 받아들일 테니."

"아 정말……. 알겠습니다. 원하시는 게 뭡니까?"

한숨 쉬는 공작을 보며 생글 웃음 지은 밀라이아가 말했다. 마침 그에게 물어볼까 말까 고민하던 게 있었는데 잘됐다 싶었다.

"혹시 신전에 아는 사람 좀 있나요? 알아봐야 할 것이 있는데."

"그럭저럭 있습니다만. 무엇을 알아봐 드리면 되겠습니까?"

"신전이 내게 접근하는 이유요. 이상하게 계속 들이대더라고요, 반한 것도 아닐 텐데."

"착각도 유분수지, 전하에게 반할 사람이 어디 있다고…… 흠흠. 알겠습니다. 그것만 알아보면 되는 겁니까?"

헛기침을 삼키며 서둘러 말을 돌리는 공작을 새치름한 눈으로 노려보던 밀라이아가 말했다.

"네. 가면무도회 참석은 공작이 결과를 가져오면 하는 걸로 하죠. 동의해요?"

"실컷 요구해 놓고 이제 와 무슨 동의 운운이십니까? 어쨌든 알겠습니다. 최대한 빠른 시일 내에 원하시는 걸 가져다 드리지요."

밀라이아는 한숨을 내쉬는 공작을 보며 빙긋 웃었다. 틈만 나면 제 머리 꼭대기에 올라서려던 남자의 저자세를 보아서 그런가, 기분이 날아갈 듯 가벼웠다.

"그래요. 그럼 그거 말고 더 할 얘기가 있나요?"

"있어도 오늘은 더 이상 안 할 겁니다. 하아. 십 년은 더 늙은 기분이군요."

"그것참 쌤통이네요. 그럼 난 먼저 일어나죠. 산책하는 데 시간을 너무 많이 썼군요."

"알겠습니다. 살펴 가십시오."

"네. 나중에 봐요."

고개를 까딱해 보인 밀라이아가 자리에서 일어섰다.

'얼떨결에 일 하나를 해결했네. 그럼 신전 관련은 두 사람의 보고를 종합해 보면 될 테고, 공작 일도 됐으니까……. 당분간은 왕권 강화에만 주력하면 되려나?'

곱게 묶인 종이를 힐끗 쳐다본 밀라이아의 입가에 사르르 미소가 번졌다.

오늘따라 날씨가 정말 좋았다. 기분도.

"……그리고 에라스 후작. 이상입니다."

"전하! 이것은 모함입니다! 신은 결코 그런 적이 없습니다!"

"신 역시 마찬가지입니다!"

"억울합니다! 다시 한번 조사해 주십시오!"

자리에서 벌떡 일어난 남자들이 고함을 질렀다.

국왕을 시해하려 한 죄는 곧 반역죄를 의미하는 것이고 반역죄는 곧 사형이니, 자칫 문자 그대로 목이 날아가게 생긴 그들은 하나같이 필사적이었다.

왕국력 357년 여섯 번째 달의 일곱 번째 날. 밀라이아가 정원에서 페르디난드 공작과 마주친 날로부터 어느덧 사흘째.

유월의 첫 번째 정무 회의가 열린 이 날, 페르디난드 공작은 미리 보고했던 대로 여왕 독살 미수 사건에 관한 사안을 주 안건으로 상정했다.

그곳에서 그는 곧 불려온 근위 기사단의 부단장 세 사람과 함께 그동안 각각 찾아낸 범인들과 그 범행 방법을 낱낱이 밝혔다.

그러는 동안 피오르 공작을 비롯한 왕제파 귀족들은 일절 방해 없이 침묵했다.

아무래도 나름대로 각오를 하고 온 것 같았지만, 안타깝게도 그 방법은 그리 오래 먹히지 않았다. 모두가 숨죽여 기다리던 그것. 바로 범인을 조종한 배후의 명단이 발표된 탓이었다.

"억울하다라……. 이렇게 명명백백한 증거가 존재하는데도 말인가?"

"그렇습니다! 신들을 시기한 누군가가 증거를 조작한 것이 분명합니다!"

"믿지 마십시오! 전부 날조된 것입니다!"

밀라이아는 비명에 가깝게 소리치는 자들을 무심하게 바라보며 물었다.

"하면 분명 두 군데에서 각각 발표했음에도 동일한 증거가 나온 것은 어찌 설명할 것인가. 설마 근위 기사단과 행정부가 작당이라도 했단 말인가?"

"그건……!"

싸늘한 물음에 잠시 주춤하던 무리가 무어라 다시 소리치려 했지만, 밀라이아는 그보다 한발 앞서 길리안 공작을 위시한 여왕파 귀족들을 돌아보며 물었다.

"그대들은 어찌 생각하오? 진정 저들의 주장대로 증거가 날조되었다 여기오?"

"그럴 리가 있겠습니까. 신은 행정부와 근위 기사단의 청렴함을 믿습니다."

"신들 역시 그렇습니다!"

"그렇다는데. 피오르 공작은 어찌 생각하오?"

어깨를 으쓱한 밀라이아가 묻자, 피오르 공작은 붉게 달아오른 얼굴로 재상은 그럴 사람이 아니라느니 이건 모욕으로 간주해야 한다느니 하는 여왕파 귀족들과 그건 그렇다며 은근히 동조하는 중립파 귀족들을 노려보았다. 아마도 마음속으로는 그들을 여러 번 베었을지도 모르지만, 정작 그는 씩씩거리면서 애꿎은 종잇장만을 구겼을 뿐 쉽게 반박하지 못했다.

고소한 기분으로 그를 잠시 바라보던 밀라이아가 말했다.

"답이 없는 건 부정하지 않는다는 것으로 간주하겠소. 하면 결론은 나왔군. 경들!"

"네, 전하!"

"저들을 모두 구금하도록. 그리고 지금 즉시 저들의 가문으로 사람을 보내 일가 모두의 신병을 확보하도록 하라."

"명을 받듭니다!"

세 명의 근위 기사가 절도 있게 예를 갖추자, 상황을 파악한 의전관이 재빨리 문을 열었다.

저벅저벅 다가오는 기사들을 보며 시퍼렇게 질린 귀족들이 새된 고함을 질렀다.

"전하! 저희는 억울합니다!"

"신들의 결백을 믿어 주십시오!"

"근위 기사들은 무얼 하는가! 당장 끌어내지 않고!"

싸늘한 호령에, 열린 문 안으로 들어선 근위 기사들이 소란 피우는 이들을 하나씩 붙들었다. 불과 한 달 전까지만 해도 나태하던 모습은 모두 허상이었다는 듯 둘씩 달려들어 팔을 구속하는 모양새가 대단히 신속했다.

"전하!"

"살려 주십시오, 전하!"

"한 번만 자비를……!"

삽시간에 신체를 속박당한 귀족들은 어떻게든 끌려 나가지 않으려 발버둥 쳤지만, 아무리 그래 봐야 훈련으로 단련된 기사들을 이겨 낼 수는 없었다.

"전하!"

"저희는 정말로 억울합니다, 전하!"

"저들에게 속으시면 안 됩니다!"

"전하! 제발!"

양팔을 단단히 구속한 기사들이 한 걸음 한 걸음을 옮길 때마다 짐짝처럼 끌려 나가는 이들의 절규가 회의장을 우렁우렁 울렸다.

그러나 주위를 둘러싼 귀족들은 모두 침묵할 뿐 누구도 그들을 위해 나서지 않았다.

쿵.

마침내 모두가 끌려 나가고 육중한 문이 닫히고 나자 회의장에는 복잡한 감정이 담긴 적막만이 흘렀다. 슬쩍 찌푸린 얼굴로 사태를 관망하는 중립파 귀족들과 고소하다는 듯한 표정으로 슬며시 웃는 여왕파 귀족들, 그리고 차마 무어라 나서지는 못하고 눈치만 보는 왕제파 귀족들이 엮어 내는 애매한 고요가.

그 침묵을 깬 것은 한 손으로 턱을 괸 밀라이아였다.

"이제 좀 조용하군. 지금까지 나온 증거나 죄목에 대해 이의가 있는 자는 발언하시오."

"없습니다."

"마찬가지입니다."

밀라이아는 재깍 답하는 두 공작을 바라보며 슬쩍 입꼬리를 들어 올렸다. 그들을 바라보는 피오르 공작의 눈이 붉게 달아오르는 것을 보았기 때문이다. 시뻘겋게 달아오른 두 볼을 씰룩이는 것도, 그럼에도 아무 말도 하지 못한 채 입을 꾹 닫고 있는 모습까지도.

'최대한 엮어 낸 보람이 있군.'

꿈속에서 여왕을 지켜보며 함께 겪었던 모멸감이 조금이나마 씻겨 내려가는 기분이었다.

당장에라도 깔깔 소리 내어 웃고 싶은 기분이었지만, 밀라이아는 그런 마음을 꾹 참으며 최대한 무표정한 얼굴로 다시 물었다.

"피오르 공작, 그대는 어떠하오? 이의가 있소?"

"……없습니다."

"그렇군. 하면 왕국법에 의거, 죄인들에게 합당한 처분을 내리도록 하겠소. 아, 그전에…… 재상?"

꽉 쥐어진 남자의 주먹을 보며 속으로 조소를 머금은 밀라이아가 페르디난드 공작을 돌아보았다. 이제 조금만 더 하면 애초에 세워 두었던 두 가지 목표를 모두 달성할 수 있을 것 같았다.

"하명하십시오."

"이 경우 관련 법 조항이 어떻게 되오? 내 기억으로는 사형이오만. 여의 판단이 맞소?"

"그러합니다, 전하. 그 어떤 이유와 정도를 막론하고 국왕시해죄와 반역죄는 사형에 처하는 것이 왕국법에 따른 처분입니다."

"그렇군."

가볍게 고개를 끄덕이자, 시퍼렇게 질린 왕제파 귀족들이 허둥지둥 입을 열었다. 아무리 반역죄니 국왕시해미수죄니 했어도 설마 그녀가 이렇게까지 나오리라고는 생각지 않았던 듯했다.

"저, 전하. 아무리 그래도 사형은 너무 과도하지 않습니까. 그동안 나라를 위해 헌신했던 이들입니다. 한순간의 실수로 목숨마저 잃게 하는 것은 지나치게 가혹한 처사이십니다."

"그렇습니다. 부디 저들에게 만회할 기회를 주십시오."

"실수? 감히 국왕을 시해하려 한 것이 겨우 한순간의 실수란 말이오?"

서늘하게 떨어지는 말에 멈칫한 남자가 서둘러 부인했다.

"아닙니다, 전하! 신은 그런 뜻으로 말한 것이……."

"본디 무의식중에 나온 말이 진심을 담고 있다고 하지. 되었소. 그만하면 그대의 본심을 알 만하군."

"그게 아니오라……."

"전하, 케네스 백작이 마음이 급해 그만 실언을 한 것 같습니다. 하나 그것 하나만으로 본심마저 의심하진 말아 주십시오. 왕실을 향한 충성심이 지극한 자입니다."

밀라이아는 서둘러 앞으로 나서는 피오르 공작을 보며 슬쩍 입꼬리를 비틀었다. 어차피 확실한 명분도 잡았겠다, 이참에 기를 좀 눌러 놔야 할 것 같았다.

"글쎄, 여는 잘 모르겠소만. 좀 전의 발언은 단순히 실언이라 하기엔 너무 가지 않았소? 여는 이제 혹 백작도 반역자들에게 동조하고 있던 것은 아닐까 의심이 들기 시작했소."

"그럴 리가 있겠습니까. 그도 분명 깊이 반성하고 있을 것입니다. 부디 노여움을 푸십시오."

"반성이라. 흠."

"전하, 부디 한 번만 자비를."

"뭐, 좋소. 공작이 그렇게까지 얘기하니 내 한 번은 넘어가 주리다."

"하해와 같은 자비에 감사드립니다."

깊숙이 허리를 숙이는 남자 위로 언젠가 향이 좋다며 의미심장하게 웃던 얼굴이 떠올랐다. 여왕이 나타나건 말건 인사 한 번 없이 무시로 일관하던 모습도.

무척 고소했다.

'이만하면 됐어. 이번 일로 손발이 잘렸으니 당분간은 얌전하게 굴겠지. 어쨌거나 그는 수도방위 기사단장이니 너무 들쑤셨다 자칫 이판사판으로 나오기라도 하면 곤란해.'

속으로 생각을 정리한 밀라이아가 무덤덤한 목소리로 말했다.

"본론으로 돌아와서, 더 이상의 자비는 없어야 한다는 것이 여의 생각이오. 하나 그대들이 그리도 간청하니 내 처분을 내리기 전에 마지막으로 한 번만 더 숙고해 보리다. 피오르 공작, 그럼 되겠소?"

"네, 전하. 너그러우신 처분에 감사드립니다."

"좋군. 페르디난드 공작?"

"네, 전하."

"아직 남은 안건이 있소? 큰일을 처리해서 그런지 조금 피곤하군."

보란 듯 관자놀이를 누르며 말하자, 공작은 곧바로 고개를 숙여 보이며 답했다.

"몇 가지 사안이 더 있긴 하나, 전하께서 신경 쓰실 정도의 것은 아닙니다."

"좋소. 하면 여는 먼저 가 볼 터이니 알아서 처결하도록 하시오."

"그리하겠습니다."

공작의 답변을 들은 밀라이아는 곧바로 자리에서 일어났다. 끝까지 남아서 다 확인하는 편이 왕권을 강화하는 데 더 도움이 되겠지만, 그러다가는 자칫 길리안 공작의 의심을 살 우려가 있었다.

'그럼 언제쯤 반응이 오나 한번 기다려 볼까? 그래도 자파를 이렇게 박살 내 놨으니 눈치가 있으면 알아서 행동하겠지? 에휴, 우리 귀여운 조상님은 내가 자길 위해서 이렇게 고생하는 걸 아나 몰라.'

속으로 한탄하며 걸어 나가는 밀라이아의 입가에 소리 없는 웃음이 걸렸다.

비록 여기까지 오는 과정이 고생스럽기는 했지만, 그로 인해 더 큰 만족감을 얻었으니 상관없었다. 물론 그에 대한 합당한 대가를 챙기는 것은 덤이고.

'자, 그럼 가서 앞으로 할 일이나 정리해 볼까?'

방으로 돌아가는 발걸음이 몹시 경쾌했다.

다음 날.

뜬눈으로 밤을 지새우다시피 한 밀라이아는 서서히 밝아 오는 창밖을 보며 피식 웃었다.

아무래도 그사이 어린 왕제에게 정이 생각보다 많이 들었던 모양이었다. 자신이 진짜 여왕이었다면 모를까, 어차피 친혈육도 아닌 이상 별로 신경 쓰이지 않을 거라 여겼는데 이러는 걸 보면.

—부탁드립니다. 부디 제게 온전한 제 사람을 얻을 기회를 베풀어 주십시오.

문득 어제 저녁 소년이 했던 말이 떠올라, 밀라이아는 아무것도 보이지 않는 창밖을 응시하며 속으로 중얼거렸다.

'하긴, 여왕이라면 이런 짓은 꿈에도 생각 못했을 테지. 어쩌면 지금도 날 보면서 화내고 있을지 몰라.'

—어떤 수단을 써서든 내 마음을 돌려 봐요. 재물을 바치든 행동으로 보이든, 혹은 설득하든 협박하든 간에, 나로 하여금 이미 내린 결정을 뒤집게 만들어 보란 말이에요. 알겠어요?

헤어지기 전 마지막으로 했던 말이 머릿속에서 뱅뱅 맴돌았다.

밀라이아는 다시 한번 한숨을 삼키며 자리에서 일어나 커튼을 걷었다. 어차피 잠을 자기는 글렀겠다, 사람이 올 때까지 뭔가 다른 일이라도 하는 게 나을 것 같았다.

'이럴 줄 알았으면 밤새워 정무라도 본다고 할걸 그랬나? 집무실에 있었다면 소원의 돌이라도 살펴볼 수 있었을 텐데 말이지.'

아쉬운 마음에 입맛을 다신 그녀는 어슴푸레 밝아진 창밖 풍경을 보며 작게 한숨을 내쉬었다.

'여기서든 저기서든 밤을 새우는 건 마찬가지군.'

툭하면 밤을 지새우던 시간들을 회상하며 피식 웃은 밀라이아는 문득 창밖에 비치는 나무의 그림자가 거칠게 흔들리는 것을 발견하고는 눈썹을 찡그렸다. 간밤에는 비가 오지 않아 그나마 다행이라고 생각했는데, 품새로 보아 어째 오늘도 사납게 들이칠 것 같았다.

'한동안 좀 괜찮나 했더니 또 시작인가?'

그래도 날씨가 저 모양이니 누군가가 곧 찾아오기는 할 것 같았다.

똑똑.

'드디어!'

반가운 마음에 홱 돌아보자 조용조용 안으로 들어오던 백작 부인이 깜짝 놀라는 것이 보였다.

"전하? 어찌 이 시간에 깨어 계시는지요?"

"좋은 아침이에요, 유모. 그냥 눈이 일찍 떠져서요. 간밤엔 평안했나요?"

"네, 전하의 은총에 힘입어 평온하였습니다. 모시는 분께서 불면하시는데 홀로 푹 잠든 것 같아 민망하기 그지없습니다."

"무슨 소리예요, 그게. 일도 많은데 잘 쉬어야죠. 한데 유모가 이 시간엔 웬일이에요?"

고개를 갸웃하며 묻자 백작 부인은 잠시 머뭇거리다 말했다.

"저, 실은 밖에 좀 나가 보셔야 할 것 같습니다."

"왜요? 무슨 일이 있나요?"

"놀라지 마십시오. 실은 왕제 저하께서…… 어젯밤부터 하늘궁 앞에서 죄를 청하고 계십니다."

"그게 무슨 소리예요? 왕제가 죄를 청하다뇨?"

밀라이아는 소스라치게 놀란 얼굴로 소리쳤다. 물론 속으로는 계획대로 잘 진행되고 있다 생각하고 있었지만, 굳이 그런 것까지 백작 부인에게 알려 줄 필요는 없었다.

"그것이…… 이번 일은 모두 본인의 책임이라며, 전하의 처분을 기다린다고…….'

"뭐라고요? 그 아이가 대체 왜 그런 짓을 한단 말이에요? 제 책임이라니, 무슨 말도 안 되는…… 아, 내가 이럴 때가 아니지. 거기가 어디라고요? 당장 가 봐야겠어요."

일부러 횡설수설하며 문가로 향하자, 황급히 그녀를 막아선 백작 부인이 말했다.

"진정하십시오, 전하. 이럴 때일수록 침착하셔야 합니다."

"내가 지금 침착할 수 있겠어요? 에디가 밤새도록 저 밖에 있었다는데!"

"이대로 가시면 분명 수많은 이들에게 책잡히실 것입니다. 그래도 강행하시겠습니까? 지금 저하를 구할 수 있는 사람은 전하뿐이라는 걸 생각하셔야지요."

"……."

"최대한 빨리 시녀들을 데려오겠습니다. 조금만 기다려 주십시오."

"……알겠어요."

마지못한 척 고개를 끄덕이자, 백작 부인은 영 마음이 놓이지 않는 듯 다시 한번 얌전히 계시라 당부한 후에야 방을 나섰다.

밀라이아는 내심 찔리는 기분을 모르는 척하며 창밖을 돌아보았다. 이제는 그녀가 행동할 차례였다.

'꼬맹이가 볼수록 제법이란 말이야? 제 입장에서는 상당한 도박수일 텐데도 강행하는 걸 보면 말이지.'

자신이야 이 일을 설계한 장본인인 데다 아무래도 처분을 내리는 입장이니만큼 상대적으로 태평할 수 있었다. 그렇지만 왕제는 아무것도 모를 텐데도 과감하게 배팅을 하는 것이, 제법 승부사의 자질이 엿보인다 싶었다.

'하긴, 그러니까 사서에도 이름을 크게 남긴 거겠지.'

어쨌든 일이 잘 풀려서 다행이라 생각하며 몰래 안도의 한숨을 내쉰 밀라이아는 황황히 안으로 들어서는 시녀들의 손에 이끌려 빠르게 준비를 마쳤다.

끝없이 시녀들을 독려한 덕분에 최단 시간 내에 차림을 갖춘 그녀는 서둘러 왕제가 있다는 곳으로 향했다. 어느새 창밖이 짙은 먹구름으로 뒤덮여 있었으므로, 좀 더 빠르게 움직일 필요가 있었다.

서두르는 기색이 은연중에 드러나도록, 그러나 예법상 허용되는 정도를 벗어나지는 않는 걸음으로 하늘궁을 나서자 정문 앞 차가운 돌바닥 위에 무릎을 꿇고 있는 작은 소년이 보였다. 그 주위에서 안절부절못하고 있는 구름궁의 시종장을 비롯한 많은 궁인들도.

인기척을 느낀 것일까? 연신 저를 벌해 달라 외치던 소년이 천천히 고개를 들었다.

거세게 부는 바람에 밤새도록 시달린 탓일까. 눈부시던 백금발이 오늘따라 왠지 빛바랜 것처럼 느껴졌다. 저를 향해 곧게 마주쳐 오는 푸른 눈동자도.

"전하, 부디 제게 죄를……."

"이게 무슨 짓입니까, 왕제? 이런 날씨에 밤새워 이러고 있었다니요. 게다가 스스로를 죄인이라 칭하다니, 대체 그게 무슨 말도 안 되는 소립니까?"

결연하게 그녀를 올려다본 소년이 답했다.

"죄인이기에 죄를 자복하는 것입니다. 저야말로 이 모든 일의 원흉입니다. 하오니 부디 그들 대신 저를 벌하여 주십시오."

"……당장 일어나세요. 이 얘기는 나중에 합시다."

"아니오, 지금 들어 주십시오. 모든 것은 아랫사람들을 제대로 다스리지 못한 저의 탓입니다. 그러니 저를 벌하여 주십시오. 그들은 그저 잘못된 충심으로 일을 저질렀을 뿐, 반역을 저지르려는 의도는 없었습니다."

"……."

밀라이아는 잠시 침묵했다.

그것은 물론 극적인 효과를 연출하기 위해서였지만, 경악과 각자의 욕심을 담은 눈빛으로 지켜보는 사람들에게 지금 이 상황을 좀 더 실감하게 해 주려는 목적도 있었다. 왕제에게 좀 더 '적절한' 표현을 골라 보라는 무언의 암시이기도 했다.

그 침묵 속에 내포된 의미를 기민하게 알아차린 듯, 조금 전보다 한층 더 깊숙이 고개를 숙인 소년이 재차 말했다.

"이제 와 고백하는 것을 용서하십시오. 이 일은 모두 현명하게 처신하지 못한 제 탓입니다. 제가 욕심에 눈이 멀어 국혼 소식을 듣고 한탄하는 바람에…… 저들이 오인하여 그만 참람한 일을 벌이게 되었습니다. 전부 제 잘못입니다."

"그만하라 하였습니다."

"아뇨, 이 말씀만은 드려야겠습니다. 자고로 아랫사람의 잘못은 곧 윗사람의 책임인 법. 그들을 반역죄로 벌하시려거든 부디 저 역시 함께 벌하여 주십시오."

"하아……."

보란 듯 깊은 한숨을 내쉰 밀라이아가 한 손으로 이마를 짚으며 말했다.

"한 가지만 묻죠. 함께 벌하여 달라는 말이 무얼 의미하는 것인지 알고 있나요?"

시험하듯 떨어진 질문에 푸른 눈동자가 파르르 흔들렸다.

하지만 왕제는 이내 떨리는 눈빛을 거두며 단호하게 답했다.

"알고 있습니다."

"알겠어요. 후우. 그렇다면 방법은 하나뿐이군요."

한숨 섞인 음성으로 답한 밀라이아가 뒤를 돌아보았다.

"레티시아 백작 부인, 지금 즉시 수도에 거주하는 모든 귀족에게 사람을 보내 긴급회의를 연다 전하도록 해요. 개의開議 시간은 현시각으로부터 두 시간 뒤입니다. 가능하겠어요?"

"물론입니다."

"그럼 당장 시작해요. 그리고 왕제?"

"네, 전하."

"일단 일어나세요. 어쨌거나 일국의 왕제가 그러고 있는 건 보기가 썩 좋지 못하군요."

부드럽게 건네지는 말에 멈칫한 소년이 천천히 고개를 끄덕였다.

작은 목소리로 감사하다 이야기한 그는 뻣뻣하게 굳은 팔로 땅을 짚고 힘겹게 몸을 일으켰다.

부들부들 떨리는 다리가 간신히 반쯤 펴지고 몸을 지지하던 팔이 땅에서 떨어지는 순간, 소년의 무릎이 푹 꺾이며 무게중심이 앞으로 쏠렸다.

"윽!"

"저하!"

"왕제 저하!"

"……괜찮습니까, 왕제?"

바닥에 머리를 부딪칠 뻔한 소년을 빠르게 안아 든 밀라이아가 물었다.

밤새 거친 바람을 맞은 탓일까. 품에 안겨 든 작은 몸은 얼음처럼 차가웠다. 간헐적으로 일어나는 경련이 맞닿은 천을 타고 그녀에게까지 전해져 왔다.

심장이 저릿했다. 그것이 글로리아 탓인지, 아니면 밀라이아 자신이 느끼는 것인지는 알 수 없었지만.

"······수고했다. 이제 뒷일은 내가 책임질 테니 걱정 말렴."

하얗게 질린 소년의 귓가에 속삭인 밀라이아는 황급히 달려온 기사들에게 그를 넘겨주었다.

"왕제를 처소까지 모셔다드리도록 해요. 회의가 시작되기 전까지는 궁 밖으로 못 나오게 하고."

"명을 받듭니다."

"쉬어요. 나머지 이야기는 이따가 마저 합시다."

"감사합니다······ 누님."

그 말을 마지막으로 저를 곧게 응시하던 눈동자가 눈꺼풀 속에 모습을 감추었다. 아무래도 의식을 잃은 듯했다.

대단히 양심이 찔렸지만, 밀라이아는 구름궁에 왕궁의를 보내라는 명령만을 내린 채 단호하게 돌아섰다. 아직 일이 끝난 것도 아닌 데다 지켜보는 눈이 많은 만큼 행동을 조심해야 했다.

두 시간 뒤.

모두가 모였다는 전갈을 받은 밀라이아는 매무새를 살필 겨를도 없이 곧바로 방을 나섰다. 페르디난드 공작과 미리 말을 맞춰 두었으니 일이 크게 번질 일이야 없겠지만, 그럼에도 막상 결전의 시간이 다가오자 생각보다 긴장이 되었다.

자꾸만 빨라지려는 발걸음을 애써 늦추며 복도를 걷는데, 저만치 커다란 문 앞에 서 있는 자그마한 소년이 눈에 들어왔다. 의식을 잃었던 여파인지 서 있는 모습조차 상당히 힘겨워 보이는 모습이었다.

"······깨어났군요. 몸은 좀 괜찮은가요?"

조심스레 묻자 왕제는 기운 빠진 음성으로 답했다.

"네, 누님. 왕궁의를 보내 주셨다 들었습니다. 감사합니다."

"다행이군요. 그럼 들어갑시다."

애써 담담한 얼굴로 말을 건넨 밀라이아는 회의장 안으로 한 발 들어서자마자 보이는 귀족들의 표정을 확인하고는 실소를 지었다.

'어쩌면 이리도 대조적인지, 원.'

허옇게 질린 얼굴로 안절부절못하고 있는 피오르 공작과 배불리 먹은 고양이처럼 만족스러운 표정의 길리안 공작은 늘 그래 왔지만 오늘따라 더 극과 극처럼 보였다.

'그래도 기회를 노리는 것처럼 보이지는 않아 다행이네.'

속내를 감추며 여유롭게 자리에 착석하자, 잠시 멈칫하던 소년도 비틀비틀 회의장 안으로 들어섰다.

제게 마련된 자리를 힐끗 쳐다본 그는 그곳에 앉는 대신 단 아래 조용히 시립했다. 아무래도 그 편이 더 나을 거라고 생각한 모양이었다.

그 모습을 보자 어쩐지 복잡한 기분이 들었지만, 밀라이아는 그에게 앉으라 하는 대신 좌중을 돌아보며 말했다.

"금일 여余가 긴급회의를 소집한 것은 어제 회의에서 논의되었던 반역죄 건에 대하여 왕제가 이의를 제기했기 때문이오. 왕제는 그 일에서 자신 역시 자유로울 수 없다며 스스로 죄를 청해 왔소. 이제 전부 모였으니 직접 들어보도록 합시다. 왕제는 앞으로 나와 모두에게 얘기를 들려주세요."

"네, 전하."

한 치의 흐트러짐도 없는 태도로 고개를 숙여 보인 소년이 좌중을 향해 말했다.

"이번 일은 본인의 경솔한 발언 때문에 시작된 것이오. 실은 내 지난날 누님의 국혼에 대해서 두어 번 불만을 표한 적이 있는데, 그 말을 들은 측근들이 잘못된 충성심의 발로로 그만 참람한 일을 계획했던 모양이니 말이오. 하니 어찌 내 책임이 없다 하겠소?"

"저하! 이 무슨 경거망동이십니까! 난데없이 죄를 자처하시다니요!"

웅성거리는 소음을 뚫고 피오르 공작의 외침이 들려왔다.

왕제는 차가운 음성으로 답했다.

"공작은 빠지십시오. 이것은 내 문제입니다."

"이것이 어찌 저하만의 문제가 될 수 있습니까! 지금 무슨 말씀을 하고 있는 건지 알고는 계십니까? 돌아가신 빈 마마께서 이 일을 아셨다면……!"

"나는 어린애가 아닙니다, 공작. 본인은 이 일의 심각성을 충분히 알고 있으며, 그렇기에 윗사람으로서 스스로 책임지는 모습을 보이고자 지금 이 자리에 나선 것입니다. 그러니 본인과 같이 책임을 지든가, 아니면 조용히 침묵하세요. 어느 쪽을 택하렵니까? 전자입니까, 아니면 후자입니까?"

내뱉듯 던져진 말에 피오르 공작은 입을 다물었다. 아무리 피를 나눈 사이라고는 해도 외조카를 위해 목숨까지 걸기는 아까웠던 모양이었다. 아니면 왕제인 그와는 달리 자신은 자칫하다 즉결 처분될 수도 있음을 본능적으로 느꼈거나.

이러지도 저러지도 못하는 그를 보며 고소苦笑를 머금은 왕제가 다시금 좌중을 돌아보며 말했다.

"잠시 이야기가 끊겼군. 어쨌든 본인은 그동안 차마 나설 용기가 없어 침묵하였으나, 작일 그들이 반역죄인이라는 판결을 받았다는 말을 듣고 더는 모르는 척 외면할 수 없다 생각하였소. 이유야 어쨌든 본인의 경솔함에서 발단된 일이니 말이오. 하여 내 스스로의 책임을 통감하고 뒤늦게나마 전하께 죄를 청한 것이오."

"그렇다고 하는데. 그대들은 어찌 생각하오?"

냉담한 목소리로 묻자, 묘한 표정으로 왕제를 바라보던 길리안 공작이 말했다.

"저하께서 스스로 뉘우치고 자복하시겠다는데, 신들이 무어라고 감히 거기에 말을 덧붙이겠습니까? 다만 경솔한 행동을 하신 지난 날이 유감스러울 따름입니다."

"그렇군. 하면 길리안 공작은 어떤 처분을 내려야 한다고 생각하오?"

"스스로 뉘우치셨다 하여도 죄는 죄. 따라서 반역죄에 준하는 처벌을 내리셔야 한다 생각합니다. 가령…… 왕위 계승권을 박탈한다든가 하는 식으로 말이지요."

"계승권 박탈이라니! 그게 무슨 말도 안 되는 소리요!"

시퍼렇게 질린 피오르 공작이 벌떡 일어나 소리쳤다. 그 뒤를 이어 일어난 왕제파 귀족들이 폭포수처럼 말을 쏟아내기 시작했다. 그것은 길리안 공작을 위시한 여왕파 귀족들의 느긋한 반박과 맞물려 금세 난잡한 소음을 만들어 냈다.

그 시끌벅적한 소리의 한가운데서, 밀라이아는 손가락으로 팔걸이를 톡톡 두드리며 단상 아래를 내려다보았다.

오가는 대화를 듣다 보면 분명 불안할 법도 한데, 세 계단 아래 선 소년은 한 치의 흔들림도 없는 눈빛으로 그녀를 올려다보고 있었다. 마치 그녀의 약속을 온전히 믿는다는 양.

'저건 순진한 걸까, 아니면 영악한 걸까.'

알쏭달쏭한 기분으로 좀 더 아래쪽을 내려다보자, 지루한 표정으로 싸움 구경을 하고 있는 흑발의 공작이 눈에 들어왔다.

저를 향한 시선을 느낀 듯 그녀 쪽을 돌아본 그는 어서 수습하라는 의미를 담은 사나운 눈짓에 픽 웃고는 주먹으로 책상을 내리쳤다.

쾅.

커다란 울림을 담은 그 소리에 일순간 정적이 흘렀다.

쏟아지는 시선을 한 몸에 받으며 느긋하게 자리에서 일어난 그가 말했다.

"자자, 그만들 하시지요. 요는 두 가지가 아닙니까. 첫째, 저하께도 죄를 물어야 하는가. 둘째, 만일 그렇다면 반역죄인들의 처분을 경감해 주어야 하는가. 여기에 대한 의견을 개진해 보지요. 길리안 공작?"

가장 먼저 호명을 받은 길리안 공작이 느긋한 태도로 답했다.

"본 공은 좀 전에도 얘기했듯 저하께서도 책임을 지셔야 한다고 생각하오. 저하께서도 그것을 원하고 계시는 데다, 어쨌거나 사건의 빌미를 제공하신 건 맞지 않소. 아무리 과잉 충성에 의해 벌어진 일이라고는 해도 윗사람으로서의 책임을 피해 갈 수는 없는 법. 더욱이 이번 일의 결과로 여왕 전하께서 큰 위해를 당하실 뻔했다는 점을 잊어서는 아니 될 것이오."

"좋습니다. 하면 공작께서 생각하는 대가란 역시 그것입니까?"

"그렇소. 알다시피 저하께서는 귀족 중의 귀족인 왕족, 그중에서도 직계시오. 따라서 지위에 따라 요구되는 도덕성 역시 클 것인

바, 그 책임을 엄히 물어 왕위 계승권을 박탈해야 한다는 것이 본인의 생각이오.”

‘역시. 이 좋은 기회를 저자가 그냥 넘어갈 리는 없지.’

밀라이아는 먹이를 앞에 둔 짐승처럼 눈을 빛내는 남자를 보며 실소를 머금었다. 애초에 그럴 것까지 염두에 두고 시작한 일이기는 했지만, 어쨌거나 그가 먼저 거래 조건을 어겨 준 덕분에 후일에 대한 명분을 조금이나마 확보할 수 있을 것 같았다.

“계승권 박탈이라니, 그건 너무한 처사잖소! 대체 저하께서 무슨 잘못을 하셨다고……!”

“피오르 공작, 일단 진정하시고 찬찬히 의견을 개진해 주시지요. 하면 공작께서는 저하께 책임을 물을 이유가 없다는 주장이신 겁니까?”

교묘하게 찌르고 들어가는 말에 멈칫한 피오르 공작이 답했다.

“그러하오. 본디 심성이 착하신 분이라 도의적인 책임을 느끼시는 것까지는 이해할 수 있으나, 그렇다고 해서 저하께서 죄를 청하실 이유는 없잖소. 생각 없이 던진 발언으로 죗값을 치러야 한다면 이 중 죄인이 아닌 사람이 더 적을 것이외다.”

느릿느릿하던 말이 뒤로 갈수록 빨라지며 힘을 더해 갔다.

얼떨결에 왕제와 수감된 자들 중 하나를 선택해야 하는 상황에 놓인 것이 영 불만스러운 듯 보였지만, 아무래도 피오르 공작은 회생 가능성이 없어 보이는 후자보다는 왕제를 온전하게 보호하는 편이 낫다고 판단한 듯했다. 물론 그 아랫사람들 역시 그 의견에 동의하는지는 알 수 없었지만.

‘이것만으로도 어느 정도 목표는 이루었군.’

속으로 회심의 미소를 지은 밀라이아는 뻔뻔스럽게 눈을 마주쳐 오는 길리안 공작을 원망스러운 표정으로 바라본 뒤 페르디난드 공작에게로 고개를 돌렸다.

"하면 페르디난드 공작의 생각은 어떠하오?"

"아, 신 말씀이십니까? 흠. 글쎄요…….'

의식적으로 말끝을 흐린 그가 좌중을 돌아보았다.

반씩 의견이 갈렸으니 이제는 중립파에게 결정권이 쥐어진 상황.

다급한 얼굴로 바라보는 피오르 공작과 속을 알 수 없는 표정으로 마주 응시하는 길리안 공작, 그리고 어서 말해 보라는 듯 내려다보는 밀라이아를 천천히 훑은 그의 눈길이 단상 아래 초연하게 서 있는 소년에게로 향했다.

재색과 청색 시선이 하나의 선 위에서 마주쳤다.

그 순간, 소년을 향해 보일 듯 말 듯 입꼬리를 들어 올려 보인 공작이 말했다.

"저 역시 저하께 책임을 물어야 한다 생각합니다."

"뭐라고? 이보시오, 페르디난드 공작!"

가볍게 손을 들어 보인 페르디난드 공작이 말했다.

"피오르 공작, 일단 얘기를 끝까지 들어 주시지요. 아무리 악의가 없으셨다고는 하나 어쨌든 저하의 말씀이 이 일의 발단이 된 것은 부정할 수 없잖습니까."

"……그래서 어쩌겠단 말이오?"

"자고로 윗사람이란 아랫사람을 위해 모범을 보여야 하는 법입니다. 길리안 공작의 이야기처럼 귀족 중의 귀족이신 왕족, 그중에서도 직계이신 저하께 요구되는 정도야 말할 나위도 없지요."

담담한 음성이 이어질수록 피오르 공작과 길리안 공작의 표정이 극명하게 갈렸다.

그러나 그 대조적인 모습은 페르디난드 공작의 말이 계속되는 순간 반대로 변했다.

"하나 저하께서는 이제 겨우 연치 열다섯이십니다. 유일한 동기이신 여왕 전하의 국혼이 섭섭하게 느껴지셨을 법도 하지요. 하여 어린 마음에 불만을 표하신 것일 터. 일이 이렇게까지 된 것은 저하의 뜻을 오해하여 잘못된 충정을 보인 자들의 탓이지, 결코 저하의 의도는 아니었을 것입니다."

"페르디난드 공작, 지금 무슨 소리를 하는 거요!"

"하오니 전하, 신은 저하께 책임을 묻되 이 같은 정상을 참작하여 처분을 내리셔야 한다 생각합니다. 아직 어린 분께서 스스로 책임을 지겠노라 나서는 모습이 아름답지 않습니까."

길리안 공작의 말을 못 들은 척 꿋꿋하게 이야기를 마친 남자가 왕제를 향해 희미하게 미소 지었다.

밀라이아는 그 모습을 뚱하니 바라보며 몰래 입술을 삐죽였다.

'흥, 이번 기회에 제대로 점수를 따 놓겠다 이거지?'

어차피 자신이야 몇 년 후면 떠날 사람. 공작도 살 길이 필요하다는 건 알고 있지만, 그럼에도 기분이 썩 좋지만은 않았다.

"책임을 묻되 정상을 참작하라……. 알겠소. 이제야 대충 정리가 되는 것 같군."

무겁게 고개를 끄덕인 밀라이아는 부러 심사숙고하는 양 얼굴을 굳히며 팔걸이를 톡톡 두드렸다. 저를 향해 쏠린 사람들의 시선이 무척이나 따가웠다.

"지금껏 경청해 본 결과, 세 사람의 의견 모두 일리가 있다 생각하오. 하나 그렇다 한들 서로 상충되는 세 의견을 모두 받아들일 수는 없는 노릇. 하여 여는 심사숙고한 끝에 다음과 같은 처분을 내리기로 하였소."

거기서 잠시 말을 멈춘 밀라이아는 자신을 주시하는 사람들을 한 번 쓱 훑어보고는 재차 입을 열었다.

"왕제 에드워드 데 루아는 만백성의 모범이 되어야 할 왕족으로서 방정한 품행을 보여야 함에도 경솔한 언동을 하였다. 또한 아랫사람의 관리를 잘못하여 국왕에 대한 충심을 제대로 심어 주지 못한 바, 마땅히 이에 대한 책임을 져야 할 것이다."

세 계단 아래에서 가만히 눈을 감고 서 있는 작은 소년을 무심하게 바라본 그녀가 계속해서 말을 이었다.

"하나 앞서 나온 얘기와 같이 왕제의 나이가 아직 어린 점, 자발적으로 스스로의 잘못을 고해 온 점, 또한 그를 통해 늦게나마 왕족으로서의 모범을 보인 점 등을 고려하지 않을 수 없다. 따라서 나 글로리아 데 루아, 자랑스러운 루아 왕국의 제27대 국왕은 왕명으로서……."

싸늘한 고요가 회의장 전체를 감쌌다.

밀라이아는 보이지 않는 웃음을 지으며 사위를 한번 둘러보았다.

분노 섞인 얼굴로 저를 노려보는 피오르 공작과 무표정한 얼굴로 팔짱을 끼고 있는 길리안 공작, 눈이 마주치자마자 슬쩍 입꼬리를 들어 올리는 페르디난드 공작, 그리고 그 세 사람을 중심으로 모여 있는 각각의 무리들.

그중 하나를 제외한 나머지 두 개의 무리는 대강 다음에 무슨 말이 이어질지 짐작한 듯 상당히 애매한 표정이었지만, 일단 그녀의 처분을 기다리겠다는 양 아무런 말이 없었다.

'장족의 발전이군.'

불과 몇 달 전만 해도 그녀가 입장하든 말든 개의치 않고 제 주장만을 늘어놓던 자들이었다. 그들은. 한데 그런 자들이 비록 속내는 다를지언정 어쨌거나 저렇듯 조용히 그녀의 처분만을 기다리고 있다니.

오랜만에 느껴보는 만족감에 희미하게 입꼬리를 들어올린 밀라이아가 선언했다.

"에드워드 데 루아에게 반년간 유배령을 내린다. 하나 왕국법상 수도를 비울 수 없는 특수한 사정을 고려하여주: 루아 왕국은 유사시를 대비하여 왕을 제외한 직계 왕족 중 최소 1인이 항시 수도에 상주하도록 왕국법에 규정하고 있다 유배 장소를 구름궁으로 정하고 해당 기간 동안 외인의 출입을 금한다. 또한 이번 일에 연루된 죄인들의 경우 그 죄의 경중을 따져 형을 유지 혹은 감경한다. 이상이오."

조금 전과는 다른 의미의 침묵이 사위를 지배했다.

피오르 공작은 사납게 일그러진 얼굴로 거친 숨을 몰아쉬고 있었고, 길리안 공작을 비롯한 여왕파 귀족들은 득실을 따져 보는 듯 곰곰이 생각에 잠긴 듯한 모습이었다. 페르디난드 공작을 제외한 중립파 사람들 역시도.

위태롭게 지속되는 정적 속에서, 아슬아슬 균형을 유지하고 있는 침묵을 깬 사람은 다름 아닌 왕제였다.

"관대하신 처분에 감사드립니다. 전하. 명하신 대로 반년 동안 정숙하게 근신하며, 경솔했던 지난날을 반성하겠습니다."

절로 웃음이 지어졌다.

'눈치 빠른 것 하나만큼은 마음에 드네.'

본능적으로 한 것이든 상황을 파악하고 재빨리 행동을 취한 것이든 간에, 자칫 반발이 나올 수도 있는 상황에서 더는 말이 나오지 못하도록 쐐기를 박아 버리는 소년이 꽤나 기특했다.

흐뭇한 미소를 감추며 주위를 둘러보자, 이를 악문 피오르 공작이 주먹을 꽉 움켜쥔 채 자리에 앉는 모습이 보였다. 생각에 잠겼던 길리안 공작이 미미하게 고개를 끄덕이는 모습도. 아무래도 그녀가 내린 결론이 그리 나쁘지 않다고 판단한 듯했다.

'다행이군.'

물론 처음부터 아슬아슬하게 균형이 맞도록 심사숙고해서 내린 결론이기는 했지만, 예상한 대로 일이 풀리게 되자 기분이 좋았다.

누가 생각해 낸 건데 틀어지겠느냐마는, 왕명, 그것도 글로리아의 이름까지 걸고 내린 명인데 혹시라도 철회할 일이 생기면 곤란했다. 자칫 독수리 눈물만큼이나마 회복했던 여왕의 위엄이 도로 땅으로 떨어질지도 모르는 일이었으니까.

"하면 이대로 기록하겠습니다, 전하."

만에 하나라도 모를 반발의 가능성을 완전히 차단해 버리는 발언.

페르디난드 공작의 말에 속으로 빙긋 웃은 밀라이아가 무덤덤한 얼굴로 답했다.

"그렇게 하오. 후, 아침부터 이것저것 신경을 썼더니 피곤하군. 급한 일이 없다면 이만 회의를 작파하도록 합시다."

"하면 먼저 들어가시지요. 실은 기왕 모인 김에 몇 가지 사안을 더 처리할까 생각 중이라서요. 그리 중요한 것들은 아니니, 추후에 보고서로 올리겠습니다."

"좋소. 그리합시다. 모두 이른 아침부터 수고가 많았소."

보란 듯 이마를 짚은 밀라이아는 길리안 공작과 페르디난드 공작을 향해 가볍게 눈인사를 건넨 뒤 회의장을 빠져나왔다.

초췌한 얼굴의 소년이 그 뒤를 따랐다.

"갑시다. 내 구름궁까지 데려다주지요."

"……감사합니다, 누님."

무어라 말하려던 소년은 그녀의 얼굴을 보고는 이내 고개를 끄덕였다.

위태롭게 걷는 소년의 옆에서 묵묵히 걸음을 옮긴 밀라이아는 구름궁에 도착한 그가 옷을 갈아입고 침대에 누운 후에야 내내 닫고 있던 입을 열었다.

"어제오늘 고생이 많았어요. 당분간 왕궁의를 구름궁에 상주시킬 터이니, 혹시라도 몸에 이상이 있거든 즉시 부르도록 해요."

"그리하겠습니다. 감사합니다, 누님."

"그리고 약속대로 에라스 후작과 카모힐, 케이솔 백작을 제외한 열 명의 처분에 대해 개입 권한을 주겠어요. 모레 저녁에 다시 찾아올 터이니, 그때까지 누구를 살릴 것인지 생각해 두도록 해요."

"정말이십니까?"

눈을 동그랗게 뜨는 소년을 보며 보일 듯 말 듯하게 미소 지은 밀라이아가 말했다.

"네. 처음부터 그러기로 약속했잖아요?"

"그건 그렇지만…… 이렇게 많이 허락해 주실 줄은 몰랐습니다."

"뭐, 생각보다 훨씬 훌륭하게 '성의'를 보인 대가라고 생각해요."

흐트러진 이불을 여며 준 밀라이아가 답했다.

놀람을 감추지 못하는 소년을 보자 문득 어제저녁 왕제와 했던 '거래'가 머릿속에 떠올랐다.

―실은 한 가지 부탁드릴 것이 있어 찾아왔습니다.

―부탁이라……. 뭔지 대충 짐작은 갑니다만, 일단 한번 들어나 보죠. 그래, 대체 내게 뭘 청하고자 이 늦은 시간에 찾아온 건가요?

에라스 후작 포함 십삼 인에게 반역죄를 선고하고 돌아온 그녀에게 왕제는 그리 말했다. 낮에 하셨던 처분에 대해 한 가지 청을 하기 위해 찾아왔노라고. 실망시켜 드려 무척 죄송하지만, 위급한 일이 있을 때 제 사람을 버리는 주군이 어찌 존경받을 수 있겠느냐고. 그러고는 지금 반역자를 '내 사람'이라 일컫은 거냐고 눈을 치켜뜨는 그녀에게 도리어 그들이 자신을 따르는 자였다는 사실을 부정할 수는 없지 않느냐며, 어차피 받게 될 의혹이라면 실속이라도 챙기는 편이 낫다고 답했다.

―어차피 받게 될 의혹이라……. 그간 왕제의 이름자 하나 올리지 못하도록 했던 수많은 노력들이 무색해지는 발언이군요. 이럴 줄 알았으면 그저 지켜만 볼 걸 그랬네요.

냉담한 대답에 왕제는 천천히 무릎을 꿇었다. 아무리 이것저것 말해 봐야 설득되지 않을 거라는 걸 눈치챈 듯 자존심을 모두 버린 모양새로.

―제발 도와주십시오, 누님. 간절히 부탁드립니다.

―…….

―그들이 감히 누님을 해하려 했다는 것을 압니다. 그럼에도 저를 보호해 주신 것도, 제 체면을 보아 진범은 놓아주신 것도, 그리

고 지금 관용을 베푼다면 그러잖아도 실추된 왕권이 바닥으로 떨어질 수도 있다는 것도 잘 압니다. 하나……. 그럼에도 감히 부탁드립니다. 부디 제게 온전한 제 사람을 얻을 기회를 베풀어 주십시오.

―온전한 왕제의 사람이라. 피오르 공작의 사람이 아니고요?

당시 밀라이아는 살그머니 새어 나오려는 미소를 꾹 누르며 싸늘하게 답했다. 그가 보여 주는 반응은 상당히 만족스러운 것이었지만, 당시는 그가 계속 그 태도를 유지할지 포기할지 아직 알 수 없었던 때였으니까.

그러나 왕제는 그런 그녀의 기우를 날려 버리듯 계속해서 공손한 태도로 피오르 공작은 그들을 포기했다고, 그렇기에 이렇듯 간청하는 것이라고 답했다. 이런 기회를 그냥 놓쳐 버릴 수는 없다면서.

―대체 나의 뭘 믿고 그런 부탁을 하는 거죠? 어쨌거나 왕제와 나는 정적政敵인데?

―……왕이 되고 싶거든 자질을 입증해 보이라 하지 않으셨습니까.

마지막으로 던진 시험에 대한 대답은 사실 그녀의 예상과는 다른 것이었지만, 어쨌거나 그녀를 흡족하게 하는 데는 부족함이 없었다.

그래서 밀라이아는 더 이상 대화를 끄는 대신 솔직하게 답했다. 그렇다면 지금 이 행동은 오히려 더 말이 안 되는 것 아니냐고, 그토록 중요한 사항을 고작 말 한마디로 얻어 내려 하는 것은 좀 웃기지 않느냐고.

―그럼 제가 뭘 해야 청을 들어주시겠습니까?

―그야 간단하잖아요? 본디 거래라는 건 상호 이득이 있어야 이루어지는 법. 지금처럼 본인이 원하는 사항만 말할 게 아니라, 왕제의 청을 들어줬을 경우 내가 얻을 이익을 얘기해야죠.

―그, 그건…….

마치 도둑놈을 보는 듯한 눈초리에 왕제는 당황한 듯 살짝 달아오른 얼굴로 더듬거렸다.

나름대로의 냉정을 잃지 않던 지금까지의 모습과는 다르게 그 표정은 무척이나 귀여워 보였고, 그래서 밀라이아는 답지 않게 웃으며 말했다. 하지만 모처럼 귀여운 동생의 부탁이니 한 가지 절충안을 내놓겠다고. 어떤 수단을 써서든 자신의 마음을 돌려 보라고. 그러고는 그가 무어라 답할 틈도 주지 않고 그대로 자리에서 일어났다.

그 결과가 바로 오늘 아침에 벌어진 일련의 소동이었다.

'그러고 보니 궁금하네. 그 방법은 저 아이가 혼자 생각해 낸 걸까, 아니면 미리 말을 맞춰 놨던 대로 페르디난드 공작이 귀띔해 주었던 걸까.'

솔직히 이제 고작 열다섯밖에 되지 않은 아이에게는 상당히 과한 요구였지만, 마냥 곱게 보살펴 주기에는 그녀에게 주어진 시간이 그리 길지 않았기에 어쩔 수가 없었다. 어차피 처음부터 글로리아처럼 오냐오냐해 줄 생각도 없긴 했지만 어쨌든.

'한번 물어나 볼까?'

문득 드는 생각에 밀라이아는 흐트러진 머리카락을 부드럽게 쓸어 넘겨 주며 물었다.

"한데 뭐 한 가지만 물어봐도 될까요? 어떻게 그런 식으로 '성의'를 표현할 생각을 한 거죠?"

"그건…….”

오랜만에 받아 보는 손길이 어색한 듯 어쩔 줄 몰라 하던 소년이 멈칫하며 말끝을 흐렸다. 아무래도 스스로 생각해 낸 건 아닌 모양이었다.

곤란해 보이는 표정으로 볼 때 진실을 얘기하면 좀 전에 했던 말을 철회할까 봐 걱정하는 듯했지만, 밀라이아는 그럴 생각이 전혀 없었다. 페르디난드 공작의 조언을 받았다 한들 그가 보여 준 과단성과 승부사로서의 자질이 사라지는 건 아니었으니까.

하나 그런 얘기를 굳이 입 밖으로 꺼낼 필요는 없었으므로, 그녀는 무어라 더 얘기를 이어 나가는 대신 그저 빙긋 웃으며 말했다.

"이런, 피곤할 텐데 내가 너무 오래 붙들고 있었군요. 그만 쉬어요. 자세한 이야기는 나중에 합시다."

"네. ……누님."

힘없이 답한 소년이 스르르 눈을 감았다.

찬바람을 맞으며 밖에서 밤을 새운 왕제도, 또 그 바람에 같이 뜬눈으로 밤을 보낸 그녀도 이제는 좀 쉬어야 했다. 원하는 바를 이루었으니, 두 사람 모두 발을 쭉 뻗고서.

"여기 여왕이 있다!"

"죽여라!"

"마녀를 돌로 쳐 죽여라!"

휙! 휙!

퍽!

뽀얗던 이마에 한 줄기 붉은 강이 생겨났다. 상처 하나 없이 곱기만 하던 팔에도, 그리고 눈처럼 하얀 어깨에도.

흘러내리는 핏줄기를 본 군중들의 눈이 붉게 물들었다. 광기와 증오로 얼룩진 사람들에게서는 짙은 피비린내와 검은 불길의 냄새가 났다.

"죽여!"

돌 세례를 받으면서도 미동도 않는 여인의 눈앞으로 주먹만 한 돌멩이 하나가 날아들었다.

"헉!"

굳게 감겼던 눈이 번쩍 뜨였다.

거친 숨을 몰아쉬며 몸을 일으킨 밀라이아는 침대의 휘장을 뜯어버릴 듯 잡아챘다. 반쯤 걷힌 천 사이로 보이는 풍경은 어느새 익숙해진 침실의 것이었다.

"하아……."

절로 안도의 한숨이 나왔다.

이마며 목덜미에 송골송골 맺힌 식은땀을 닦아 낸 그녀는 침대 맡으로 손을 뻗었다. 이런 꿈을 꿀 때면 늘 그랬듯 가느다란 팔이 부들부들 떨리고 있었다. 컵을 제대로 쥐지도 못할 정도로.

'또 그 꿈인가? 한동안 꾸지 않아서 잊고 있었는데.'

본래 세계에 있을 때는 저와 상관없는 일이란 생각에 그저 기분 나쁜 악몽이라 여겼을 뿐 큰 의미를 두지는 않았는데, 오늘은 왠지 그럴 수가 없었다. 꿈속에서 본 여왕은 분명 백금발에 보랏빛 눈을 가진, 지금 제가 입고 있는 육신의 주인과 똑 닮은 모습이었으니까.

'대체 이 꿈은 뭘까? 어째서 몸이 바뀐 지금까지 같은 내용을 꾸는 거지? 애초에 그런 일이 있지도 않았으니 여왕의 육신에 남은 기억이라고 볼 수도 없는데. 혹 앞날에 대한 암시인가?'

그동안 겪었던 것보다 훨씬 잔떨림이 심한 팔을 보며 심각하게 고민하던 그녀는 문득 하얀 천 사이로 눈부시게 비쳐 들어오는 햇살을 보고 놀라 줄을 당겼다. 생각보다 긴 시간을 상념에 잠겨 있었던 듯, 빠르게 뛰던 심장이며 바르르 떨리던 손이 언제 그랬느냐는 듯 잠잠해져 있었다.

지끈거리는 이마에 손을 짚으며 다른 손으로 이불을 걷는데, 노크 소리가 들리고 누군가가 안으로 들어섰다.

커튼처럼 드리워진 머리카락 사이로 얼핏 금갈색의 무언가가 아른거리는 것이 보였다.

"지금이 몇 시인가요, 클로…… 어, 유모?"

무심코 묻던 밀라이아가 멈칫하며 말끝을 돌렸다. 이 시간에 대기하던 사람이라면 당연히 클로에일 거라고 생각했는데, 예상외로 레티시아 백작 부인이 그곳에 서 있었던 탓이다.

"유모가 이 시간에 웬일이에요? 궁내부에 있을 줄 알았는데."

의아해하는 그녀를 향해 희미하게 웃어 보인 백작 부인이 말했다.

"그제 거의 못 주무셨지 않습니까. 분명 머리가 아프실 것 같아 잠시 이걸 전해 드리러 왔습니다."

"이건……."

"가벼운 두통약입니다. 한 모금 드시고 나면 몸이 한결 가벼워지실 겁니다."

"고마워요, 유모. 역시 날 생각해 주는 사람은 유모밖에 없네요."

반색하며 백작 부인이 건네는 컵을 받아 든 밀라이아는 망설임 없이 투명한 액체를 단숨에 들이켰다.

옷 한 벌 갈아입을 정도의 시간이 지났을까? 내내 그녀를 괴롭히던 통증이 눈에 띄게 사라지며 몸이 한결 가볍게 느껴졌다.

그제야 찌푸렸던 인상을 편 밀라이아는 백작 부인에게 빈 컵을 돌려주며 빙긋 웃었다.

"이제야 좀 살 것 같네요. 고마워요."

"아닙니다. 나아지셨다니 다행이군요. 실은 어제 저하께 내리신 처분을 전해 들은 터라, 여태껏 두문불출하신다기에 걱정을 좀 하였습니다."

"아아, 그랬군요. 걱정 끼쳐서 미안해요. 그냥, 마침 잠도 제대로 못 잔 데다 큰일을 겪고 났더니 긴장이 풀렸던가 봐요."

풀기 없는 목소리를 들은 백작 부인이 황급히 고개를 저으며 답했다.

"아닙니다, 전하. 아랫사람으로서 모시는 분의 안위를 걱정하는 것은 당연한 일일진대 어찌 그런 것으로 사과를 하시는지요?"

"또 그런다. 사람 섭섭하게. 그보다 혹 구름궁에서 온 전갈은 없나요? 사실 여보다는 왕제가 문제잖아요?"

"별다른 이야기는 없었습니다만, 사람을 보내 볼까요?"

"그럴 것까진 없어요. 소식이 없다면 괜찮은 거겠지요."

가볍게 손사래를 친 밀라이아가 창밖을 힐끗 돌아보며 물었다.

"한데 지금 몇 신가요? 일이 다 밀렸겠는데요. 오늘 오전 일정이 뭐였더라?"

"열한 시쯤 되었습니다. 하옵고, 실은 반 시간 전부터 길리안 대법관이 들어 있습니다. 전하께 긴히 드릴 말씀이 있다고 합니다."

"네? 반 시간 전이요? 그런데 그걸 왜 이제야⋯⋯."

당혹스러운 표정으로 묻자, 백작 부인은 헛기침을 하고는 답했다.

"원래는 더 늦게 알리려고 했습니다만, 전하께서 물으셔서 말씀드리는 겁니다. 뭐, 그래도 생각보다 진득하게 붙어 있군요."

"네에?"

갑자기 길리안가의 사람들은 절대 안 된다며 만류하던 클로에의 모습이 떠올라, 밀라이아는 터지려는 웃음을 애써 수습하며 손으로 입을 가렸다. 이따금씩 클로에를 보며 어쩜 저렇게 제 어미와 다를까 생각했었는데, 지금 보니 꼭 그렇지만도 않은 것 같았다.

"그를 옹호하려는 건 아니지만, 알고 보면 꽤 괜찮은 사람이랍니다. 그러니 다른 계파라는 이유만으로 너무 그렇게 미워하지는 마요."

"네에? 설마 벌써 그자에게 넘어가신 겁⋯⋯. 알겠습니다. 한번 노력은 해 보지요."

"큭큭, 네."

밀라이아는 소리 죽여 웃으며 침대에서 내려섰다. 좀 전까지야 어쩔 수 없었다지만, 이 이상 그를 기다리게 하는 것은 실례였다.

"어서 가 봐야겠군요. 시간이 없으니 간단하게 준비해야겠어요."

"클로에에게 간편한 옷을 준비하라 일러두었습니다. 옆방에서 대기 중이니 바로 이동하시면 될 겁니다."

"그렇군요. 고마워요, 유모."

빙긋 웃어 보인 밀라이아는 곧장 옆방으로 들어가 서둘러 옷을 갈아입었다.

바쁜 손놀림으로 그녀를 돕는 클로에는 지금 이 상황이 대단히 불만스러운 듯해 보였지만, 그렇다고 해서 입 밖으로 불평을 늘어놓지는 않았다.

못마땅한 얼굴을 못 본 척하며 빠르게 준비를 마친 밀라이아는 알현실에 들어서자마자 보이는 모습에 눈을 크게 떴다. 알현 신청이 두 건이라는 이야기는 못 들었는데, 널찍한 탁자를 사이에 둔 채 마주 보고 앉아 있는 사람은 두 명이었기 때문이다.

"창공의 드높음을 경배하라. 여왕 전하를 뵙습니다."

황급히 일어난 하늘색 머리카락의 청년이 문가에 멈춰 선 그녀를 향해 허리를 숙였다.

그러나 그 맞은편에 자리한 금발 남자는 여왕의 등장에도 일어나기는커녕 문 쪽을 돌아보지도 않았다. 대신 그는 품에서 작은 시계를 꺼내 힐끗 쳐다보며 말했다.

"정확하게 오십칠 분 지났군요. 삼 분 남았습니다."

"……뭐라고요?"

밀라이아는 한 박자 늦게 되물었다. 막 일어난 탓에 머리가 잘 돌지 않아서 그런가, 지금 저 남자가 한 말이 무슨 뜻인지 이해가 되지 않았다.

하지만 눈만 깜빡거리는 그녀와는 달리, 루시어스는 태연한 표정으로 그녀에게 양해를 구한 뒤 곧바로 품에서 주머니를 꺼내 들었다. 그러고는 그 안에서 금화 여섯 개를 꺼내 남자에게 건네며 말했다.

"한 시간만 연장 부탁드립니다."

"연장이라. 어디 보자……. 맞는군요. 좋습니다. 그럼 이제 육십

삼 분 남았습니다."

'이게 다 무슨 소리야?'

금화 여섯 개를 챙겨 넣은 남자가 시계를 만지작거리는 모습을 바라보던 밀라이아가 물었다.

"저기, 길리안 대법관, 대체 지금 뭘 하는 거죠?"

"아, 실은 이분이 시간은 금이라는 말을 몸소 실천하는 분이시라서요. 정해진 시간이 지나면 바로 돌아가 버리신답니다. 일단 한 시간 연장을 부탁드렸으니, 궁금하신 점이 있으시다면 이참에 모두 물어보시는 것이 경제적일 겁니다."

"네?"

황망하게 되묻는데, 그제야 고개를 든 금발 남자가 그녀 쪽을 돌아보았다.

순간 곧게 뻗은 눈썹이 꿈틀거리는 것이 보였다. 자리에서 벌떡 일어난 그가 밀라이아를 향해 뚜벅뚜벅 걸어오는 모습도.

"뭐, 뭐예요?"

한 걸음 앞까지 바짝 다가와 저를 내려다보는 남자의 모습은 꽤나 위협적이었다. 제 얼굴을 빤히 응시하는 시선은 더더욱.

제 속을 온전히 꿰뚫어 보려는 것만 같은 그 눈빛을, 밀라이아는 꼿꼿하게 선 채 그대로 받아 냈다. 마치 숨겨 왔던 잘못을 들킨 아이처럼 이상하게 가슴이 콩닥콩닥 뛰었다.

'갑자기 왜 이러지? 설마 내가 기세에서 밀린 건 아닐 텐데.'

이해할 수 없는 현상에 입술을 꽉 깨무는 순간, 갑자기 강한 힘이 손목을 획 잡아당겼다.

절로 새된 비명이 터져 나왔다.

"꺅! 뭐예요? 당장 이 손 놓지 못하겠……!"

"생명의 주 비타의 이름으로 명하노니, 모든 더러움은 씻겨 나갈지어다."

어딘가 예사롭지 않은 문구에 절로 입이 다물어졌다.

그 순간, 이 세상의 것 같지 않은 신비로운 빛이 뻣뻣하게 굳어 버린 그녀의 온몸을 부드럽게 감쌌다. 왠지 모를 청량한 느낌과 함께.

"설마……."

그제야 기다란 속눈썹 아래 자리한 투명한 연둣빛 눈동자가 눈에 들어왔다. 한 번도 직접 보지는 못했지만 익히 들어왔던 그것, 주신에게 선택받은 소수의 몇 명만이 가질 수 있다던 바로 그 눈동자가.

그것은 처음 마주쳤을 때처럼 강렬한 빛을 머금은 채 그녀를 바라보고 있었다.

"대…… 신관?"

"바로 맞추셨습니다. 자세한 얘기는 일단 의뢰부터 마저 끝내고 하지요. 생명의 주 비타의 이름으로 명하노니, 모든 고통은 사라질지어다."

다시 한번 하얀 빛이 온몸을 휘감고 지나갔다.

거칠게 잡힌 탓에 욱신거리던 손목이 시원해지며 통증이 씻은 듯 사라지는 것이 느껴졌다. 두통약 덕분에 한결 나아지긴 했지만 여전히 미열이 남아 있던 머리의 지끈거림도, 심지어는 어제 종이에 베여 따끔거리던 손가락의 자그마한 상처까지도.

"와……."

이게 말로만 듣던 대신관의 치유구나, 라는 깨달음과 동시에 복잡한 기분이 가슴을 가득 메웠다. 그녀가 살던 시대에는 대신관이 이미 존재하지 않았기에 그저 말로만 들었을 따름이었지만, 직접 체험한 신성력의 위력은 막연히 상상했던 것보다 더 대단했고 그렇기에 더욱 씁쓸했다.

'백 년 뒤에도 대신관이 남아 있었다면, 그랬더라면 앨런의 병도 치유할 수 있었을까?'

계승권을 두고 다투던 사이였다고는 해도 동생은 동생.

물론 대상의 생명력을 극대화하는 것이라는 신성력이 처음부터 허약하게 태어난 앨런에게 과연 도움이 되었을지는 모르는 일이었지만, 시도라도 해 봤다면 모를까 처음부터 손조차 써 보지 못했던 그 일은 그녀의 가슴에 큰 상처로 남아 있었다.

무거운 한숨을 내쉬는데, 담담한 얼굴로 치유를 마친 대신관이 갑자기 얼굴을 구기며 잡고 있던 손목을 놓아주었다.

'뭐, 뭐야? 갑자기 왜 그러는 건데?'

갑작스러운 태도 변화에 놀란 밀라이아가 떨리는 눈으로 대신관을 올려다보았다. 그는 좀 전까지만 해도 하얀 빛을 뿜어내던 두 손을 내려다보며 눈썹을 찡그리고 있었다.

'설마 내 정체를 알아냈다거나 한 건 아니겠지? 아니면 혹시 접촉을 통해 속마음을 읽어 낼 수 있다거나…….'

아무리 대신관이라 해도 그런 것까지 가능한지는 모르겠지만, 애초에 그 능력조차 제대로 알지 못하는 밀라이아로서는 급작스러운 태도 변화에 지레 찔릴 수밖에 없었다.

"무슨 일이에요? 갑자기 왜 그러는…….."

"잠시만, 후, 죄송합니다. 어쨌든 잠시만 기다려 주십시오. 이 다음 건 마음의 준비가 좀 필요해서요."

대신관은 한숨 섞인 목소리로 사과의 말을 건넸다.

어딘가 긴장한 표정으로 크게 숨을 들이쉬었다 내쉬었다를 여러 번 반복한 그는 좀 더 시간이 흐른 뒤에야 조심스럽게 그녀의 손을 들어 올렸다.

"생명의 아버지께서 주신 아름다움을 찬미하라. 그대에게 우리 주 비타의 축복을 전합니다."

조금 전까지와는 상당히 다르게 들리는 기도문에 고개를 갸웃하는 순간, 사방이 꽃향기로 가득 차는가 싶더니 곧이어 분홍빛 꽃잎이 하나둘 떨어지기 시작했다.

청량감이 전신을 감싸며 무거웠던 몸이 언제 그랬느냐는 듯 가벼워지는 것이 느껴졌다.

밀라이아는 눈앞의 남자를 말없이 올려다보았다. 팔랑팔랑 떨어지는 분홍빛 꽃비는 물론 무척이나 아름다웠지만, 그보다는 뭐랄까…… 그래, 대단히 당혹스러웠다.

"……대신관이 이런 취향인 줄은 미처 몰랐네요."

좀 전까지 느꼈던 것과는 다른 의미에서의 떨떠름함이 목소리를 타고 흘러나왔다.

질색하는 얼굴을 한 대신관이 손을 붕붕 휘저었다. 처음 눈이 마주쳤을 때 느껴졌던 위압감은 온데간데없이 사라진, 꽤나 가벼워 보이는 손짓이었다.

"그런 거 아닙니다! 아니라고요! 이건 다 그 망할 놈의 전임자 때문에……. 하. 내가 왜 하필이면 그런 인간한테 걸려서……."

"뭐 또 그렇게 정색할 것까지야. 그래도 참 아름다웠어요. 몸도 무척 가벼워진 것 같고요. 대신관은 대단히 실력이 뛰어난 분이로군요."

가만두었다가는 끝없이 한탄할 것 같은 예감이 들어서, 밀라이아는 서둘러 대신관의 말을 자르며 화제를 돌렸다.

다행히 그것은 직격으로 먹힌 듯했다. 끊임없이 쏟아내던 말을 멈춘 것을 보면.

"어, 감사합니다. 한데 정말이십니까? 그게 아름다웠다고요?"

"네. 조금 놀라긴 했지만 아름다웠어요. 신비롭기도 했고요. 그리고 음, 어떻게 보면 낭만적인 거 같기도 하고……."

잘만 하면 무사히 넘어갈 것 같다는 생각에 머리를 쥐어짜 되는 대로 칭찬을 날리자, 대신관은 무척 감동받았다는 표정으로 말했다.

"그거 아십니까? 제 축복을 보고 아름답다고 해 준 사람은 전하가 처음입니다."

"그랬나요?"

"네. 대단히 위로받은 듯한 기분이군요. 감사합니다, 전하. 덕분에 기분이 한결 나아졌습니다."

"아, 네. 다행이네요."

밀라이아는 떨떠름한 표정을 간신히 감추며 답했다.

씩 웃음 지은 대신관이 말했다.

"그런 의미에서 특별히 오 분 연장해 드리지요. 어떻습니까? 어마어마하지요?"

"네. 정말 어마어마…… 가 아니라, 오 분이요? 대신관 인생 최초의 칭찬이 겨우 오 분짜리밖에 안 된단 말이에요? 고작 금화 반 개의 가치라고요? 정말로?"

대충 이야기를 끊으려던 밀라이아는 문득 드는 생각에 눈을 동그렇게 뜨고 되물었다. 물론 성의 없이 한 칭찬이긴 했지만, 그 대가가 고작 오 분 연장이라니 왠지 기분이 나빴다. 게다가 오랫동안 정계에서 굴러온 경험이 잘만 하면 여기서 뭔가를 더 얻어 낼 수 있을 거라고 속삭이고 있었다.

"하긴 그렇군요. 으음, 그럼 어찌 한다……."

아나나 다를까, 안 되면 말지 하는 마음으로 던졌던 말을 진지하게 받아들인 대신관은 심각한 표정으로 고민하기 시작했다.

그때, 뒤에서 황당함이 가득 묻어나는 목소리가 들려왔다.

"……두 분, 생각 외로 대화가 잘 통하시는 것 같습니다?"

'아차, 길리안 대법관을 깜빡하고 있었네.'

그제야 잠시 잊고 있었던 그의 존재를 떠올린 밀라이아가 속으로 혀를 찼다. 그간 보여 준 모습이 있으니 성격이 좀 바뀌었나 보다라고 생각은 해 왔겠지만, 지금 저 반응으로 보아 방금 제 모습은 평소 글로리아의 것과 꽤 다르게 보였던 모양이었다.

어떻게 해야 의심을 덜 사면서 자연스럽게 넘어갈 수 있을까 고민하는데, 갑자기 앞에서 딱 하고 손가락 튕기는 소리가 들려왔다.

"좋습니다. 그럼 이렇게 하지요. 아무리 생각해 봐도 적당한 가치를 찾아낼 수 없으니, 대신 돈으로 살 수 없는 선물을 하나 드리도록 하겠습니다."

'오, 살았다.'

속으로 안도의 한숨을 내쉰 밀라이아가 대신관을 올려다 보았다.

"돈으로 살 수 없는 선물? 그게 뭔가요?"

"전하께 어느 때고 저를 한 번 불러낼 수 있는 기회를 드리지요. 어떠십니까?"

"어머, 무료인가요?"

"그럴 리가요. 당연히 시간당 수당은 받습니다."

"에이, 뭐야. 그럼 별거 아니네요, 뭐."

아무 때나 대신관을 부를 수 있는 기회라니 이게 웬 횡재인가 싶었지만, 밀라이아는 그런 속내를 감쪽같이 숨긴 채 보란 듯 입술을 삐죽였다. 어쩐지 아직은 뭔가를 더 받아 낼 수 있을 거라는 느낌이 들었다.

"별거 아니라니요? 이게 얼마나 큰 선물인지 모르십……."

"아아, 됐고요, 그냥 십 분 연장으로 하죠. 그까짓 기회권 따위, 어차피 돈 들어가는 건 똑같은데요, 뭐."

"뭐라고요? 하면 저를 부를 수 있는 기회가 고작 십 분의 가치보다 못하단 말입니까?"

'거의 다 된 것 같은데?'

밀라이아는 황당해하다 못해 분노하려는 대신관을 보며 재빨리 입을 열었다. 본디 이런 건 생각할 시간을 많이 주는 게 아니었다.

"알았어요, 알았어. 그럼 기회권에다가 오 분 연장으로 합의합시다. 서로 반씩 양보하는 거예요. 됐죠?"

"네, 뭐, 그렇다면야."

"그럼 그렇게 합의한 거예요? 나중에 딴소리하기 없기."

"좋습니다."

폭풍처럼 몰아치는 말에 저도 모르게 고개를 끄덕인 대신관은 조금 뒤에야 이게 아닌데, 라는 표정을 지었다. 하지만 이미 마차는 떠난 뒤였다.

'아싸, 이게 웬 횡재야.'

황당함 반 억울함 반으로 입만 벙긋거리는 대신관을 보며 속으로 폭소를 터트린 밀라이아는 이채 어린 눈빛으로 저를 바라보는 청년을 인지한 뒤에야 황급히 표정을 가다듬고는 말했다.

　"어머, 내 정신 좀 봐. 그러고 보니 여태껏 두 사람을 세워 두고 있었네요. 늦었지만 어서 앉아요."

　"하아. 네."

　"감사합니다, 전하."

　헛웃음을 흘리며 털썩 주저앉는 대신관과는 달리, 청년은 정중하게 감사를 표한 뒤 조심스럽게 자리에 앉았다. 하지만 공손한 그 태도와는 달리 그의 눈빛은 무섭도록 진지하게 가라앉은 채 그녀를 향하고 있었다.

　'에이, 몰라. 그냥 잡아떼야지.'

　기왕 벌어진 일, 모르쇠로 일관하기로 결심한 밀라이아는 저를 향해 집요하게 쏟아지는 시선을 못 본 척하며 최대한 예쁘게 웃었다.

　"그러고 보니 인사도 늦었네요. 좋은 아침이에요, 길리안 대법관. 그리고 오래 기다리게 해서 미안해요. 이런 말하기는 부끄럽지만, 실은 여가 그만 늦잠을 자 버렸거든요."

　"……그러셨군요. 많이 곤하셨던가 봅니다."

　"네, 아마 그랬나 봐요. 어쩐지 길리안 대법관과 만날 때마다 늦잠을 자는 것 같아 민망하네요. 귀한 손님까지 모셔 왔는데 이런 모습을 보이다니."

　"아닙니다. 이른 시각부터 찾아뵌 신의 잘못이 크지요."

　밀라이아는 정중하게 사과를 건네는 청년을 보며 다시 한번 빙긋 웃었다. 분홍색 눈동자에는 제가 뭔가를 숨기고 있을 때 에스페라 공작이 종종 보여 주는 것과 비슷한 빛이 여전히 어려 있었지만, 그래도 좀 전보다는 그 색이 한층 옅어진 상태였다.

"대체 어떻게 된 건지 설명을 좀 해 줄 수 있을까요?"

"그거야 어렵지 않습니다만, 지금은 예하와 대화를 나누시는 편이 낫지 않겠습니까? 전하께서도 보셔서 아시겠지만, 저분은…….."

"시간이 금이라는 말을 몸소 실천하는 분이라고요? 괜찮아요. 아직 육십팔 분이나 남았는데요, 뭐."

"육십팔 분이라니요? 언제 적 얘기를 아직도 하시는 겁니까? 오십일 분입니다."

언제 망연자실 앉아 있었느냐는 듯 정색한 대신관이 품에서 뭔가를 꺼내 확인하며 말했다.

밀라이아는 움찔거리는 입꼬리를 간신히 잡아 내리며 보란 듯 눈을 크게 떴다.

"말도 안 돼. 벌써 십칠 분이나 지났다고요?"

"여기 이렇게 증거가 있잖습니까. 자, 보십시오. 여기도 그렇고, 여기에도 이렇게 자세히 표시되어 있는걸요."

고개를 쭉 뻗어 대신관이 내미는 시계를 들여다본 밀라이아가 인상을 찌푸렸다.

"에이, 아니잖아요. 여기 보면 시작 시간이 열 시 삼십이 분이라고 되어 있는걸요? 지금이 열한 시 사십일 분이니까, 남은 시간은 오십일 분이 아니라 오십육 분이네요."

그녀가 가리킨 부분, 즉 테두리에 달린 붉은색 돌기는 분명 6과 7 사이에 그려진 네 개의 빗금 중 두 번째 자리에 위치하고 있었다.

"아아, 그렇군요. 오 분을 더해 드리기로 한 걸 깜빡했습니다."

"흐응, 정말 깜빡한 것 맞아요? 나중에 딴소리하기 없기로 해 놓고선."

보란 듯 팔짱을 끼며 말하자, 대신관은 억울하다는 듯 손사래를 치며 파란색 돌기를 시계 방향으로 조금 이동시켰다. 그런 뒤 다시 한번 남은 시간을 확인하다 말고 물었다.

"그런데 이걸 어떻게 알아보신 겁니까? 제국의 황제께서도 이 부분이 시작 시간을 표시하는 것인지는 모르셨는데요?"

"……네?"

'설마 이 시기에는 아직 그런 기능이 없었던 건가?'

갑자기 식은땀이 났다.

시계 테두리를 따라 움직일 수 있는 두 개의 돌기 중 붉은색은 시작 시간을, 푸른색은 종료 시간을 나타낸다.

너무나 당연한 것이어서 아무 생각 없이 아는 티를 냈던 그 사실이, 아무래도 지금 이 시기에는 전혀 보편적이지 않았던 모양이었다. 그 증거로 저기 길리안 대법관조차 신기하다는 눈빛으로 대신관의 시계를 힐끗힐끗 훔쳐보고 있지 않은가.

"어…… 예전에 얼핏 봤던 기억이 나서요."

"예전이라고요? 언제 말입니까? 오, 신이시여! 이런 걸 고안해 낸 건 내가 최초라고 생각했는데!"

"뭐, 세상은 넓고 사람은 다양…… 하니까요. 대신관과 같은 생각을 한 사람이 먼저 있었을 수도 있지 않겠어요?"

"그래도 어쩜 그리 같은 생각을 했는지 궁금하군요. 혹 전하께 이걸 보여 드렸던 자를 알려 주실 수 있겠습니까? 제작자를 만나 진지한 대화를 나눠 보고 싶어 그럽니다."

"어, 그건……."

밀라이아는 집요하게 파고드는 대신관을 향해 어색한 미소를 지었다. 대충 얼버무리고 상황을 모면하려 했는데 어째 쉽지가 않아 보였다.

'어떡하지? 뭐라고 답해야 저자가 더 이상 캐묻지 않을까?'

최대한 말끝을 흐리며 이 궁리 저 궁리를 하던 때, 갑자기 괜찮은 생각 하나가 떠올랐다. 이거라면 분명 저자도 물러날 것 같았다.

"미안하지만 그건 알려 줄 수가 없겠는데요."

파르르 떨리던 입꼬리를 자연스럽게 말아 올리자, 기대감 어린 눈초리로 바라보던 대신관이 눈썹을 치켜세우며 물었다.

"어째섭니까?"

"아니, 그렇잖아요. 비싼 값을 치르고 산 시간에 여가 왜 대신관의 의문을 풀어 주고 있어야 하죠? 대신관의 시간이 금이라면 여의 시간 역시 금이랍니다. 그렇게 알고 싶으면 돈을 내든가요."

"……."

대신관은 곧바로 침묵했다.

밀라이아는 갑자기 조용해진 그를 보며 빙긋 웃었다. 언뜻 보기에도 돈을 무척 밝히는 인물이니 이거면 될 거라 생각했는데, 역시 예상했던 대로 일이 풀리는 듯했다.

"그럼 이제 여의 용건으로 돌아올……."

"자, 받으십시오."

"엇?"

얼떨결에 대신관이 내미는 금화를 받아 든 밀라이아의 눈이 휘둥그레졌다.

"이걸 왜 주는 거예요?"

"알고 싶으면 돈을 내라 하셨잖습니까. 전 다른 건 다 참아도 궁금한 건 절대 못 참습니다. 그러니 이제 말씀해주시지요. 그자가 누굽니까?"

"……."

이번에 할 말을 잃은 사람은 그녀였다. 대체 그놈의 시계가 뭐라고 이렇게까지 집착을 한단 말인가.

'안 되겠다. 적당히 둘러대야지.'

헛웃음을 삼키며 손에 쥐어진 금화를 바라본 밀라이아는 대충 아무 말이나 떠오르는 대로 답했다.

"실은 여도 잘 몰라요. 그냥 왕궁 밖으로 놀러나갔다가 스치듯 본 거라서요."

"……그렇습니까? 흐음. 안타깝군요. 안목을 넓힐 수 있는 좋은 기회라고 생각했는데 말입니다."

실망스러운 표정으로 답한 남자가 소파에 몸을 축 들어뜨렸다.

'후우, 다행이다.'

밀라이아는 속으로 안도의 한숨을 내쉬며 대신관을 바라보았다.

순간 저도 모르게 웃음이 나왔다. 언제 호기롭게 넘겨주었느냐는 듯 아쉬움이 뚝뚝 떨어지는 눈빛이 제 손에 들린 금화를 향하고 있었으므로.

'진짜 개성 확실한 사람이네.'

작게 소리 내어 웃은 밀라이아는 금화를 대신관에게 도로 건넸다. 어차피 상황을 모면하기 위해 했던 말이었을 뿐, 진짜로 돈을 받을 생각은 없었다.

"자, 받아요."

불쑥 내밀어진 금화를 물끄러미 바라보던 그가 물었다.

"이걸 왜 도로 주십니까?"

"원래 받을 생각도 없었어요. 진짜로 주길래 놀라서 그런 거지."

"오오, 감사합니다. 역시 전하께서는 내외면 모두 아름다운 분이셨군요."

반색하는 대신관을 보자 또다시 웃음이 터져 나왔다. 이렇게까지 돈에 대한 애착이 확실한 인물이라면 오히려 다른 일을 맡기기도 쉽지 않을까 싶었다. 지금 부탁하려는 일도 그렇고, 또 궁극적으로 해결해야 하는 사항도 그렇고.

'한번 운이나 떼어 볼까?'

보랏빛 눈이 반짝 빛났다.

'그래. 이참에 슬쩍 탐색해 보는 것도 나쁘지 않지.'

속으로 결심을 굳힌 밀라이아는 여전히 웃음기가 남은 얼굴로 말했다.

"빈말이어도 고맙군요. 참, 실례가 되지 않는다면 한 가지 묻고 싶은 것이 있는데."

"말씀하십시오."

"대신관의 힘을 빌리고 싶으면 어찌해야 하나요? 시간당 수당만 지불하면 되는 건가요?"

"흠, 일단 저를 찾기부터 하셔야겠지요? 그러고 나서 원하는 점을 말씀해 주시면, 의뢰의 난이도에 따라 금액이 책정됩니다. 당연히 거리에 따른 출장비도 붙고요. 전하의 경우는 제가 루아 왕국에 머무르던 때라 다행히 출장비는 덜 나왔습니다만, 그래도 사공자가 아마 사재를 꽤나 털었을 겁니다. 비밀을 요하는 건 추가 요금이 상당히 붙거든요."

대신관의 입에서 줄줄이 쏟아져 나오는 설명은 그동안 이런 대답을 수없이 해 왔다는 것을 보여 주듯 무척이나 자연스러웠다.

아무렇지 않은 얼굴로 긴 말을 마친 그는 오묘한 표정으로 저를 바라보는 그녀에게 싱긋 웃으며 첨언했다.

"아, 물론 이건 제 경우입니다. 다른 동료들에게 그런 얘기를 했다가는 아마 주신의 뿌리를 뭐로 보는 거냐며 노발대발할 겁니다. 하하."

"그렇군요."

'그건 좀 아깝네. 차라리 모두가 돈을 밝혔다면 일이 좀 더 쉬웠을 텐데.'

몰래 입맛을 다신 밀라이아가 물었다.

"하면 혹 장기 의뢰도 받나요?"

"장기라면 어느 정도의 기간을 말씀하시는지요? 아시다시피 저는 대신관인지라, 율법상 특별한 사유가 없이는 한곳에 오래 머무를 수가 없습니다."

"음, 장기라고는 해도 그렇게 길지는 않아요. 대강 삼 개월에서 오 개월 정도?"

구체적 시기를 들은 대신관이 한 손으로 턱을 쓰다듬으며 물었다.

"흠. 무엇 때문에 그러시는지요? 해독이나 치유 문제라면 별다른 문제는 없어 보이셨습니다만."

"아아, 그것 때문은 아니에요. 음. 아까 비밀 유지도 가능하다 하셨죠?"

"네."

"그럼 지금부터 얘기하는 부분은 비밀 유지를 부탁할게요. 실은 이 몸의 치유보다도 그 점 때문에 대신관을 보자고 한 거라서요."

말을 마친 그녀는 어렵지 않다는 듯 고개를 끄덕이는 대신관을 향해 감사를 표한 뒤 왼편의 청년을 돌아보았다.

"길리안 대법관?"

"염려 마십시오. 가문과 제 이름에 맹세코 발설하지 않겠습니다."

"흠. 뭐, 좋아요. 어차피 그대와도 관계된 일이니까."

가볍게 고개를 끄덕인 밀라이아가 천천히 입을 열었다.

어차피 오늘 처음 만난 사람에게 소원의 돌에 대해 물을 수는 없는 노릇. 그러니 지금은 일단 대신관을 곁에 두고 관찰할 시간이 필요했다. 그가 정말 신뢰할 수 있는 사람인지 아닌지를 파악할 수 있는 기간이.

그러기 위해서는 그 시간을 확보할 수 있는 적당한 명분이 있어야 했다.

"마침 본국에 머무르고 있었다니 알 테지만, 실은 지난달부터 계속해서 비가 쏟아져 내리고 있답니다. 게다가 곧 여름이 찾아오지요."

거기까지 말을 마친 순간, 청년이 아, 하고 신음 비슷한 소리를 냈다. 대신관도 뒤에 이어질 말을 예상한 듯 진지한 표정이었다.

"대충 짐작한 모양이군요. 맞습니다. 여는 이러다가 또다시 대규모 전염병이 도는 것은 아닐까 걱정됩니다."

밀라이아는 차분한 어조로 한 자 한 자 또박또박 말했다.

'다른 것도 아니고 왕국민의 목숨을 걸고 도박을 할 순 없지.'

아무리 생각해 봐도 사서에서 관련 내용을 보거나 에스페라 공작에게 따로 들은 적은 없었지만, 그렇다고 해서 전염병 대책을 소홀히 할 수는 없었다. 미래를 안다는 이유만으로 방비를 소홀히 했다가 만에 하나라도 불미스러운 일이 생기면 어찌한단 말인가. 게다가 전염병에 몹시 민감하다는 민심을 생각해 보면, 자칫 반년 동안 그녀를 괴롭혔던 악몽 속의 일이 현실로 다가올 수도 있었다.

"그러시군요."

"네. 하여 이리 보기를 청했던 것입니다. 혹시라도 그런 일이 발생할 경우 대신관과 신전의 지원을 받을 수 있을까 싶어서요. 사례는 섭섭지 않을 정도로 챙겨 주겠습니다. 물론 수도에 머무르는 비용은 따로 계산하고요."

가만히 듣던 대신관이 고개를 끄덕였다.

"그런 이유라면 마땅히 받아들여야지요. 너무 긴 기간은 그렇고, 두세 달 정도는 가능할 것 같습니다. 백성들을 생각하는 마음이 무척 아름다우시군요."

"아아, 다행이네요. 정말 고마워요, 대신관. 덕분에 한시름 놓았어요."

"아닙니다. 목돈을 주시는데 제가 더 감사하지요."

'아하, 그런 거였어? 어쩐지 흔쾌히 승낙하더라니.'

순간 헛웃음이 터져 나와서, 밀라이아는 입꼬리를 파르르 떨며 눈앞의 남자를 바라보았다. 물론 그걸 노리고 사례 얘기를 한 것이기는 하나 너무 대놓고 그렇다 얘기하니 오히려 당혹스러웠다.

'정말로 돈만 쥐여 주면 소원의 돌도 쉽게 해결할 수 있는 거 아냐?'

당연히 그전에 몇 가지 확인 절차를 거쳐야겠지만, 잘만 하면 생각보다 쉽게 일을 해결할 수 있을 것도 같았다.

"아, 그리고 큰 건에 대한 감사 표시로 동료 대신관 하나를 더 호출해 드리겠습니다. 그에게도 이 일을 맡게 하느냐는 물론 전하께서 알아서 하실 일입니다만, 사정을 얘기하시면 아마 거절은 안 할 겁니다."

'오, 이게 웬 횡재야.'

밀라이아는 속으로 쾌재를 부르며 환하게 웃었다. 예상외로 잘 풀리는 일이 반가운 듯 길리안 대법관의 눈에도 기쁨이 떠올라 있었다.

"어머, 정말요? 그렇게 해 주신다면야 더는 바랄 게 없지요. 고마워요, 대신관."

"별말씀을."

가볍게 고개를 까딱해 보인 대신관이 활짝 웃는 얼굴로 말했다.

"하면 사례는 얼마나 주실 겁니까? 오랜만에 받는 큰 건수라 가슴이 두근두근하군요."

"음. 그건 당장 정할 수 있는 일은 아닌 것 같네요. 고민을 좀 해 보고 답해도 될까요?"

"그러십시오. 당분간은 수도에 머무르고 있겠습니다."

"고마워요."

생긋 웃어 보이자, 대신관은 마주 미소 짓고는 시계를 꺼내 남은 시간을 확인했다.

밀라이아는 고개를 한쪽으로 기울이며 물었다. 어차피 할 말은 대충 끝냈겠다, 이쯤에서 자리를 정리하는 것도 괜찮을 듯했다. 일어나자마자 와서 그런가 배가 고프기도 했고.

"이제 사십 분쯤 남았나요?"

"네. 정확하게는 삼십구 분 남았습니다."

"하면 그건 다음에 만났을 때에 마저 써도 될까요? 미안하지만 오늘은 다른 일정이 또 있어서요."

진심으로 미안해하는 양 조심스럽게 이야기하자, 대신관은 그녀를 물끄러미 쳐다보다 천천히 고개를 끄덕였다.

"좋습니다. 원래는 안 되는 거지만, 전하께서는 특별하시니까요."

"고마워요. 그럼 비용 문제는 최대한 빨리 정해서 전갈을 보내도록 하지요."

"그리하십시오. 사공자를 통해 보내 주시면 될 겁니다."

"네."

'좋아, 그럼 이걸로 사십 분은 벌었고.'

속으로 슬쩍 웃은 그녀는 왼편을 돌아보며 말했다.

"길리안 대법관, 오늘 정말 수고가 많았어요. 다음에 만나면 크게 후사할게요."

"괜찮습니다. 전하를 위한 작은 성의라 생각해 주십시오."

"아니에요. 그래도 계산은 확실하게 해야죠. 그럼 두 사람 모두 다음에 봐요."

끝까지 미소를 지어 보인 밀라이아가 자리에서 일어났다.

아무래도 페르디난드 공작을 좀 만나 봐야 할 것 같았다. 그전에 식사부터 좀 하고서.

제3곡

sequéntĭa
속송

· · · · · · · ·

8부

facies post personam I
가면 뒤의 얼굴

facies post personam Ⅰ
가면 뒤의 얼굴

부슬부슬 내리던 빗줄기가 점점 더 굵어지고 있었다. 유리창을 두드리는 소리하며 새카맣게 변한 하늘이 영 심상치 않았다.

대신관과 면담을 했던 바로 그날 오후.

평소보다 이른 점심 식사를 마친 밀라이아는 집무실 문을 걸어 잠근 뒤 북쪽 벽면에 돌을새김으로 새겨진 독수리 조각의 눈을 눌렀다.

그 순간, 올록볼록하게 튀어나와 있던 돌이 옆으로 밀리며 숨겨져 있던 작은 공간이 모습을 드러냈다.

조심스럽게 안으로 손을 집어넣자 손에 차가운 무언가가 잡히는 것이 느껴졌다.

반투명한 막으로 뒤덮여 있는 꽃 모양의 물체, 그리고 그 안에 들어 있는 푸른 보석. 소원의 돌.

그녀를 본래의 삶으로 데려가 줄 유일한 존재를, 밀라이아는 조심스럽게 집어 들어 찬찬히 살폈다.

그중에서도 그녀가 집중적으로 관찰한 부분은 무언가가 떨어져 나간 것처럼 울퉁불퉁한 자리, 총 여섯 장의 꽃잎 중 지금은 사라지고 없는 석 장의 꽃잎이 다시 피어나야 하는 곳이었다.

'어떻게 해야 이걸 복원할 수 있는 걸까?'

일단 대신관이라는 존재를 불러들이는 것까지는 성공했는데, 아무리 생각해도 어째서 자신이 네 번째 조각을 복원할 사람이라는 것인지는 알 수가 없었다.

'설마하니 내가 아니면 대신관을 끌어들일 수 있는 자가 없다는 건 아닐 테고, 대체 어떤 식으로 접근해야 자연스럽게 물어볼 수가 있지?'

신성력으로 이루어진 물건이면서 왕가의 보물이 되어 있다는 점을 봐도 그렇고 어떤 소원이든 이루어 준다는 그 엄청난 기능을 봐도 그렇고, 아무리 생각해 봐도 소원의 돌은 그 존재가 알려져서는 안 되는 물건임이 분명했다. 이것은 사람이라면 누구나 탐낼 수밖에 없는 그런 보물이었으니까.

'대신관을 데려와도 문제네. 돈만 주면 비밀 보장은 해 준다지만 그걸 어디까지 믿어야 할지도 문제고, 설사 신뢰할 수 있다 하더라도 막상 소원의 돌을 보고 나면 또 어찌 나올지 모르는 거잖아? 신성력이 담긴 물건이니까 마침 명분도 딱 좋고 말이지.'

하긴 그랬으니까 여왕도 홀로 어찌해 보려다 그 지경까지 된 거겠지만, 그래도 생각하면 생각할수록 머리가 아팠다.

'하아, 모르겠다. 일단은 옆에 두고 좀 지켜보면서 판단하는 수밖에.'

마음 같아서는 당장에라도 이걸 복원해서 돌아가고 싶었으나, 단한 번밖에 없는 기회이니만큼 잘못되는 일이 없도록 신중을 기해야 했다. 급한 마음에 덤벼들었다 젊은 나이에 스러져 버린 여왕처럼 되는 건 절대로 사양이었다.

한숨을 쉬며 이미 피어난 석 장의 꽃잎을 조심스레 만져 본 밀라이아는 소원의 돌을 도로 비밀금고 안에 집어넣었다. 그러고는 독수리의 날개를 밀어 벽을 원래대로 되돌린 뒤, 굳게 잠갔던 집무실 문의 걸쇠를 다시금 풀었다.

똑똑.

막 돌아서는 순간 들려온 소리에 몸이 파드득 튀어 올랐다.

심장이 미친 듯이 빠르게 뛰는 것이 느껴졌지만, 밀라이아는 애써 표정을 가다듬으며 책장 앞으로 다가가 아무 서류철이나 뽑아 들었다.

그와 거의 동시에 문이 열렸다.

"여왕 전하, 페르디난드 공작이 뵙기를 청합니다."

"들라 하도록."

최대한 자연스럽게 답한 그녀가 책장에 서류철을 도로 꽂았다.

잠시 후 군데군데 젖은 예복 차림의 남자가 들어와 인사를 건넸다.

"여왕 전하를 뵙습니다."

"어서 와요, 페르디난드 공작."

밀라이아는 거칠어진 숨을 몰래 내쉬며 탁자 쪽으로 걸어갔다. 너무 놀라서인가, 아직도 가슴이 두근두근했다.

"그래, 반응들은 어떻던가요?"

"어떤 반응 말씀이십니까?"

"알면서 뭘 물어요? 왕제에 대한 것 말이에요."

상석에 앉은 후 손짓하자, 남자는 뚜벅뚜벅 걸어와 오른편에 자리하고는 답했다.

"피오르 공작이야 당연히 심기가 불편한 상태고, 길리안 공작은 좀 아쉬운 기색이긴 하나 별다른 반응은 없었습니다. 그쪽 입장에서야 이 정도만 해도 호박이 넝쿨째 굴러들어 온 격이 아닙니까."

"그래요? 난 공작을 대단히 견제할 줄 알았는데?"

"그거야 늘 그래 왔으니 상관없습니다. 그래 봤자 평소보다 조금 더 심해진 것뿐입니다."

팔짱을 낀 밀라이아가 말했다.

"흐응. 뭐, 그렇다면야. 어쨌든 덕분에 왕제의 신뢰도 얻고 좋겠어요?"

"당연히 좋지요. 차기 국왕께 잘 보여 둬서 나쁠 게 어디 있겠습니까?"

"그렇겠죠. 어차피 나야 곧 떠날 사람이니까요."

"뭐, 세상 이치가 다 그런 것 아니겠습니까?"

태연하게 말을 받아친 공작이 갑자기 깨달았다는 양 한쪽 눈썹을 치켜세우고는 물었다.

"가만, 설마 지금 질투하시는 겁니까? 신이 왕제 저하께 잘 보여서요?"

"흥, 내가 왜요?"

"역시 그렇지요? 설마하니 자비로우신 전하께서 속 좁게 저하를 질투하시겠습니까. 그것도 사전 논의가 없었던 것도 아니고 이미 다 합의된 사항을 말입니다."

"……시끄러워요. 그런 식으로 돌려서 말하면 못 알아챌 줄 알아요?"

까칠하게 답한 밀라이아가 머리카락을 위로 훅 불었다. 어렵사리 만든 측근을 뺏긴 것만 같은 기분에 잠시 불쾌했던 건 인정하겠지만, 그렇다고 해서 이렇게 대놓고 놀림당하는 것까지 용인할 생각은 없었다.

빙긋 미소 지은 공작이 말했다.

"걱정 마십시오. 떠나시는 그날까지 신은 오직 전하만을 위해 충성을 다할 것이니까요."

"……뭐, 그러든가요."

왠지 모를 민망함에 퉁명스럽게 답하자, 공작은 여전히 웃음기가 남은 얼굴로 말했다.

"참, 전염병 대비 점검 말입니다. 일단 공문은 전부 작성해 둔 상태입니다만, 그전에 한 가지를 상의 드려야 할 듯합니다. 함정을 하나 파 두면 꽤 괜찮은 명분으로 활용할 수 있을 것 같은데 어찌 생각하시는지요?"

"아하, 그러네요. 적당한 무대를 만들어 놓고 관리 부실을 문제 삼으면 될 테니까요."

"네. 하여 여쭙는 것입니다. 어찌하시겠습니까? 손을 좀 쓸까요?"

"아뇨. 그냥 원칙대로 처리해 줘요. 중간에 손대는 일 없이."

공작의 말마따나 이번 기회를 잘만 활용한다면 정적들을 한 번에 몰아낼 수도 있겠지만, 차라리 권력을 내려놓을지언정 나라의 근간인 왕국민들을 희생시킬 수는 없었다.

단호한 대답을 들은 남자가 손가락으로 턱을 문질렀다.

"흐음. 알겠습니다. 그렇게 하지요."

상당히 아쉬워할 줄 알았는데, 그는 의외로 무덤덤한 표정이었다. 아니, 오히려 꽤 즐거워하는 것처럼 보였다. 꽉 다물려 있던 입술이 미묘하게 곡선을 그린 채 위로 올라간 것을 보면.

"하면 이대로 각 지방에 공문과 시찰단을 내려보내겠습니다. 넉넉잡아 삼 주 정도면 결과를 받아 보실 수 있을 겁니다."

"알겠어요. 참, 그리고……."

"말씀하십시오."

"전염병 하니까 생각났는데, 신전 말이에요. 만일의 사태가 발생할 경우 그쪽에 협조 요청을 넣어도 되는 건가요? 대신관을 파견해 달라고 한다든가."

갑작스러운 질문을 받은 공작이 팔걸이를 톡톡 두드렸다.

"협조 요청이라……. 그러잖아도 그 문제로 드릴 말씀이 있습니다. 일전에 말씀하셨던 그 '대가' 말입니다."

"대가요? 아, 신전 조사 말이에요?"

"네. 그 문제 말입니다만, 송구하나 조금 더 기다려 주실 수 있겠습니까? 별일 아닐 줄 알았는데 생각보다 알아내기가 훨씬 어렵더군요. 아무래도 시간이 좀 더 필요할 것 같습니다."

"허…… 그래요?"

그냥 가볍게 확인만 하고 넘어가려고 했는데, 어쩐지 일이 커지는 것 같았다.

"그렇습니다. 원래는 지원금이나 왕실에 대한 상대적 우위를 노리고 접근한 게 아닐까 예상했습니다만, 어쩐지 그런 이유는 아닌 듯합니다. 당일 만나셨던 로체 신관이라는 자를 떠보려 했는데 생각보다 훨씬 과민한 반응을 보이더군요. 아무래도 뭔가 다른 노림수가 있는 것 같습니다."

"으음. 그렇다면 협조 요청 문제도 보류해야겠네요."

"그렇지요. 아무래도 저들이 바라는 게 무엇인지를 모르는 이상, 공연한 빌미를 줄 필요는 없지 않겠습니까?"

당연하다는 듯 고개를 끄덕이는 공작을 보자 갑자기 한 가지 생각이 떠올랐다.

'어라, 그럼 대신관을 잘 끌어들인 건가? 아직 비용 문제가 남아 있긴 하지만 말이지.'

비밀 보장을 요구했으니 아직 신전에 방문을 알리지도 않았을 터. 잘만 하면 신전의 요구가 무엇이건 간에 이 일을 무난하게 해결할 수 있을 것 같았다.

'어디 잠깐 놀려 볼까?'

왠지 웃음이 나와서, 밀라이아는 손으로 슬쩍 입가를 가리며 최대한 자연스러운 목소리로 물었다.

"알겠어요. 그럼 대강 짐작 가는 부분도 없는 거죠?"

"네. 하나 그리 꽁꽁 숨기고 있는 것을 보면 뭔가 무리한 것을 바라고 있을 공산이 큽니다. 이것 참 불행이라고 해야 할지 다행이라고 해야 할지 잘 모르겠군요. 하필이면 신전의 도움이 필요할지도 모르는 시기에 이런 일이 생기다니 말입니다."

눈썹을 찡그리는 공작을 향해 어깨를 으쓱해 보인 밀라이아가 답했다.

"뭐, 어쩌겠어요. 그나마 먼저 파악했다는 걸 다행으로 여겨야지. 힘들겠지만 조금만 더 애써 줘요. 그들이 바라는 게 뭔지는 알고 있어야 최악의 경우에 협상의 우위라도 점할 수 있지 않겠어요?"

"하아, 알겠습니다. 어째 전하를 만난 이후로 점점 일이 느는 것 같군요."

땅이 꺼져라 한숨을 내쉬는 공작을 웃음기 어린 얼굴로 바라보던 밀라이아가 말했다.

"그런데 이걸 어쩌죠? 공작이 해야 할 일이 하나 더 늘어난 것 같은데."

"네? 이번엔 또 뭡니까?"

"음. 실은 아까 대신관을 만났거든요. 그래서 관련 얘기를 좀 했었는데……. 하필 일이 이렇게 될 줄은 몰랐네요. 이를 어쩌면 좋죠?"

기가 찬다는 눈빛으로 그녀를 바라본 공작이 말했다.

"대신관이라고요? 대체 언제 거기까지 손을 뻗으신 겁니까?"

"음, 어쩌다 보니?"

"뭡니까? 몰래 만나신 걸로도 모자라 이제는 답마저 회피하시는 겁니까? 어차피 말씀하지 않으셔도 어찌 된 일인지 대충 알 것 같기는 합니다만."

까칠한 표정으로 투덜거린 공작이 다시 한번 깊은 한숨을 내쉬고는 말했다.

"뭐, 이미 벌어진 일인데 어쩌겠습니까. 최대한 수습해 보는 수밖에요. 하면 어떤 대화를 나누셨는지 자세히 말씀해 주실 수 있겠습니까?"

"별 얘기 안 했어요. 그냥 사정이 이러저러하니 당분간 수도에 머물러 줬으면 좋겠다고 한 것뿐?"

"흠. 그리고요?"

"보니까 시간이 금이라는 신조를 대단히 철저하게 지키는 사람이더라고요. 그래서 상당한 대가를 지불하겠다고 했죠. 거기다 수도에 머무르는 비용은 따로 주겠다고 그랬더니, 대단히 감사하다면서 두세 달 정도는 수도에 머무르겠다고 하던데요."

"그랬군요. ……잠깐, 방금 뭐라고 하셨습니까? 대신관이 뭐라고 했다고요?"

놀란 기색이 역력한 얼굴을 보자 참았던 웃음이 터져 나왔다.

"왜 그런 표정이에요? 수도에 머무르겠다고 했다니까요."

"……뭡니까. 대신관을 끌어들였다면 굳이 신전 때문에 고민할 필요도 없었던 거잖습니까. 설마 지금껏 절 놀리신 겁니까?"

"어머, 설마요. 자비로운 이 몸이 속 좁게 그런 짓을 할 리가 없잖아요?"

"하아, 네. 자비로움의 극치이신 전하께서 그러실 리가 없겠지요."

좀 전에 들었던 이야기를 그대로 돌려주는 그녀를 보며 다시 한 번 헛웃음을 흘린 공작이 말했다.

"어쨌든 잘됐군요. 덕분에 우리의 가장 큰 약점이 없어졌으니, 신전의 속셈이 무엇이건 간에 최소한의 방비는 한 셈이 되었습니다."

"네. 대신 대가는 섭섭지 않게 챙겨 줘야 할 거예요. 아까도 얘기했지만, 시간이 금이라는 신조를 철저하게 지키는 사람이라서요."

"그 점은 염려 마십시오. 무슨 수를 써서든 예산을 만들어 보겠습니다. 그런데 혹 대신관이 신전과 결탁했을 가능성은 없습니까?"

"그건 걱정 마요. 애초에 부른 이유도 그게 아니라 다른 것이었고, 그다음에는 비밀 엄수 조건을 걸었으니까요."

손가락으로 팔걸이를 톡톡 두드린 공작이 말했다.

"그렇다면 일단 안심이로군요. 하면 길리안 대법관의 입도 물론 단속하셨겠지요?"

"그럼요. 가문과 본인의 이름을 걸고 맹세……. 어라, 그가 동석한 줄은 어떻게 알았어요?"

"대신관을 만났다고 하지 않으셨습니까. 오전 중에 전하께서 알현하신 사람이라고는 길리안 대법관밖에 없으니 당연한 결과지요."

"……뭐야, 지금 나 감시해요?"

황당한 표정으로 묻자 공작은 어깨를 으쓱하며 답했다.

"그거야 뭐 모든 계파가 다 하는 거 아니었습니까? 그리고 기왕이면 관심이라고 하지요. 신이 어찌 감히 전하를 감시할 수 있겠습니까?"

"하, 말이나 못하면. 그래도 대신관이 온 줄 몰랐던 걸 보면 보안 유지가 아예 안 되는 건 아닌가 보네요."

픽 웃은 밀라이아는 꼿꼿하게 세웠던 허리의 힘을 풀어 등받이에 기댔다. 신전의 속셈을 알 수 없는 것이 마음에 걸리기는 했지만, 그래도 제법 이것저것 해결한 사항들이 있으니 그것으로 일단 만족이었다.

한결 가벼워진 마음으로 잠시 늘어져 있는데, 생각에 잠긴 표정으로 침묵하던 공작이 불쑥 말했다.

"한데 전하."

"얘기해요."

"하면 일전에 부탁드렸던 일은 어찌 되는 것입니까? 전하께서 말씀하신 대가를 치르려면 상당히 긴 시간이 필요할 듯한데요."

"음. 무도회 날짜가 언젠가요?"

부러 고민에 빠진 척하며 묻자, 공작은 기다렸다는 듯 바로 답했다.

"보름 후에 열까 생각 중입니다."

"그렇군요. 알겠어요. 그럼 뭘 준비하면 될까요?"

"어, 참석해 주시는 겁니까?"

"뭐야, 평소에 날 어떻게 봤기에 그런 반응이에요? 나도 그 정도 융통성은 있는 사람이라고요. 공작이 약속을 안 지킬 사람도 아니고."

게다가 신전이 뭔가를 노리고 있다는 것을 알게 된 이상 아마 궁금해서라도 이 일을 계속해서 알아볼 것이 분명했다. 그러니 그가 저 필요한 것만 챙기고 나 몰라라 할 거란 걱정은 안 해도 되었다.

"그야 뭐……. 어쨌든 감사합니다. 아, 준비는 신이 다 알아서 할 터이니 걱정하지 않으셔도 됩니다."

"그래요, 그럼 나야 좋죠. 궁을 빠져나가는 문제도 공작이 처리해 주는 거죠?"

"물론입니다."

"좋아요. 그럼 그때 연락해요."

순순히 승낙하자, 공작은 가볍게 고개 숙여 감사를 표했다. 이제야 한시름 놓은 듯 좀 전보다 훨씬 부드러워진 표정이었다.

'어쨌거나 한배를 탄 사이인데 이 정도는 해 줘도 되겠지. 어차피 정체를 드러내는 것도 아닌데 뭘. 그나저나 가면무도회라……. 재밌겠는데?'

만에 하나 가면이 벗겨질 경우 정체가 들통 날 수도 있다는 단점이 있었지만, 얼굴을 숨기고 사람들과 어울린다는 것 자체가 주는 아슬아슬한 긴장감이 기대감을 한껏 부풀게 했다.

'좋아, 그럼 무도회에 참가하기 전까지는 좀 한가롭게 지내야지. 어차피 이목을 분산시킬 필요도 있겠다, 당분간 두 후보랑 노닥거리기나 하지 뭐.'

어쩐지 앞으로의 일이 몹시 기대되었다. 영윤이 상단을 키워 나가는 것을 지켜볼 일도, 자숙하고 있는 왕제를 이따금씩 찾아갈 일도, 그리고 가면무도회에서 벌어질 일들도.

밀라이아의 입가에 엷은 미소가 떠올랐다.

사흘 뒤.

꼭 필요한 업무를 제외하고는 전부 내려놓은 채 평화로운 시간을 보내던 밀라이아는 오랜만에 가벼운 발걸음으로 궁을 나섰다. 일전에 약속했던 단독 데이트권을 지금 행사하고 싶노라며, 레노아 영윤이 만나기를 청해 왔기 때문이다.

새벽까지만 해도 비가 부슬부슬 내렸던 탓일까?

나무들이 만들어 낸 미로에 들어서자 촉촉하게 물기를 머금은 잔디밭이 그녀를 반겼다. 발아래 밟히는 느낌이 무척 보드라우면서도 푹신했다.

오랜만에 맡아 보는 마른 공기를 한껏 들이마시며 안쪽으로 접어들자 저만치에 초록빛 잎사귀로 뒤덮인 아치형 문이 보였다. 그 앞에는 화려한 벌꿀색 머리카락을 길게 늘어뜨린 남자가 서 있었다.

"오랜만이에요, 레노아 영윤."

소리 없이 다가간 그녀가 생글거리며 인사를 건넸다.

놀란 표정을 지은 영윤이 깊숙이 허리를 숙여 예를 갖췄다.

"레오나르 수 레노아가 고귀하신 여왕 전하를 뵙습니다. 오늘도 옷이 무척 잘 어울리시는군요. 참으로 아름다우십니다."

"고마워요. 영윤도 여전히 눈부시게 아름답네요."

"네?"

평소답지 않게 맞받아치는 말에 눈을 둥그렇게 뜬 남자는 잠시 후 웃음기 어린 목소리로 감사를 표했다.

"감사합니다, 전하."

"그럼 이만 들어갈까요?"

"네."

밀라이아는 부드럽게 웃는 남자를 향해 마주 미소 지으며 아치형 문 안으로 발을 들였다.

폭신한 풀을 밟으며 걸어 들어가자 커다랗게 솟은 나무 아래 하얀 원탁과 의자가 보였다. 옅은 분홍빛 테이블보에 감싸인 원탁 위에는 알록달록한 꽃 장식까지 있었다.

'저거, 왠지 클로에의 작품 같은데?'

그렇게 레노아 영윤을 응원하더니 이제는 대놓고 핑크빛 분위기마저 연출한 건가 싶었다.

픽 웃어 버린 밀라이아는 그리로 걸어가 영윤이 빼 주는 의자 위에 앉았다.

맞은편에 앉은 영윤이 싱글거리고 웃었다.

"왜 그리 웃어요?"

"그냥, 오랜만에 뵈니 반가워서요. 그간 무탈하셨습니까?"

"뭐, 그럭저럭 지냈지요. 영윤은 그동안 잘 지냈나요?"

"아니오, 잘 못 지냈습니다."

"아니, 왜요? 무슨 안 좋은 일이라도 있었나요?"

놀란 그녀의 물음에 영윤은 심각한 표정으로 답했다.

"네. 실은 그동안 가슴이 많이 아팠습니다. 어떤 아리따운 여성 분께서 저를 팽개쳐 두고 다른 분과만 좋은 시간을 보내셨거든요."

"네…… 에?"

그게 무슨 소리냐고 되물으려던 밀라이아는 문득 드는 생각에 헛 웃음을 흘리며 영윤을 흘겨보았다. 보아하니 대신관의 일로 길리 안 대법관과 먼저 만났던 걸 이야기하는 모양이었다.

"미안해요. 일부러 그러려던 건 아니었는데, 어쩌다 보니 일이 그렇게 됐네요."

사과를 들은 그가 보란 듯 크게 한숨을 쉬었다.

"하아. 이거 뭔가 자존심이 상하는군요. 그거 아십니까? 신을 이 렇게 막 대한 여성은 전하가 처음이십니다."

그래서 지금 대단히 상처받았다며 가슴을 부여잡는 남자를 보자 갑자기 웃음이 터져 나왔다.

'하여간. 마음이 없는데도 이러는 걸 보면 천부적인 꾼은 꾼이라 니까.'

"막 대하다니, 그럴 리가요. 여가 영윤을 얼마나 아끼는데요."

"그러시면 뭐 합니까. 이미 사교계에서 놀림감이 되었는데요. 아 니, 뭐, 원래 그런 의도로 후보가 된 게 아니니 할 말은 없습니다 만, 그렇다고 진실을 밝힐 수 있는 것도 아니라 억울하긴 합니다."

"그랬나요? 이거 미안해서 어쩌죠?"

여전히 웃음기가 남은 음성으로 묻자 영윤은 기다렸다는 듯 냉큼 답했다.

"하면 전하께서 신의 억울함을 풀어 주시면 되지 않겠는지요?"

"어떻게요?"

"간단하잖습니까. 신에게 마음을 주시면 됩니다."

"……어휴, 정말. 어쩜 하는 말마다 전부 그런 식이에요? 그리고 받지도 않을 거면서 막 달라고 그러는 거 아니에요."

밉지 않게 눈을 흘기는 그녀를 보며 부드럽게 눈꼬리를 휜 영윤이 소리 내어 웃었다.

"하하, 들켰습니까?"

"네. 그러니까 이제 진짜 원하는 게 뭔지 얘기해 봐요."

딱 잘라 이야기하자, 영윤은 눈꼬리를 늘어뜨리며 무어라 말하려다 말고 입을 다물었다.

그의 시선이 닿는 곳을 돌아본 밀라이아가 눈을 동그랗게 떴다. 뭘 그리도 많이 가져오는 건지, 은쟁반을 든 채 줄줄이 나타나는 시녀들은 얼핏 보기에도 대여섯은 되어 보였다.

"송구합니다, 전하. 담소를 방해함을 용서하세요."

"괜찮아요. 한데 뭘 이리 많이 가져왔어요? 이 정도면 한 끼 식사라고 해도 되겠는데요?"

"그게…… 조금씩 챙기다 보니 이렇게 되었네요."

민망한 듯 시선을 피한 클로에가 헤헤 웃었다. 그렇게 레노아 영윤, 레노아 영윤하며 노래를 부르더니 아무래도 사심이 들어간 게 확실했다.

정말 못 말리겠다는 생각에 실소를 짓는데, 하얀 원탁 위에 빼곡하게 놓인 갖가지 맛의 머핀이며 쿠키 등을 흥미롭게 바라보던 영윤이 말했다.

"와, 정말 많은데요? 감사합니다, 레티시아 영애. 덕분에 아주 즐거운 시간을 보낼 수 있을 것 같습니다."

"뭘요. 맛있게 드셨으면 좋겠네요."

밀라이아는 정중하게 인사를 주고받는 남녀를 보며 찻주전자에 손을 뻗었다.

시간을 딱 맞춰 가져온 듯 적당한 온도를 머금은 찻물을 두 개의 잔에 따라낸 그녀는 그중 하나를 영윤의 앞으로 밀어 준 뒤 제 몫의 잔을 들어 입술을 축였다. 입안을 맴도는 라벤더 향이 제법 은은했다.

하지만 차를 한 모금 마신 그녀가 잔을 도로 내려놓을 때까지도 클로에는 눈을 말똥말똥 빛내며 두 사람을 바라볼 뿐 돌아갈 생각이 없어 보였다. 심지어는 같이 온 시녀들이 전부 물러났음에도 그랬다.

"클로에?"

의아한 얼굴로 부르자 클로에는 그제야 화들짝 놀란 얼굴로 답했다.

"넷? 부르셨어요, 전하?"

"네. 혹시 뭔가 할 얘기가 남았나요?"

"아, 아뇨. 그건 아닌데……. 그러니까……."

우물쭈물하며 말끝을 흐리는 그녀의 얼굴은 분명 언젠가 밀라이아가 보았던 표정과 상당히 닮아 있었다. 정확히 언제였는지는 기억이 잘 안 났지만.

'분명히 봤었는데. 언제였더라?'

슬그머니 눈매를 좁히는데, 한참 동안 입술만 달싹이던 클로에가 도저히 못 참겠다는 듯한 얼굴로 말했다.

"정말 죄송해요, 전하. 그런데 도무지 발길이 떨어지지 않아서요. 두 분 너무 잘 어울리시는 거 아니에요? 선남선녀라는 말은 이럴 때 쓰라고 있는 거였나 봐요! 보고만 있어도 마음이 막 행복해지는 거 있죠!"

"……."

그제야 밀라이아는 그 표정을 어디서 봤는지 깨달았다. 그건 자신을 처음 만났을 때 클로에의 얼굴에 떠올랐던 바로 그 표정이었다.

흥미롭다는 눈빛으로 클로에를 돌아본 영윤이 눈꼬리를 부드럽게 휘며 말했다.

"그리 말씀해 주시니 기쁘군요. 전하를 지근거리에서 모시는 분이어서 그런지 역시 안목이 탁월하십니다."

"저는 그저 당연한 얘기를 했을 뿐인걸요. 그보다 두 분 정말 잘 어울리세요. 보고만 있어도 눈이 막 행복해지는 기분이라니까요?"

"하하, 그건 저도 마찬가지랍니다. 이건 비밀입니다만, 사실은 지금도 눈앞의 아리따운 여성분들 때문에 가슴이 터질 것만 같습니다."

'아니, 이 작자가?'

묵묵히 두 사람의 대화를 듣던 밀라이아가 헛웃음을 지었다. 원래 그런 사람이라는 건 익히 알고 있었지만, 설마하니 이 자리에서까지 그럴 줄은 몰랐다.

"레노아 영윤, 지금 내 앞에서 작업 거는 거예요?"

어이없어하는 그녀를 보면서도 여유롭게 미소 지은 영윤이 답했다.

"설마 그럴 리가 있겠습니까? 신은 그저 미인을 미인이라 했을 뿐, 불손한 의도 같은 건 전혀 없습니다."

"흐응, 그래요?"

"그럼요. 전하께서는 모르십니다. 아름다운 것을 아름답다 말하지 못하는 게 얼마나 고통스러운지 말입니다."

"맞아요! 그게 얼마나 슬픈 건데요!"

정말 그렇다며 클로에는 격하게 동의했다.

보란 듯 눈꼬리를 늘어뜨린 영윤이 말했다.

"한데 전하께서는 야속하게도 그런 제 마음을 잘 알아주지 않으신답니다. 그저 오늘 참 아름다우시다고 말씀만 드려도 질색하시곤 하지요. 보십시오, 지금도 저리 싫어하시질 않습니까."

"하긴 전하께서 그런 면이 좀 있으시죠. 그래서 저도 자제하려고 하는데 잘 안 되는 게 문제예요. 그치만 너무 아름다우신 걸 어떡해요? 예쁜 걸 예쁘다고 말하는 게 죄는 아니잖아요?"

그까짓 게 뭐라고 흥분한 클로에를 보며 한숨을 내쉰 밀라이아가 말했다.

"이제 그만해요, 클로에. 듣고 있기 민망하네요."

"하지만…… 윽, 죄송해요, 전하."

무어라 반박하려던 클로에는 밀라이아의 표정을 보고서야 제 실수를 깨달은 듯 황급히 고개를 숙였다. 그러고는 어물어물 물러가겠다고 말한 뒤 재빨리 자리를 떴다.

멀어지는 그녀를 보며 한숨을 내쉰 밀라이아는 싱글거리는 영윤을 한번 흘겨본 뒤 찻잔을 들어 올렸다. 갑자기 확 피곤해지는 기분이었다.

"귀여운 영애로군요. 요즘 사람답지 않게 순수하기도 하고 말입니다."

"……클로에는 안 돼요. 건드릴 생각일랑 하지도 마요."

딱 잘라 경고하자, 하하 웃은 영윤이 말했다.

"이것 참, 신에 대한 신뢰가 먼지 한 톨만큼도 없으시군요. 아무려면 신이 전하의 전속 시녀에게 손을 뻗겠습니까? 아무리 그래도 대외적으로는 국서 후보인데 말입니다."

"뭐, 그렇다면 다행이고요."

밀라이아는 시큰둥한 목소리로 답하며 달콤해 보이는 쿠키를 하나 집어 들었다. 그의 수많은 여성편력에 클로에까지 포함되는 꼴은 보고 싶지 않았다. 이러니저러니 해도 저를 무척 좋아해 주는 그녀가 상처받는 모습은 더더욱.

부스러기가 떨어지지 않도록 작게 한 입 베어 무는데, 여전히 웃는 낯으로 찻잔을 끌어당긴 영윤이 말했다.

"그건 그렇고…… 아까 그 얘기 말입니다."

"아, 그러고 보니 말이 중간에 끊겼군요. 어디까지 얘기했었죠?"

"정말로 바라는 게 뭐냐고 물어보신 곳까지요. 간략하게 말씀드리자면, 실은 날씨 때문에 테슬라를 비롯한 찻잎들의 수급이 좀 어려워져서 말입니다. 이미 이것저것 벌여 둔 처지인지라 수급이 원활해질 때까지 마냥 기다릴 수도 없고……. 하여 전하께 조언을 구하고자 이리 뵙기를 청한 것입니다. 혹 현 상황을 타개할 방법이 없을는지요?"

"아하, 흠."

밀라이아는 잠시 고민하는 표정을 지으며 머리카락을 뱅뱅 돌렸다.

'이러면 얘기가 쉽겠는데?'

어차피 그가 거절할 리는 없다는 생각이 들었지만, 어쨌거나 이렇게 되면 앞으로 할 얘기에서 좀 더 우위를 점할 수 있겠다 싶었다.

"그럼 지난번에 얘기했던 거래 하나 안 할래요? 영윤에게도 손해 보는 이야기는 아닐 것 같은데."

갑작스러운 이야기에 머리카락을 한번 쓸어 넘긴 영윤이 물었다.

"우선 어떤 내용인지 여쭈어도 되겠습니까?"

"그야 물론이죠. 사실 그렇게 어려운 건 아니에요. 그냥 건네주는 품목들을 확보해 두기만 하면 되니까요. 대신 푸는 시기는 여가 정하고, 필요할 경우 왕실에 독점적으로 판매해 주는 조건으로. 이 조건에 동의한다면, 자금 순환이 원활해질 때까지 추가로 투자해 줄 수도 있어요."

"흠. 독점 판매의 경우엔 가격이 깎이는 겁니까?"

"상황에 따라 그럴 수도 있지만, 적어도 손해는 보지 않게 해 주겠어요. 어떤가요?"

확신에 찬 답을 들은 영윤은 곧장 고개를 끄덕였다.

"그 정도라면 문제없습니다. 한데 어디에 쓰시려고 그런 조건을 거시는지요?"

어깨를 으쓱한 밀라이아가 답했다.

"실은 그게 전부 약초와 식량이라서요. 영윤도 말했듯 요즘은 비가 많이 오는지라, 만약을 대비해서 수량 확보를 좀 더 해 둬야겠다는 생각이 들었답니다. 물론 지금 있는 비축분도 적은 편은 아니지만요."

"아하, 그렇군요. 한데 식량이야 그렇다 쳐도, 약초의 수급이 어려운 건 테슬라와 마찬가지 아닐는지요?"

밀라이아는 곧바로 허점을 찌르고 들어오는 영윤을 보며 빙긋 웃었다. 바로 그 점 때문에 말할 시기를 재고 있었던 건데, 그가 먼저 도움을 요청해 온 이상 적당히 받아쳐도 될 것 같았다.

"그래도 품목이 늘어나니 지금보다는 낫지 않겠어요? 뭐, 싫다면 하지 않아도 되고요."

"아, 아닙니다. 알려주시는 것만 해도 충분히 감사하지요. 사실 좀 난처하던 상황이었는데, 덕분에 원만하게 해결할 수 있을 것 같습니다. 감사합니다, 전하."

"그렇다면 다행이네요. 자, 받아요."

가볍게 고개를 끄덕인 밀라이아는 몹시 기뻐하는 영윤에게 미리 가져왔던 종이 한 장을 넘겨주었다.

그것은 그녀가 요 며칠 쉬는 동안 짬짬이 기억을 더듬어 작성한 목록으로, 여름철에 도는 전염병을 치료하는 데 주로 쓰이는 약초들을 적은 것이었다. 대략적인 생김새와 효능을 포함해서.

'앨런의 일로 공부한 게 이런 식으로 도움이 될 줄은 몰랐네.'

어떤 약을 써도 낫지 않는 앨런 때문에 매일같이 왕궁의들을 독려했던 국왕 부처, 거기에 신의 축복을 받은 아이라는 이유로 각종 연구에 참여해야 했던 과거가 합쳐져, 그녀는 한때 거의 전문가 수준으로 지식을 쌓았었다. 그래 봐야 제대로 된 결과를 얻지는 못했지만.

'뭐, 됐어. 이미 지나간 일인걸.'

씁쓸한 미소를 가리려 찻잔을 들어 올리는데, 목록을 확인한 영윤이 살짝 격앙된 목소리로 말했다.

"생각보다 가짓수가 꽤 되는군요. 이 정도면 수입이 상당하겠는데요?"

"그런가요?"

"네. 감사합니다, 전하. 역시 신의 눈이 틀리지 않았군요. 전하께는 재신財神의 가호가 있는 것이 틀림없습니다."

"재신의 가호는 무슨……."

밀라이아는 싱글벙글하는 영윤을 보며 피식 웃었다. 대신관도 그렇고 그도 그렇고, 요즘 들어 왜 이리 주변에 돈 밝히는 사람들이 많아졌나 싶었다.

'좋아. 그럼 이제 내가 할 수 있는 일은 얼추 끝낸 것 같으니, 이것과 관련해서는 공작의 보고만 기다리면 되겠군. 그냥 기우였으면 좋겠지만, 어쩐지 여기 귀족들이 하는 작태를 보면 뭔가 좀 찜찜하단 말이지.'

잠시 고개를 갸웃하며 고민하던 그녀는 일단 잡다한 생각을 뒤로한 채 찻잔을 향해 손을 뻗었다. 후일의 일은 후일의 일이고, 지금은 일단 오랜만에 찾아온 맑은 날씨를 만끽하고 싶었다.

……바라옵건대 부디 왕명을 거두어 주십시오. 거듭 이리 왕명을 내리시니 두려운 마음을 금할 길이 없습니다…….

새하얀 편지지를 접은 밀라이아가 빙긋 웃었다.

이것으로 두 번째.

앞으로 한 번만 더 전령을 보내면, 그 깐깐한 앤트워스 후작을 드디어 이곳 수도로 데려올 수 있었다.

'전령을 곧바로 다시 보내라 해야겠군.'

한결 가벼워진 마음으로 편지지를 접은 그녀는 그것을 서랍 속에 잘 집어넣은 다음 방을 나섰다. 길리안 공작을 좀 더 확실하게 속이기 위한 미끼도 드리울 겸 루시어스를 보러 갈 생각이었다.

촉촉하게 젖은 풀을 밟으며 내궁을 벗어나자 새하얀 근위 기사단 건물이 눈에 들어왔다.

무심하게 그곳을 지나치려던 밀라이아는 문득 드는 생각에 둥그런 지붕을 힐끗 쳐다보았다.

'오랜만에 불시 시찰이나 해 볼까?'

요즘에는 많은 수의 기사들이 제법 빠릿빠릿한 모습을 보이고 있다지만, 계속해서 긴장의 끈을 놓지 않도록 이렇게 불시에 찾아가는 것도 나쁘지 않을 듯했다. 한번 만나 볼 사람도 있었고.

밀라이아는 방향을 틀어 하얀 건물 쪽으로 향했다. 뒤따르던 근위 기사들이 당황하는 것이 느껴졌지만, 그녀는 아무런 눈치도 채지 못한 척 그대로 건물 뒤로 돌아 연무장 입구로 들어섰다.

'호. 생각보다 열심히들 하고 있잖아?'

연무장을 둘러본 그녀는 소리 없이 감탄했다. 폭우 속에서 냉정하게 전前 근위 기사들을 내친 것이 꽤나 주효했던 듯, 아직 이른 오전인데도 연무장에는 꽤 많은 수의 사람이 있었다. 검을 휘두르거나 대련을 하면서.

물론 그중에서도 땀 한 방울 흘리지 않은 모습으로 그늘에 앉아 있거나 드러누워 있는 자가 아예 없는 것은 아니었지만, 그럼에도 이 정도면 장족의 발전이었다. 불과 몇 달 전만 해도 제대로 된 자를 찾는 게 더 힘들었으니까.

'저것들은 기회를 봐서 마저 걸러 내야겠네. 그나저나 그자는 어디 있는 거지?'

농땡이 치는 사람들의 얼굴을 하나하나 유심히 살피며 연무장을 둘러보는데, 문득 땀에 흠뻑 젖은 채 수건을 집어 드는 한 남자가 눈에 들어왔다.

축축하게 젖어 착 가라앉은 머리카락은 분명 금발이었다.

'저기 있군. 한데 어찌 말을 붙인다?'

어떡할까 잠시 고민하는 사이, 땀을 닦아 내던 남자가 시선을 느낀 듯 이쪽을 돌아보는 것이 보였다.

"여왕 전하를 뵙습니다!"

던지듯 수건을 내려놓은 그가 똑바로 서서 경례를 붙였다.

"뭐? 헛! 여왕 전하를 뵙습니다!"

그제야 여왕의 행차를 알아챈 기사들 역시 허둥지둥 예를 갖췄다.

'뭐야, 고민할 필요도 없었잖아?'

밀라이아는 속으로 쾌재를 부르며 쌓여 있는 수건 더미에서 새 것 한 장을 집어 들었다.

"창공의 드높음을 경배하라. 알베르트 론 윈터가 가장 높이 나는 분을 뵙습니다!"

"땅 아래 모든 것에게 찬연한 광휘를. 반가워요, 윈터 경."

부드럽게 미소 짓자, 남자는 잔뜩 경직된 표정으로 말했다.

"즉시 부단장을 불러오겠습니다."

"아니에요. 그냥 지나가는 길에 한번 들러 본 것뿐인데요, 뭐."

밀라이아는 딱딱하게 굳은 남자를 보며 다시 한번 빙긋 웃었다.

론이라는 중간 성이 붙은 것을 보면 후계자는 아니어도 윈터가의 직계일 텐데주: 왕국법에 따르면 가문의 작위는 오로지 후계자 한 사람에게만 물려줄 수 있으며, 그 외의 형제들은 스스로 공을 세워 작위를 받지 않는 한 단승 작위를 받는다. 단승 작위를 받은 자는 원래의 중간 성에 'ㄴ' 받침을 붙여 새로운 중간 성으로 삼으며, 그 아들과 딸에게 작위 및 중간 성을 물려줄 수 없다. 따라서 모든 방계혈족은 2대째부터 성만 있을 뿐 중간 성을 받을 수 없으며 사실상 그 지위가 평민과 같다. 이를 단성 귀족이라 한다, 눈앞의 기사는 그녀가 알고 있는 백 년 후의 부기사단장 윈터 경과는 상당히 달라 보였다.

'하긴 백 년이라는 시간이 사이에 있으니까.'

"자, 마저 닦아요. 휴식을 방해해서 미안하군요."

좀 전에 챙겨 온 깨끗한 수건을 건네자 남자는 당혹스러운 표정으로 망설이다 조심스레 그것을 받아들었다. 그러고는 그녀의 눈치를 살피며 빠르게 땀을 닦아 낸 뒤 곱게 접어 옆에 내려놓았다.

"감사합니다, 전하."

"아니에요. 애초에 방해한 쪽은 여인걸요."

주위를 힐끗 살펴본 그녀가 목소리를 낮추어 말했다.

"그보다 지난번엔 고마웠어요. 왜, 길리안 대공자의 일 말이에요."

"신은 그저 마땅히 해야 할 일을 했을 뿐입니다."

"그래도 고마워요. 솔직히 좀 놀랐거든요. 그 대공자에게 그리 맞설 사람이 있을 줄은 몰랐던지라."

부드럽게 답한 그녀는 언제 그랬느냐는 듯 태연자약하게 목소리를 다시 키워 물었다.

"앤트워스 후작이 단장으로 재임명된 건 알죠?"

"네, 전하."

"그러고 보니 근위 기사단에 직접 의견을 물어본 적은 없는 것 같네요. 윈터 경은 앤트워스 후작을 어찌 생각하나요?"

"……좋은 단장님이 되실 거라고 생각합니다."

"에이, 너무 전형적인 대답이다. 하긴 상관이 될지도 모르는 사람 얘길 물어본 여의 탓이 크군요. 알겠어요. 이 질문은 그냥 넣어 둡시다."

생글거리며 이야기한 밀라이아는 이쪽을 향해 쏟아지는 시선을 의식하며 주위를 둘러보았다.

어차피 소문을 들어 알고 있을 테지만, 이렇듯 직접 확인시켜 주는 모습에 대부분이 잔뜩 경직된 표정이었다. 그럴 법도 한 것이, 아무리 일차로 걸러 낸 기사들이라고는 해도 앤트워스 후작이 복귀한다면 찔릴 일이 많을 사람이 한둘이 아니었으니까.

"좀 더 담소를 나누고 싶지만, 여가 계속 여기 있으면 모두 불편하겠죠? 그럼 여는 이만 돌아가 볼 터이니, 마저 휴식을 취하도록 해요."

"신이 모시겠습니다."

"아니에요. 고된 훈련 끝의 휴식을 방해할 수는 없죠. 물론 내내 쉬고 있던 사람도 있는 것 같긴 하지만."

순간 농땡이 피우던 자들의 얼굴이 딱딱하게 굳는 것이 느껴졌다.

밀라이아는 황급히 시선을 피하는 자들을 의미심장한 표정으로 돌아본 뒤 돌아섰다. 후일을 위한 밑밥도 적당히 던져 놨겠다, 이제 원래의 목적지였던 최고법원으로 갈 생각이었다.

외궁을 따라 쭉 걷는데, 높게 솟은 내궁의 성벽 위로 바람에 펄럭이는 왕실 문장기旗가 보였다.

그 모습을 보자 문득 한 가지 더 해야 할 일이 떠올랐다.

'슬슬 구름궁에 가 봐야겠구나.'

왕제에게 여왕 독살 미수 사건에 대한 책임을 물어 구름궁에 유폐를 명한 지도 어느새 여드레째. 근신령을 내린 이후로 발걸음 하지 않았으니, 이제는 한 번쯤 찾아가도 될 것 같았다.

'화났으려나? 아무래도 그렇겠지?'

먼저 제 것을 내어놓고 시작한 거래였다. 머리로야 보는 눈 때문에 찾아오지 않는다는 걸 알겠지만, 일주일이 넘도록 찾아오지 않는 그녀 때문에 내심 많이 불안할 터였다. 혹 배신을 당한 것은 아닐까, 이대로 갇혀 살아야 하면 어쩌나 등으로 머리가 복잡하겠지.

'이리 방치해 두었으면 어떻게든 내게 접촉하려 들 법도 한데, 생각보다 잘 참아 내고 있군. 제왕학을 제대로 배우지 못했다는 점을 감안하면 꽤 쓸 만한 왕재王才라 할 수 있겠어.'

소리 없이 움직이던 걸음이 어느새 최고법원 건물 앞에서 멈췄다.

밀라이아는 황급히 뛰어나온 시종들의 안내를 받으며 길리안 대법관에게 배정된 방으로 향했다.

동쪽 구역 다섯 번째에 있는 커다란 문 앞에 서자, 가볍게 노크한 시종이 문을 열고는 옆으로 비켜섰다.

"지금은 바쁘니 잠시 후에 다시 찾아오도록."

커다란 책상 앞에 앉은 하늘색 머리카락의 청년이 무언가를 손에 움켜쥔 채 건성으로 말했다.

이쪽은 쳐다보지도 않은 채 손에 쥔 것에 잔뜩 신경을 쏟던 그는 아무도 나가는 기색이 없자 신경질적인 태도로 고개를 들어 올렸다.

분홍색 눈동자가 크게 뜨였다.

"저, 전하?"

"오랜만이에요, 길리안 대법관."

빙긋 웃어 보이자, 그는 당황한 표정을 빠르게 감추며 물었다.

"전하께서 이곳에는 어인 일로……."

"그냥, 산책하던 길에 잠깐 들렀어요. 어쩌다 보니 이 근처까지 왔는데, 마침 안에 있다고 하길래요."

사실은 이미 그가 있는 줄 알고 찾아온 것이었지만, 굳이 그런 얘기까지 시시콜콜 해 줄 필요는 없었다.

"그러셨군요. 음, 일단 여기에 앉으십시오. 송구합니다, 전하. 보통 앉아서 대화할 일이 거의 없어……."

밀라이아는 묘하게 횡설수설하는 청년을 보며 고개를 한쪽으로 기울였다. 늘 침착하던 사람이 저리 당황하는 모습이 왠지 좀 이상하게 느껴졌다. 생경하기도 했고.

'내가 온 게 그렇게 놀랄 일인가?'

"괜찮으니까 진정해요. 그럼 잠시만 실례할게요."

의구심을 감추며 담담하게 이야기한 그녀는 부드럽게 미소 띤 얼굴로 그가 비켜 준 자리에 앉았다.

구석에서 간의 의자를 가져와 펼친 청년이 말했다.

"못난 꼴을 보여 드려 송구합니다. 전하께서 이곳까지 방문해 주실 줄은 꿈에도 생각지 못한 터라, 신이 잠시 평정을 잃었습니다."

"아, 괜찮아요. 그런데……."

무어라 말을 꺼내려던 밀라이아가 눈을 크게 떴다. 책상 가운데 놓인 무언가가 눈에 들어온 탓이다.

동그랗게 뭉쳐진 하얀 손수건이 일정한 높이로 오르락내리락 움직이고 있었다.

'저게 뭐지?'

자세히 들여다보자, 다홍빛 깃털이 하얀 천 사이로 삐죽 튀어나와 있는 것이 보였다. 노란 부리도.

'뭐야, 새가 왜 여기에 있어?'

"길리안 대법관, 저 손수건 위에 있는 것, 혹시 새인가요?"

말없이 경청하던 청년이 멈칫했다.

분홍빛 시선을 돌려 그녀가 가리키는 쪽을 바라본 그는 잠시 후에야 느릿느릿 답했다.

"네, 전하."

"역시 그렇군요. 한데 저게 왜 여기 있나요?"

"음, 실은 입궁하는 길에 풀숲에 떨어져 있는 것을 발견해서 그만……. 요 며칠 쏟아진 비 때문에 둥지에서 떨어진 듯한데, 그냥두면 죽을 것 같아 데려왔습니다."

"어머, 그랬군요. 가엾어라."

'이 남자에게 이런 감성적인 면이 있었나?'

예상 밖의 말에 놀란 밀라이아는 그런 기색을 빠르게 감추며 조심스럽게 물었다.

"어디, 여가 좀 살펴봐도 될까요?"

"네? 전하께서요?"

"네. 안 될까요?"

나긋나긋하게 묻자, 어쩐지 좀 놀란 기색이던 청년은 이내 고개를 젓고는 손수건에 싸인 새를 조심스레 건네주었다.

밀라이아는 최대한 부드럽게 손수건의 매듭을 풀어 펼쳤다.

그 안에 든 것은 노란색과 다홍색 깃털에 감싸인 자그마한 앵무새였다.

밤새 내린 비에 잔뜩 젖은 그것은 떨어질 때 부러지기라도 한 듯이상한 각도로 꺾인 날개를 파르르 떨며 그러잖아도 작은 몸을 잔뜩 옹송그리고 있었다.

"이런, 다쳤나 보네요. 일단 물기부터 좀 닦아 주고 치료해 줘야겠는데요? 아, 혹시 아까 하고 있던 게 그거였나요?"

문득 제가 들어왔을 때의 모습이 생각나 묻자, 청년은 왜인지 잠시 멈칫하다 천천히 고개를 끄덕였다.

"네. 그렇습니다."

"역시 그랬군요. 방해해서 미안해요. 빨리할게요."

서둘러 사과한 밀라이아는 상처를 건드리지 않도록 조심하며 물기 어린 깃털들을 정성스레 닦아 냈다.

그럴 때마다 아기 새는 움찔하며 미약한 울음소리를 냈지만, 고작 그것 외에는 별다른 반응을 보이지 않았다. 아무래도 몹시 지친탓에 울 기운마저 없는 듯했다.

"이만하면 물기는 얼추 닦아 낸 것 같은데, 부러진 날개는 어쩌죠?"

"이리 주십시오. 신이 해 보겠습니다."

"아, 네. 여기요."

날개에 충격이 가지 않도록 주의하며 조심조심 건네자, 청년은 이상한 각도로 꺾인 날개를 단숨에 본래의 모양대로 맞추고는 붕대를 꺼내 꽁꽁 묶었다.

삐이이—. 삐이이—.

뼈를 맞추는 고통이 심했던 걸까?

축 늘어져 있던 작은 새는 언제 그랬느냐는 듯 몸을 버둥거리며 애처롭게 울어 댔다.

밀라이아는 가냘픈 소리로 우는 새를 안쓰럽게 바라보다 책상 한쪽에 놓인 물병을 집어 손바닥에 물을 부었다. 먹이는 따로 구해야 할 테니 아무래도 시간이 좀 걸릴 거고, 일단은 이거라도 먹여야 할 것 같았다.

"자아, 마시렴."

조심스럽게 손을 내밀자, 자그마한 앵무새는 까만 눈망울로 그녀를 바라보다 느릿느릿 부리를 손바닥에 가져다 댔다. 손바닥을 콕콕 찍는 미약한 느낌이 무척 안쓰러웠다.

"아직 한참 아기 같은데 가엾네요. 어쩌다가 그런 일을 당해서."

"그러게 말입니다. 날개가 제대로 붙어야 할 텐데 걱정입니다."

"그러게요……. 저, 길리안 대법관?"

그나마도 조금밖에 못 마시는 아기 새를 안타깝게 바라보던 밀라이아가 조심스럽게 눈앞의 청년을 불렀다. 가냘프기 짝이 없는 모양새하며 까만 눈망울이 자꾸만 눈길을 잡아끌어서, 도저히 모르는 척 넘어갈 수가 없었다.

"네, 전하."

"혹시 이 아이, 여가 거둬도 될까요? 길리안 대법관만 괜찮다면 여가 데려가 보살피고 싶어요."

조심스러운 물음에 청년은 알 수 없는 눈빛으로 잠시 그녀를 바라보다 천천히 고개를 끄덕였다.

"그리하십시오."

"와, 고마워요. 열심히 보살필게요."

활짝 웃은 밀라이아가 붕대에 꽁꽁 휘감긴 새를 조심조심 받아 들었다.

물끄러미 그 모습을 바라보던 청년이 추억에 잠긴 눈빛으로 혼잣말처럼 말했다.

"……다행입니다."

"네? 뭐가요?"

고개를 갸웃하며 묻자, 그는 눈에 띄게 당황한 목소리로 답했다.

"아, 아무것도 아닙니다. 홀로 생각한다는 것이 그만…….'

"음? 뭘 생각했는데 그래요? 고에게는 해 줄 수 없는 얘기인가요?"

어쩐지 싸한 기분이 들어서, 밀라이아는 다소 집요하게 그를 추궁했다.

그럼에도 머뭇거리던 청년은 밀라이아가 괜찮다며 다시 한번 답을 종용했을 때에야 마지못한 얼굴로 답했다.

"그게…… 외람된 말씀이나 신의 눈에는 전하께서 최근에 많이 변하신 것처럼 보였던지라, 예전처럼 다친 동물을 그냥 못 지나치시는 모습에 조금 놀랐을 뿐입니다."

"네?"

"송구합니다. 사실 그게 당연한 건데, 요 몇 달 새 마치 다른 사람이 된 것처럼 달라지신 탓에 그만……. 감히 전하에 대해 이러쿵저러쿵 입을 놀린 신을 벌하여 주십시오."

"아, 아니에요. 그럴 수도 있죠."

밀라이아는 마치 찬물을 뒤집어쓴 것만 같은 기분으로 어색하게 웃었다. 자칫했으면 제 정체에 대해 의구심을 품을 수도 있었다는 생각에 등골이 오싹했다.

불안한 내심이 겉으로 드러나기라도 한 것일까?

조심스레 눈치를 살피던 청년이 황급히 고개 숙여 용서를 구했다.

"송구합니다, 전하. 신이 미거하여 그만 심려를 끼쳤습니다."

"아, 아니에요. 그것 때문이 아니고…… 그냥, 갑자기 좀 궁금해져서요. 여가 그렇게 많이 변했나요? 다른 사람으로 보일 만큼?"

차라리 선수를 치는 게 낫겠다 싶어 직접적으로 묻자, 청년은 잠시 침묵하다 답했다.

"꼭 그렇다기보다는……."

"솔직하게 얘기해 줘요."

밀라이아는 망설이는 청년을 향해 단호하게 말했다. 페르디난드 공작이야 그렇다 쳐도, 눈앞의 이자가 자신의 정체를 눈치채서는 곤란했다. 오래전부터 글로리아에게 마음을 품고 있었다 말한 사람이 아닌가. 그런 그가 그녀의 자리를 차지한 저를 어찌 생각할지는 알 수 없는 일이었다.

"음, 네. 실은 그렇습니다."

"아…… 그 정도였나요? 좀 변해야겠다고 생각은 했었지만, 다른 사람으로 보일 정도였을 줄은 미처 몰랐네요."

일부러 고민하듯 이야기하자, 그는 생각에 빠진 표정으로 답했다.

"싫은 소리 한마디 못하시던 분께서 갑작스레 궁내부며 근위 기사단을 대거 개편하신 것도 그렇고 왕제 저하께 반년이나 근신 처분을 내리신 것도 그렇고, 확실히 예전과 많이 바뀌신 것은 사실입니다."

"그렇구나……. 으음, 많이 이상한가요?"

"아닙니다. 신도 그러한 변화가 군주로서 반드시 필요하다는 것쯤은 잘 알고 있으니까요. 신은 그저 전하께서 무리하시는 건 아닌가 싶어 걱정했을 뿐입니다."

"아아, 그랬군요. 걱정해 줘서 고마워요, 길리안 대법관."

밀라이아는 속으로 안도의 한숨을 내쉬며 방긋 웃었다. 다행히도 그는 갑작스러운 변화에 대해 걱정할 뿐 그녀의 정체에 대해 의심을 하는 건 아닌 듯했다.

'그래도 혹시 모르니까 이쯤에서 화제를 돌려야지.'

"그러고 보니 다른 것에 정신이 팔려서 한 가지를 깜빡하고 있었네요. 묻고 싶은 것이 있었는데."

자세를 바로 한 남자가 답했다.

"하문하십시오. 경청하겠습니다."

"대공자는 요즘 어떻게 지내고 있나요? 아무리 공작이 호되게 야단을 쳤다지만, 평소 성정을 생각하면 도저히 얌전히 있을 것 같지가 않아서요. 진즉 물어보고 싶었는데 매번 다른 사람들이 있어 묻질 못했네요."

조심스러운 말투로 묻자, 청년은 말을 고르는 듯 잠시 침묵하다 답했다.

"그럭저럭 얌전하게 지내고 있습니다. 최근 들어 신과 충돌이 잦아지긴 했습니다만, 그거야 어차피 한 번은 겪어야 할 일이었으니 상관없습니다."

"으음, 그런가요?"

"네. 하니 너무 심려치 마십시오. 전하께 해를 끼치는 일이 없도록 신이 잘 지켜보겠습니다."

'아니, 굳이 그럴 필요까진 없는데. 사고를 쳐 주면 나야 더 고맙지.'

속으로 중얼거린 밀라이아가 빙긋 웃었다.

"고마워요."

"그리고 형님에 대해서는······."

삐이이— 삐이이—.

내내 얌전하던 아기 새가 불현듯 가냘프게 울었다.

"앗, 아가야, 왜 그러니?"

밀라이아는 붕대에 감싸인 새를 조심스레 들어 올려 이리저리 살
폈다. 겉보기로는 부러진 날개 외에 별 이상이 없어 보이는데, 갑
자기 소리 내어 울며 몸을 부르르 떠는 것이 어쩐지 영 불안했다.

"왜, 왜 그래? 날개 때문에 그러니?"

삐이—.

"아아, 안 되겠다. 미안해요, 길리안 대법관. 지금은 이 아이부터
좀 살펴봐야 할 것 같네요."

"······그리하십시오. 나머지 사항은 후일 다시 보고 드리겠습니다."

"고마워요."

흐릿하게 웃어 보인 그녀가 새에게 충격이 가지 않도록 조심조심
일어났다.

서둘러 입구로 다가간 청년이 문을 열며 말했다.

"하늘궁까지 모시겠습니다."

"아뇨. 이 이상 폐를 끼칠 순 없죠. 괜찮으니 일 봐요."

"하지만······."

"정말 괜찮아요. 그럼 다음에 봐요, 길리안 대법관."

부드럽게 거절 의사를 표한 밀라이아는 정중하게 예를 갖추는 청
년을 일별한 뒤 방을 나섰다.

삐이이—.

"쉬잇, 괜찮아. 얼른 편한 곳에 데려다줄 테니 조금만 기다리렴."

품속에서 꼬물거리는 작은 생명체를 조심조심 보듬으며 그녀는 생각했다. 일단 이 작은 새의 치료를 마저 마친 후에 왕제를 찾아가 봐야겠다고.

그날 오후.

밀라이아는 새장 안에서 잠이 든 아기 새를 바라보다 자리에서 일어났다.

너른 정원을 지나 구름궁에 들어서자 여기저기서 곱지 않은 눈빛이 날아오는 것이 느껴졌다. 아무래도 이 궁의 주인에게 근신 처분을 내린 것을 원망하는 듯했다.

따가운 시종장의 시선을 못 본 척 무시하며 왕제의 방으로 향한 그녀는 그가 노크하는 모습을 지켜보며 잠시 기다렸다.

그러나 노크가 두어 번 반복되고 소리 없이 문이 열릴 때까지도 안에서는 아무런 기척도 느껴지지 않았다. 마치 아무도 없다는 양.

'뭐야, 일부러 그러는 건가?'

의심스러운 눈초리로 시종장을 한번 바라본 밀라이아는 소리 없이 방 안으로 들어섰다. 설마하니 여왕을 상대로 두 번이나 장난질을 치지는 못할 거고, 아무래도 왕제가 전갈을 받아 놓고도 모르는 척하는 것일 가능성이 컸다.

"뭐예요, 이제는 아예 아는 척도 안 하는…… 응?"

안으로 들어서던 그녀가 멈춰 섰다.

폭신한 소파 위에 백금발의 소년이 모로 누운 채 잠이 들어 있었다. 마치 누군가를 기다리듯 문을 향해 고개를 꺾은 채로, 몸을 잔뜩 웅크리고서.

'뭐야, 잠든 거였어?'

조심조심 소파로 걸어간 밀라이아가 그 옆에 쪼그리고 앉았다.

'어째 기분이 좀 그러네.'

불현듯 눈앞의 아이가 안쓰러워졌다. 좀 전까지만 해도 저를 구름궁에 처박아 놓고 찾지도 않는 누이에게 시위하고자 못 들은 척하나 보다라고 가볍게 생각했는데, 이렇게 불쌍해 보이는 모습으로 잠이 들어 있었다니. 그것도 침대도 아닌 소파에서.

'이를 어쩐다? 기껏 잘 자고 있는데 깨우기는 좀 그렇고……'

아무래도 일단은 그냥 돌아가야겠다 싶어 몸을 일으키는 순간, 갑자기 왕제가 눈을 번쩍 떴다.

'아, 깜짝이야.'

놀란 가슴을 쓸어내리는데, 흐릿한 눈으로 그녀를 바라보던 소년이 작게 중얼거렸다.

"……거짓말쟁이."

"그게 무슨 소리예요? 거짓말쟁이라니?"

의아해하는 그녀를 반쯤 감긴 눈으로 노려본 왕제가 말했다.

"금방 올 것처럼 얘기하더니, 그 나중이 대체 언젠데? 답변할 말도 잔뜩 생각해 놨는데 소식도 없고. 뒷일은 책임진다며 약속할 땐 언제고 이제 와 버리려는 거야?"

"그건…….."

"거 봐, 대답도 잘 못하잖아. 역시 누나는 거짓말쟁이야."

"누나? ……아."

그제야 밀라이아는 눈앞의 소년이 그녀를 꿈이나 환상으로 착각하고 있다는 사실을 깨달았다. 맑은 정신일 때의 그라면 절대로 그녀에게 반말을 할 리가, 그리고 저런 식으로 속내를 털어놓을 리가 없었으니까.

'설마 내가 언제 오나 기다리다 저렇게 소파에서 잠든 거야?'

몹시 미안해졌다. 사실 그녀는 다음에 얘기하자며 떠나 버린 이후로 그의 건강 상태에 대해 보고만 받았을 뿐 별생각 없이 지냈으므로.

'어쩐지 심하게들 째려보더라. 에고, 앞으로는 좀 잘 대해 줘야겠네.'

생각해 보면 지금 이 상황을 만들어 낸 것도 자신인데 너무 무심했다 싶었다.

밀라이아는 부드럽게 손을 뻗어 잠투정 부리는 소년을 토닥였다.

"미안해요. 이렇게 기다리고 있는 줄 알았으면 좀 더 일찍 오는 건데."

"흥, 모르는 척하기는…… 뭐, 뭐야, 누님?"

가슴 위에 얹힌 손을 쳐 내며 비몽사몽 대꾸하던 왕제가 눈을 크게 떴다. 흐릿하던 눈동자에 조금씩 놀란 빛이 떠오르는 것이, 그제야 지금 이 상황이 꿈이 아니라 현실이라는 것을 깨달은 듯했다.

"일어났어요?"

"뭐, 뭐, 뭡니까? 누님이 왜 여기에…… 우왁?"

우당탕.

갑자기 시야가 휙 바뀌며 등에 둔탁한 통증이 느껴졌다.

밀려오는 고통에 낮게 신음하자, 그녀의 옆에 엎어져 있던 왕제가 벌떡 일어나며 놀란 목소리로 물었다.

"괘, 괜찮으세요, 누님?"

"어, 으음…… 네. 괜찮아요."

"그게, 갑자기 누님이 보이니까 너무 놀라서 그만……. 정말 죄송해요. 어디 다치신 곳은 없으세요?"

"괜찮아요. 그보다 일단 나 좀 일으켜 줄래요?"

"앗, 네!"

그제야 그녀의 몰골을 깨달은 듯 왕제는 허겁지겁 손을 내밀었다.

밀라이아는 그가 내민 손에 의지하여 힘겹게 몸을 일으켰다. 좀 전에는 너무 순식간에 일이 벌어져서 미처 상황을 파악하지 못했는데, 아무래도 왕제가 벌떡 일어나다 넘어지면서 엉겁결에 밀친 탓에 자신 역시 같이 쓰러졌던 모양이었다.

"놀래라. 설마 늦게 찾아왔다고 복수하는 거예요?"

흐트러진 옷자락이며 머리카락을 매만지며 묻자, 왕제는 빨갛게 달아오른 얼굴로 부인했다.

"아닙니다, 그런 거. 기다리긴 누가 기다렸다고…….."

"흐응, 그래요? 그럼 내가 잘못 들은 건가? 분명 울면서 거짓말쟁이라고 한 것 같았는데."

"무, 무슨 소립니까! 제가 언제 그랬다고! 저는 그저 그럴 거면 왜 금방 올 것처럼 말했냐고 했을 뿐……! 이익!"

그제야 실수를 깨달은 왕제의 얼굴이 더욱 붉게 달아올랐다.

입술을 꾹 깨문 그가 고개를 반대로 돌렸다.

'아, 귀여워. 역시 놀려먹는 맛이 있다니까?'

자칫하면 웃음이 크게 터져 나올 것 같아서, 밀라이아는 애써 표정을 가다듬으며 말했다.

"화났으면 풀어요. 잠꼬대하는 게 너무 귀여워 보여서 그랬어요."

"안 났습니다, 그런 거. 그보다 지금 뭐 하시는 겁니까? 방치해 둘 때는 언제고 이제 와 나타나서는 다짜고짜 놀리기나 하시다니요."

'여기서 더 놀리면 화내겠지?'

까칠하게 묻는 왕제를 보며 잠시 고민한 밀라이아가 답했다.

"그냥 좀 어떤가 싶어 찾아와 봤어요. 이제 몸은 괜찮은지 궁금하기도 하고요."

"괜찮습니다. 그게 언제 적 일인데 아직도 아플까 봐서요?"

시큰둥한 대답에 빙긋 웃은 밀라이아가 답했다.

"다행이네요. 날도 좋지 않은데 밖에서 내내 그러고 있었던 터라, 혹 건강을 해친 건 아닐까 걱정하였거든요."

"······뭐, 그 정도쯤이야."

홱 고개를 돌린 소년이 작게 중얼거렸다.

밀라이아는 입술을 깨물어 터지려는 웃음을 참으며 자리에 앉았다. 말로만 까칠하게 답하면 뭐 한단 말인가. 누가 들어도 확연하게 누그러진 목소리인 것을.

"그래, 요즘은 어떻게 지내고 있나요? 궁 밖으로 나가질 못하니 분명 심심할 텐데."

"뭐, 생각보단 지낼 만합니다. 귀찮게 구는 사람들도 없고요. 한데 누님."

"얘기해요."

갑자기 진지해지는 모습에 덩달아 표정을 굳히자, 왕제는 어깨를 으쓱하며 말했다.

"아무리 근신령을 내리셨다고는 하나 선생들의 출입까지 금지하시는 건 좀 너무하지 않습니까? 물론 저도 오랜만에 얻는 자유가 싫은 건 아닙니다만, 반년씩이나 공부를 놓는 것은 또 다른 문제라는 생각이 드는데요."

"아아, 그거요. 음."

밀라이아는 잠시 고민하는 척 탁자를 톡톡 두드렸다.

본디 왕제를 가르치던 이는 어림잡아 여섯 정도. 그중에서 이번 '반역 사건'에 연루되어 목숨을 잃을 뻔했던 자는 셋이었다.

물론 그 셋은 모두 왕제의 간청 덕분에 작위 박탈 및 영지 환수 정도의 처분을 받는 것으로 결론이 나오기는 했지만, 어쨌거나 그런 일에 연루되었던 자들을 왕제의 스승으로 계속 둘 수는 없는 노릇이었다.

본디 밀라이아는 왕제의 스승들을 한번 물갈이할 생각을 가지고 있었으므로, 그를 올바른 길로 이끌지 못했다는 명분을 들어 문제의 셋뿐만 아니라 이번 사건에 연루되지 않은 나머지 세 사람의 구름궁 출입마저 금지시켰다. 그들의 정치적 성향이 지나치게 한쪽에 편중되어 있었기에 이번 기회에 균형을 다시 맞추려는 생각에서였다.

때문에 현재 왕제를 가르칠 수 있는 사람은 하나도 없었다.

하여 실은 이미 새로운 선생도 한 명 섭외해 둔 상태였지만—.

'아니지, 두 명인가?'

이곳에 오기 전에 생각해 뒀던 교육 방법을 떠올린 밀라이아가 말했다.

"왕제의 말에도 일리는 있으나, 기존 선생들의 출입을 허가해 줄 수는 없습니다. 이유는 말하지 않아도 잘 알 테지요?"

"네. 알고 있습니다. 굳이 그들을 돌려 달라는 것도 아니고요. 그저 수업에 차질만 없으면 됩니다."

"그렇군요. 그럼 어쩐다?"

밀라이아는 처분만 기다린다는 듯 침묵하는 왕제를 보며 속으로 빙긋 웃었다.

'배움에 대한 자발적 청이라. 하는 짓이 갈수록 마음에 드네. 하지만 이걸 듣고도 과연 계속 그러겠다 할 수 있을까?'

"하면 이렇게 합시다. 페르디난드 공작에게 근신령이 풀릴 때까지만 왕제의 교육을 담당해 달라고 부탁해 보겠어요. 어떤가요?"

"네? 페르디난드 공작이요?"

"그래요. 워낙 맡은 일이 많은 자라 가능할지는 아직 모르겠지만, 상황이 상황이니만큼 다른 두 공작의 사람을 데려올 수는 없지 않겠어요?"

"그야 그렇지요. 알겠습니다."

'어라, 이건 좀 의왼데?'

밀라이아는 순순히 수긍하는 왕제를 보며 눈을 가늘게 떴다. 아무리 그래도 측근들과 완전히 격리될 수는 없다며 반발할 거라 생각했는데, 의외로 그런 기색이 전혀 없었던 탓이었다.

의심스러워하는 걸 눈치챈 듯, 뚱한 표정으로 그녀를 쳐다본 왕제가 말했다.

"그렇게 보지 마십시오. 더는 분란에 휘말리고 싶지 않아 조심하는 것뿐이니까요. 이번 일로 나름대로 느낀 점도 좀 있고요."

"그랬군요. 기분 나빴다면 미안해요."

"괜찮습니다. 어차피 누님이 저를 온전히 믿을 거란 생각도 안 했는데요, 뭐. 말씀하신 대로 상황이 상황이기도 하고요."

시큰둥하게 답하는 그를 보자 어쩐지 좀 얄미워졌다. 어차피 자신이야 친누나도 아니니 별 상관은 없었지만, 글로리아가 저를 위해 어떤 행동을 했는지도 모르면서 믿음 운운하는 게 왠지 그랬다고나 할까.

"그 말은 좀 섭섭한데요? 내가 왕제를 얼마나 신뢰하는데요."

일부러 서운하다는 듯한 표정으로 말하자, 왕제는 코웃음을 치며 되물었다.

"신뢰요? 누님께서, 저를요?"

"당연한 것 아닌가요? 하나뿐인 혈육인데요."

태연한 표정으로 답한 밀라이아가 계속해서 말했다.

"아니, 그럼 왕제는 날 못 믿는단 소리예요? 와, 너무하네. 난 또 그렇게까지 하면서 도움을 요청하기에, 그래도 내게 조금은 의지하는구나 싶어서 감동받았는데 말이죠."

순간 무표정하던 왕제의 얼굴에 실금이 가는 것이 보였다. 물론 최근 들어 밀라이아가 좀 이래저래 찔러 보기는 했지만, 그래도 즉위한 이래로 내내 저를 멀리하던 누이가 이런 식으로 얘기하는 것이 영 당혹스러운 듯했다. 혹은 의심스럽거나.

"상처받은 척하지 마십시오. 먼저 밀어낸 게 누군데 이제 와 이러시는 겁니까?"

"설마 아직도 그 이유를 모르는 거예요? 그렇다면 좀 실망인데."

"그게 무슨……."

왕제의 얼굴이 점점 더 당혹감으로 물들었다.

대체 그녀가 왜 그러는 건지 알 수 없어 혼란스러워하는 것이 빤히 보여서, 밀라이아는 그의 머릿속이 정리되기 전에 곧바로 입을 열었다. 얄밉게 군 것에 대한 복수는 여기까지가 딱 적당했다.

"뭐, 그건 됐어요. 그럼 이제 서로가 온전히 믿을 수 있는 주제로 얘기를 해 볼까요?"

"……서로 믿을 수 있는 주제라고요?"

"네. 아까 스승들도 없어져서 심심하다고 했죠? 그러니 왕제의 무료함도 덜어 줄 겸, 새 스승이 정해질 때까지 과제를 한 가지 내주겠어요. 왕재王材임을 증명하기 위한 다음 시험이라고 생각해도 좋아요."

"그게 뭡니까?"

밀라이아는 어느새 진지해진 얼굴로 경청하는 왕제에게 설명했다.

"근위 기사단 말이에요, 알다시피 지난번에 일차 개편이 있었지만 아직 모자라다 싶거든요? 한데 수도 거주 귀족들의 사병 규모와 여타 요건을 생각하면 여기서 더 감원하는 건 힘들단 말이죠."

"음, 그래서요?"

"이런 상황에서 가장 좋은 방법은 새로운 피를 수혈하면서 가망 없는 자들을 걸러 내는 거겠죠. 한데 왕제도 알다시피 그건 쉬운 얘기가 아니잖아요? 다른 곳도 아니고 근위 기사단이니까."

동의한다는 듯 고개를 끄덕인 왕제가 말했다.

"그야 그렇지요. 다른 주인을 섬기지 않으면서도 쓸 만한 인재를 충원하는 건 상당히 어려우니까요. 하면 과제라는 건 그 방법을 찾으라는 것이겠군요."

"짐작하는 대로예요. 사실 나도 아직 그 해결책을 찾지 못했거든요. 그러니 함께 고민해 보지 않겠어요? 그 누구의 간섭도 받지 않고 오직 왕실에만 충성하는, 진정한 의미에서의 '근위 기사'들을 충원할 수 있는 방법에 대하여."

"오직 왕실에만 충성하는 근위 기사라……."

밀라이아는 고민에 빠져드는 왕제를 바라보며 희미하게 미소 지었다.

애초에 왕제를 가르칠 사람으로 점찍어 둔 두 사람 중 하나는 바로 그녀 자신. 그가 정말 괜찮은 방법을 찾아와도 좋고, 그렇지 못해도 상관없었다. 이것은 언젠가는 국왕이 되어야 할 그에 대한 일종의 '교육'이었으니까.

"어때요? 이 문제라면 우리 둘 다 서로를 신뢰할 수 있을 것 같은데."

"그렇겠군요. 이건 왕권에 대한 문제니까요."

"그렇죠. 그럼 받아들이는 건가요?"

"네."

"좋아요. 그럼 악수나 한번 해요, 우리. 처음으로 함께 뭔가를 하게 된 기념으로."

태연하게 손을 내밀자, 왕제는 잠시 묘한 얼굴로 그녀를 쳐다보다 천천히 팔을 뻗었다.

굳게 맞잡은 두 개의 손을 내려다본 밀라이아의 입가에 미소가 걸렸다.

　오늘도 한 가지 일을 해결했으니, 이제는 페르디난드 공작의 초
대만 기다리면 될 것 같았다. 정말로.

　일주일 뒤.

　늦은 점심을 들고 방으로 돌아온 밀라이아는 오랜만에 내리쬐는
여름 햇살을 음미하며 머릿속으로 잠시 일과를 정리했다. 마침 오
늘은 정무 회의도 없는 날이었으므로, 초저녁까지는 적당히 자유
시간을 보내면서 페르디난드 공작이 보내올 사람만 기다리면 될
듯했다.

　'드디어 오늘이군. 기대되는데?'

　페르디난드 공작에게서 가면무도회 날짜를 귀띔 받은 것이 닷새
전. 그때도 분명 궁을 빠져나가는 건 자신이 알아서 하겠노라 호언
장담하더니, 이상하게도 공작에게서는 그 뒤로 아무런 연락이 없
었다. 이래서야 대체 어떤 방법으로 저를 궁에서 빼내겠다는 건지
알 수가 없었다.

　'뭐, 알아서 하겠지. 어차피 급한 건 내가 아니니까.'

　슬그머니 독수리 조각 쪽으로 가려는 시선을 돌린 밀라이아는 침
대 맡에 놓아두었던 책 중 한 권을 펼쳐들었다. 그동안은 조사하고
싶어도 시간이 없어 살펴보기 힘들었는데, 모처럼 여유가 생긴 김

에 소원의 돌에 대해 제대로 알아볼 요량이었다.

'어디 보자. 이것 말고 몇 권이 남았더라?'

한가득 쌓여 있는 책 무더기를 보자 절로 한숨이 나왔다.

작정하고 이것만 들입다 파도 꽤나 오랜 시간이 걸릴 텐데, 혹시라도 제가 그것에 관심 쏟는 것을 이상하게 생각하는 자가 있을까 이것저것 섞어서 가져왔더니 더 그랬다. 그나마 여왕이 일기와 함께 그동안 조사했던 내용을 정리해 두었기에 망정이지, 그러지 않았다면 정말 기약 없이 책만 읽어야 했을지도 모른다.

약 천 년 전 존재했던 신성 제국에서는 한 명의 법황을 위시한 오십 인의 대신관이 국정을 주도했다.

당시에는 지금과는 달리 일반 신관도 신성력을 사용할 수 있었다고 하는데, 이를 통해 유추해 본다면 세월이 흐를수록 신성력이 점점 약해져 왔음을 알 수 있다.

……(중략)……

지금은 전설의 물건으로 알려져 있는 소원의 돌은 본디 신성 제국의 국보였다고 하는데, 일설에 따르면 이것을 가지고 있는 사람은 단 한 번, 그 어떤 소원이든 주신에게 원하는 것을 빌 수 있었다고 한다…….(하략)

'신성 제국의 국보라. 어쩐지 신성력으로 이루어진 물건이 왕가의 보물이 된 게 이상하다 했다. 아마도 선대 국왕 전하들 중 누군가가 극비리에 입수해서 갖고 있던 거겠군.'

이거 조심해야겠는데, 라고 생각하며 한숨을 내쉰 밀라이아는 좀 전에 읽었던 페이지를 다시 한번 꼼꼼하게 훑어보았다.

'전설의 물건이라고 하는 걸 보면 아직까지는 실존 사실이 외부로 알려지지 않은 것이 분명해. 하긴 그 존재를 알았다면 제국이나 신전에서 이미 가만있지 않았을 테지. 내가 살던 때에야 상징적인 의미만 남은 물건이었다지만, 이 시대에는 아직 효용 가치가 어마어마한걸.'

신성력을 가진 자가 없는 탓에 아무도 관심 갖지 않았던 백 년 후와는 달리, 복원만 하면 원하는 것을 이룰 수 있는 소원의 돌의 현재 가치는 상상을 초월할 정도로 높았다.

아무래도 예상했던 것보다 훨씬 어렵겠다 싶었다.

밀라이아는 다시 한번 한숨을 내쉬며 책의 뒷부분을 계속해서 읽었다.

그러나 원하는 정보는 그리 쉽게 나오지 않았다. 지나치듯 언급된 저 한 문단을 제외하고는.

'어휴, 이거 진짜 장난이 아니구나. 대체 여왕은 그동안 어떻게 정보를 찾은 거람?'

쓸 만한 걸 찾아낼 때까지 이 짓을 반복할 생각을 하자 갑자기 머리가 지끈거렸다.

관자놀이를 꾹꾹 누르며 긴 숨을 내뱉은 밀라이아는 일단 빠르게 책을 훑어보았다. 산더미처럼 쌓여 있는 자료들을 마저 읽어 보려면 좀 더 속도를 올려야 했다.

한 권을 전부 읽고 다음 책을 찾아 막 펼치려는데, 노크 소리가 들리고 잠시 후 안으로 들어온 클로에가 말했다.

"저어, 전하, 페르디난드 공작 각하의 전언이 왔습니다. 그런데……."

"네. 그런데요?"

"그게, 오늘 페르디난드가의 연회에 전하를 극비리에 모시기로 했다고……. 전하께서도 찬성하신 일이라고 하던데, 사실인가요?"

'뭐야. 어쩐지 아무 연락도 없다 했더니, 대놓고 다 얘기한 거였어?'

밀라이아는 저도 모르게 눈썹을 찡그리며 물었다.

"공작이 그런 얘길 했다고요?"

"네. 아닌가요?"

"음, 아뇨. 맞아요."

당혹감을 감추며 답하자, 클로에는 아리송한 표정으로 다가와 반쯤 걷힌 이불을 꼼꼼하게 덮어 주었다. 그러고는 아슬아슬하게 쌓여 있는 책을 가지런히 정리하며 말했다.

"한데 괜찮으시겠어요? 가면무도회라 하니 정체를 들키실 일은 적겠지만, 그래도 좀 위험할 것 같은데요. 게다가 소문에 따르면 오늘은……."

"오늘은?"

"그…… 각하의 연인을 공개한단 얘기가 있던데, 전하께서 그 자리에 가시는 건 좀 그렇지 않나 하는 생각이 들어서요. 자칫 정체를 들키실지도 모르는 일이고, 소문대로 정말 그런 자리라면 각하도 연인에게 신경 쓰느라 전하를 제대로 모시지도 못할 것 아니에요."

"그런 얘기가 있었어요?"

전혀 몰랐다는 양 태연하게 묻자, 클로에는 살며시 눈썹을 찌푸리며 고개를 끄덕였다.

"네. 저는 솔직히 각하가 전하를 왜 그런 자리에 모시겠다고 하는지 이해가 잘 안 돼요. 전하께도 그렇고 그 연인에게도 그렇고, 예의가 아니잖아요. 그렇게 배려 없는 분이라고는 생각하지 않았는데 실망이에요."

"그럼 소문이 틀렸나 보죠, 뭐. 만약에 정말 그런 자리였다고 하면 어떤 사람인지 잘 보고 올게요. 그러잖아도 궁금하던 참인데 마침 잘됐네요."

대수롭지 않게 어깨를 으쓱해 보이자, 클로에는 뭔가를 말하려는 듯 입술을 달싹이다 이내 한숨을 내쉬며 고개를 끄덕였다.

"알겠습니다. 전하의 뜻이 그러시다면 어쩔 수 없지요. 아, 보안은 걱정 마세요. 저랑 어머니 둘만 아는 일인데다, 절대 말이 새 나가지 않도록 조심하라 신신당부했거든요."

"그랬군요. 어쨌든 두 사람이 이미 알고 있다니까 훨씬 마음이 편하네요. 그럼 이따 나갈 시간 즈음에 얘기해 주겠어요?"

"네, 그럴게요."

"고마워요. 덕분에 든든하네요."

언제 심각했느냐는 듯 방긋 웃는 그녀를 향해 마주 웃은 밀라이아가 책을 다시 펼쳐들었다. 연락책이 누군지도 알게 되었으니 이제 마음 편안하게 자료나 찾으면 될 듯했다.

"저하."

"……."

"저하? 듣고 계십니까?"

갑작스럽게 들려오는 목소리에 밀라이아는 놀라 주위를 둘러보았다. 좀 전까지만 해도 분명 소원의 돌에 대한 책들을 찾아보고 있었는데, 잠깐 눈을 감았다 뜬 사이에 자신을 둘러싼 풍경은 하나도 남김없이 송두리째 바뀌어 있었다. 그것도 심지어 하늘궁의 침실에서, 본래 제 거처였던 구름궁의 서재로.

'이게 어떻게 된 거지?'

믿을 수 없는 상황에 멍하니 있는데, 다시 한번 저를 부르는 소리가 들려왔다. 그 안에는 의아함과 걱정스러움이 섞여 있었다.

"저하? 어찌 넋을 놓고 계십니까? 혹 어디가 미령하기라도 하신 겁니까?"

"아, 아뇨. 괜찮아요. 페…… 아니, 에스페라 공작."

반사적으로 튀어나올 뻔한 이름을 삼키며 황급히 정정하자, 흑발의 공작은 의심스럽다는 듯 눈을 가늘게 뜨며 물었다.

"무슨 생각을 그리하신 겁니까? 아무리 불러도 도통 듣지를 못하시더군요."

"아, 미안해요. 내가 깜빡 졸았나 봐요."

"허. 이제는 대놓고 수업이 지루하다 시위하시는 겁니까?"

황당하다는 듯 실소를 흘린 남자가 한참 동안 잔소리를 늘어놓았다.

밀라이아는 얼떨떨한 표정으로 폭포수처럼 쏟아지는 잔소리를 받아 냈다. 분명 소원의 돌에 관한 책을 읽고 있었는데 갑자기 구름궁이라니, 이게 대체 어찌 된 일인지 알 수가 없었다.

'설마 돌아온 건가? 하지만 여왕이 적어도 일 년은 걸릴 거라고 했었는데.'

따가운 시선을 피해 책을 들여다보는 척하는 동안에도 머릿속은 이런저런 생각으로 복잡했다.

혹시 꿈인가 싶어 슬쩍 몸을 꼬집자 얼얼한 고통이 느껴졌다.

그러잖아도 뒤죽박죽이었던 머리가 더 혼란스러워졌다. 대체 어느 것이 꿈이고 어느 것이 현실이란 말인가.

'아픈 걸 보면 진짜인가 본데, 그럼 정말 이대로 돌아왔다고?'

황당한 기분으로 소리 없이 중얼거리는데, 갑자기 탁 하고 책을 덮는 소리가 들려왔다.

무표정한 얼굴로 책을 내려놓은 공작이 말했다.

"안 되겠군요. 자꾸 넋을 놓으시는 걸 보니 오늘은 날이 아닌가 봅니다."

"이런. 정말 미안해요, 에스페라 공작. 내가 아직 정신이 좀 없어서요."

"뭐, 됐습니다. 기왕 이렇게 된 것, 어찌 그러시는지 이유나 들어 보죠. 얼마나 생생한 꿈을 꾸셨기에 신을 앞에 두고도 그리 정신을 못 차리시는 겁니까? 대체 무슨 내용이었길래요?"

어디 한번 얘기해 보라는 양, 에스페라 공작은 본격적으로 의자를 끌어다 그녀와 가까운 자리에 앉았다.

기꺼이 경청하겠다는 그 모습을 보며 잠시 망설이던 밀라이아가 답했다.

"그게, 음, 말하자면 좀 황당한데……."

"꿈이란 게 다 그렇지요. 일단 말씀해 보십시오."

"실은 내가…… 글로리아 여왕이 되는 꿈이었어요. 사고로 영혼이 연결됐다나?"

"호오, 그래서요?"

'어라, 안 놀리네?'

밀라이아는 흥미롭다는 듯 눈을 빛내는 공작을 보며 고개를 갸웃했다. 평소였다면 분명 무슨 그런 말도 안 되는 꿈을 꿨냐며 죽도록 놀랐을 텐데, 그는 뜻밖에도 궁금하다는 표정만 짓고 있었다.

"계속 말씀해 주십시오. 그래서요?"

"아, 음. 가 보니까 나라 상태가 전반적으로 안 좋더라고요. 그래서 그냥 왕실의 권위도 좀 세우고……."

"네, 그리고요?"

"여기저기 해이해진 기강도 잡고 반대파도 좀 치우고, 귀여운 조상님을 만나서 가끔 놀려먹기도 하고 그랬죠. 신성한 또라…… 흠흠. 아무튼 뭐, 안 어울리게 돈을 밝히는 사람도 보고요."

시간은 금과 같다는 말을 문자 그대로 실천하던 대신관을 떠올린 밀라이아가 피식 웃었다.

'아깝네. 아직 시간 꽤 많이 남았었는데. 이럴 줄 알았으면 소원의 돌이라도 빨리 복원시켜 놓고 올걸 그랬나?'

하지만 당시에는 달리 방법이 없었다. 처음 보는 사람을 바로 믿을 수도 없고, 돈으로 회유하는 것에도 한계가 있었으니까.

고작 한 시간 알현에도 육 골드라는 거금을 챙겨 가는 사람인데, 소원의 돌의 복원이라는 엄청난 의뢰, 거기다 비밀 보장까지 필수적으로 부가되는 의뢰를 받았을 때 보수를 얼마나 부를지 누가 알까. 게다가 소원의 돌 같이 큰 사안에도 돈이 먹힐지는 모르는 일이었다.

'그럼 어떤 방법을 써야 했을까?'

곰곰이 생각하던 그녀는 공작을 돌아보았다. 어차피 그는 제 스승이었고, 따라서 그녀가 이런 질문을 한다 하여 문제가 되거나 할 일은 없었다.

"있잖아요, 공작."

"말씀하십시오."

"돈이 최고인 사람을 구슬리려면 그것 말고 또 어떤 방법을 써야 하죠? 아무리 돈을 좋아한다 한들 무제한적으로 줄 수는 없는 노릇 이잖아요."

"흠. 혹시 그자가 대신관입니까?"

'뭐야, 어떻게 알았지?'

놀란 눈이 동그랗게 뜨였다.

"왜 그런 눈으로 보십니까? 신성한 또라이라면서요. 그럼 대신관 이겠지요."

태연한 얼굴로 핀잔한 공작이 계속해서 말했다.

"어쨌든, 그렇다면 그가 좋아하는 다른 걸 제공하면 되지 않겠습 니까? 왕실에서만 맛볼 수 있는 달달한 클로 차라든가, 아니면 꿀 처럼 달콤하다는 시로 열매 같은 것 말입니다. 협상 전에 내놓고 시작하시면 훨씬 편할 겁니다."

"……뭐야, 마치 그자의 취향을 아는 것처럼 말하네요. 어쨌든 고마워요. 취향을 공략해 보라 이거죠?"

"뭐, 그런 셈이죠. 아, 한데 말입니다."

"네?"

"또라이라는 단어는 은어이니 쓰지 않으시는 게 좋겠습니다."

"……"

오랜만에 맛보는 잔소리는 여전히 짜증스러웠다.

샐쭉한 얼굴로 노려보자, 공작은 그럴 줄 알았다는 듯 빙긋 웃었다.

그 모습을 보자 문득 한 사람이 떠올랐다. 저 거만해 보이는 표 정이며 머리카락 색까지 똑 닮은 한 남자가.

"아, 맞다. 그러고 보니 공작이랑 똑 닮은 남자도 만났어요."

"그렇습니까? 누군지는 몰라도, 신과 닮았다면 꽤 괜찮은 사람이 겠군요."

"하?"

기억 속의 페르디난드 공작이 했던 것과 토씨 하나 다르지 않은 말에, 밀라이아는 어처구니없는 얼굴로 눈앞의 남자를 바라보았다. 단정하게 자른 저 흑발도 그렇고 자신감이 넘치다 못해 오만하게까지 보이는 저 태도도 그렇고, 백 년이라는 시간을 사이에 둔 두 명의 공작은 누가 보면 같은 사람이라 여길 정도로 비슷한 느낌이었다.

"어찌 그러십니까?"

"……아무것도 아니에요. 그보다 공작, 혹시 직계 존속 중에 당대의 페르디난드 공작과 연이 닿은 인물이 있나요?"

"아뇨. 없습니다만."

"그래요? 이상하네. 난 또 하도 닮아서 피라도 섞인 건가 했더니."

고개를 갸웃하자, 공작은 어깨를 으쓱해 보이며 답했다.

"뭐, 세상에는 자기와 똑 닮은 사람이 세 명 있다고 하질 않습니까. 그런 경우인가 보지요."

"그래요? 그럼 나와 닮은 사람도 있으려나?"

"그것참 상상도 하기 싫은 재앙이로군요. 한데 그거 아십니까? 그렇게 닮은 사람들은 사실 같은 영혼의 소유자라는 것 말입니다."

"네? 같은 영혼이라고요?"

어쩐지 의미심장한 말에 눈이 크게 뜨였다.

서둘러 그게 무슨 의미냐고 물으려는데, 그녀의 뒤쪽을 슬쩍 돌아본 공작이 한발 앞서 말했다.

"전하의 시녀가 오고 있군요. 이제 그만 가 보십시오. 가면무도회에 가셔야 하질 않습니까."

"갑자기 그게 무슨 소리예요? 가면무도회라니?"

고개를 갸웃하며 반문한 그녀가 뒤를 돌아보는 순간, 아무도 없던 공간이 일렁이며 삽시간에 모습을 바꿨다.

사면을 가득 채운 책장들이 먼지처럼 흩어져 사라지고 커다란 침대가 두 사람이 앉아 있던 자리를 대신했다. 그 주위에는 하늘빛 실크로 만들어진 휘장이 길게 드리워져 있었다.

그것은 하늘궁에 위치한 여왕의 침실의 모습이었다.

"전하? 이제 그만 일어나셔야죠."

"……클로에?"

"네, 전하. 어서 일어나세요. 슬슬 준비를 시작하실 시간이에요."

평균치보다 조금 높은 톤의, 쾌활하면서도 통통 튀는 목소리. 금갈색 머리카락을 하나로 곱게 묶은 젊은 여인은 분명 백 년 전 자신의 전속 시녀였던 클로에였다.

저를 빤히 쳐다보는 밀라이아가 이상하게 보인 듯 그녀는 다갈색 눈동자를 동그랗게 뜨며 물어왔다.

"어찌 그러세요?"

"……아무것도 아니에요. 그냥, 깜빡 졸았나 봐요."

'꿈이었나? 하긴, 그러지 않고서야 에스페라 공작이 그런 소리를 할 리가 없지.'

혼란스럽던 머리가 그제야 좀 정리가 되는 것 같았다.

빙긋 미소 짓자, 눈을 깜빡이며 그녀를 바라보던 클로에가 마주 웃으며 답했다.

"그렇게 웃으시니까 보기 좋네요. 정말 아름다우세요, 전하."

"으, 요즘 클로에 덕분에 자꾸만 외모에 자신감이 붙는 것 알아요? 이러다가 정말 자아도취라도 할까 봐 걱정된다니까요."

"하지만 사실인걸요? 그런 의미에서 오늘은 오랜만에 열정을 불살라 봐야겠어요. 아무리 주인보다 덜 꾸미는 것이 객의 불문율이라지만, 우리 전하께서 한낱 여인에게 밀리시면 곤란하지 않겠어요? 그러잖아도 과거의 연 때문에 말이 많은 상황인데 말이죠."

"아니, 그래도 그건 좀……."

어차피 공작을 만나면 옷이든 뭐든 다 바꿔야 할 텐데 굳이 그럴 필요가 있나 싶었다.

만류해 보았지만, 사정을 모르는 클로에는 막무가내였다.

"안 돼요, 안 돼. 이건 제 자존심이 걸린 문제란 말이에요. 그러니 어서 일어나세요. 비록 이 머리카락 색은 가려야겠지만, 무슨 수를 써서든 최고로 아름답게 꾸며 드리겠어요."

"어, 벌써요?"

"벌써라뇨? 전하께서 너무 곤히 주무시는 바람에 시간이 꽤 많이 지났는걸요. 이제 한 시간 정도밖에 안 남았으니 서두르셔야 해요."

"아…… 네."

의지를 불태우는 클로에를 보며 머뭇거리던 밀라이아는 이내 반박을 포기하고는 책을 내려놓았다. 그녀가 지금 저 상태일 때는 무슨 말을 해도 먹히지 않는다는 것을 경험상 알고 있었으므로.

"그럼 잘 부탁해요."

"네에. 저만 믿으세요!"

주먹을 불끈 쥐며 답한 클로에가 옆방으로 달려갔다. 무척 결연해 보이는 얼굴이었다.

잠시 후 돌아온 클로에는 뭔가를 산더미처럼 들고 와 늘어놓았다. 비밀을 요하는 일이기에 도와줄 다른 시녀가 아무도 없는 상황인데도, 그녀는 반드시 제 주인을 아름답게 꾸며 드릴 거라며 의욕에 불타고 있었다.

빠르게 몸을 씻고 클로에가 건네주는 대로 옷을 갈아입고, 눈에 띄는 백금발 위에 단단하게 연갈색 가발까지 고정한 밀라이아는 마지막으로 화장을 마친 후에야 간신히 거울 앞에 섰다.

그 안에 비친 것은 생각보다 훨씬 차분해 보이는 모습이었다. 유독 붉게 칠해진 입술을 제외하고는.

'뭐지? 단단히 준비할 것처럼 얘기하더니?'

물론 이것도 나쁘지 않았지만, 그렇게 열의를 불태운 것치고는 좀 부족하다 싶었다.

의아해하는 그녀를 보며 생긋 웃은 클로에가 말했다.

"생각보다 수수해서 놀라신 거죠? 일단은 궁을 빠져나가시는 게 중요한지라, 최대한 눈길을 끌지 않도록 꾸며 드렸어요. 가면이랑 갈아입으실 옷 같은 건 공작 각하에게 전달해 두었으니 그곳에서 환복하시면 될 거예요."

"아아, 그렇군요. 고마워요, 클로에."

"아니에요. 제가 당연히 해야 하는 일인 걸요. 그럼 슬슬 출발하시겠어요? 얼추 시간이 된 것 같은데요."

"그래야겠네요. 그럼 잘 부탁해요."

"네, 전하. 혹시라도 들킬 염려는 마세요. 제가 성문까지 잘 모셔다 드릴 테니까요."

저만 믿으라며 주먹을 불끈 쥐어 보인 클로에는 잠시 방 밖의 동정을 살피고는 곁방으로 그녀를 안내했다.

백작 부인이 미리 손을 써 두기라도 한 건지, 세 개의 문을 지나고서야 나타난 작은 방은 본디 여왕의 부름을 대비해 측근 시녀들이 대기하는 장소임에도 오늘따라 아무도 없었다.

그곳에서 긴 베일로 얼굴을 가린 밀라이아는 클로에의 도움을 받아 조심조심 궁을 빠져나갔다.

그녀와 함께 있어서 그런 건지 아니면 심한 피부병에 걸려 그렇다는 설명을 정말로 믿는 건지, 얼굴을 가린 수상한 차림새임에도 근위 기사들은 의외로 별말 없이 두 사람을 통과시켜 주었다. 물론 그보다는 상부의 허락을 받았다며 클로에가 내민 출입패의 영향이 더 컸겠지만.

어쨌거나 덕분에 편안하게 외궁을 나선 밀라이아는 어스름이 내려앉기 시작한 성벽 아래 자리한 그림자를 발견하고는 우뚝 멈춰 섰다.

몇 발짝 더 나아간 클로에가 상대를 확인하고는 고개를 숙였다.

"또 뵙습니다."

"그렇군. 수고 많았네."

"아닙니다. 그럼 잘 부탁드립니다."

만일을 대비해서인지, 서로 정체가 드러날 만한 단어는 일절 하지 않고 대화를 마친 클로에가 옆으로 물러섰다.

밀라이아는 슬쩍 눈썹을 찡그리며 말했다.

"고마워요, 클로에. 덕분에 수월하게 나왔네요."

"아니에요. 하면 저는 먼저 들어가 보겠습니다. 돌아오시는 길은 저분이 책임진다 하였으니 괜찮을 거예요."

"그래요. 그럼 이따 봐요."

가볍게 고개를 끄덕이자, 클로에는 생글 웃어 보이고는 돌아섰다.

그녀가 완전히 사라지는 것을 확인한 밀라이아는 그제야 천천히 후드를 내리는 공작을 향해 뾰족한 목소리로 말했다.

"뭐예요? 이럴 거면 진즉 말을 해 줬어야죠."

"음? 무슨 얘기를 말입니까?"

정말 모르겠다는 듯한 물음에 눈썹이 하늘 높이 치켜세워졌다. 물론 그가 레티시아 백작 모녀를 끌어들인 덕분에 편안히 빠져나오기는 했지만, 결과야 어쨌든 자신도 모르게 이런 일을 꾸민 것이 무척 괘씸했다.

"몰라서 물어요? 누구 맘대로 내 사람에게 손을 대랬어요?"

"흠? 전하의 사람은 신이 아니었는지요?"

"뭐라고요?"

"모르는 분처럼 왜 그러십니까? 설마 그간의 약속을 잊으신 건 아닐 테고, 저보다 더 확실한 전하의 사람이 어디 있다고 그러십니까?"

"……."

따지고 보면 그랬다.

뭐라 할 말이 없어 침묵하자, 공작은 픽 웃고는 그녀를 향해 손을 내밀었다.

"일단 가시지요. 이곳에 계속 있어 좋을 것은 없지 않겠습니까?"

"……그래요."

잠시 망설이던 밀라이아는 그가 내민 손에 의지하여 말 위에 올랐다. 남자와 같은 말을 타야 한다는 점이 조금 걸리기는 했으나 그 역시 남들의 눈에 띄지 않게 나오기 위해서는 달리 방법이 없었을 터. 이 정도는 어쩔 수 없이 감수해야 했다.

하나 모처럼 이해심을 발휘한 것도 잠시, 밀라이아는 냉큼 제 앞에 올라타는 남자를 보며 당혹스러운 표정을 지었다. 저를 태우고 고삐를 잡는 것까지는 바라지도 않았지만, 그렇다고 해서 그가 이런 식으로 나올 거라고는 미처 생각지 못했던 탓이었다.

'아니, 보통은 앞에 앉히지 않나? 이러면 대체 어디를 잡으라는 건데?'

그나마 앞에 탔으면 안장 앞부분이나 최소한 갈기라도 붙들 텐데, 그러지 못한 탓에 잡을 만한 것이라고는 아무리 봐도 눈앞에 버티고 있는 남자밖에 없어 보였다.

결국 말이 출발할 때까지 이러지도 저러지도 못하고 있던 밀라이아는 흔들림 때문에 크게 균형을 잃을 뻔하고서야 하는 수 없이 검은 로브 자락을 조심조심 잡았다.

"뭐 하시는 겁니까, 지금? 똑바로 잡으십시오."

갑작스러운 사태에 말을 멈춰 세운 공작이 혀를 차며 말했다.

그러나 밀라이아는 로브 자락을 움켜쥔 손에 조금 힘을 더했을 뿐 더는 아무런 행동도 취하지 않았다.

그제야 그녀가 왜 그러는지 생각이 미친 듯, 공작은 다시 한번 혀를 차고는 그녀의 팔을 끌어다가 제 허리에 두르며 말했다.

"연회장에 있다고 생각하십시오. 아니면 호위라 여기시든가요."

"……네."

"이것 참, 일전에 보여 주셨던 태도와는 너무 다르지 않습니까?

중심을 잃은 척하며 대놓고 안겨 오실 때는 언제고, 이제 와 고작 이 정도 접촉으로 수줍어하시다니 말입니다."

피식거리는 음성에는 놀림의 뜻이 담겨 있었지만, 밀라이아는 그 것을 맞받아칠 여력이 없었다. 갑작스럽게 가까워진 거리 때문에 가슴이 그의 등에 닿지 않도록 하는 것에 온 신경이 쏠려 있었던 탓이다.

몇 겹이 넘는 천을 사이에 두고 있음에도 확실하게 전해져 오는 단단한 느낌과 훅 끼쳐 오는 열기, 그리고 닿을 듯 말 듯 아슬아슬 한 거리.

그동안 불의의 사고로 몇 번 접촉이 있었다지만, 그것과 이것은 왠지 기분이 달랐다. 밀려오는 민망한 기분에 자꾸만 몸이 움찔거 렸다.

"다시 출발하겠습니다. 꽉 잡으십시오."

그런 상태를 눈치챘을 법도 한데, 평소였다면 분명 한마디 했을 공작은 의외로 별말 없이 박차를 가했다.

밀라이아는 눈을 질끈 감은 채 공작의 허리를 감은 팔에 힘을 주 었다. 어차피 벌어진 일, 그의 말대로 호위 기사라 생각하니 그나 마 마음이 편했다.

얼마나 달렸을까?

큰길을 벗어나 소로로 접어든 말이 자그마한 집 앞에 멈춰 섰다. 해 질 녘 특유의 어스름에 잠긴 그곳은 아마도 평민 지구에 존재하 는 것인 듯, 언젠가 공작과 다니며 보았던 작은 집들의 모양과 상 당히 흡사했다.

"도착했습니다. 우선 이곳에서 옷을 갈아입으신 뒤 저택으로 이동하시면 될 겁니다."

"그렇군요. 후우."

밀라이아는 그제야 안도의 한숨을 내쉬며 공작의 허리에서 팔을 뗐다. 오는 내내 그와 최대한 닿지 않도록 잔뜩 힘을 준 탓에 온몸이 부들부들 떨렸다.

"잡으십시오. 어두우니 발밑을 조심하시고요."

말에서 훌쩍 뛰어내린 공작이 손을 내밀었다.

자신을 올려다보는 잿빛 눈동자가 찌를 듯 깊게 느껴져, 밀라이아는 떨리는 팔로 그의 손을 잡고 조심조심 땅 위에 발을 디뎠다. 손가락을 옥죄어 오는 힘이 제법 셌다.

최대한 자연스럽게 손을 빼낸 뒤 옷자락을 털어 내자, 묵묵히 그 모습을 바라보던 공작이 말했다.

"들어가시지요."

"네."

머리가 하얗게 센 여인 하나가 달려 나와 깊숙이 허리를 숙였다. 깍듯한 예의범절하며 단정한 차림새가 아마도 은퇴한 하녀장쯤 되는 듯했다.

'하긴 이런 위험한 일에 쓸 조력자라면 최소한 그 정도는 돼야겠지.'

홀로 납득한 밀라이아가 속으로 고개를 끄덕이는 사이, 그녀를 향해 부드럽게 웃음 지은 여인이 말했다.

"이쪽으로 오십시오. 환복을 도와드리겠습니다."

"다녀오시오. 여기서 기다리고 있겠소."

"네."

공작을 향해 생긋 미소 지어 보인 밀라이아는 곧바로 여인의 안내를 받아 자그마한 방 안에 들어섰다.

그곳에는 그녀를 위한 드레스와 가면이 곱게 놓여 있었다.

티끌 한 점 없는 새하얀 드레스는 밑단에 짙은 보랏빛을 넣어 단조로움을 피하면서도 고혹적인 느낌을 연출하고, 그와 한 쌍을 이루는 반가면은 하얀 바탕에 까만 무늬가 들어간 것으로 보라색을 군데군데 섞어 포인트를 주고 있었다. 그 옆에는 짙은 보랏빛 구두와 은사로 수놓은 보라색 숄까지 놓여 있었다.

'괜찮네.'

밀라이아는 베일 속에서 흡족한 미소를 지었다.

클로에가 보낸 건지 아니면 공작의 작품인지는 알 수 없었으나, 지금 눈앞에 펼쳐진 드레스 일습은 까다로운 그녀의 눈에도 딱 들어올 만큼 꽤나 아름다웠다.

여인의 능숙한 손길에 몸을 맡긴 밀라이아는 입고 왔던 옷을 벗고 그 위에 드레스와 숄을 겹쳐 입었다.

마지막으로 구두를 갈아 신고 거울 앞에 서자, 눈앞에 보인 것은 예상했던 대로 대단히 아름다운 여인의 모습이었다. 비록 베일에 가려 얼굴이 제대로 보이지는 않지만.

"마음에 드십니까?"

"대단히. 홀로 돕느라 수고가 많았네."

꼼꼼하게 제 모습을 살핀 밀라이아가 차분히 답했다.

그 순간, 여인의 눈 속에 안도감이 스치고 지나가는 것이 보였다. 시중을 들면서도 조금씩 그런 기색이 보이기는 했지만, 자연스러운 반하대를 듣고서야 비로소 확신한 듯했다.

갑자기 웃음이 나왔다. 정체를 알 수 없는 공작의 '연인'을 두고 말이 많다 하더니, 그게 정말이긴 했던 모양이었다. 최측근이라 할 수 있을 저 여인마저 제 이모저모를 확인하고서야 겨우 안심하는 걸 보면.

"왜, 내가 평민처럼 보였는가?"

"아, 아닙니다. 제가 어찌 감히 그런 생각을……."

"내 비록 사정이 있어 얼굴을 드러내지는 못하나, 소문 같은 그런 인물은 아닐세. 좀 더 주인의 안목을 믿어 보는 건 어떻겠나."

기왕 도와주기로 한 것 확실하게 해 주자 싶어 몇 마디를 건넨 밀라이아는 당황하는 여인을 향해 그만 가자 말하고는 돌아섰다.

황급히 가면을 챙겨 든 여인이 재빨리 따라와 문을 열었다.

어둑어둑한 복도를 걸어 입구로 돌아가자 다소 지루한 듯한 얼굴로 서 있던 공작이 그녀를 돌아보았다.

그래도 이렇듯 제대로 차려입은 모습에 조금은 놀라거나 할 줄 알았는데, 그는 의외로 별다른 표정 변화 없이 담백하게 말했다.

"아름답군. 갑시다."

"네."

"하녀장도 수고가 많았네. 내 오늘 일은 잊지 않도록 하지."

여인의 어깨를 툭툭 두드려 준 공작이 밀라이아에게 손을 내밀었다.

그 위에 가볍게 손을 얹고 집을 나서자, 그새 준비시킨 듯 입구에 커다란 마차가 서 있는 것이 보였다. 검은색으로 칠해진 마차의 외벽에는 페르디난드가의 문장인 잿빛 늑대의 형상이 정교하게 새겨져 있었다.

"먼저 오르시오. 넘어지지 않도록 조심하고."

당연하다는 듯 마차 문을 열어 준 공작이 다정하게 속삭였다.

평소와는 정반대인 그 모습에 기가 찼지만, 밀라이아는 그저 화사하게 웃어 보인 뒤 마차에 올랐다.

잠시 후 여인에게 가면을 받아 든 공작이 문을 닫고는 옆자리에 앉았다.

"뭐예요, 넓은 자릴 두고 왜 여기 앉아요?"

"그야 당연하잖습니까. 지금은 다정한 연인 사이이기 때문이지요."

"하, 철저하기도 하셔라. 어라, 그러고 보니 옷도 맞춤이네?"

답답하게 얼굴을 가린 베일을 걷어 낸 밀라이아가 눈을 크게 떴다.

올 때는 검은 로브 차림이었고 그 후에는 베일과 어스름한 불빛에 가려 미처 알아채지 못했는데, 이제 보니 공작의 의상은 누가 봐도 저와 한 쌍으로 불릴 만한 것이었다. 어깨에 연보랏빛 술을 넣은 데다 소매에도 같은 색 천을 덧대어 장식함으로써 그녀와 한 쌍 느낌을 연출한, 통상적으로 결혼하거나 약혼한 남녀 사이에서나 함께 입을 법한 그런 맞춤옷.

"말씀드렸잖습니까. 다정한 연인이라고요."

찬찬히 그녀를 훑어본 그가 감탄한 듯한 목소리로 말했다.

"아까는 베일 때문에 몰랐는데, 이제 보니 잘 어울리시는군요. 아름다우십니다."

"……뭐야, 공작이 그런 말도 할 줄 알아요?"

떨떠름하게 묻자, 공작은 웃음기 어린 목소리로 답했다.

"네. 연인 한정이지만요."

"호오. 하루짜리 연인도 연인으로 쳐주다니 영광이네요."

"별말씀을."

직설적으로 들어오는 공격을 아무렇지도 않게 받아친 공작이 말했다.

"한데 목이 좀 허전하군요. 잠시만 기다리십시오."

구석의 작은 수납장에서 상자를 하나 꺼낸 그가 뚜껑을 열었다.

그 안에 든 것은 밀라이아의 눈에도 익은 것이었다.

영롱하게 빛을 발하는 보라색 자수정과 그 주위에 해바라기 모양으로 다이아몬드를 촘촘히 박은 펜던트, 그리고 백금 줄 위에 다이아몬드를 알알이 박아 장식한 목걸이.

그것은 언젠가 함께 수도를 구경했던 날 공작이 난데없이 연인 행세를 하며 구매했던 바로 그 목걸이였다. 대금을 청구하겠다느니 어쩌느니 해 놓고는 결국 보내지 않았던 바로 그것.

"어라, 이거 아직 갖고 있었네요? 난 또 대금 청구한다 해 놓고 안 보내기에 잊어버렸나 했더니."

"그거야 그냥 한번 해 봤던 말이지, 연인에게 선물한 것으로 소문난 목걸이를 전하께 보내 드릴 순 없잖습니까. 무슨 구설에 휘말리려고요."

설마 그걸 믿었느냐는 듯 입꼬리를 삐딱하게 들어 올린 공작이 그녀 쪽으로 고개를 숙였다. 그러고는 반사적으로 몸을 뒤로 빼는 그녀를 부드럽게 저지하며 목뒤로 팔을 둘렀다.

은은하게 풍겨 오는 시트러스 향이 그녀를 감싸 안았다. 목덜미를 스치는 손가락의 움직임을 따라 오싹하면서도 짜릿한 기분이 등골을 타고 흘러내렸다.

숨결이 닿을 정도로 가까워진 거리에 자꾸만 몸이 흠칫거렸다. 누군가와 이렇게 지근거리에서 접촉해 본 경험이 거의 없는 밀라이아에게 지금 이 느낌은 무척이나 생경했지만, 또 그만큼이나 익숙한 것이었다. 어느 겨울날, 흐트러진 머리카락을 다시 묶어 주던 에스페라 공작과의 접촉이 바로 이런 기분이었으니까.

—한데 그거 아십니까? 그렇게 닮은 사람들은 사실 같은 영혼의 소유자라는 것 말입니다.

문득 좀 전의 꿈에서 그가 했던 말이 떠올라, 밀라이아는 저도 모르게 작게 중얼거렸다.

"같은 영혼의 소유자……."

"갑자기 그게 무슨 말씀입니까?"

그제야 목걸이의 고리를 채운 듯 몸을 일으키던 공작이 물었다.

밀라이아는 의아한 눈빛으로 저를 바라보는 공작을 찬찬히 살피다 고개를 저었다.

"아무것도 아니에요. 잠깐 뭐 좀 생각하느라고요."

'설마 그럴 리가 있겠어? 처음부터 말도 안 되는 소리인걸. 같은 영혼의 소유자라니, 시간과 공간을 뛰어넘어 다시 태어나기라도 했단 소리냐고.'

"그러셨군요. 하면 이제 가시지요. 이 정도라면 말 많은 노인네들도 뭐라 하진 못할 듯합니다."

"……흥. 그거야 당연하죠. 누가 가는데?"

밀라이아는 저도 모르게 긴장했던 몸을 늘어뜨리며 자신만만하게 웃었다.

슬쩍 입꼬리를 들어 올린 공작이 답했다.

"그런 자세, 아주 좋습니다. 부디 연회에서도 잘 부탁드립니다. 그리고."

"그리고?"

"도착 전에 호칭 문제를 정리해야 할 것 같습니다만, 신이 무어라 불러 드리면 되겠습니까?"

"아."

잠시 고민하던 밀라이아는 문득 떠오르는 생각에 불쑥 물었다.

"그러고 보니 공작, 이름이 뭐였죠?"

"……모르십니까?"

"네."

당당한 대답을 들은 공작의 얼굴이 확 일그러졌다.

"아니, 어째서요? 그동안 수없이 인사를 드렸는데 어떻게 그걸 모를 수가 있습니까?"

밀라이아는 황당한 표정으로 따지고 드는 공작을 보며 입술을 삐죽였다.

"언제 제대로 인사하기는 했나? 늘 약식으로 대충대충 넘어가 놓고선."

"아무리 그래도 그렇……."

"그래서 이름이 뭐냐니까요? 그냥 공작이라고 불러요?"

"……에른이라고 부르십시오. 왠지 억울해서 풀네임은 못 가르쳐 드리겠습니다."

"그래요? 흐응. 그럼 공작도 그냥 밀라라고 불러요."

어깨를 으쓱하며 답하자, 공작은 언제 억울해했느냐는 듯 금세 흥미로워하는 표정으로 물었다.

"밀라요? 그게 본명입니까?"

"아닌데요? 공작도 제대로 된 이름을 안 가르쳐 주는데 내가 뭐

하러 풀네임을 알려주겠어요?"

"그럼 애칭인가 보군요. 흠. 아무리 신이 마음에 드셨어도 그렇지, 진도가 너무 빠르신 것 아닙니까? 이름을 뛰어넘고 곧장 애칭이라니요."

"……뭐라는 거예요? 그건 공작도 마찬가지거든요?"

어이없어하는 그녀를 향해 씩 웃어 보인 공작이 말했다.

"아니지요. 대부분 약식으로 넘겼다고는 하나, 신은 전하께 분명 이름을 말씀해 드린 적이 있습니다. 처음부터 가르쳐 주지 않으신 전하와는 사정이 전혀 다르단 말씀이지요."

"흥. 그래 봤자 애칭을 가르쳐 준 건 똑같잖아요. 그러고 보면 공작이야말로 날 너무 마음에 들어 하는 것 아니에요?"

코웃음 치며 묻는 그녀를 어이없다는 듯 바라보던 공작이 무성의하게 답했다.

"뭐, 그렇다고 하지요. 어차피 신이 전하를 마음에 들어 하는 건 사실이니까요."

"호오. 설마 그거, 고백이에요?"

"글쎄요. 좋을 대로 생각하십시오. 그보다 밀라라. 혹시 카밀라입니까?"

"아뇨."

"그럼 밀라디?"

"아니에요."

"밀로디아?"

"아니라니까요."

오기가 발동한 듯 집요하게 물어오는 공작을 향해 어깨를 으쓱해 보이는데, 때마침 마차가 멈추는 것이 느껴졌다.

밀라이아는 또다시 무슨 이름인가를 대려는 공작을 저지하며 말했다. 그러잖아도 슬슬 귀찮아지던 참인데 마침 잘됐다 싶었다.

"아, 몰라요, 몰라. 아무리 물어봐야 대답 안 해 줄 거니까, 그만하고 가면이나 이리 줘요."

"마지막으로 한 번만 더 여쭙겠습니다. 이것만 답해 주시면 더는 안 묻도록 하지요."

"아, 진짜. 알겠어요. 이번엔 뭔데요?"

"밀라이아."

얼굴이 딱딱하게 굳었다.

'어떻게 알았지?'

그녀의 이름은 '어둠 속 한 줄기 빛'이라는 뜻을 가진 고어로, 이미 오백 년도 전에 사장된 언어이기에 뜻은커녕 그런 것이 있는지조차 모르는 사람이 대부분이었다. 한데 공작이 그 이름을 어찌 안단 말인가.

물론 최고위 귀족이니 고어를 공부했을 수는 있겠지만, 그것이 한창 쓰이던 시대에조차 그리 많이 사용되지 않던 단어를 이름자로 콕 집어서 떠올리기란 대단히 어려운 일이었다. 마치 그것이 원래 그녀의 이름인 줄 알고 있던 사람처럼 저리 자연스럽게 부르기는 더더욱.

"……는 아니겠군요. 그런 이름을 붙이려면 적어도 왕족은 되어야 할 테니 말입니다."

'뭐야, 찍은 거야? 근데 왜 말을 하는 족족 다 맞추고 있는 건데? 설마 뭘 알고 하는 말은 아니겠지?'

밀라이아는 뜨끔한 가슴을 필사적으로 감추며 물었다.

"왜요? 무슨 이름인데 그래요?"

"모르신다면 됐습니다. 그보다 가면 착용법은 아시지요?"

"네."

짤막한 답을 들은 공작이 하얀 가면을 집어 그녀에게 건넸다.

말없이 가면을 받아 든 밀라이아는 그것을 쓰려다 말고 공작을 물끄러미 바라보았다. 그가 착용하는 것은 검은 바탕에 하얀색으로 무늬를 넣고 그 옆에 보라색 깃털을 단 반가면으로, 옷과 마찬가지로 누가 봐도 그녀의 것과 한 쌍을 이루는 모양새였다.

'진짜 철저하네.'

옷도 그렇고 가면도 그렇고, 겉으로만 보면 정말 사이좋은 연인 사이로 보일 것 같았다. 작은 것 하나까지도 세세하게 따지는 특유의 그 성격이 여기서도 드러나는 듯했다.

'어쩜 이리 닮았을까.'

오기 전 집으로 돌아가는 꿈을 꾸어서일까, 오늘따라 이상하게 자꾸만 에스페라 공작이 생각났다. 그도 지금 눈앞의 공작처럼 이리 작은 것까지 하나하나 다 챙기는 성격이었는데.

"왜 그리 보십니까?"

"……아무것도 아니에요."

고개를 저은 밀라이아는 머리가 흐트러지지 않도록 조심하며 하얀색 반가면을 썼다.

금속 재질로 되어 있기에 차갑고 딱딱할 줄 알았는데, 얼굴에 와 닿는 가면의 감촉은 생각보다 그리 불편하지 않았다. 당연히 시야를 가리거나 하지도 않았고.

"다 되셨습니까?"

"네."

"하면 문을 열겠습니다. 모쪼록 잘 부탁드립니다."

"걱정 마요. 완벽한 예비 공작부인이 되어 보일 테니."

자신만만하게 웃어 보이자, 가면 아래 드러난 공작의 입술이 부드럽게 호선을 그리는 것이 보였다.

"그럼 가 보실까요, 예비 공작부인?"

"그래요, 공작 각하."

생글거리는 그녀를 향해 다시 한번 빙긋 웃어 보인 공작이 문을 열었다.

많은 사람의 시선을 받으며 한발 앞서 내린 그는 천천히 발을 내딛는 그녀를 향해 정중하게 오른손을 내밀었다.

밀라이아는 공작이 내민 손을 잡고 최대한 우아한 모습으로 마차에서 내렸다. 아까 그 하녀장을 비롯한 페르디난드가의 가신 다수가 공작의 '정인'의 신분을 의심하고 있다고 들은 만큼 한 치의 빈틈도 보여 주지 않을 요량이었다.

"이곳이 내가 머무는 저택이라오. 어떻소? 마음에 드오?"

"네. 아름답네요."

"그렇군. 다행이오."

가볍게 고개를 끄덕인 공작이 부드럽게 미소 짓자, 여기저기서 급한 숨을 들이켜는 소리가 들렸다.

'뭐야, 반응이 왜 이래?'

기껏해야 말 몇 마디 주고받았을 뿐인데 이게 그렇게 놀라운 일인가 싶었다.

하지만 공작은 그녀가 의문을 풀게 둘 생각이 전혀 없는 듯, 부드럽게 제 쪽으로 끌어당기며 말했다.

"미안하오. 좀 더 구경시켜 주고 싶지만, 아쉽게도 모두 기다리고 있어 그러지 못할 것 같소."

"괜찮아요. 언젠가 또 기회가 있겠죠."

"그야 물론이오. 그럼 슬슬 들어갑시다."

"네."

생글거리며 답한 밀라이아는 양옆으로 줄지어 서 있는 사람들을 일별하며 현관으로 향했다. 아니, 그러려고 했다. 공작이 부드럽게, 그러나 팔에 힘을 주어 그녀를 멈춰 세우지 않았다면.

"에른?"

의아한 얼굴로 그를 돌아보자 여기저기서 헛바람 삼키는 소리가 더욱 크게 들려왔다.

하지만 공작은 그런 것 따위는 안중에도 없는 듯 태연한 얼굴로 말했다.

"아무리 급해도 할 건 해야 하지 않겠소? 소개하리다. 이쪽은 본가의 집사인 리하트 자작."

"……처음 뵙겠습니다."

"이쪽은 하녀장인 라일라 부인."

"뵙게 되어 영광입니다."

밀라이아는 당연하다는 듯 두 사람을 소개하는 공작을 보며 애매한 미소를 지었다.

'뭘 또 이렇게까지 한담.'

다른 사람도 아니고, 저택의 살림을 담당하는 집사와 하녀장을 제게 소개할 줄은 몰랐다. 그것은 곧 그녀가 이 저택의 안주인이될 거라는 소리나 마찬가지가 아닌가. 그냥 하루만 도와주면 된다고 해놓고 나중에 어찌하려고 이렇게까지 하나 싶었다.

"그리고 이쪽은 밀라. 사정이 있어 풀네임을 밝히지 못하는 점을이해하도록."

순간 담담하게 그녀를 응시하던 남녀의 눈빛이 흔들리는 것이 보였다.

하지만 그것은 아주 잠깐이었을 뿐, 그들은 이내 아무렇지 않은표정으로 다시 한번 그녀를 향해 고개를 숙여 보인 뒤 옆으로 비켜섰다. 아까 그 늙은 하녀도 그렇고 지금 이 둘도 그렇고, 역시 공작가답게 가솔들의 교육만큼은 제대로 되어 있는 듯했다.

'그래도 일단 탐탁지 않아 하는 건 확실하네. 그럼 가신들도 저런태도이려나?'

밀라이아는 따가운 눈초리로 저를 쳐다보는 사람들을 모르는 척하며 빙긋 웃었다. 본래의 생에서도, 또 여왕의 몸에 들어온 후에도 적의 어린 시선을 수없이 받아 본 경험이 있는 그녀에게 저 정도 눈총쯤은 그저 귀여운 수준이었다.

"밀라?"

"네?"

"무슨 생각을 그리하고 있소? 얼굴에 즐거움이 가득하군."

꿀을 바른 듯 달콤한 물음에 부르르 떤 밀라이아가 답했다.

"그냥, 좋아서 그러지요. 이제 그만 들어가요, 에른. 날 데리러오느라 손님맞이도 제대로 못했을 텐데."

"괜찮소. 내게는 항상 그대가 최우선이니까."

"아이, 또 그런다. 그런 소리는 함부로 하는 게 아니라는 거 알고 있잖아요? 게다가 당신이 그럴수록 욕먹는 건 나란 말이에요."

'아오, 낯간지러워.'

밀라이아는 솟구치는 민망함을 꾹꾹 눌러 삼키며 최대한 나긋나긋하게 말을 건넸다. 평소였다면 절대로 이렇게 말할 리가 없었지만, 지금은 상황이 상황이니만큼 어찌할 도리가 없었다. 그렇다고 해서 그동안 해 왔던 것처럼 헛소리하지 말라며 타박할 수도 없는 노릇이 아닌가.

하지만 그런 생각은 그녀 혼자만의 것이었던 듯, 공작은 입꼬리를 슬쩍 들어 올리며 웃음기 어린 목소리로 말했다.

"호, 그대가 웬일이오? 이리 예쁜 말을 다 해 주고."

"무슨 그런 섭섭한 소리를. 난 항상 예쁜 말만 한걸요."

"내 생각은 좀 다르오만, 그대가 그렇다면 그런 거겠지. 어쨌거나 어여쁜 모습만 보여 주니 기분이 좋군. 어서 갑시다. 내 경솔한 행동 때문에 그대를 욕 먹일 수야 없지."

부드럽게 답한 공작이 그녀의 손을 잡아 올려 가볍게 입 맞추었다.

통상적으로 허용되는 것보다 훨씬 오랫동안 입술을 대고 있던 그는 제법 긴 시간이 흐른 후에야 아쉽다는 듯 놓아주며 작게 속삭였다.

"방금 뭡니까?"

"응? 뭐가요?"

"그 얼토당토않은 애교 말입니다. 허. 살다 살다 그런 걸 보게 될 줄은 몰랐군요. 어찌나 놀랐던지, 자칫하면 심장이 멎을 뻔했지 뭡니까."

황당함이 뚝뚝 떨어져 나오는 목소리와는 달리, 저를 향한 잿빛 눈동자는 마치 사랑스러워 어쩔 줄 모르겠다는 듯 뜨겁기 짝이 없었다. 그 음성만 제거하면 자칫 정말 저를 사랑하나 착각할 수 있을 정도로.

기가 찼다.

"뭐라고요? 참나, 기껏 협조해 줘도 난리…….."

"쉿. 목소리 낮추십시오. 듣겠습니다."

뒤에 서 있는 사람들을 눈짓으로 가리킨 공작이 슬쩍 입꼬리를 들어 올렸다.

'흥, 그렇게 나오겠다 이거지?'

밀라이아는 하릴없이 표정을 수습하며 공작을 올려다보았다. 어차피 가면에 가려 제대로 보이지는 않을 테지만, 어쨌거나 주위를 의식하지 않을 수는 없었다.

'어디 한번 당해 봐.'

화사하게 미소 지은 그녀가 손톱을 바짝 세워 공작의 손바닥을 짓눌렀다. 빙글거리며 웃던 입매가 일그러지고 결국 작은 신음 소리가 흘러나올 때까지.

'그러게 왜 건드려, 건드리길.'

고통으로 굳은 입매를 보고서야 만족스러운 기분으로 힘을 뺀 밀라이아는 태연한 얼굴로 안 가냐며 공작을 재촉했다.

그런 그녀를 보며 공작은 헛웃음을 흘렸지만, 또 당하고 싶냐는 의미를 담아 삐뚜름하게 웃어 보이자 더는 아무 말도 하지 않았다.

따갑게 느껴지는 시선을 뒤로한 채 안으로 들어서자 넓은 중앙 홀이 두 사람을 맞이했다.

양쪽이 정확하게 대칭을 이루는 그곳에는 얼핏 보기에도 명화로 보이는 그림들이 걸려 있었다. 그 중앙에는 현 가주, 즉 지금 그녀 옆에 서 있는 남자의 초상화가 존재했다.

벽을 따라 늘어선 기둥은 하나하나마다 페르디난드가의 문장이 조각되어 있고, 그 아래 걸린 등들은 홀을 환하게 밝히고 있었다. 전체적으로 봤을 때 대단히 화려하지는 않지만 몹시 웅장하고 고풍스러운 그런 모습.

'괜찮네. 물론 왕궁에 비할 바는 못 되지만, 이 정도면 귀족들 사이에서는 꽤 훌륭한 축이겠어.'

세력을 모으기 위해 고군분투하던 시절 이따금씩 방문했던 귀족들의 저택을 떠올린 밀라이아가 속으로 중얼거렸다.

차분하게 주위를 둘러보는데, 어느새 중앙 홀을 벗어나 작은 회랑으로 들어선 공작이 반대쪽을 가리키며 말했다.

"거의 다 왔군. 복도 하나만 더 지나면 되오."

"그렇군요."

밀라이아는 그가 가리키는 방향을 바라보며 고개를 끄덕였다. 그와 함께 오지 않았다면 좀 더 돌아와야 했을 터이나, 내부인들만 쓸 수 있는 공간을 가로질러 온 덕분에 한결 빠르게 도착한 듯했다.

작은 회랑 하나를 더 가로지르자 척 봐도 무척 넓을 것 같은 공간이 모습을 드러냈다.

환한 불빛과 함께 잔잔한 음악 소리가 새어 나오는 문 앞에는 빳빳하게 다린 정복 차림의 하인 하나가 서 있었다.

"어서 오십시오, 각하. 당장 알리겠습니다."

"되었다. 그냥 두도록."

두 사람의 입장을 알리려는 하인을 저지한 공작이 그대로 걸음을 옮겼다. 가볍게 고개를 끄덕여 인사를 건넨 밀라이아 역시 안으로 향했다.

두꺼운 문을 통과하자 눈앞에 보이는 것은 대단히 잘 꾸며진 연회장의 모습이었다.

높다란 천장에는 거대한 샹들리에가 환한 빛을 밝혔다. 적어도 십이각은 되어 보이는 벽에는 테라스가 있는 곳을 제외한 각 면마다 신화의 한 장면을 짜 넣은 대형 태피스트리가 걸려 있었다.

여름철임을 감안한 듯 까슬까슬한 천을 씌운 소파가 벽을 따라 놓여 있고, 기둥이며 부조들은 전부 노란색으로 통일되어 굳이 금으로 장식하지 않았음에도 불빛을 받아 화사하게 빛났다.

그리고 그 공간을, 악사들이 연주하는 잔잔한 음악이 가득 메우고 있었다.

'오.'

밀라이아는 연회장을 쭉 둘러보며 소리 없이 감탄했다.

저택을 꾸며 놓은 것하며 고용인들의 차림새까지 눈에 들어온 하나하나가 제법 마음에 들었다. 적당히 화려하면서도 천박하지는 않고, 고풍스러운 느낌을 주면서도 자칫 낡아 보이지는 않는, 아슬아슬해서 더욱 세련된 균형을 유지하는 그 모습이.

"사람이 제법 많네요."

탐색을 마친 밀라이아가 공작을 돌아보며 말했다.

분명 가신들만 불러 조촐하게 여는 무도회라 들었던 것 같은데, 연회장에는 적어도 수십은 되어 보이는 사람들이 삼삼오오 모여 대화를 나누고 있었다.

파트너는 제하고 센 숫자인 데다 다른 일을 하느라 참석하지 못한 자들까지 치면 더 많을 터. 그를 감안하면 본래 초대장을 받은 사람의 수는 최소 백 단위는 될 듯했다.

'하긴 뭐, 공작가의 가신들이라면 그 정도는 되겠지. 게다가 방계 혈족들도 있을 테니 말이야.'

"아아, 이번 일에 모두 관심들이 많아서 말이오. 참석 의사를 밝히는 자가 제법 되더군."

어깨를 으쓱한 공작이 답했다.

그러게 평소에 좀 잘하지 그랬냐는 눈빛으로 올려다보는데, 어느새 두 사람의 등장을 눈치챈 사람들이 하나둘 입구 쪽을 돌아보며 수군거리는 소리가 들려왔다. 전부 가면을 쓰고 있어 표정까지는 알 수가 없었지만, 척 보기에도 호의적이지 않은 분위기인 것만은 분명했다.

"오셨습니까, 각하. 오랜만에 뵙습니다."

가장 입구 쪽에 서 있던 사람이 다가와 인사를 건넸다. 희끗희끗하게 센 머리카락하며 중후한 목소리로 짐작건대 제법 나이가 있는 사람일 듯했다.

"그렇군. 오랜만이오."

"호오, 신이 누군지 알아보시는 겁니까?"

"함정 파지 마시오. 가면무도회잖소."

"하하, 역시 안 넘어오시는군요. 죄송합니다, 각하. 신이 너무 얕은수를 썼나 봅니다."

사람 좋게 웃어 보인 남자가 그녀를 돌아보며 말했다.

"이 숙녀분께서 바로 소문의 그분이신가 보지요? 뵙게 되어 영광입니다. 저는 플랑 로 말린이라고 합니다. 부족하나마 페르디난드 공작령의 총괄 관리인을 맡고 있습니다."

"아아, 그렇군요. 반가워요, 말린 자작. 나는 밀라라고 해요. 에른이 날 그렇게 부르죠."

밀라이아는 경쾌하게 인사를 건네며 남자의 태도를 면밀하게 살폈다.

하지만 탐탁지 않아 할 거란 예상과는 달리 그는 아무런 표정 변화도 없었다. 어쩌면 얼굴의 반이 가린 탓에 그녀가 제대로 보지 못한 것일 수도 있었지만, 적어도 미소 띤 입매나 눈빛이 흔들리지 않은 것만은 분명했다.

"그러시군요. 하면 밀라 님이라고 불러도 되겠습니까? 감히 각하께서 부르시는 이름을 경칭도 없이 입에 담을 수는 없으니 말입니다."

'뭐지? 왜 이렇게 친절해?'

뭔가 찜찜했다. 분명 공작과 나란히 들어설 때까지만 해도 호의적이지 않은 분위기였는데, 지금 눈앞의 남자는 그런 기색을 전혀 보이지 않고 있다는 사실이.

'일단 지켜봐야겠군.'

차갑게 눈을 빛낸 밀라이아가 언제 그랬냐는 듯 생긋 미소 지었다.

"편한 대로 불러 주세요."

"감사합니다. 그보다 정말 아름다우시군요. 얼굴을 가리셨는데도 이 정도라니, 각하께서 왜 그리 푹 빠지신 건지 알 것 같습니다."

부드럽게 웃는 낯으로 찬사를 늘어놓은 자작이 계속해서 말했다.

"아하, 그래서 각하께서 그동안 소개를 꺼리셨던 모양이군요. 하긴 사랑하는 여인을 독점하고 싶은 건 모든 남자들의 본능이니까요."

"이해해 주니 고맙군."

픽 웃은 공작이 자연스럽게 그녀를 끌어당겨 허리에 팔을 둘렀다.

그 바람에 잠시 몸이 굳었지만, 밀라이아는 이내 수줍은 미소를 지으며 그의 어깨에 슬쩍 머리를 기댔다. 그러고는 진짜 연인에게 하듯 단단한 팔을 만지작거리면서 물었다.

"그게 정말이에요, 에른? 당신이 내게 푹 빠졌다는 게?"

'흥. 어디 한번 실컷 낯간지러워 보라지. 아무리 사전에 합의했다 해도 나만 부끄러운 말을 계속 늘어놓는 건 억울하잖아?'

밀라이아는 속으로 웃음을 삼키며 보란 듯 기대감에 찬 눈빛으로 그를 올려다보았다.

하지만 공작은 언제 당황했느냐는 듯 달콤한 목소리로 긍정했다.

"그야 당연한 것 아니오? 그대도 이미 알고 있는 줄 알았는데."

"정말요? 아이, 기뻐라. 오늘 들었던 말 중에 가장 기분 좋은 얘기네요, 그거."

두 손을 모아 가슴 위에 가져다 대며 활짝 미소 짓자, 공작은 참을 수 없다는 듯 그녀의 허리를 바짝 끌어당기며 말했다.

"이런. 그럴 줄 알았으면 자주 얘기해 줄걸 그랬군. 미안하오, 밀라. 내 미처 당신의 마음을 헤아리지 못했구려."

"그럼 한 번만 더 얘기해 줘요. 지금의 이 벅찬 기분을 좀 더 만끽할 수 있도록 말이에요."

"한 번이 아니라 백 번이라도 더 해 주리다. 아름다운 나의 밀라, 이 몸은 말로 표현할 수 없을 만큼 당신에게 푹 빠져 있소. 그러니 청컨대 절대 가면을 벗지 마오. 내가 질투심에 불타 죽는 걸 보고 싶지 않다면."

'뭐야, 이 인간. 왜 이렇게 뻔뻔해? 얼굴에 뭐 철판 같은 거라도 깐 거야?'

정말 사랑스러운 연인을 대하는 듯한 음성에 소름이 돋았다.

하지만 기왕 시작한 싸움에서 밀릴 수는 없는 노릇.

밀라이아는 어처구니없어하는 남자들의 눈빛을 못 본 척하며 살살 애교를 부렸다.

"어머, 내가 그럴 리가 있겠어요? 설마 날 못 믿는 거예요, 에른?"

"그럴 리가. 나는 다만 걱정이 될 뿐이라오. 당신을 보고도 반하지 않는 남자는 없을 테니까."

'뭐래. 아, 정말 소름 돋는다.'

아무렇지 않게 낯부끄러운 말을 늘어놓는 공작을 보며 속으로 이를 가는데, 점점 입매가 일그러지는 자작을 구해 주려는 듯 때마침 다가온 젊은 남자가 말했다.

"각하, 딜스 자작이 긴히 드릴 말씀이 있다 합니다. 아무래도 잠시 가 보셔야 할 것 같습니다."

"그런가? 흠, 알겠네."

느릿하게 고개를 끄덕인 공작이 밀라이아를 돌아보며 물었다.

"밀라, 미안하지만 잠시 자리를 비워도 되겠소?"

"어머, 물론이죠. 다녀와요, 에른. 기다리고 있을게요."

"고맙소. 내 금방 다녀오리다."

손등에 부드럽게 입 맞춘 공작이 자리를 떴다.

그 모습을 잠시 바라보던 남자는 공작이 완전히 자취를 감춘 뒤에야 밀라이아를 돌아보며 인사했다.

"처음 뵙겠습니다. 저는 아인트 페르디난드라고 합니다. 사적으로는 각하의 사촌이 되지요."

"반갑습니다. 밀라라고 해요."

눈을 가리는 반가면 때문에 전체 얼굴을 알 수는 없었지만, 꽉 다물린 입매며 턱 선이 공작과 좀 닮은 것도 같았다.

고개를 까딱해 보이자, 아인트라고 저를 소개한 남자는 말린 자작과 가볍게 눈인사를 나눈 뒤 말했다.

"밀라 님이셨군요. 미모만큼이나 아름다운 이름이십니다."

"어머, 감사합니다, 페르디난드 씨."

"아쉽군요. 풀네임도 지금 쓰시는 이름만큼이나 아름다울 것 같은…… 이런, 실례했습니다. 여쭤보면 안 되는 거였죠. 오늘은 가면무도회니 말입니다."

'이런 식으로 탐색을 해 보시겠다?'

밀라이아는 실수를 가장해 은근슬쩍 이름을 캐내려는 남자를 보며 빙긋 웃었다. 이런 식으로 빙빙 돌리며 빈틈을 노리는 대화는 그녀의 장기 중 하나였으므로, 얼마든지 말을 받아 줄 용의가 있었다.

"그러게요. 죄송합니다, 페르디난드 씨. 하나 가면무도회는 그런 맛으로 즐기는 거니까요. 부디 넓은 마음으로 이해해 주시길 바라요."

"그야 물론입니다."

생각보다 만만치 않다 여긴 듯, 남자는 일단 순순히 한발 물러섰다.

그러나 반가면 뒤로 보이는 눈동자는 번뜩이며 그녀를 응시하고 있었다.

"참, 실례인 줄은 아나 실은 좀 전에 각하와 나누시던 대화를 들었습니다. 보는 사람마저 얼굴이 붉어질 정도로 다정한 밀어더군요. 여자 보기를 돌 보듯 하던 각하께서 그리 푹 빠지실 줄은 꿈에도 몰랐습니다."

'당연히 그랬겠지. 나도 민망해 죽을 뻔했는데.'

"어머, 부끄럽네요."

쑥스러운 듯 손부채질을 하자, 그녀를 향해 부드럽게 웃어 보인 남자가 말했다.

"그래서 말입니다만, 이것 하나만 말씀해 주시면 안 되겠습니까? 두 분, 대체 어떻게 만나 사랑에 빠지신 것인지요? 제게만 살짝 귀띔해 주십시오. 이건 가면무도회의 규칙에 반하지 않잖습니까."

'장소를 통해 신분을 유추해 보겠다 이거군. 뭐라고 답해 줘야 적당히 의심 사지 않고 넘길 수 있으려나?'

잠시 궁리한 밀라이아는 어깨를 으쓱하며 답했다.

"글쎄요, 어쩌다 보니 이렇게 되어 버린 거라서요."

"그리 말씀하시니 더 궁금하잖습니까. 다 얘기해 주십사 조르지는 않을 테니, 딱 한 가지만 말씀해 주십시오. 이대로는 오늘 밤 잠을 제대로 이루지 못할 것 같아 그럽니다."

"으음, 에른이 싫어할 것 같은데. 그래도 페르디난드 씨에게 불면을 선사할 수는 없죠. 어떤 걸 듣고 싶으세요?"

곤란하다는 말투로 묻자, 남자는 눈을 번쩍 빛내며 답했다.

"당연히 좀 전에 여쭈었던 거지요. 첫 만남은 어떠하셨는지 말입니다."

"아아, 첫 만남이요. 음."

참 뻔한 질문이다 싶었다.

'뭐라고 답을 해 줄까.'

잠깐 오해를 살 만한 얘기를 꺼내 공작을 놀려 줄까 하는 생각이 들었지만, 명색이 도와주러 온 입장인데 그건 좀 아닌 것 같았다. 아무리 이런 상황에 저를 버려 두고 갔다 하더라도 지킬 건 지켜 줘야 하지 않겠는가.

'하긴 뭐, 일부러 버리고 간 것도 아니니.'

분명 페르디난드가의 가신들이 저와 따로 이야기할 시간을 벌기 위해 저희들끼리 짜고 불러낸 것일 터. 그쯤이야 오기 전부터 예상했던 일이니 상관없었다.

"내게 주위를 물려 달라 했었죠. 단둘이서 할 말이 있다고요."

틀린 말은 아니었다. 몸이 바뀌어 혼란스러워하던 차에 길리안 대법관이 들어왔고, 넘어질 뻔한 그녀를 그가 잡아 주는 찰나에 등장한 페르디난드 공작이 한 말이 그거였으니까.

"오오, 그래서요?"

"이런저런 대화를 했어요. 둘이서. 그날은 그렇게 헤어졌는데, 다음날 다시 찾아와서 대화 끝에 그러더라고요. 자신에게는 내가 꼭 필요하다고."

그 또한 틀린 말은 아니었다. 단지 중간 생략이 심하게 들어가 있고, 지금 저자가 생각하고 있을 그런 의미에서 한 소리가 아니었을 뿐.

"네? 각하께서 말입니까?"

"네. 그 모습이 얼마나 박력 넘치던지, 하마터면 그만 압도될 뻔했지 뭐예요? 뭐, 그랬답니다. 우리 이제 이 얘기는 그만해요. 부끄럽네요."

쑥스럽다는 듯 볼을 붉혀 보이자, 말린 자작을 슬쩍 돌아본 아인트는 그러냐고 말을 받으며 빙긋 웃었다.

번뜩이며 저를 응시하는 눈빛을 소리 없이 받아친 밀라이아가 마주 웃었다.

'백날 물어봐라. 내가 쉽게 넘어가 주나.'

철들 때부터 정계며 사교계에서 화술을 갈고닦아 온 그녀에게 그들 정도는 아무것도 아니었다. 아니, 굳이 저 두 사람이 아니라 하더라도 마찬가지였다. 상대가 에스페라 공작이나 페르디난드 공작처럼 어지간히 달변이 아니고서야 대부분 결과는 비슷할 테니까.

"그러시군요. 아무래도 각하께서 첫눈에 반하셨나 봅니다."

"어머, 그거 참 낭만적인 말씀이네요. 하긴, 에른이 좀 로맨틱한 남자이긴 하죠."

"그러게 말입니다. 어제까지만 해도 모르던 사실이었지만, 지금 밀라 님의 모습을 뵈니 정말 그런 것 같군요. 옷과 가면까지 맞춰 입으실 정도인 걸 보니 말입니다."

반가면 사이로 보이는 푸른 눈동자가 말없이 그녀를 응시했다.

묘한 웃음기가 어린 그 눈빛에 밀라이아의 눈이 가늘게 뜨였다.

'이것 봐라? 설마 지금 내가 공작에게 이 옷을 뜯어냈다고 말하려는 건가?'

"그러게 말이에요. 따로 준비해 둔 것이 있는데도 굳이 이걸로 입으라며 어찌나 채근을 하던지. 하긴 그 사람 고집을 누가 말리겠어요?"

일단 좀 더 지켜보자는 생각에 일부러 가벼운 어조로 말을 받아 주자, 남자는 동의한다는 듯 고개를 끄덕이며 말했다.

"그야 그렇지요. 저희들도 지금 각하의 고집 때문에 고생이 이만

저만이 아니랍니다."

'지금이라.'

입꼬리가 보일 듯 말 듯하게 올라갔다. 어쩐지 노골적으로 적대적인 분위기에 비해 태도는 제법 정중하다 싶더라니, 결국에는 이렇게 본색을 드러내는 건가 싶었다.

눈에 띄지 않게 주위를 둘러보자 아니나 다를까 사람들의 따가운 시선이 느껴졌다. 그중에는 심지어 미소를 띤 채 기둥에 기대서 있는 남자도 있었다.

"그러셨군요."

"네. 하긴 각하의 고집을 누가 말리겠습니까. 여왕 전하조차 마음에 안 찬다고 차 버리신 분인데요."

'뭐라고?'

갑자기 기분이 확 나빠졌다. 여기서 여왕의 이야기가 왜 나온단 말인가? 비록 그가 일컫는 사람이 제가 아닌 글로리아라고 해도, 어쨌거나 불쾌한 건 불쾌한 거였다.

'아니지, 결과적으로는 내 욕이나 마찬가지잖아? 이거 지금, 여왕을 차 버리고 데려온 게 고작 너 같은 거냔 소리 아냐?'

몰래 숨을 내뱉은 밀라이아는 무척 재미있는 말을 들었다는 듯 호호 웃으며 말했다.

"어머, 그래요? 전 차인 쪽이 에른인 줄 알았는데. 풍문에 따르면 전하께서는 이미 두 명이나 되는 국서 후보를 뽑으셨다 하던걸요. 어쨌거나 제게는 감사할 일이죠. 덕분에 에른이 제게 왔으니까요."

그러니 이제 그만하자는 의미를 담은 말에도 남자는 굴하지 않고 계속해서 이야기했다.

"무슨 말씀이십니까? 처음부터 국혼을 거부하시던 분은 각하셨는걸요. 이건 좀 불충스러운 소리이긴 합니다만, 사실 심약한 여왕 전하께 드리기에는 저희 각하가 아깝지요. 요즘 좀 바뀌셨다고는 해도 기본 성정이 어디 가시겠습니까?"

'하, 이 작자가?'

"어머, 굉장히 위험한 발언을 하시는군요. 감히 여왕 전하와 공작을 비교하다니 말이에요. 물론 저도 에른을 좋아하긴 하지만, 아무리 그래도 그건 아니죠. 어찌 신하 된 자가 감히 국왕의 뜻을 거부할 수 있겠어요? 그 반대라면 모를까."

다소 날카롭게 나간 대답에 남자의 눈이 번뜩였다.

후, 하고 웃음 섞인 한숨을 내뱉은 그가 말했다.

"이런, 이런. 어쩐지 알아서는 안 될 사실을 알아 버린 것 같군요."

"……무슨 소리죠?"

"당신의 정체 말입니다. 요즘 같은 시대에 아직도 왕실의 편을 드는 사람이 있었다니. 웬만한 귀족 집안 출신이라면 그런 반응은 보이지 못할 텐데, 신기하군요."

'헉, 들킨 건가?'

가슴이 뜨끔했다. 적당히 받아넘겼어야 했는데, 한낱 단성 귀족 따위에게 모욕당했다는 생각에 그만 평정을 잃었던 것 같았다.

"어찌 답이 없습니까? 대답해 보시지요. 내 입으로 당신의 정체를 폭로하기 전에 말입니다."

'으, 큰일 났네. 길리안 공작이 알면 분명 가만있지 않을 텐데. 일단은 가면이 있으니 어떻게든 버텨 볼까?'

침묵하는 그녀를 보며 그럴 줄 알았다는 듯 득의양양한 웃음을 머금은 남자가 말했다.

"스스로 밝힐 수는 없는 모양이군요. 좋습니다. 내가 밝혀 드리지요. 당신은⋯⋯."

'차라리 그냥 인정하는 게 나을지도 몰라. 아니라고 우기다가 밝혀지면 그때는 할 말도 없어진다고.'

"평민이 분명해."

"그⋯⋯ 응? 뭐라고요?"

눈을 질끈 감고 그렇다 외치려던 밀라이아가 멈칫했다.

'평민? 갑자기 여기서 그 얘기가 왜 나와?'

"왜, 너무 찔렸나? 하찮은 평민이 아니고서야 그리 물정 모르는 소리를 할 수가 없지. 먹을 것만 배불리 쥐여 주면 그저 좋아하는 무식한 자들이 왕국의 실질적 지배자가 누구인지 알 턱이 없으니."

"방금, 하찮은 평민이라고 했어요?"

좀 전과는 다른 의미에서의 분노가 솟구쳐 올랐다.

그러나 아인트는 그 분노의 의미를 다르게 생각한 듯 삐딱한 미소를 지으며 말했다.

"같은 말을 몇 번 반복해야 하지? 머리가 나쁜 건가, 아니면 일부러 모르는 척하는 건가?"

'하, 이제는 그냥 꺼릴 것 없이 다 무시하겠다?'

밀라이아는 거만하게 묻는 남자를 보며 실소를 지었다.

섬겨야 할 군주와 나라의 근본인 평민들을 무시한 것으로도 모자랐는지, 방금 그는 공작의 이름으로 초대받은 저를 공개적인 장소에서 모욕함으로써 제 가문의 주인에게까지 오명을 씌웠다.

'하여간 이곳이고 저곳이고 간에, 정신머리가 제대로 박힌 곳이

하나도 없군. 내 집만 청소하면 될 줄 알았는데, 설마하니 페르디난드가까지 이럴 줄이야.'

볼수록 어이가 없었다.

'이참에 여기도 청소를 좀 해 줘야겠군. 그동안 공작에게 얻어 온 도움에 대한 보상이라고 생각하지, 뭐.'

하긴 그게 아니어도 그냥 넘어갈 생각은 없었다.

보란 듯 푹 한숨을 내쉰 그녀가 물었다.

"나야말로 되묻고 싶네요. 페르디난드 씨는 머리가 나쁜 건가요, 아니면 일부러 그러는 건가요?"

"뭐라고? 지금 날 모욕하려는 건가?"

'먼저 가장 민감할 가주의 권위부터.'

속으로 빠르게 우선순위를 세운 밀라이아가 말했다.

"반응을 보아하니 정말 몰라서 묻는 건가 보군요. 그럼 어쩔 수 없죠. 이런 것까지 설명해야 한다는 게 대단히 가슴 아프지만, 어쨌거나 에른의 사촌이라니 특별히 설명해 주는 수밖에."

비꼬는 것이 분명한 대답에 아인트는 곧바로 이를 드러냈다.

밀라이아는 무어라 반박하려는 남자를 싸늘하게 노려보며 말했다.

"내가 누구의 초대로 여기에 왔죠? 그리고 이 가면무도회의 주최자는 누구고요?"

"그런 간단한 사실마저 모르는 건가? 당연히 둘 다 공작 각하가 아닌가."

"잘 알고 있군요. 한데 가주의 지시로 열린 가면무도회에서 그가 직접 초대한 손님에게 허락도 없이 정체를 밝히기를 강요하고, 다짜고짜 하대하여 모욕을 준다? 내 기억으로 이건 분명히 하극상인데. 이러고도 페르디난드 씨가 머리가 나쁘다 하지 않을 수 있나요? 아니면 설마 페르디난드가의 가법은 다른 건가요?"

빈정거리는 말투에 남자의 입매가 일그러졌다.

"이런 건방진⋯⋯!"

"게다가 아무리 왕실의 권위가 유명무실하다 한들 가문의 이름을 걸고 열린 연회에서 대놓고 왕실모독죄를 저지른 것 역시 멍청한 짓이라 할 수 있을 테고."

거듭되는 말에 남자의 입매가 점점 굳었다. 내내 침묵하던 말린 자작과 어느새 근처에 다가와서 그들의 대화를 듣던 다른 사람들 역시 마찬가지였다.

형식적이나마 계속해서 미소를 유지하고 있는 사람은 그녀와, 기둥에 기댄 채 경청하던 초록색 반가면의 남자 둘뿐이었다.

'저자는 뭐지?'

왠지 모를 위화감에 눈을 가늘게 뜬 밀라이아는 기둥 쪽에 선 남자를 유심히 바라보며 말했다.

"그보다 가장 멍청했던 행위는, 당신이 나라의 근본인 평민들을 무시했다는 겁니다."

"뭐?"

"지배자의 권위는 그가 주어진 의무를 얼마나 잘 이행했느냐에 따라 높고 낮음이 정해지는 법. 그러니 그간 어버이로서 제대로 왕국민들을 보살피지 못한 왕실을 무시하는 것까지는 이해할 수 있습니다. 하나 당신은? 당신은 귀족으로서 주어진 의무를 얼마나 제대로 이행했죠? 얼마나 잘났기에 나라의 근본인 왕국민들을 하찮은 평민이라 일컫는 거냔 말입니다."

대놓고 빈정거리는 말을 들은 아인트의 귀가 시뻘겋게 달아올랐다.

"뭐라! 네가 감히 지금 귀족을 능멸하는 것이냐!"

"그게 능멸로 들리기는 했나요? 남에게 할 때는 못 느끼고 제게 올 때는 확실하게 느껴지는 선택적 모욕감이라. 그것참 대단한 감정이로군요."

"네년이 그래도!"

"아인트 님, 그만하십시오."

아무래도 이야기가 이상하게 돌아간다 싶었는지, 말린 자작은 몹시 당황한 목소리로 서둘러 남자를 만류했다.

하지만 공작의 사촌이라는 남자는 막무가내였다.

"이제는 말린 자작마저 저 여자 편을 드는 거요? 에잇! 되었소! 그까짓 책임, 내가 다 지면 될 것 아니요!"

"안 됩니다, 아인트 님!"

"놓으시오! 내 당장 저 여자를……!"

"이게 무슨 소란이지?"

한 대 칠 듯한 기세로 고함치는 남자를 마주 노려보는데, 때마침 뒤에서 차갑게 가라앉은 목소리가 들려왔다. 공작이었다.

'오, 시기적절하게 나타났네. 늦게 오면 가만 안 두려고 했는데.'

어쨌거나 그가 왔으니 되었다 싶어서, 밀라이아는 눈에서 힘을 풀며 세 사람의 대화를 경청했다.

"아인트, 어째서 밀라에게 고함치고 있는 거지? 어쩐지 별로 중요하지도 않은 건으로 사람을 불러냈다 했더니, 이런 식으로 그녀를 핍박하려고 그랬던 거였나?"

어이없어하는 공작을 보며 황급히 자세를 바로 한 남자가 답했다.

"하지만 각하, 저 여인은⋯⋯!"

"시끄럽다. 내 분명 무례하게 굴지 말라 누누이 말했거늘, 감히 가주의 명을 어긴 것으로도 모자라서 내 사람을 해하려고 해? 네 정녕 죽고 싶은 건가?"

"저는 다만⋯⋯!"

"시끄럽다 하였다. 당장 그 입 닥치지 못하겠나? 여기서 얼마나 더 내 면을 깎아야 직성이 풀릴 건가!"

싸늘하게 일갈한 공작이 그녀를 돌아보며 걱정스레 물었다.

"괜찮소, 밀라? 미안하오. 내 그대를 홀로 두지 말았어야 했는데."

"괜찮아요, 에른. 그보다 일은 잘 보고 왔어요?"

"지금 그게 중요하오? 자칫하면 당신이 봉변을 당할 뻔했는데!"

밀라이아는 화를 내는 공작을 올려다보며 고개를 한쪽으로 기울였다. 정황상 그가 분노하는 게 당연하긴 한데, 평소 그녀가 보아 왔던 모습과 영 달라서 그런가 왠지 모를 괴리감이 느껴졌다.

"조금만 더 늦게 왔으면 봉변을 당하는 건 당신이었을걸요? 그나마 적절한 때 도착해서 다행이라고 생각해요."

"⋯⋯그런 거요? 이거 하마터면 큰일 날 뻔했군."

말속에 든 뼈를 눈치챈 듯 공작은 가볍게 한숨을 내쉬며 답했다.

"그⋯⋯."

무어라 얘기하려던 그가 옆을 홱 돌아보았다. 어느새 다가온 초록색 가면의 남자가 가볍게 고개를 숙여 보인 탓이었다.

"뭡니까, 숙부님? 제게 뭐 하실 말씀이라도?"

"아니오. 저는 이 숙녀분께 볼일이 있습니다만."

'숙부님이라고? 저 남자가?'

밀라이아는 싱글거리며 답하는 남자를 미심쩍은 눈초리로 바라보았다. 지금 그들 앞에 서 있는 초록색 가면의 남자는 좀 전까지만 해도 기둥에 기대선 채 이쪽을 쳐다보고 있던 바로 그자가 분명했다.

"험한 소리라면 그만두십시오. 그러잖아도 면목 없는 참인데 거기다 숙부님까지 더하고 싶진 않습니다."

"그런 일은 아니니 걱정 마십시오. 제가 드리고 싶은 건 전혀 다른 말씀이니까요."

부드럽게 미소 띤 얼굴로 답한 남자는 공작이 마지못해 고개를 끄덕인 후에야 밀라이아를 돌아보며 정중하게 인사를 건넸다.

"만나 뵙게 되어 영광입니다, 영애. 저는 올라프 란 페르디난드라고 합니다주: 공작가의 직계 중 작위를 받지 못한 이들은 '란'이라는 중간성을 쓰며 단승 백작위를 부여받는다. 선대 공작의 동생이지요."

"그렇군요. 반갑습니다. 밀라라고 해요."

일견 가벼운 말투에도 남자는 표정 하나 변하지 않은 채 부드럽게 미소를 지었다.

"밀라라. 영애의 모습만큼이나 아름다운 이름이로군요. 좋은 이름을 가지셨습니다."

"감사해요. 백작께서도 에른만큼이나 멋있으시네요."

'무슨 말을 하려고 이렇게 시간을 끄는 거지?'

경계심을 깊숙이 감추며 빙긋 웃어 보이자, 남자는 그녀를 향해 마주 미소 지으며 답했다.

"칭찬 감사합니다. 실은 좀 전의 대화를 무척 인상 깊게 들었던 터라, 영애께 인사를 꼭 드리고 싶었답니다."

"음, 혹 어떤 의미로 인상 깊으셨다는 건지 여쭈어도 될까요? 좋은 말만 오갔던 것이 아닌지라 걱정부터 앞서는군요."

"아아, 나쁜 의미는 아니니 걱정 마십시오. 제가 그 얘기를 꺼낸 건, 돌아가는 대화를 듣다 보니 문득 영애께 간절히 부탁드리고 싶은 것이 생겼다는 점을 말씀드리기 위함입니다. 무리한 부탁일지 모르겠으나 꼭 좀 들어주셨으면 좋겠군요."

"부탁이요? 그게 뭔가요?"

고개를 갸웃하며 묻자, 백작은 슬쩍 입꼬리를 들어 올리며 답했다.

"모쪼록 저희 각하를 잘 부탁드립니다, 저……, 아니, 밀라 님."

"……뭐라고요?"

황망하게 되묻는 순간, 문득 옆에 서 있던 공작의 얼굴이 눈에 들어왔다.

가면 아래 보이는 입술이 희미하게 호선을 그리고 있었다.

-3권에서 계속-

BLACK LABEL CLUB 032

여왕을 위한 진혼곡 2

1판 1쇄 발행 2018년 1월 29일
1판 2쇄 발행 2018년 3월 26일

지은이 정유나
펴낸이 신현호
편집국장 김은주
편집부장 예숙영
책임편집 박상희
편집디자인 한방울
영업·관리 김민원 이주형 조인희
물류 이순우 최준혁

펴낸곳 ㈜디앤씨미디어
출판등록 2002년 5월 1일 제117-90-51792호
주소 서울시 구로구 디지털로 26길 111 JnK디지털타워 503호
대표전화 (02)333-2513 팩스 (02)333-2514
전자우편 dncbooks@dncmedia.co.kr
디앤씨북스 블로그 http://blog.naver.com/dncbooks
디앤씨북스 로맨스 카페 http://cafe.naver.com/dnc2007

ISBN 979-11-264-4258-4 (04810)
ISBN 979-11-264-4256-0 (세트)